KB099412

끝 이야기

OWARI MONOGATARI JO

이 책의 한국어판 저작권은 일본 講談社와의 독점 계약으로 (주)학산문화사에 있습니다.
저작권법에 의해 한국 내에서 보호를 받는 저작물이므로 불법 복제와 스캔 등을 이용한
무단 전재 및 유포 시 법적 제재를 받게 됨을 알려 드립니다.

는 (주)학산문화사가 일본 와 제휴하여 발행하는 소설 브랜드입니다.

끝 이야기 終物語 上

니시오 이신
西尾維新

FAUST BOX

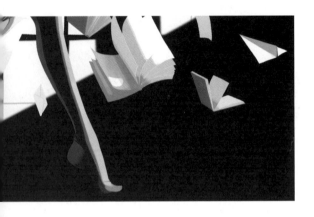

제1화　오기 포뮬러

$$\lim_{\to 0} \frac{f(x+\Delta}{\Delta x}$$

$$\frac{(x_i - \bar{x})^2}{n-1} \qquad S_\Delta = \sqrt{P(p-a}$$

$$\sum_{i=1}^{n} x_i \qquad \mu = \frac{\sum_{i=1}^{N} x_i}{N}$$

$$\frac{1 n}{n^2} =$$

$$\infty \left(\frac{1}{2} + \frac{1}{2^2} + \frac{1}{2} \right.$$

$$x \, H(-x^2)$$

$$r = \lim_{n \to \infty} \left(1 + \frac{1}{2} + \frac{1}{3} + \frac{1}{4} \right.$$

$$e^x = \sum_{n=0}^{\infty} \frac{x^n}{n!} = \lim_{n \to}$$

$$\frac{b}{c\,a}$$

$$a$$

$$p^p > \sum_{j=0, j \neq p}^{n} A^p$$

$$P = 2 v_0 \qquad e^{i\varphi} = c$$

$$b \quad x$$

$$f'(x) = \lim_{x \to 0} \frac{f(x+\Delta x}{\Delta x}$$

001

오시노 오기는 오시노 오기다. 정말이지, 그 전학생에 관해서 말하자면 그것으로 이야기는 끝이다. 그녀의 이름을 말해 버리면 할 이야기가 아무것도 남지 않는다. 물론 그런 이야기를 하기 시작하면 누구나 누군가이며, 누군가 이외일 수 없다. 궁극적으로 그 이외에는 해야 할 말이 없다. 하네카와 츠바사는 하네카와 츠바사이고, 센조가하라 히타기는 센조가하라 히타기이다. 요컨대 아라라기 코요미가 아라라기 코요미인 것처럼. 다만 그렇다고 해서 그녀, 오시노 오기는 너무나도 오시노 오기였다. 다른 무엇도 아닐 정도로 오시노 오기일 뿐이었다. 싫은 것은 싫고 안 되는 것은 안 되는 것처럼, 오시노 오기는 오시노 오기이며 거기서 다음의 논의에는 완전히, 라고 말해도 좋을 정도로 발전성이 없다. 그렇게 또렷하게 정의되어 있고 결정되어 있고 확정되어 있고 전혀 흔들림이 없다는 의미에서, 그녀는 아주 수학적이다. 그렇다, 오시노 오기적인 것 다음 정도로.

그런데 수학이라는 이야기가 나와서 말인데, '수학사상 가장 아름다운 식'을 알고 있는가? 아니, 설마 모른다는 말은 못 할 것이다. 들으면 누구라도 기억해 낸다. 개인적으로는 수학사상은 고사하고 인류사상 가장 아름다운 식이라고 말하고 싶을 정도인데, '$e^{i\pi}+1=0$'. 이른바 '오일러의 등식'이다. 자연수인 밑

수 e, 원주율 π와 허수 i, 1과 0이 하나의 공식에 군더더기 없이, 있어야 할 곳에 있도록 들어간 이 공식은, 만일 이 세상에 신이 있다고 한다면 그 가장 유력한 증거로 거론될 것이다.

재미있는 것은, 또한 아름다운 것은 이 공식이 '정해져 있었다'라는 점이다. 시험에 나올 요점이 있다고 한다면 그 부분이다. 요컨대 오일러의 공식은 인류에게 발상의 산물이 아니라 발굴의 산물이며, 가령 세상에 인류가 존재하지 않더라도 자연수인 밑수를, 원주율을, 허수를, 1을, 0을 생각할 수 있는 두뇌가 하나도 없었더라도, 그래도 자연수인 밑수의 원주율 곱하기 허수 제곱에 1을 더하면 0이 **되어 있었다**는 점이다.

아름답기는 하지만, 그렇게 생각하면 무섭기도 하다.

왠지 모르게 현대사회의 풍조는, 세상이란 실로 애매모호하며 참으로 유위전변*해서, 지극히 간단히 뒤집히며 어제까지의 상식이 오늘의 비상식이고 아침나절의 룰이 저녁나절의 룰 위반이 되며, 확실한 가치 따위는 하나도 없고 목적지도 기댈 곳도 아무것도 없으므로, 그렇기에 우리는 백지 상태인 미래에만은 희망을 가질 수 있다… 라는 느낌이었다. 그런데 실제로 미래란, 즉 미지란 실제로는 한참 전에 처음부터 결정되어 있었는데 우리가 그 사실을 모르는 것뿐 아닐까? 미지는 단순한 무지였던 것이 아닐까?

※유위전변(有爲轉變) : 세상의 모든 현상은 그대로 있지 못하고 인연에 의해 변한다는 뜻. 세상사의 덧없음을 이르는 말.

원주율을 모르는 인간이 우연히 계산해도 원 둘레를 직경으로 나누면 파이(π)가 된다. 아인슈타인이 그 재능을 유감없이 발휘하지 않았더라도, 상대성이론 자체는 계속 그곳에 있었다. 설령 베토벤을 모른다고 해도, 그 악보대로 연주하면 교향곡 제5번 다단조의 소리가 날 것이다. 뭐? 감동이 다르다고? 그렇다면 **감동을 주는 연주와 똑같이** 하면 된다. 천재 대표, 빈센트 고흐 본인이 아니더라도, 그와 같은 물감을 쓰고 같은 필치와 필압으로 같은 환경에서 같은 시점의 같은 꽃을 소재로 그림을 그리면, 믿기 어렵겠지만 아마추어라도 '해바라기'에 이르는 것처럼. 원숭이가 타자기를 계속 두들기다 보면 언젠가는 셰익스피어를 써낼 수 있다고 하지 않는가.

답은 변하지 않는다. 규칙은 변하지 않는다.

사람들이 '변했다'라고 생각하거나 '새로워졌다'라고 느끼는 것은 **미리 정해져 있던 다른 프로그램이 실행되었다는 사실**의, 귀여운 착각에 지나지 않는 것이다.

그런 의미에서 세상에는, 그리고 미래에도 애매한 놀이 따위, 모호한 여백 따위 티끌만큼도 없다. 있는 것은 그저 '이렇게 하면 이렇게 된다'라는 엄연한 규칙뿐이다. '안 되는 것은 안 된다', '나쁜 것은 나쁘다'라고 말하듯이. 정해진 것은 정해진 것일 뿐, 의지가 개입할 여지가 없으며 마음을 배치할 틈새가 없다. 때문에 발상은 발굴일 뿐이고 발명은 발견일 뿐이다. 아니, 그 발견조차도 사실은 재발견일 뿐일지도 모른다. 내가 필사적으로 답을 찾아서 계속 골치를 썩고 있는 난제에도 처음부터 모범답안 같은 것이 준비되어 있었고, 내 시행착오 따윈 그곳에 도달할 때까지의 '돌아가는 길'에 지나지 않는 것일지도 모른다. 관찰자가 본다면.

관찰자.

어쩌면 그것은 괴물일지도 모르지만.

그렇다고 해도 오시노 오기, 그 전학생이라면 오일러의 공식의 아름다움에 대해서조차 쓴소리를 할 것이다.

이런 식으로.

"네, 확실히 아름답네요, 아라라기 선배. 아름답고도 아름다워서 졸도해 버릴 것 같아요. 가장 아름다운 것은 답이 0이 된다는 부분이에요. 그렇다고 해도, 저 같은 사람은 답이 0이 된다면 굳이 계산하지 않아도 된다고 생각하지만요."

그 말을 듣고 역시 나는 생각하는 것이다. 오시노 오기는 오시노 오기이며 달리 표현할 방법이 없다고. 그녀 앞에서는 모든 것이 0, 그녀는 아무리 그녀답지 않은 짓을 해도 그녀다워져 버린다고. 그리하여 이번에는 수학 이야기다.

공부를 하자.

수학이라고 말하면 긴장해 버리는 사람이 있을지 모르므로, 알기 쉬운 산수 이야기라고 바꿔 말해도 좋다. 차라리 더욱 단적으로, 숫자 이야기라고 말해 버려도. 어쨌든 이것은 숫자의 많음으로 해解가 결정되는 이야기. 즉 다수결의 이야기니까.

다수결.

틀린 것도 진실로 만들어 버리는, 유일한 방법.

화합이 아니라 영합을 추구하는, 블록 쌓기 방식.

우리들의 부등식不等式, 우리들의 부당식不當式.

인류가 진정한 의미에서 발명했다고 말할 수 있는 것은 이 정도일 것이다. 그리고 이것은 인류사상 가장 추한 식이다.

002

만일 처음 만나는 후배와 수수께끼의 교실 안에 단둘이 갇힌 채로 한 시간을 보낸 경험을 가진 사람이 있다면 부디 조언을 구하고 싶은 상황이었다. 뭐, 이렇게 말해도 휴대전화는 당연히 통화권 이탈 상태에 와이파이 전파도 아무래도 차단되어 있는 듯한 이 교실 안에서는, 외부에서 조언을 구하는 것조차 지금의 나에게 허락되지 않은 것 같지만.

"완전히 글렀네요, 아라라기 선배."

그렇게.

오기는 교실 앞문을 열려고 손과 발을 전부 사용해서 낑낑거리는 내가 있는 곳까지 터벅터벅, 작은 보폭으로 다가왔다.

"…아, 지금 한 말은 아라라기 선배가 글러 먹었다는 의미가 아니라고요? 이것저것 시험해 보았지만 창문도 위쪽 창도, 역시 꿈쩍도 하지 않는다는 의미예요."

"…아니, 저기. 내가 글러 먹었다고 말하는 것으로 오해할 만한 상황은 절대 아니라고 생각하는데."

뭐 그런 주석이 다 있어.

나는 조금 상한 기분으로,

"내 쪽도 그른 것 같아."

라고 말했다.

"아아. 역시 글렀나요. 아라라기 선배도."

"일부러 그러는 거 아냐? 내가 글러 먹은 것처럼 들리는 말투."

그럴 생각은 추호도 없었는데요, 라며 오기는 시치미를 떼듯 웃었다. 뭐, 생글생글 웃는 표정을 짓고 있지만 그리 농담을 좋아할 것처럼 보이지는 않으니, 그럴 생각 없다는 그녀의 말을 여기서는 일단 믿어 두기로 하자.

아무래도 우리가 이 교실에 갇힌 것 같다고 판명된 뒤, 나와 오기는 역할을 분담해서 각자 탈출방법을 찾고 있었다. 나는 기본적인 출입구, 즉 교실 앞뒤에 설치된 문을 조사하고 오기는 창문을 조사했다.

"잠겨 있다는 느낌이 아니라, 어쩐지 접착제 같은 걸로 고정되어 있는 것 같은 느낌인데."

나는 한 시간 가까이 문과 씨름한 감상을 말했다. 저린 팔을 붕붕 돌리면서. 한 시간이나 소모해서 얻은 결론이 '것 같은 느낌'이어서는 최상급생인 3학년으로서 조금 부끄럽기도 하지만, 사실은 사실이다.

그것에 대한 오기—최하급생이자 나오에츠 고등학교 초심자인 전학생—는 나보다는 견식을 가진 조사결과를 미소와 함께 늘어놓았다.

"네, 앞서 이야기한 대로, 창문 쪽도 전혀 미동도 하지 않아요. 자물쇠에 대해서 이야기하자면, 설치되어 있는 크레센트 자물쇠, 이건 가동해요. 거는 것도 푸는 것도 마음대로예요. 건 상태에서 고정하는 것도 가능해요. 하지만 정작 중요한 창틀 쪽이 가동하지 않아요. 크레센트 자물쇠가 걸린 상태로는 물론이고, 풀어 놓은 상태에서도…. 그렇죠, 접착제나 뭔가로 고정되어 있는 '것 같은 느낌'일까요."

"……."

마지막에 나의 유치한 표현을 흉내 내었는데, 선배를 대우하려는 의도인지 선배를 바보 취급하려는 의도인지는 보는 사람에 따라 판단이 갈릴 것 같다.

"그건 모든 창문이 예외 없이 그런 거야?"

"네. 물론 하나하나 전부 체크했어요. 샘플 조사처럼 대충 하지는 않았어요. 큰 창문도 통풍창도, 복도 쪽 창문도 체육관 쪽 창문도."

움직이지 않아요, 라고 오기는 말했다.

"체육관 쪽 창문이라…."

나는 중얼거리면서 몸을 돌려 **그쪽**을 보았다. 솔직히 말해서, 사실 갇혀 있는 것 자체보다 **그쪽** 방향이 문제라고도 할 수 있다.

물론 풍경 자체에 뭔가 이상이 있는 것이 아니다. 창밖에 마계가 펼쳐져 있다든가, 공룡이 잔뜩 있다든가, 불바다가 되어 있다든가 한 것은 아니다. 보이는 것은 보통의 체육관이다. 나오에츠 고등학교의 평범한 체육관이다. 칸바루가 은퇴한 농구부 같은 동아리가 지금쯤 저기에서 활동 중일 것이다. 그런 것치고는 소리가 들리지 않지만, 그것은 이 교실이 외부로부터의 소리를 완전히 차단하고 있기 때문인지도 모른다.

소리조차도 출입금지라니 참으로 철저하다. 하지만 그것조차도 문제라고 할 정도는 아니었다. **창밖의 풍경에 비하면.**

아니, 그러니까 체육관은 보통의 체육관이다.

그곳에는 아무런 이상성도 없다. 문제가 되는 것은, **지금 우리가 있는 건물에서는 위치상 체육관이 보이지 않아야 한다**는 점이다.

"원래는… 여기서는 운동장이 보일 리가 없는데 말이야."

그렇다. 나와 오기가 발을 옮겼던 이 건물은 운동장과 나란히 세워져 있다. 그러니까 창문에서 보이는 동아리 활동은 실내경기인 농구부가 아니라 야구나 육상부의 활동이어야 한다.

"……."

할 수만 있다면 창문 밖으로 몸을 내밀고 이리저리 고개를 돌려서 바깥 풍경을 자세히 검토하고 싶은 참이지만, 이쪽 창문도 열리지 않으니 그것도 불가능하다. 그저 그 평범한 체육관으로부터 평범하지 않은 오싹함을 느낄 뿐이다.

아니면 착각일까? 운동장 쪽을 향한 건물에 왔다고 생각하고 있었는데, 실수로 체육관 쪽을 향한 건물에 와 버렸다든가…. 아니, 처음 만나는 후배를 상대로 허세를 부리려는 내가 그런 커다란 착각을 범하겠는가.

애초에 우리가 있는 층은 3층일 텐데, 그런 것치고는 창밖으로 체육관이 **보이는 형태**가 부자연스럽다. 5층, 하다못해 4층 정도에서 보는 게 아니면 체육관 지붕이 저런 식으로 보이지는 않을 것이다. 뭐, 이동 중에 건물을 잘못 찾아왔을 가능성을 생각한다면 층을 착각하고 있을 가능성도 고려해야겠지만….

다만, 가령 창밖으로 보이는 풍경이 원래 보여야 할 풍경과 다른 원인이 단순한 착각이었다고 해도, 나와 오기가 갇혀 있다는 현재 상황에는 아무런 변화도 없지만.

그래도 어떻게든, 창문 밖으로 몸을 내미는 방법 외에 여기가 몇 층인가를 알 방법은 없을까를 생각하고 있는데, 내가 그런 지점에서 사고의 제자리걸음을 하고 있는데.

"슬슬, 때가 되었는지도 모르겠네요."

그렇게 오기가 입을 열었다.

"때? 무슨?"

"난폭한 수단에 호소해야 할 때, 말이에요. 아라라기 선배나 저나, 이대로 있다가는 굶어 죽어요. 배가 고프고 목이 말라서 죽어 버려요."

"뭐, 그렇기야 하겠는데…."

굶어 죽는다는 이야기는 지금 시점에서 너무 과장스러운 걱정이란 생각도 들지만, 이대로 계속 갇혀 있게 되면 확실히 그런 필연이 생겨나게 된다. 아니, 나는 다소의 공복은 견딜 자신이 있지만, 한창 성장기인 오기는 그렇지 않을 것이다.

"하지만 난폭한 수단이라니?"

무슨 의미냐고 묻기 위해 그녀 쪽을 돌아보는 것으로, 묻는 의미가 없어졌다. 일목요연했기 때문이다. 오기는 교실에 죽 늘어서 있는 책상 중 하나를 두 팔로 안아 들고 있었다. 이제부터 청소시간이니까 바닥을 쓸기 위해 책상을 옮기려는 듯한 자세였지만, 오기가 하려는 행동은 청소와는 정반대의 '어지럽히기'였다.

　"이영차!"

　그런 기합소리와 함께, 오기는 안고 있던 책상을 창문을 향해 던졌다. 복도 쪽 창문이 아니라 체육관 쪽(원래는 운동장 쪽) 창문을 향해서다. 나중에 그녀는 "복도 쪽이라면 누군가가 맞은편에서 걷고 있었을 경우에는 위험하니까요."라고 말했는데, 그 리스크는 건물 밖을 향해서 책상을 던졌을 경우에도 별 차이는 없을 것이다. 오히려(여기가 3층이든 5층이든) 위치에너지가 더해지는 만큼, 깨진 유리조각도 내던져진 책상도 더욱 위험도가 증가하지 않을까. 그러나 어쨌든 그것은 기우였다.

　오기가 창문으로, 즉 유리를 향해 내던진 책상은, 그것이 당연하다는 듯이, 마치 단단한 벽에 부딪친 슈퍼볼처럼 튕겨 나와서 교실 바닥으로 그 내용물, 교과서나 노트나 필통 등을 흩뿌렸다. 그 책상의 주인은 책상 속에 물건을 잔뜩 놔두는 편인지, 그 어지럽혀진 모습은 비참하다는 단어 외에 수식할 말이 없었다. 책상도 바닥에 몇 번인가 튕긴 끝에 뒤집힌 상태로 정지했다.

　유리에는 흠집 하나 나지 않았다.

　참고로 말하면 바닥에 튕긴 책상도 흩뿌려진 그 내용물도, 이쪽저쪽으로 흩어졌을 뿐이고 부서지거나 깨지지는 않았다. 오기가 취한 '난폭한 수단'의 결과가 이것이었다. 요컨대 아무런 결과로도 이어지지 않는 결과였다.

"…이왕 던질 거라면 안에 아무것도 안 들어 있는 책상을 던지는 게 낫지 않았을까? 뒷정리를 생각하면."

나는 말한다. 아니, 그렇게 말한다면 무리해서 책상을 던지지 말고, 물건을 시험 삼아 던질 거라면 의자 쪽이 다루기 쉽지 않았을까? 어쨌든 파괴하려는 대상은 유리니까 맨손으로 직접 할 수는 없다고 해도, 덩치도 작고 팔도 가느다란 그녀가 어째서 일부러 책상을 선택했는지가 의문…이었는데, 이 의문은 금방 해소되었다.

오기가 바닥에 흩뿌려진 책상의 내용물 중에서 한 자루의 볼펜(필통 안에 들어 있던 것)을 주워 들었기 때문이다. 그것을 들고서 그녀는 칠판 쪽으로 걸어간다. 아무래도 그 볼펜을 꺼내는 수고를 덜기 위해서, 일석이조라는 듯 유리창을 향해 내던질 물건으로 의자가 아니라 서랍 속이 가득 찬 그 책상을 선택했던 것 같다. 합리적으로 행동하려 한 건지 그냥 귀찮아서 그런 건지…. 그렇지만 의문이 해소되자 다음 의문이 고개를 치켜든다. 그 볼펜을 대체 어쩔 셈일까? 짤깍하는 소리가 났으니 볼펜 끝을 나오게 한 것 같은데, 그러나 칠판에 글씨를 쓰기 위한 도구는 볼펜이 아니라 분필일 텐데…….

"……!"

말릴 새도 없었다. 그녀는 그 볼펜으로 칠판을 쭉 그었던 것이다. 모두가 아는, 인간의 신경을 강렬하게 자극하는 아주 불쾌

한 고음이 보통 이상의 밀폐공간인 이 교실에 울려 퍼지……지
않았다.

소리는 없었다.

적당히 힘을 조절한 듯 보이지도 않는, 마치 칼로 베는 듯한
'한 획'이었음에도 불구하고 칠판에는 상처는커녕 볼펜의 잉크
조차 묻어 있지 않았다. 그었다고 생각한 것은 내 눈의 착각이
며, 실제로 오기는 그냥 공중에 팔을 휘두른 것이 아닐까 하는
생각이 들 정도였다.

"안 되네요. 흠."

"뭐… 뭘 하려고 했어, 오기?"

"아뇨, 타격에 의한 파괴가 불가능했으니, 다음에는 소리에
의한 공진작용으로 유리를 깨려고 생각했어요."

천연덕스럽게 말한다. 진동으로 유리창의 파괴를 꾀하는, 상
당히 고난도의 행위를 별것 아니란 얼굴로 실행하고, 그리고 실
패한 모양이다. 하지만 그 실패는 이미 예견되어 있었다고 말하
는 것처럼, 태연한 얼굴을 유지하면서 오기는 볼펜을 바닥에 던
져 버렸다.

책상을 내던져서 유리창에 충돌시키는 것과 동시에 그 내용물
중 볼펜을 꺼내 든다는 행위는 합리적이었겠지만 그 결과로 교
실을 이렇게 어지럽힌 것은 불합리하다, 라고 생각하면서 나는
그 주변을 정리하며 원상복구에 힘썼다. 아, 하지만 일부러 내
가 이런 식으로 정리하고 싶어질 정도로 어질러 버린다는 것은,
그것은 그것대로 합리적일까?

"음….”

원래대로 세운 책상 안에 교과서들을 정리해 넣을 때, 문득 매직펜으로 쓴 이름이 눈에 들어왔다. ‘1학년 3반 후카토오深遠’.

여기는 1학년 교실인가? 그렇게 적혀 있으니 그렇다는 이야기일 텐데…. 이 교실에 들어올 때에 학년 반이 적힌 표찰을 제대로 보지 않았다. 애초에 표찰이 있었는지 어떤지도 잘 기억나지 않는다. 아니, 그보다 후카토오? 후카토오라면…. 아니, 흔한 성씨였나?

“아라라기 선배. 다망하신 와중에 죄송합니다만, 잠깐 이쪽으로 와 주실 수 있을까요?”

오기의 목소리가 내 사고를 가로막았다. 다망하시고 뭐고, 지금 내가 하고 있는 일은 네가 벌인 일의 뒤처리라고 말하고 싶은 참이었지만, 어쨌든 나는 정리를 일단 중단하고 어느새 조금 전까지 내가 씨름했던 교실 앞문 주변으로 이동해 있는 오기 곁으로 걸어갔다.

“아아, 아뇨, 아뇨. 한 걸음만 물러서 주세요. 조금 더 오른쪽으로. 아뇨, 너무 갔어요. 왼쪽으로. 으음, 반걸음만 더 뒤로 물러서고, 약간 가슴을 펴 주시겠어요?”

…지시가 아주 세세하다. 무슨 생각인지, 뭘 할 생각인지 전혀 알 수 없었다. 이렇게 말하는 이유는 유리창에 책상을 내던지거나 칠판을 긁거나 하는 것으로 이 교실에 대한 그녀의 폭력적인 어프로치는 막을 내렸다고만 생각했기 때문이다. 하지만 그렇지는 않았다. 또 한 가지, 그녀는 수단을 남기고 있었다. 그

것도 엄청나게, 폭력적인 수단을.

몸을 낮게 숙이나 싶더니, 오기는 강렬한 팔꿈치 찌르기를 내 명치를 향해서 날렸던 것이다. 내 반사 신경은 기능하지 않았고, 그 일격은 멋지게 작렬했다.

"크허억!"

시키는 대로 가슴을 펴고 있던 몸이 용수철 장치라도 된 듯 기역자로 꺾어지고, 나는 공중제비를 돌며 그 자리에 쓰러졌다. 너무 힘차게 날려 가서 하마터면 문에 머리를 부딪칠 뻔했다. 아슬아슬하게 스치며 바닥에 웅크린다.

"커⋯⋯허억. 무, 무슨 짓이야⋯. 오기, 넌⋯."

"흠. 역시 틀렸나 보네요."

숨 쉬는 것조차 고통스러워하는 나를 곁눈질로 보며 오기는 태연하게 말한다. 움츠러드는 기색이 전혀 없다.

"⋯아뇨, 위산으로 문을 녹일 수 있을지 생각했어요. 타격이나 공진이 통하지 않아도, 녹일 수는 있지 않을까 하고. 하지만 이 어프로치도 소용없는 모양이네요. 문이 몹시 더러워졌을 뿐이에요. 뭐, 가령 녹았다고 해도 참새 눈물보다 조금 많은 정도인 아라라기 선배의 위산이 문을 완전히 녹일 수 있을 리가 없지만요. 좀 이따가 잘 닦아 두세요."

"⋯⋯."

엘보로 노린 것은 명치가 아니라 위장이었던 모양이다. 내가 위액을 토하게 만드는 것이 목적이었나. 얌전해 보이는 얼굴을 하고서 터무니없는 짓을 하네, 얘는. 왜 내가 처음 만나는 여자애한테 느닷없이 얻어맞아야 하냐고…. 무슨 인과냐.

"아, 죄송해요. 아팠나요?"

뻔뻔스럽게 그런 소리를 해 와서 화도 나지 않았다. 오히려 후련하게 느껴질 정도였다. 그렇지만 다행히도 나는 가정환경 특성상 이런 종류의 바이올런스에는 익숙했다. …위장을 얻어맞는 것에 익숙해져 있다니, 정말 말도 안 되는 가정 내 폭력이다.

인과라기보다 업보다.

"별로. 그리 대단치는 않았어."

나는 허세를 부리면서 일어섰다. 평정을 가장하는 것은 둘째 치고, 이런 식으로 후배에게 허세를 부린 결과가 지금 이 상황이니 슬슬 태도를 바꿔야 할 국면이기는 하지만.

"그런가요? 과연 아라라기 선배네요. 뭐, 제가 위액을 토해도 괜찮았겠지만 비주얼상 조금 부담스런 면이 있어서요. 아라라기 선배는 여자애한테 위액을 토하게 만들 바에야 자기가 토할 타입일 테니, 불초한 제가 신경을 써 봤어요."

"고마운 배려네…. 확실히 나는 여자애한테 위액을 토하게 만들 바에야 내가 토한다는 타입이야."

타입 나누기로서 너무 핀 포인트인 데다 '위액을 토한다'라는 가정이 애초부터 비정상이지만, 생글생글하는 얼굴의 오기에게 나는 그런 식으로 적당히 대답했다. 그 웃는 얼굴이 나를 바보 취급하는 그것인지, 의지하는 보람이 있는 선배에게 어리광을 부리는 그것인지는 역시 판단하기 어려웠다.

바닥을 알 수 없는 이 느낌.

과연. 확실히 '그 남자'의 조카란 느낌이다. 다만 외견적으로는 전혀 닮지 않았다고 해도.

"어쨌든 창문도 문도 파괴불가능이란 얘기지. 물론 전문적인 도구가 없으면 벽을 부술 수도 없을 테고."

"플라스틱 폭탄이라도 있다면 한 방일 텐데 말이죠."

살벌한 소리를 하는 오기. 실제로 나에게 망설임 없이 팔꿈치 찌르기를 날렸을 때를 생각하면, 만일 폭탄을 가지고 있다면 오기는 주저 없이 그것을 사용했을 것 같다. 다만 그랬다고 해도 이 교실의 벽을 부술 수 있는가는 다른 이야기다. 교실 안에 있는 우리가 무사하지 못할 것이라는 점은 틀림없지만.

"어쩔 수 없지, 여기서는 장기전으로 가야겠어. 괜히 나가려고 발버둥 치다가 정신적으로 소모되는 쪽이 더 문제야. 외부로부터의 도움을 기다리자고, 오기. 다행히 우리가 이곳에 있다는 건 칸바루가 알고 있으니까."

나는 느긋하게 말했다. 최대한 밝게, 명랑하게.

솔직히 그렇게 여유로운 정신 상태는 아니었지만, 후배를 안심시킨다는 의미에서도 그릇이 큰 모습을 보이고 싶다. 오기로서는 만난 지 얼마 되지도 않은 남자와 밀폐공간에 단둘이 있게 되었으니, 그것만으로도 상당히 불안할 테니까 말이야…. 그렇게 되면 조금 전의 팔꿈치 찌르기도 일종의 위협, 경계심의 발로로 볼 수 없는 것도 아니다.

어쨌든 여기서의 행동은 남자로서 시험받는 기분이 든다. 그렇다기보다, 여기서 선택지를 잘못 고르면 파멸할지도 모른다.

"과연 어떨까요…."

하지만 정작 오기는 그다지 걱정스럽지도 않은 태연한 느낌이다. 나처럼 강한 체하는 것뿐인지도 모르지만.

"그분의 열성팬으로서, 칸바루 선배로부터의 도움을 기대하고 싶은 마음은 저도 마찬가지예요. 하지만 외부로부터의 구조는 조금 바라기 어려울 거란 생각이 드네요."

"응? 어째서? 방과 후에 갑자기 학생 두 명이 모습을 감춘 거라고. 칸바루가 아니더라도 누군가가 깨닫겠지. 너희 반에서도 우리 반에서도, 그렇게 되면 큰 소동이 벌어질 거라고."

'큰 소동'이라는 건 과장스러운 말인지도 모른다. 적어도 내가 없어지는 사태에 대해 우리 반 학생들은 '늘 있는 일' 정도로 처리할 것 같다. 센조가하라나 하네카와도 포함해서. 하지만 오기의 경우에는 전학 온 지 얼마 되지 않은 학생이 없어졌으니 화제가 되기는 할 것이다.

"가방이 있는 것을 보면 학교 밖으로 나가지 않았다는 것은 알 수 있을 테고 말이야. 그렇게 되면 머지않아 여기에 도달할…."

"남의 도움에 의지하는군요, 아라라기 선배. 사람은 혼자서 알아서 살아날 뿐, 인데 말이에요."

"――!"

"실례했네요. 이건 **삼촌의 지론**이었죠. 저하고도 아라라기 선배하고도 관계없었죠. 하지만 그거야 어쨌든 아라라기 선배, 동료를 의지하는 것은 나쁜 일이 아니지만, 기본적으로 저희는 아직 자력으로 탈출하려는 시도를 포기해서는 안 된다고 생각해요. 왜냐하면."

그렇게 말하며 오기는 손가락으로 가리켰다. 무엇을 가리켰는가 하면, 칠판 위에 설치되어 있는 시계를. 그것을 본 순간, 나는 얼어붙었다.

시곗바늘은.

우리가 이 교실에 들어온 그때 이후로 **1분 1초조차도**, 미동도 하지 않았다. 한 시간 이상 갇혀 있었을 우리는 아직 1초도 이 교실에서 보내지 않은 것이다.

"건전지가 다됐다…는 것은 물론 아니겠죠."

오기는 히죽히죽 웃으면서 그렇게 말했다.

003

일의 시작은 내가 봄방학, 금발금안의 흡혈귀에게 습격당하고 딱 반년이 경과한 10월 하순의 어느 날이었다. 점심시간에 교실의 내 자리에서 도시락을 먹으려고 하는 나를, 나의 사랑스런 후배인 칸바루 스루가가 찾아왔던 것이다.

"여어, 아라라기 선배! 칸바루 스루가다!"

여전히 기운 넘치는 후배였다.

"혼자인가! 혼자로군!"

여전히 실례되는 후배이기도 했다.

"아니, 혼자라고 할까⋯."

변명하는 태도가 되는 나. 뭐, 이 올바름의 에너지에 가득 찬 후배를 앞에 두게 되면, 안 그래도 압도당해 위축되어 버리는 구석이 있지만.

"2학기에 들어선 뒤로 센조가하라하고 하네카와가 아주 사이가 좋아져서 말이야⋯. 같이 도시락을 먹어 주지 않아."

지금쯤 둘이서 런치 데이트를 하고 있겠지. 여자들의 우정이 로맨스에 승리한, 희귀한 사례다.

"흐음. 그렇다면 다른 친구하고 먹으면 될 텐데 말이야. 혼자 먹는 점심만큼 쓸쓸한 것도 없을 텐데."

보통은 하기 힘든 말을 거리낌 없이 한다. 그 주장에 반대는 하지 않지만, 그래도 사람은 먹어야만 살 수 있다. 설령 그 밖에 다른 친구가 없다고 해도 말이다. 쓸쓸함도 외로움도 인생 안에 들어간다.

하지만 굉장하구나, 이 녀석.

3학년 교실에 왔어도 전혀 위축되는 기색이 없다. 여차하면 그대로 비어 있는 의자에 멋대로 앉아 버릴지도 모르는 기세다. 은퇴했다고는 해도, 역시나 한때는 학교의 스타가 되었을 만하다.

"뭐, 그런 쓸쓸한 아라라기 선배에게, 오늘은 좋은 소식을 가지고 왔어."

"좋은 소식? 호오, 흥미로운걸. 꼭 들려줬으면 해. 좋은 소식은 아주 좋아해."

딱히 흥미롭지는 않았지만, 내가 혼자 쓸쓸하게 도시락을 먹으려 하고 있던 것에서 화제가 벗어나게 만들 수 있다면, 국제 정치론이든 IT 비즈니스 이야기든, 좋은 이야기든 나쁜 이야기든 뭐든 듣고 싶었다.

"그게 말이지. 실은 아라라기 선배에게 소개하고 싶은 애가 있어."

칸바루는 그렇게 말하고서 붕대가 칭칭 감긴 왼손으로 교실 입구를 가리켰다. 복도 쪽으로 몸 절반 정도가 보이는 작은 몸집의 여자애가 있었다.

"……."

소개하고 싶은 애…. 저 애를 말인가? 누구일까, 본 적 없는 애인데…. 아니, 소개하고 싶다고 말했으니 모르는 게 당연한가. 농구부 시절의 후배인가? 그렇지만 칸바루는 그 낯선 여자애를 어째서 나에게 소개하려는 거지? 분위기로 보면 1학년인가…. 이 위치에서는 너무 멀어서 학년 마크는 안 보이는데….

"귀엽지?"

칸바루는 말한다. 마치 귀여움 앞에서는 세상의 모든 의문이 사라질 거라고 말하는 듯하다. 뭐, 그것은 의외로 세상의 진리를 벗어나지 않는다.

"아라라기 선배에게 귀여운 여자를 소개한다는 것은 꽤나 리스키한 일이지만, 본인에게 부탁을 받았으니 어쩔 수 없지. 나도 고민 끝에 내린 결단이야. 아니, 정말이지 센조가하라 선배랑 하네카와 선배가 우연히 자리를 비운 타이밍이어서 다행이야."

"넌 나를 뭘로 보는 거야."

"짐승보다는 인간에 가깝다고 보고 있어."

"정답이기는 한데…."

그러나 확실히 그 두 사람의 부재를 노린 듯한 타이밍이었다. 오늘은 우연히 밖에 나갔지만, 센조가하라와 하네카와는 교실 안에서 도시락을 먹는 경우가 더 많으므로(그 경우에도 나는 제외된다) 정말로 노린 것은 아니겠지만. 설마.

그건 그렇고, 소개하고 싶단 말이지….

아시는 대로 나는 그리 사교적인 인격이 아니라서 남녀노소를 불문하고 모르는 사람과 만나는 것은 별로 좋아하지 않지만… 초월사교적 인격, 모르는 사람과 만나는 것을 너무너무 좋아하는 칸바루에게 그 부분의 사정을 이해해 달라고 부탁하기는 어려울 것 같다.

"아니, 나는 사람과 만나는 것은 서투르거든."

이라고 말하면,

"그런가! 그러면 능숙해지면 되지!"

라는 대답이 돌아올 것이 뻔하다.

애초에 나는 지지난달, 칸바루에게 어떤 사람을 '소개'했다. 그 경우에는 소개라기보다 중개였지만, 하여간 어쩔 수 없었다고는 해도 상당한 위험인물을 칸바루와 대면시킨 것을 아직도 괴롭게 생각하는 입장이다. 아, 그렇지. 게다가 돌이켜 보면 그 전에는 나의 폭력적인 여동생, 카렌을 소개한 적도 있지 않았는가. 그러니까 만약 칸바루가 나에게 소개하고 싶은 인물이 있다면, 설령 그게 누구라도 만나야만 한다. …농담이 아니라, 어떤 친구가 있어도 이상하지 않으니까 말이야, 이 녀석의 광범위한 교우관계는.

다만 교실 밖에서 칸바루가 연결해 주기를 기다리는 저 여자애한테, 뭔가 켕기는 분위기는 전무하지만. 다만 뭐라고 할까, 정체를 모를 느낌은 있지만.

"괜찮아. 안심해, 아라라기 선배."

내 마음속의 불안을 간파한 것처럼 칸바루는 씩 웃으며 말했다.

"제대로 속옷은 벗겨 두었어."

"엉뚱한 소리 말고 돌아가!"

"괜찮아, 걱정 마. 벗겨 두었다고 해도 팬티뿐이고 브라는 그냥 놔뒀어. 확실히 아라라기 선배는 여자의 브라는 직접 벗기고 싶다는 파였지?"

"넌 3학년 교실에 와서 대체 무슨 소릴 하는 거야?! 나한테는 파라든가 조 같은 건 없다고!"

안 그래도 칸바루는 학교에서 모르는 사람이 없는 유명인이라서 우리의 대화에는 이목이 집중되어 있는데, 기이한 시선을 받고 있는데. 그러나 다행히 칸바루의 변태 대사는 주위에까지 들리지 않은 모양이라, 모두 내가 일방적으로 칸바루를 매도하는 것으로밖에 보이지 않는지 선배 티를 내는 나를 비난하는 시선이 따가울 뿐이었다. 즉 나에게는 전혀 다행이지 않지만… 뭐, 칸바루의 변태성이 세상에 알려지는 것보다는 다행이다.

"어? 팬티까지 직접 벗기고 싶은 거야? 정말 사나이다운걸, 아라라기 선배는. 얼마나 여자를 리드하고 싶은 거야. 아, 리드라고 해도 SM적인 의미가 아니라."

"SM적인 의미에서가 아니라, 나는 너에게 개목걸이를 채워두고 싶어."

정말로 채우고 싶은 것은 고양이방울이지만. 그렇다고 해도 지금 이루어지는 대화는 평소와 같은, 인사를 대신하는 칸바루 조크일 것이다. 나도 슬슬 익숙해지기 시작했다.

"그래서 저 애, 누구야? 정체가 뭐야? 나에게 소개하고 싶다니…. 나는 누군가에게 소개될 만한 남자가 아니라고. 평생 자기소개란 것이 아라라기 코요미의 캐치프레이즈야."

"그런 슬픈 캐치프레이즈가 어디 있어. 아무것도 캐치하지 못하잖아. 아니, 상담할 게 있대. 아라라기 선배한테. 그래서 만나 줬으면 좋겠어."

"나한테 상담? 야, 그거야말로 바보 같은 짓이라고. 그 누구에게 상담하더라도 아라라기에게만은 상담하지 말라는 상담이 이쪽저쪽에서 이루어지고 있는데."

"뭐야, 이 주변 녀석들이 그런 상담을 하고 있는 건가. 그렇다면 내가 박살 내고 오겠어."

"스톱스톱스톱! 농담, 농담, 농담이야!"

곧바로 흉포한 분위기를 풍기며 우리 반 학생들을 노려보는 칸바루를 진심으로 말리는 나. 반 학생들이 보기에는 학교의 스타인 칸바루가 이야기를 마치고 돌아가려는 것을 내가 억지로 말리는 것처럼 보이겠지만(내 호감도가 급락한다), 나는 너희를 구한 거라고. 칸바루의 왼손에는 지금도 사람을 '박살' 낼 수 있는 힘이 있다는 것이 지지난달 판명된 만큼 내 행동은 절실했다.

"그래서 그, 뭐냐, 상담이란 건 뭐야? 나, 나도 그 파이어 시스터즈의 오빠라서 상담 정도는 가끔씩 받아 준다고. 너의 소개장이 있다면 어쩔 수 없지."

"나도 자세한 얘긴 듣지 못했지만, 괴이에 얽힌 상담인 모양이야."

"어….."

괴이에 얽힌?

내 표정에 동요가 나타난 것을 보고 칸바루는, "응, 뭔가 알고 있는 모양이야, 저 애."라고 말했다.

"내 왼손에 대해서도 알고 있었고, 아라라기 선배의 피에 대해서도 알고 있었어. 삼촌에게 들었다…고 했어."

"삼촌….."

"저 애는 요전에 전학 온 1학년인데 말이야. 놀랍게도 오시노 씨의 조카인 모양이야. 이름은 오시노 오기라고 해."

나는 동요하는 표정으로 다시 한 번 그 여자애의, 오시노 오기의 반신을 봤다. 이때 처음으로 눈이 맞았다.

빨려 들어갈 것 같은… 검은 눈이었다.

004

"이상하네요."

"이상해."

"신기해요."

"신기."

"요컨대… 괴이쩍어요."

"괴이쩍고…."

이상하다.

내 책상 위에 펼쳐진 노트. 그곳에 그려진 도면을 가리키면서 오시노 오기… 오기는 담담하게 말했다. 8월에 가엔 씨와 이런 식으로 마주하고 비슷한 작업을 했던 것을 떠올리지만, 그때는 노트가 아니라 태블릿을 사용한 미팅이었다. 요즘에는 고등학생이 태블릿을 사용하는 것이 드문 일도 아니게 되었지만, 그 오시노의 조카인 만큼 아날로그 쪽이 성미에 맞는 것인지도 모른다.

노트에 그려져 있는 것은 나오에츠 고등학교의 내부 구조도였다. 첫 대면인 나에게 당당하게 보일 수 있을 만큼, 전문기구를 사용해서 그린 것처럼 아주 멋진 구조도였다. 이대로 학교 현관에 걸어 놔도 좋겠다 싶을 정도였다.

"이상하네요…."

그렇게 오기는 반복했다. 그 도면의 어느 한 점을 가리키면서.

"……."

나는 오기의 이야기를 들으면서 도면과 반반 정도의 비율로 그녀를 보고 있었다. 그녀의 눈을 보고 있었다. 빨려 들어갈 듯한 그 눈을.

그러고 보니 가엔 씨가 예전에 '오시노 메메의 여동생'을 자칭한 적이 있음을 떠올렸다. 어째서 누나가 아니라 여동생일까, 또 이 사람은 적당히 둘러대는구나, 하고 그때는 생각했었는데, 그 호칭에는 실재하는 모델이 있었던 건가. 생각해 보면 그 가엔 씨에게 '적당'이라는 게 있을 리 없다.

다만 나로서는 6월에 이 마을을 떠난 그 전문가의 조카가 어째서 지금 전학을 왔는가 하는 점에 신경을 써야만 한다. 칸바루는 '신기한 인연도 다 있네'라는 정도의 인식인 듯하지만, 하치쿠지에 관한 경험을 했던 나로서는….

"저기, 듣고 계신가요? 아라라기 선배."

"아, 그게…."

마음이 다른 곳에 가 있는 듯한 태도를 지적받아서 나는 황급히 수습했다.

"오, 오기. 자리에 앉는 게 어때? 마냥 선 채로 설명하기 어려울 것 같다고, 그 점이 신경 쓰여서 말이야. 그 주변 자리 녀석들은 지금 운동장에 나갔고, 수업 예비종이 치기 전까지는 돌아오지 않을 테고 말이지."

처음 만나는 후배는 마냥 세워 두고 나는 자리에 앉아 있다는 구도에 양심이 찔리기도 해서 그런 말을 해 보았는데, 오기는 사양했다. 결국 칸바루도 자리에 앉지는 않았는데, 오기의 경우, 사양하는 말이 굉장했다.

"아뇨, 공교롭게도 결벽증이라서요. 누가 앉는지 알 수 없는 의자에는 앉고 싶지 않아요."

"…그러십니까."

결벽증이라. 그렇다면 그 삼촌처럼, 지금은 없는 학원 옛터의 폐허에서 사는 짓은 절대 못 하겠구나.

"아라라기 선배의 무릎 위라면 앉아도 좋지만요."

"그만둬."

"아~. 아라라기 선배, 지금 야한 생각 했죠?"

손뼉을 치며 기뻐하듯이 말하는 오기. 그렇게 재잘거리는 모습은 평범한 1학년 여자애라는 느낌이었지만, 이 언행으로 속을 알 수 없다는 그녀의 인상이 불식되지는 않았다.

"야한 소리는 네가 했다고. 별로 그대로 서 있어."

"엄하네요."

"그래서 뭐였더라? 뭐가 이상하다고 했지?"

"젓가락이 굴러도 우스워한다… 라는 게 제 나이 대이지만요. 그게, 저기, 저는 전학생이잖아요? 가정사정이라고 할까, 일신상의 사정 때문에 저는 전학을 자주 했거든요. 벌써 전학을 몇 번이나 다녔는지 기억나지 않을 정도로요."

"흐음…, 고생이 많구나. 그러고 보니 칸바루도 초등학교 때에 전학을 경험했을 테지…."

참고로 칸바루는 이미 없다. 나에게 오기를 소개하기가 무섭게, 전력으로 어딘가로 달려갔다. 저래 봬도 바쁜 녀석이겠지. 혹은 상담의 상세한 내용을 자신이 들어서는 안 된다고 생각한 걸까?

"역시 고생이 많았겠네, 전학은. 주위의 환경이 송두리째 바뀌어 버리니까."

"네. 하지만 뭐, 이제는 익숙해졌지만요. 그래서 저는 전학을 할 때마다, 전학 가는 학교에서 맨 처음에 하는 일이 있어요. 뭐라고 생각하세요?"

"뭐냐니…. 선생님들에게 인사?"

"그건 하지 않는 적도 있어요."

"하지 않는 적도 있는 거냐."

"그러니까, 이런 도면 만들기예요."

오기는 노트의 페이지를 팔락팔락 넘겼다. 새 노트이지만 이미 상당한 페이지가 학교 건물 도면으로 메워져 있었다. 상당히 상세하게 나오에츠 고등학교를 그리고 있는 것 같다. 구조도뿐만 아니라 입체도도 있다. 학교 전경의 부감도 같은 건 어떻게 그린 것일까? 완전히 공중 촬영 구도인데.

"앞으로 신세를 지게 될 학교를 파악해 두고 싶다는… 뭐, 말하자면 저의 버릇 같은 거예요. 괴상하다고 생각하시나요?"

"아니, 딱히…."

솔직히 말하면 상당한 기행이라고는 생각하지만, 입학 초반에 그것과 비슷한 행동을 했던 인물을 약 두 명 정도 알고 있기 때문에 대놓고 괴상하다고 말할 수는 없었다. 오히려 약 두 명 외에 그런 일을 하는 인물이 있다는 것에 솔직히 놀랐다.

처음 만나는 사람인 데다, 또한 범상치 않은 인물인 그 오시노의 조카라고 해서 여기까지 어떻게든 선을 긋고 경계하며 오기와 접하던 나는, 그 기행으로 그녀에게 작은 친근감을 느꼈다.

"관館 계통의 미스터리를 좋아해서요. 첫머리에 약식 도면이 삽입되어 있으면 그것만으로 재미있어요. 그래서 자신의 새로운 학교생활 서두에 이렇게 간략한 약식도를 배치해 두고 싶어지는 거예요. 다만 살인사건을 기대하고 있는 것은 아니지만요."

그녀는 그렇게 말하며 웃었지만, 왠지 모르게 수수께끼 같은 분위기를 풍기는 그녀가 말하니 그리 농담처럼 들리지 않았다. 살인사건이 일어났을 때를 위해 약식도를 그리고 있다고 말했다면 나는 순순히 그 말을 믿었을지도 모른다.

"흐음…. 조금 보여 줘."

"네? 팬티를요?"

"아니, 노트를…."

칸바루의 후배다운 발언이다. 칸바루의 변태성은 주위의 노력도 있어서 그리 널리 알려지지 않았으므로, 그런 영향을 받고 있는 모습으로 봤을 때 오기는 칸바루와 상당히 가까운 것 같지만(다만 그 발언으로 판단하는 한, 속옷을 벗겨 두었다는 칸바루의 발언은 역시 말뿐이었던 것 같다)—하지만 갓 전학 온 오기가 어떠한 경위로 그렇게까지 칸바루와 사이가 좋아졌는지가 신경 쓰인다. 뭐, 누구와도 친해지는 칸바루이지만—나는 노트를 팔락팔락 넘겨 가며 처음부터 끝까지 훑어보았다. 이렇게 보니, 3년 가까이 다니고 있는 학교인데도 모르는 시설이 여러 군데 있었다. 평소에 얼마나 학교생활을 대충 하고 있었는지 통감하게 되었다.

"…그렇다고 해도 그림을 잘 그리네, 오기는. 나는 지도를 읽는 데 그리 능숙하지 않아서 이런 걸 봐도 감이 안 오는 경우가 많은데, 이 노트는 보고 있기만 해도 실제로 학교 안을 걷고 있는 것 같아."

"칭찬의 말씀, 정말 영광이에요. 그러니 제가 뭘 보고 이상하다고 말했는지, 아시겠죠?"

"응, 그건…."

알지 못하셨다. 간살을 부릴 생각은 없었지만, 이래서는 마치 그녀의 도면을 건성으로 칭찬한 것이 되어 버린다. 어쩔 수 없이 나는 의견 같은 것을 짜냈다.

"학교 건물이 너무 많다는 점일까? 전교생의 머릿수를 생각하면, 건물 하나는 절약할 수 있다든가."

"전혀 아니에요. 멍청이인가요, 당신은?"

정중한 말투로 신랄하게 이야기했다. 한순간 화나게 만들어 버렸나 했는데, 오기의 표정은 여전히 생글거리는 상태였으니 아무래도 그런 것은 아닌 듯하다. 어휘 선택이 독특한 것은 여기저기 전학을 다녔기 때문일까? 심한 매도가 그 지역에서는 일반적인 2인칭이라는 걸까.

"그건 단순히 출생률 저하의 영향이겠죠. 옛날에는 분명히 이정도의 건물들이 필요했을 거예요. 빈 교실이 많은 것은 단순히 학생 수가 개교 당초에 비해서 줄어들었기 때문이라고 추측할 수 있어요. …그게 아니라, 제가 말하는 건 여기예요."

"어디?"

"여기요."

오기는 나에게서 노트를 돌려받아서 어느 페이지를 펼치고는 한 점을 가리켰다. 조금 전에도 보았던 한 점이다. 하지만 그곳에서 나는 특별히 이상한 것을 찾아낼 수 없었다.

"구조가 이상해요."

멍청이, 즉 나의 대답을 기다리지 못한 듯 오기는 스스로 설명을 시작했다.

"이상하다고 할까, 부자연스럽다고 할까요. 보세요, 바로 위와 바로 아래층을 보세요."

페이지를 앞뒤로 넘기면서 오기는 말한다.

"각각 제대로 방이 있잖아요? 그렇다면 그 가운데에 해당하는 이곳에 교실 하나, 방이 없는 건 이상하잖아요."

"이상하다…."

나는 다시 한 번 도면을, 그런 선입관과 편견을 가지고 보았지만 특별히 조금 전과 달라 보이는 것은 없었다.

"하지만 이 3층에도 제대로 방이 있잖아. 시청각실이…."

"그건 도면이 잘못되어 있는 거예요. 잘못되었다고 할까, 일단 현실에 맞춰서 그려 두기는 했지만, 실제로 시청각실은 이렇게 길지 않아요. 주위와 비교하면 1.5배 정도, 세로로 길게 그려진 것을 깨달으시겠죠?"

"으음…."

주위의 교실과 비교해서 말하면… 뭐, 그렇게도 보인다. 나도 학교에서 생활하는 동안 몇 번인가 이용한 적이 있는 시청각실은 이렇게까지 크지 않았을 것이다. 다만 이 정도는 허용할 수 있는 범위 내의 미스라고 할까…. 오기도 딱히 공사현장에서 사용되는 본격적인 측량기구를 사용해서 이 도면을 만든 것은 아닐 것이다. 분명 그 층 어딘가의 교실을 하나 잘못 보거나, 단위를 잘못 측정하거나 해서 결과적으로 모순이 생기는 형태로 시청각실이 길어져 버린 것 아닐까.

"어라라? 혹시 저를 의심하시는 건가요, 아라라기 선배? 상처 입는다고요. 아라라기 선배에게 의심을 받다니."

"아니, 의심받았다고 상처 입을 정도로 나에게 호의를 갖고 있지 않았잖아, 너는."

"아뇨, 저는 사모하고 있어요. 간단히 속아 넘어가는 어리석은 자를."

시원스럽게 또 나를 어리석은 사람 취급했다. 예전의 센조가하라처럼 경멸과 함께 듣는다면 차라리 낫지만, 웃는 얼굴과 함께 들어서 천연으로 말하는 건지 욕설인지 정말로 구별할 수 없다. 인지적 부조화를 일으키게 된다.

"저는 미스 같은 건 저지르지 않아요. 만약 이것이 저의 미스였다면, 알몸이 된 상태로 좌우로 뻗은 팔을 자 대신 사용해서 학교 전체를 다시 한 번 측량하겠어요."

"엄청나게 경솔한 약속을 하는구나, 너는…."

나라면 아무리 자신이 있더라도 그런 약속은 안 할 거야.

후후, 하고 웃고서 오기는 "미스가 아니라."라며 운을 떼고는,

"미스터리 소설이라면 이런 식으로 약식 도면과 실제 구조가

일치하지 않는 경우에는 대개 그곳에 숨겨진 방이 있는 법이지만요."

라고 말했다.

"어떡하시겠어요, 아라라기 선배? 만약 이곳에 방 하나 정도의 빈 공간이 있고, 금은보화가 가득 쌓여 있다면."

"어째서 학교에 숨겨진 재산이 있는 거야…. 찾아내더라도 내 것이 되지는 않을 거 아냐."

"꿈이 없으시네요. 수험생은 이러니까 리얼리스틱해서 안 돼요."

"가령 네가 도면을 제작했을 때의 미스가 아니라면, 건물을 세울 때의 미스라고 생각하는 게 타당하지 않아? 즉 여기는 데드 스페이스라서 그냥 콘크리트나 뭔가로 메워져 있는…."

시청각실 옆에 그런 콘크리트 벽이 있었다는 기억은 없지만. 그럼 그 주변이 어떻게 되어 있었느냐고 묻는다면 기억이 망양하다. 애당초 학교생활 따위야 자기 교실 위치만 기억하면 별 문제 없이 보낼 수 있는 법이니까.

"그럴지도 모르겠네요. 물론 그렇다면 그것이 제일 좋아요. 아뇨, 가장 좋은 건 금은보화가 잔뜩 있는 것이지만, 콘크리트 덩어리가 잔뜩이라도 딱히 상관없어요. 다만, 만약 이것이."

오기는 말한다.

불온당한 것, 불근신한 것을 이야기하는 게 즐거워서 견딜 수 없다는 듯한 어조로, 말한다.

"어떠한 괴이 현상이었을 경우, 피해가 생기기 전에 조사해 두는 편이 좋지 않을까 생각해서요."

"……."

솔직한 감상을 말하면, 발상의 비약이라고 생각했다. 도면과 실제 구조가 맞지 않는 것은 기묘한 이야기이기는 하다. 하지만 그렇다고 그것이 괴이 현상으로 결부되는가 하면, 그렇지는 않을 것이다. 그것보다는 숨겨진 방이 있다는 설 쪽이 고개가 끄덕여질 정도다. 뭐, 문헌을 읽어 보면 그런 괴이도 있을지 모르지만.

애초에 그런 것이 학교 내에 있는데 시노부가 눈치채지 못할 리가 없다. 봄방학 단계에서 오시노가 깨닫지 못하는 게 이상하다고도 할 수 있다. 그렇다, 오시노였다면 분명. "뭔가 이상한 일이 일어났을 때, 모든 것을 괴이 탓으로 돌리는 건 좋지 않다고 보는데."라는 말을 할 것이다.

하지만 그렇다고 해도 내가 오기의 의견을 일축할 수 없었던 것은 오기가 바로 그 오시노의 조카였기 때문이고, 또한 그녀와 마찬가지로 나오에츠 고등학교에 입학했을 때 학교 안을 빈틈없이 조사한 약 두 명, 즉 하네카와 츠바사와 센조가하라 히타기로부터 그런 데드 스페이스에 대해서는 듣지 못했기 때문이다.

만일 그런 공간이 정말로 있다고 한다면—그것이 괴이에 기초한 것이든 아니든—오기는 뭐든 알고 있는 하네카와 츠바사는 고사하고 목숨을 걸고 보신에 노력하던 무렵의 센조가하라 히타기조차 깨닫지 못했던 학교 안의 이상을, 전학 온 직후에 당연하다는 듯 깨달았다는 이야기가 되는 것이다.

그런 사실… 아니, 현 시점에서는 어디까지나 가능성이지만, 그런 가능성이 들이밀어졌는데 호기심을 자극받지 않을 정도로는 나도 아직 메마르지 않았다.

"가령 괴이 현상이었다고 해도, 피해가 생기는 타입의 괴이라고만은 할 수 없지만…. 뭐, 만일을 위해서 조사해 두는 편이 좋을지도 모른다는 의견에는 찬성일까."

나는 신중하게, 과도하게 점잔 빼는 투로 말했다. 후배로부터의 제안에 간단히 획획 넘어간다고 여겨지기 싫었던 것이다. 칸바루를 상대로 할 때는 이미 사라진, 허세를 부리고 싶은 기분이다.

"와아, 기쁘네요! 아라라기 선배라면 그렇게 말해 주실 거라고 생각했어요. 그러면 오늘 방과 후, 저를 만나러 와 주세요. 3학년 교실에 오는 건 긴장되거든요."

칸바루와 달리 귀여운 소리를 한다. 사실 그녀는 이때에 만난 지 얼마 되지 않은 선배를 자기 쪽으로 부른다는 상당한 결례를 범하고 있었지만, 나는 그것을 깨닫지 못했다.

"알았어. 만나러 가면 되는 거지? 하지만 너무 늦어지는 건 곤란해. 나는 방과 후에 후배하고 놀고 있었다는 오해를 받았다간 암살당할 우려가 있거든."

"물론 시간은 많이 빼앗지 않을 거예요. 뭐, 15분 정도겠네요. 상황을 십분 감안해도 아무것도 없다는 걸 알기에는 충분한 시간이겠죠."

15분이지만요, 라고 말하는 오기는 기쁜 듯했다. 그런 모습을 보자, 도면이라든가 괴이라든가 하는 것은 단순한 구실일 뿐이고, 이 애는 갓 전학 와서 아는 사람이 없는 고등학교에서 간접적인 지인인 나와 친해지고 싶었던 것이 아닐까, 하는 자아도취적인 생각이 들었다. 물론 사실은 전혀 다르다.

조사도 15분으로는 한참 부족했고, 현재도 계속되고 있는 중이다.

005

방과 후, 이야기한 대로 나는 오기를 만나러 갔고, 그곳에서 둘이 함께 빠른 걸음으로 시청각실이 있는 건물로 향했다. 오기가 나를 선도하는 형태로. 그렇게 하고 있으려니 내가 전학생이고 그녀에게 학교 안내를 받고 있는 듯한 기분이었다. 오기는 목적지로 가는 동안, 나를 지루하지 않게 하려는 것인지 여러 가지 이야기를 해 주었다. '연재만화의 선전문이 길 때는 편집자가 자신이 없을 때라는 법칙(반대로 인기 만화의 선전문은 대개 짧다)'이라든가 '가격이 높아질수록 진행이 느려지는 법칙(요리가 나오는 속도, 회계, 납품, 선물 포장)'이라든가 하는 오리지널 법칙을 이야기해 주었다. 아무래도 그녀는 '법칙'을 좋아하는 듯하다. 그렇게 수다스럽게 이야기하는 모습은 확실히 오시노 메메와 겹치는 점이 있었고, 또한 평범한 고교 1학년 여학생 같기도 해서 나는 그리움과 신선함을 동시에 맛보면서 목적지에 도착했다. 그리고 그 목적지—학교 건물 3층의 시청각실 부근에는.

있었다.

교실이 하나, 있었다.

"봐, 오기. 이걸 보라고. 여기에는 번듯하게 교실이 있잖아. 너는 이걸 못 봤던 거야. 이 교실만큼의 공간을, 너는 시청각실에 포함해서 그려 버렸던 거야. 너의 미스였다는 것이 이걸로 확실해졌네. 자, 재빨리 알몸이 되어서 좌우로 벌린 자기 팔을 자 대신 삼아 학교 안을 측량해 주실까. 여차하면 겸사겸사 내 키도 재 주실까. 요즘 키가 좀 큰 것 같거든."

…이라고 내가 말했는가 하면, 말하지 않았다.

왜냐하면 **이곳에 교실이 있는 것이 교실이 없는 것보다도 훨씬 이상하기 때문에**. 특별 교실이 모여 있는 이 건물 안에, 어째서 혼자 뚝 떨어진 느낌으로 일반 교실이 자리잡고 있는 거지? 이렇게 인상에 남는, 말하자면 엉뚱한 느낌의 교실이 기억나지 않을 리가 없다. 도면으로는 기억나지 않더라도 직접 보면 확실히 떠올릴 것이다.

"어라? 뭘까요, 이 교실. 제가 도면을 만들기 위해 이 주변에 찾아왔을 때에는 이런 건 없었는데 말이에요~. 수수께끼네요~."

어째서인지 오기가 국어책을 읽는 듯한 어조로 입을 열기 시작했다. 표정은 히쭉거리는 그 표정이다. 이 상황을 재미있어 하는 것으로도 보인다.

"어쨌든… 안에 들어가 보자."

나는 잘못된 판단을 내렸다. 어떻게 생각해 봐도 여기서는 일단 물러나고, 대책을 짠 뒤에 다시 찾아와야 했다. 하네카와의 지혜를 빌려야 했고, 지금은 내 그림자에서 수면 중인 시노부에게 물어봐야 했다. 하지만 후배에게 믿음직스러운 모습을 보이고 싶었던 나는, 무모하게도 문을 열고 교실 안에 발을 들였던 것이다.

멍청하게도.

밖에서 엿보기로는 교실 안에 누군가가 있는 기척은 없었지만, 문은 잠겨 있지 않아서 간단히 들어갈 수 있었다. 안에는 역시 아무도 없었다. 늘어서 있는 책상과 의자, 그 밖에는 교탁과 청소용구를 넣는 로커 같은 것이 있을 뿐이다.

아무도 없는 교실. 그런 의미에서는 위화감이 없다. 실제로는 창밖으로 보이는 체육관이나 시간을 표시하지 않고 멈춰 있는 시계가 이미 이채로움을 발하고 있었지만, 나는 곧바로 그것을 깨닫지는 못했다. 금은보화가 잔뜩 있다는 분위기는 아니었지만, 이렇게 보기로는 평범한 교실이니 조금 전의 위화감은 내 기억의 착각일까, 여기에는 원래부터 이 교실이 계속 있었던 걸까 하고 생각하며 가슴을 쓸어내리던 나는 아무것도 깨닫지 못했다. 깨달아야 할 것을 아무것도 깨닫지 못했다.

오기는 내 뒤를 이어 교실에 들어오고.

문을 닫았다.

"…그렇게 해서 지금에 이른 건데 말이지."

나는 칠판 위에 걸린 시계를 보고, 그리고 그것을 자신의 손목 시계와 비교했다. 벽시계가 가리키는(정지한) 시각과 손목시계가 가리키는 시간 사이에는 차이가 있었다.

내 시계는 문제없이 작동하고 있는 것이다. 그렇다면 벽시계가 건전지가 다돼서 멈춰 있을 가능성도 있어 보이지만, 오기는 그것을 지레짐작으로 부정한 것은 아닐 것이다. 만약 이 교실 안의 시간이 정지해 있다고 가정하면, 문이 미동도 하지 않는 것도 창문이 깨지지 않는 것도 일단 설명이 되기 때문이다. 시간이 정지한 교실… 아니, 시간이 흐르지 않는 교실이라고 해야 할까?

"문제는 어디까지 고정되어 있는가 하는 점이네요, 아라라기 선배."

그렇게 말하며 오기는 다시 한 번 칠판으로 향했다. 손에 들고 있는 것은 이번에는 볼펜이 아니라 칠판에 글씨를 쓰는 일반적인 도구, 분필이었다.

"그래요, 분필이에요. 다만 저는 고풍스런 취향이라, 백묵이라는 표현 쪽을 좋아하지만요."

그렇게 말하며 오기는 칠판에 선을 그었다.

볼펜으로는 아무 흔적도 남지 않았던 칠판에, 하얀 선이 또렷하게 그어졌다.

"오…오오오."

나는 저도 모르게 감탄하는 소리를 냈는데, 그것은 분필로 글씨를 쓸 수 있나는 실험 결과를 향했디기보다 계속해서 다양한 실험을 해 나가는 오기의 액티브함을 향한 것이었는지도 모른다. 보통, 이런 밀폐된 환경에서는 좀 더 신중을 기해서 행동해야 하는 법이지만….

"아하하하. 분필이면 괜찮은 것 같네요. 어떤 법칙일까…. 이런 건 어떨까?"

오기는, 이번에는 분필을 가로로 돌려 잡고서 아주 굵은 선을 그었다. 분필 한 개를 눈 깜짝할 사이에 소모해 버리는 금단의 사용법이다. 하지만 그래도 선은 그어졌다. 오기는 그대로 굵은 선을 이리저리 구부려서 우산 그림을 그렸다.

거기서 분필을 세로로 고쳐 쥐고, 우산대 좌우로 '코요미·오기'라고 기입했다.

"아하하하! 둘이 알콩달콩 한 우산 아래! 막이래!"

"지금이 장난칠 상황이냐, 오기…."

어이쿠. 이러면 안 되지. 후배의 장난에 정색을 할 상황이냐. 나도 나대로 실험이나 시행착오를 거쳐서 이 밀실에서 탈출할 방법을 생각해야지.

"전기는 들어오려나…?"

채광은 창문으로 들어오는 햇빛으로 충분해서 지금까지 전기 스위치는 건드리지 않았지만, 나는 스위치를 전부 켜 보았다. 이런 때에 전부 켜 버리는 것이 나의 칠칠치 못한 부분이지만, 어쨌든 천장의 형광등은 일제히 들어왔다.

"전기는 들어오는 건가…. 최소한 교실로서는 기능하고 있다는 느낌일까?"

알 수 없는 일이지만…. 다만 전기가 들어온다는 것은, 탈출을 위한 최종수단으로 콘센트를 합선시켜서 화재를 일으키는 건 가능할 것 같다. 옛날에 카렌을 구하기 위해 츠키히가 비슷한 짓을 한 적이 있다(그야말로 파이어 시스터즈다). 다만 폭파보다는 나은 안이라고 해도, 밀폐공간에서 그런 짓을 했다간 질식의 위험이 있으므로 진짜 최후의 최종수단이라 봐야 한다.

"…그런 짓을 하지 않더라도 질식의 위험은 있으려나? 인간이 산소를 소비하는 속도는 어느 정도일까. 이 상태가 너무 오래 지속되면 언젠가 산소가 없어지는 게…."

"아뇨, 글쎄요. 아라라기 선배. 뭐니 뭐니 해도 여기는 교실이니까요. 기체에 대해서까지 밀실은 아니겠죠. 테이프로 틈새라도 메웠으면 모를까, 창문 틈새 같은 곳으로 사람 두 명이 죽지 않을 정도의 공기는 들어올 거예요."

"그런가…. 그렇다면 안심이야."

안심이라고 하면서도, 나는 오기의 입에서 나온 '밀실'이라는 단어를 의식했다. 뭐, 오기는 어쩌다 쓴 말이겠지만… 그렇다, 기밀성이 그 정도도 아니라고 한다면 밀폐공간이라기보다는 밀실이라고 부르는 편이 이 경우에는 현재 상황을 적절히 표현하는지도 모른다.

이거야 원.

약식 도면에 이끌려서 와 보니 미스터리 소설처럼 숨겨진 방이 있는가 싶었는데, 도착한 곳은 밀실인가. 무대장치로서는 그럭저럭이지만, 이렇게 되면 탐정의 부재가 한탄스럽다.

"…어떻게 생각하시나요? 아라라기 선배."

"어떻게 생각하냐니…. 글쎄, 어떻게고 뭐고…."

인정하지 않을 수 없을 것이다. 위화감이 있는 도면이나 기억에 없는 교실까지는 착각이라고 설명할 수 있겠지만, 이 밀실 상태에는 합리적인 설명이 되지 않는다. 때문에 비합리로, 그렇기에 부조리로 설명하지 않을 수 없다.

"하지만 오기, 이것이 만약 괴이 현상이라고 한다면 어떤 괴이야? 인간을 교실에 가두는 괴이 같은 게 있어?"

"글쎄요, 저는 삼촌하고 달리 그런 고풍스런 지식은 가지고 있지 않은 편이라서요. 만화나 영화에 나올 만한 메이저한 괴이 밖에 몰라요."

시치미를 떼고 있는 건지 겸손한 태도를 취하는 건지, 오기는 그렇게 대답했다. 속을 알 수 없는 헤실헤실하는 모습을 보면, 사실은 알고 있는 게 아닐까 하는 생각이 든다. 오시노와 이야기하고 있을 때도 이런 느낌이었다. 아무리 참으려 해도 억측을 하게 된다. 의심스러워하는 듯한 내 시선을 받은 오기는,

"그래도 뭐, 밀실에서 나갈 수 없게 되는 괴이란 게 있기는 하지 않을까요? 흔히 듣는 괴담으로는 누군가 다음 방문자가 올 때까지 그 방에서 나갈 수 없고, 다른 녀석을 꼬드겨서 방 안에 들어오게 하면 자신은 나갈 수 있다든가 하는 그런 거죠."

라고 말했다.

그런 괴담이라면 나도 들은 적이 있다. 그렇다면 우리는 다음 차례의 누군가가 올 때까지 이 교실에서 나갈 수 없는 건가? 아

니, 그게 아니지. 우리가 교실에 들어왔을 때에 안에 갇혀 있던 누군가가 나간 것은 아니다. 괴이 현상이라 해도 그것은 다른 종류의 현상일 것이다.

"그러네요. 멍청이가 이런 가설에 편승하면 어쩌나 하고 생각했어요."

오기는 자상하게 미소 지었다. 이 여자애는 나를 멍청이 취급할 때가 제일 귀여운데, 어떻게 된 일일까. 주의를 주지 못하고 있다. 타이밍을 놓쳐 버린 느낌이다.

"다만 아라라기 선배, 이것만큼은 말할 수 있어요. **괴이에는 그것에 상응하는 이유가 있다**, 라고요."

"……."

그것도 오시노의 대사였던가? 그렇게 되면 그 이유를 해명하는 것이 이곳에서의 탈출로 이어진다고 추측할 수 있는데….

"그렇다고 해도 교실에서 나갈 수 없다는 사태에 무슨 이유가 있는 거지? 시계가 멈춰 있는 것에도…."

"시계가 정지해 있는 시간이 열쇠인 게 아닐까요? 의외로…. 그도 그럴 것이, 저런 어정쩡한 시간을 가리키고 있는 것은 역시 위화감이 들잖아요?"

벽시계가 가리키고 있는 시간은 오후 6시 조금 전이다. 엄밀히 말하면 5시 58분. 참고로 내 손목시계가 가리키고 있는 시간은 4시 45분이다. 오기와 조사를 시작한 것이 확실히 3시 반 정도였다. 이상 현상의 발발로부터 이미 한 시간 15분이 경과했다.

"6시 전에 멈춘 시계가 열쇠라고 치고, 저건 오전일까? 오후일까? 아날로그시계라서 알 수가 없네."

"오후라고 생각해요. 창문으로 밖을 보기로는."

"응? …아니, 그런가? 오히려….."

창밖의 풍경으로 시간을 판단한다는 발상을 못 해서 마음속으로는 오기에게 감탄하면서도, 후배를 상대로 견식이 부족한 모습을 보이고 싶지 않아 나는 트집 잡는 소리를 했다. 자신의 작은 그릇이 정말 싫어진다.

"오후 6시라면 좀 더 어둡지 않을까? 이 계절이면…. 오기는 전학생이라 모를지도 모르겠는데, 이 지역은 10월만 되어도 해가 순식간에 떨어진다고."

"그런가요? 헤에, 아라라기 선배하고 이야기하면 공부가 많이 되네요. 하지만 그래도 역시 오후 6시예요. 체육관의 그림자가 져 있는 방향을 보세요. 저녁 해가 아니면 저 방향으로는 그림자가 지지 않아요."

"음… 어디 보자. 하지만 방향은…. 아아, 그게 아닌가. 창문으로 보이는 풍경이 다르니까, 이 건물의 입지조건을 기준으로 하는 게 아니라 체육관의 입지조건으로 판단해야 하나. 확실히 체육관은 동서 방향으로 세워져 있으니…."

나는 오기가 그린 도면의 체육관 페이지를 떠올리면서 중얼거렸다. 그렇군, 그렇다면 확실히 저 시계가 가리키는 것은 오후 5시 58분이 된다.

"오후 6시라고 하면, 이 고등학교의 하교 시각이죠. 하하, 우리는 하교 시각까지 돌아갈 수 있을까요? 어이쿠, 시계가 멈춰 있는 이상, 밖으로 나가도 여전히 3시 반인 상태일까요?"

"그 경우에는 내 시계 쪽이 고장 났다는 얘긴가. 복잡한데….”

"무슨 소릴 하시나요. 아라라기 선배는 시간여행 정도는 식은 죽 먹기잖아요."

오기는 그렇게 말했다. 응? 어라, 시간여행은 오시노가 이 마을을 떠난 뒤에 있었던 일이니 오기가 알 리가 없는데.

"복잡한 건 둘째 치고, 난처해지기는 하겠네요, 아라라기 선배. 시간이 흐르지 않는다는 것은 아무리 지나도 밤이 되지 않는다는 거예요. 즉 나이트워커, 시노부 씨에게 의지할 수도 없다는 얘기죠."

"응. 아아…. 그렇게 되나.”

내 그림자에 살고 있는 흡혈귀, 오시노 시노부는 예전에 ‘괴이 살해자’라고 불린, 모든 괴이 현상의 천적 같은 녀석이다. 괴이를 먹잇감으로 삼는 괴이다. 만약 그 녀석이 이 자리에 출현하면 우리가 직면한 상황 따윈, 교실째로 잡아먹어 줄 것이다. 다만 야행성인 그녀를 ‘오후 6시 전’이라는 어중간한 시간대에 불러내는 것은 조금 무리가 있다. 못 할 일은 아니겠지만… 도넛 몇 개가 청구될지 모른다.

"어떤 걸까. 교실의 시간은 정지해 있어도 내 시간은 움직이고 있으니까, 그림자 속의 시노부의 시간도 움직이고 있다고 봐야 할까."

"아라라기 선배의 시간이 움직이고 있다고만은 할 수 없어요.

의지가 움직이고 있을 뿐이지, 우리 육체의 시간은 정지해 있을지도 몰라요. 그렇다기보다 저로서는, 신체의 생리 작용이 멈춰 있기를 바라고 싶네요."

"응? 왜?"

"화장실에 가고 싶어지면 어떡할 건가요?"

"……."

그것은 참으로 절실한 문제네. 일부러 생각하지 않도록 하고 있었는데, 공복이라든가 갈증 같은 것보다 그쪽이 훨씬…. 다만 그 이야기를 하고 있는 오기는 굳이 말하자면 태연했다.

"무용담은 여러 가지 얘길 전해 들었지만, 그렇지만 헤이세이의 타니자키 준이치로*란 이명을 가진 아라라기 선배가, 여자와 배뇨장면을 서로 보이는 취미는 없겠죠."

"누가 헤이세이의 타니자키 준이치로야!"

"이 교실의 시간이 오후 6시 직전에 멈춰 있다고 한다면, 그것은 무엇을 위해 정지해 있는 걸까요."

오기는 이야기의 흐름을 원래대로 돌려놓았다.

"무엇을 위해서냐니…."

"표현을 바꾸죠. 오후 6시, 즉 하교 시각. 학생이 교실에서 돌아가야만 하는 시간대에, 오히려 학생을 교실에 가둬 놓았다는 이 현상의 의미는 무엇일까요?"

※타니자키 준이치로(谷崎潤一郎) : 1886~1965. 일본의 소설가. 탐미주의와 사도마조히즘이 결합된 에로티시즘을 특징으로 한 작품들로 유명하다.

"하교 시각인데도 집에 돌려보내지 않는다…."

확실히 이상한 이야기이긴 하다. 오히려 학교에 관한 괴이로 서는, 마냥 학교에서 귀가하지 않는 학생을 덮친다는, 어떤 종류의 교훈을 주는 타입의 괴이가 일반적이란 기분이 드는데.

"나머지 수업이라는 걸까요…."

"나머지…."

음. 뭐야, 그 말에서 뭔가 걸리는데…. 감이 딱 온 것은 아니지만, 뭔가 흐릿하게, 의미가 있을 것 같은….

기억이 자극받는 감각이 느껴진다. 나머지?

"아라라기 선배는 있나요? 나머지 수업을 받은 경험. 아하하, 저는 이래 봬도 머리는 좋은 편이라서, 거의 기억이 없지만요."

"나도 별로…."

"허어, 그러신가요."

오기는 감탄한 듯한 몸짓을 보였다. 다만 내 경우에 나머지 수업이나 보충 수업을 받은 기억이 없는 것은, 결코 머리가 좋아서가 아니라, 나머지나 보충 수업을 받게 되어도 대부분 땡땡이쳐 버리기 때문이라는 이유다. 대학입시를 지망하는 최근에는그럴 수 없게 되었지만…. 하지만 그렇다, 작년이나 재작년…. 특히 1학년 때에는…. 1학년 때?

"왜 그러시나요, 아라라기 선배? 기색이 나쁘네요…가 아니라, 안색이 나빠요."

"응…. 그런가? 미안해, 조금… 현기증이."

"사과할 필요는 없어요. 전~혀, 사과하지 않아도 괜찮아요.

분명, 믿음직스럽지 못한 후배를 앞에 두고 긴장해서 피로해지신 게 아닐까요? 그 근처에 있는 의자에 앉으시는 게 어때요? 저와 달리 아라라기 선배는 결벽증이 있는 것도 아니겠죠. 꼭 필요하다고 하신다면 제 무릎을 빌려 드릴게요."

"나에게 무릎을 빌려 주는 너는 어디에 앉으려는 거야. 앉으려고도 하지 않는 네 무릎을 빌리게 되면, 짝체조의 '무릎 위 서기'처럼 될 거 아냐. 정말이지 원…."

슬슬 오기의 놀림에도 익숙해지기 시작했다. 선배로서 그 부분은 타일러 둬야겠지만(그렇다, 칸바루처럼 때가 늦어 버리기 전에), 현기증, 거기에 가벼운 두통이 있는 것은 사실이어서, 나는 그녀의 권유에 따라 일단 자리에 앉기로 했다. 물론 오기의 무릎이 아니라 교실 안에 많이 있는 의자 중 하나에. 장기전이 예상되고 있으니 여기서 무리를 해 봤자 소용없다. 나는 이동해서 의자를 뒤로 빼고 그곳에 앉았다.

"어째서 그 자리에 앉으셨나요?"

앉는 것과 동시에… 아니, 조금 빠른 타이밍에 오기가 그런 질문을 던졌다. 응? 뭐지? 어째서냐고 물어도…. 오기가 권해 주었기 때문 아니었던가?

"아뇨, 그러니까요. 교실 안에는 많은 의자가 있는데, 어째서 그 자리를 선택했는지를 물은 거예요."

"……."

그냥 왠지 모르게 고른 것뿐이고, 이유 따윈 없어… 라고 말하려고 생각했는데, 지적을 받고 보니 내가 보기에도 참 신기하다. 피곤해서 자리에 앉는 거라면 그때 서 있던 장소에서 가장 가까운 자리에 앉는 것이 당연하다. 그런데도 어째서 나는 일부러 이동해서, 책상들을 가로질러 몇 개인가 의자를 지나친 끝에 앞에서 네 번째, 오른쪽에서 세 번째 자리를 골라서 앉은 것일까?

물론 왠지 모르게, 라고밖에 말할 방법이 없지만….

"왠지 모르게."

오기가 말했다.

"왠지 모르게… 그 자리가 앉기 편했다? 착석감이 좋아 보였다?"

"아니, 착석감이야 어느 의자나 별로 다를 것 없다고 생각하지만…. 그냥, 그…."

"그냥, 그?"

"…**여기 앉는 데에 익숙하다**는 기분이 들어서."

이상한 이야기를 하고 있다고 스스로도 생각한다. 다른 표현도 있을 텐데 앉는 데에 익숙하다는 건 뭐람. 처음 오는 교실에서. 그야 만약 이곳이 내가 속한 반이었다면 앉아서 쉬려고 할 때, 설령 어느 자리에 앉더라도 큰 차이가 없다는 걸 알더라도 익숙한, 친숙한 자기 자리에 앉으려고 무의식중에 움직이게 되는 것은 이해가 안 가는 것도 아니지만…. 하지만 이곳은 우리 교실이 아니니까.

"정말로요?"

"어? 뭐가? 뭐가 말이야, 오기?"

"아뇨, 가능성을 전부 살펴보는 것뿐이에요. 하나의 가능성으로서, 어쩌면 아라라기 선배는 이 교실에 온 게 처음이 아니지 않을까 하고 생각했던 것뿐이에요. 옛날에, 그 의자에 앉은 적이 있으니까, 의자에 앉게 되었을 때에 그 자리를 선택하게 되는 경우는 없을까요?"

"…아니, 그건 너무 엉뚱한 예시인데."

나는 반쯤 웃으며 대답했다. 그야 그렇다. 진지하게 상대할 가설로 생각되지 않는다. 또 오기가 나를 놀리며 놀고 있는 것뿐일 것이다.

"조금 전까지 나는 이런 장소에 교실이 있다는 것도 몰랐고…."

"저도 처음 이 주변에 조사를 하러 왔을 때에는 이런 교실은 없었어요. 하지만 아라라기 선배와 함께 왔을 때에는 이 교실이 나타났어요. 그렇다면 이 교실이 아라라기 선배와 관련되어 있다고 생각하는 것은 저에게 아주 자연스러운 일이에요."

"음…. 그렇게 되나?"

오기가 발견한 괴이 현상이니까, 이 현상의 원인은 오기에게 있는 것일지도 모른다는 생각을 솔직히 하지 않은 것도 아니었는데. 오기 쪽에서 보자면 내가 수상해진다는 건가.

"게다가 말했잖아요, 아라라기 선배. 어쩐지 이 창문에서 보이는 풍경이 낯이 익은 느낌이 든다고."

"어? 그런 말을 했던가?"

"말했어요. 교실에 막 들어왔을 때에, 아직 갇힌 것을 깨닫기 전이에요."

기억에는 없지만, 그렇게까지 딱 부러지게 단언하는 걸 보면 분명 말한 거겠지. 그 뒤에 밀실 상태라는 걸 깨닫는 바람에 기억이 날아간 걸까.

나는 앉은 채로 다시 한 번 창밖을 봤다. 체육관이 보이는 풍경. 본래 이 건물의 이 층에서는 각도상 보일 리 없는 풍경. 이 자리에서 보면 창가에서 보는 것과는 또 각도가 달라서, 체육관의 지붕도 보이지 않게 되고, 저 멀리 산이 보이고, 확실히, 뭐라고 할까….

기억이.

자극받아서.

"응…. 낯이 익어. 하지만…."

"하지만?"

추궁, 이라기보다 힐문처럼 오기가 말했다. 어느새 그녀는 내가 앉아 있는 자리 근처까지 다가와 있었다. 소리도 없이. 그 거리의 가까움에 조금 허둥지둥했다. 얼버무리듯이 나는 입을 열었다.

"아니, 하지만 각별히 그립다는 기분은 아니야. 오히려 조금 안 좋은 기분이 든다고 할까…."

"안 좋은 기분? 그런가요? 좋은 경치라고 생각하는데요…. 이 로케이션, 이 시추에이션. 이곳은 3층일 텐데 5층이나 4층에서 보는 풍경 같다는 말씀을 하셨는데, 역시 5층일까요? 이 높이는."

"5층….."

5층…이라고 한다면.

그렇다…. 생각을 새로이 해야 한다. 이 건물의 이 층에서는 이 풍경이 보일 리 없다. 이곳이 5층이라고 치고, 체육관을 향한 형태로 세워진 건물에 있는 교실, 창문에서 이런 풍경이 보이는 교실이라면.

그 교실을 나는 알고 있다.

후카토오.

"……!"

"어라라? 왜 그러시나요, 아라라기 선배? 뭔가를 떠올리신 듯한 눈치는 아니네요. 혹시 제가 분위기 파악을 못 하는 소릴 했나요?"

오기가 미안하다는 듯이 말한다. 아니, 미안해 보이지는 않고, 설레며 즐거워하는 눈치다. 어느새 또 서 있는 위치를 바꿔서 내 바로 뒤에 와 있었다.

"기억해 내고 싶지 않은 일이라도, 기억해 내 버린 건가요?"

"…아니, 그런 건, 아니야. 기억난 건 없어."

그렇다. 나는 아무것도 기억해 내지 않았다. 그도 그럴 것이, **잊어버린 적이 없으니까**. 그 일을 잊을 수 있을 리가 없으니까. 나는 입술을 깨물고 묵묵히 책상 속에 손을 찔러 넣었다. 착석감이 좋다며 스스로 선택한 자리의 책상 속을 조사했다. 집에서 공부할 생각이 없는 녀석의 책상인지, 교과서가 **빽빽**이 들어차 있었다. 나는 그중 한 권을 꺼내어 뒷면을 확인했다. 그곳에는 이렇게 적혀 있었다. '1학년 3반 아라라기'.

"큭…."

입가를 누른다. 곧바로 나는 그 이름을 감추려고 했다. 그러나 이미 때가 늦어서 오기는 내 어깨 너머에서 그 서명을 목격했다.

"어라라? 아라라기라고 적혀 있지 않았나요, 방금 전의 교과서? 이상하네, 신기하네, 어떻게 된 일이람. 어째서 이 교실에 아라라기 선배의 교과서가 있는 거지? 저 몰래 가지고 들어왔나요? 그러면 안 되죠, 반입 금지라니까요? 이 교실은."

그냥 해 본 소리예요, 시험도 아니고, 반입 금지 룰 같은 건 없어요. 그렇게 끈질기게, 가벼운 어조로 오기는 말했다. 시험. 그렇다, 시험이다. 오기의 말 하나하나가 내 기억을 자극한다. 뾰족한 가시처럼. 장미의 가시가 아니라, 고슴도치의 가시처럼.

난처해진 나머지, 나는 물었다.

"오기. 너, 뭔가 알고 있는 거야?"

"저는 아무것도 몰라요. **당신이 알고 있는 거예요**, 아라라기 선배. 예를 들면…."

오기는 옆자리에 손을 뻗었다. 그리고 책상 안에서 적당히 한 권의 교과서를 꺼냈다. 그리고 뒤집어서 그곳에 적힌 이름을 읽는다. '1학년 3반, 토이시마'.

"…이 토이시마 씨도, 아라라기 선배는 알고 있지 않나요?"

"응…. 알아."

알고 있다.

토이시마 스이센問嶋水仙. 반 학생들은 줄여서 '스이'라고 불렀다. 꽃꽂이부였던가? 잘 웃는 여자아이로, 무슨 이야기를 듣든 무슨 질문을 받든 웃는 녀석이었다. 입을 크게 벌리고 웃는 것이 여자답지 않다며 친구들로부터 자주 주의를 들었던가…. 하지만 그 호쾌한 웃음은 오히려 남자들로부터 좋은 평가를 받았다. 아니, 선생님들에게도 평판이 좋았을 정도다. 특히, 수업 중에 자주 농을 던지는 선생님은 토이시마에게 상당한 도움을 받고 있다고 들었다. 그렇다, 자리 바꾸기에 아주 진지한 녀석이었지…. 앞에서 네 번째, 오른쪽에서 두 번째라는 어중간한 자리가 되었던 '이때'는, 너무나도 불만스러워 보였다. 나는 바로 옆에 불만스러워 보이는 얼굴을 한 녀석이 앉아 있어서 당초에는 곤혹스러웠는데, 이내 그 자리가 그녀의 웃음소리를 가까이에서 들을 수 있는 특등석임을 알았다.

"머리를 땋고 있더라고…. 나는 여동생이 헤어 카탈로그 같은 녀석이라서 그 머리를 하는 데 얼마나 시간이 걸리는지 알고 있었거든. 그래서 매일 아침 그렇게 하기 힘들겠다고 생각했는데, 하지만 결국 한 번도 말하지 않았어…."

"자세하네요. 토이시마 씨에 대해서."

"아니…. 이 정도는 우리 반 애들이라면 누구라도 알고 있어. …나는."

나는 아무것도 몰랐던 것이다, 역시.

내가 몰랐던 무렵이다. 여러 가지로 몰랐던 무렵이다.

"그러면 조금 전의 후카토오 씨는요? 제가 엎어 버렸던 책상의 소유주는 어떤 분이었나요?"

오기도 그때, 교과서에 적힌 이름을 제대로 봤던 것 같다. 그걸 보고도 지금까지 언급하지 않았던 걸까. 아니, 그것은 이상한 일이 아니다. 오기에게 뭔가 관련이 있는 이름이 아니니까.

"…후카토오 시모노深遠霜乃. 나는 이 녀석이 무서웠어…. 아니, 뭔가 저지르는 녀석은 아니었어. 무해한 녀석이었다고 생각해. 하지만 자기 프로듀스를 엄청나게 잘 한다고 할까, 단적으로 말하면 귀여운 아이인 척하는 녀석이었거든. 애니메이션에서나 볼 수 있는 팬시한 머리장식을 붙이고 학교에 와서 주의를 받곤 했는데, 그때도 '왜 내가 야단맞는지 모르겠다'라는 얼굴을 하고 있었어. 아니, 모를 리가 없잖아…. 공부도 잘 하고 아는 것도 많은 건 귀엽지 않다고 생각했던 건지, 시험에서 일부러 나쁜 점수를 맞거나 하는 녀석이었지. 평범한 내숭 수준이 아니란 생각이 들지만… 뭐, 그런 느낌이야. 장래의 꿈은 '어머니'였지. 뭐, '신부'라고 말하는 편이 여자도女子度가 높다는 것은 나 같은 벽창호라도 간단히 예측할 수 있으니, 그것만큼은 진짜 꿈이었는지도 몰라. 하지만 내가 보기에, 그 녀석의 눈은 한 번도 웃은 적이 없었지."

젠장. 말이 너무 많았다. 하지만 이야기를 하기 시작하니 멈출 수가 없었다. 지금까지 막혀 있던 물이, 단숨에 분류가 되어 쏟아져 나오는 느낌이다. 잊는 것은 불가능하더라도, 더 이상 생각하지는 말자고 결심했을 텐데.

결정했을 텐데.

어째서지. 어째서 그 1학년 3반이, 2년 전에 내가 지냈던 교실이 지금 여기에 있지? 오후 6시 전. 오후 5시 58분. 하교 시간 직전. 이제 집에 돌아가야 하는데, 돌아갈 수 없다.

교실에서, 아무도 나갈 수 없다.

"…오기. 뭔가 날짜를 알 수 있는 방법이 없을까?"

"날짜요?"

"응. 오늘이… 그게 아니라 이 교실이 몇 월 며칠인지 알고 싶어."

"그런 건 칠판에 적혀 있잖아요. 보세요, 저기요."

오기가 세 번째로 내 바로 뒤로 돌아와서 얼굴을 바로 옆까지 가까이 가져오더니, 내 어깨를 안듯이 하며 칠판을 가리킨다. 칠판의 오른편 구석이다. 어째서일까, 지금까지 전혀 깨닫지 못했는데, 확실히 그곳에는 적혀 있었다. 이 교실의 '오늘' 날짜가. 게다가 그 아래에는 '오늘의 당번'의 이름도 적혀 있었다.

7월 15일. 목요일. 코우마·마리즈미.

"……!"

"어이쿠, 7월 15일이었구나, 오늘은…. 그렇다면 창밖이 이렇게 밝은 것도 이해가 되네요. 흐음, 그러면 이렇게 생각하는 게 타당할까요? 이 교실—아무래도 1학년 3반 같은데—에서 7월 15일 목요일 오후 6시 근처에 무슨 일이 있었다, 라고. 그것은 분명 원통한 일이었겠죠. 그 원통함이 이렇게 괴이로서의 형태로 결실을 맺었던 게 틀림없어요."

적당한 소리를 적당한 어조로, 실로 성의 없이 이야기하는 오기. 나는 저도 모르게 그렇게 대충 넘길 만한 일이 아니라고 항의할 뻔했지만, 할 수 없었다. 후배 여자아이에게 난폭하게 호통을 칠 수는 없다는 게 첫 번째 이유였지만, 두 번째 이유로서, 가만히 생각해 보면 오기가 하는 말이 실로 핵심을 찌르고 있었기 때문이다.

그날 이 교실에서 벌어졌던 일은, 성의 없으며 조잡했고, 그렇기에 견디기 힘든 일이었다. 지금은 무엇에 쓰이고 있는지 알수 없는, 그 교실. 체육관을 향하고 있던 건물 5층, 그 한가운데 있던 1학년 3반에서, 7월 15일의 방과 후에 열린 학급회의. 재판이라고 불러야 할 학급회의. 어떤 사건을 둘러싸고, 우리는 서로를 규탄했다. 자신의 무죄를, 상대의 유죄를 주장했다. 이의가 있었고 묵비권이 있었다. 증언이 있었고 위증이 있었다. 그리고 나는, 1학년 3반의 아라라기 코요미는 재판의 소용돌이 중심에 있었던 것이다.

맞다.

그날 이후가 아닐까?

내가 그런 말을 하기 시작한 것은.

"친구는 필요 없다. 친구를 만들면 인간의 강도가 떨어지니까."

오기가 선수를 치듯이 말했다. 앞질러 가서 내 도주로를 막는 것처럼. 나를 막다른 골목에 몰아넣듯이. 바로 옆에 있는 그녀의 얼굴이 더욱 다가와서, 지금은 거의 뺨과 뺨이 닿을 듯했다. 가깝다는 것이 아니라, 실제로 그녀의 작은 턱은 내 어깨 위에

얹혀 있었다.

"아라라기 선배의 입버릇이었죠. 다만 하네카와 츠바사 씨와 인연이 생긴 뒤로는 두 번 다시 하지 않게 된 것 같지만요. 이야, 사람과의 만남에 의해 사람이라는 것은 변해 가는 법이네요. 그러면 호기심에서 여쭙겠는데요. 이 반에서 아라라기 선배는 어떻게 변했나요? 후카토오 선배는, 토이시마 선배는, 코우마 선배는, 마리즈미 선배는 당신을 어떻게 바꾸었나요?"

"나를… 바꿨다…."

"중학교 시절의 당신과 고등학교 시절의 당신은 성격이 많이 변했다고 들었어요. 혹시 그 원인은 이 교실에 있는 거 아닌가요?"

…그런 이야길 누구에게 들은 거지? 아니, 알 만한 녀석은 아는 이야기다. 하지만 이미 옛날 일이고, 지금 와서 그런 일을 들춰낼 만한 것은 파이어 시스터즈 정도다.

"무슨 일이 있었나요? 아라라기 선배. 이 교실에서. 그날. 그때에."

추궁하는 듯한 어조로 오기는 속삭인다. 한쪽 팔이 내 목에 감겨서, 목을 졸리고 있는 듯한 기분이다. 천으로 목이 졸리는 기분이란 건 이런 것을 말하는 것이었나.

"그냥 이야기해 버리자고요, 아라라기 선배. 아라라기 코요미."

오기는 말한다. 사근사근하게. 소곤소곤.

"이야기하면 편해져요. 아무리 싫은 기억도, 이야기해 버리면 그냥 이야기예요."

"이야기…."

"괜찮아요. 제가 들어 드릴 테니까요. 저는 이래 봬도, 꽤 **이 야기가 잘 통하는** 녀석이에요."

"……."

그런 가운데서도 나는 최대한 평정을 유지했다. 이런 상황에서도 후배에게 추태를 보이고 싶지 않다는 마음은 남아 있었다. 정말이지 나도 허세에 넘치는 녀석이다.

"…나갈 수 없어."

"네?"

"나갈 수 없다고. 범인을 알 수 있을 때까지, 이 교실에서는 나갈 수 없는 거야. 우리가 한 일은, **우리가 우리에게 강요한 것은** 그런 학급회의였어. 믿기지 않는 이야기지만, 나는 거기서 의장을 맡고 있었어."

006

고등학교 1학년 때의 아라라기 코요미가 어떤 녀석이었는가 하면… 뭐, 지금보다는 비뚤어지지 않았다는 자기평가, 지금보다도 올바른 녀석이었다는 자기검토가 가능하다. 물론 흡혈귀에게 습격당하지 않았으므로 낮에도 밤에도 정상적으로 인간이었다.

그건 그렇고, 내가 다니고 있으며 오기가 전학 온 이 사립 나오에츠 고등학교는 상당히 이름 높은 입시명문고다. 토요일에도 수업이 있으며, 그런 의미에서는 그다지 일반적인 고등학교라 하기 어렵다. 입학시험 난이도도 상당하다. 나 같은 게 그 난관을 돌파한 것은 하나의 기적이라 할 수 있을지도 모른다. 아니, 기적은 말이 좀 심했나? 오히려 어떠한 오류로 합격되었다, 라고 말하는 편이 옳을지도 모른다. 왜냐하면 입학 후, 무리해서 합격한 그 '오류'의 대가를 듬뿍 치르게 되었으니까. 나는 순식간에, 나오에츠 고등학교의 도를 넘은 커리큘럼을 따라갈 수 없게 되었다. 1학년 때부터 대학 입시를 목표로 시작되는 쉴 새 없는 수업은, 나에게 상당한 컬처 쇼크였다. 다만 그래도(어떠한 오류라 해도) 입학해 버린 이상에야 굳게 결심하고 끈질기게 매달리며 따라갈 수밖에 없다고, 그 무렵에는 아직 생각하고 있었다. 그렇다, 1학년 말, 여름방학 직전까지는. 기말시험 직후까지는, 이라고 말해야 할까. 뭐, 어쨌든 7월 15일 방과 후까지는, 이다.

7월 15일. 그날 이후, 나는 성실하기를, 진지한 학생이기를 포기했다. 하네카와 츠바사가 말하는 '불량학생'이 되기를 결의했다. 사실은 그냥 낙오했다는 것뿐이고, 딱히 그날에 그런 일이 없었더라도 머지않아 나는 탈락했겠지만.

어쨌든 2년 전의 7월 15일. 나는 오늘도 하루 종일 영문 모를 수업을 흘려듣고(따라갈 생각을 안 하고 있잖아. 교과서는 책상 속에 내버려 두고 있고), 축 늘어진 정신 상태로 귀가하려 하고 있었다. 이제 곧 여름방학, 이제 곧 여름방학, 이제 곧 여름방학이라고 마음속으로 주문처럼 외면서. 다만, 여름방학에 나올 방학숙제의 양을 생각하면 여름방학에 돌입한다고 좋은 일이 있을리는 전혀 없지만.

어떻게든 1학기는 무사히 넘겼지만, 이런 것이 졸업까지 계속되는 건가 생각하니 벌써부터 치가 떨렸다. 그러나 실제로 나는 1학기조차, 이 시점에서는 아직 무사히 넘긴 것이 아니었고, 그리고 최종적으로는 무사히 넘길 수 없었던 것이다.

형체. 복도를 걷는 내 앞을 가로막는 형체가 있었다. 그것도 세 개나 있었다. 나는 정신적으로 몹시 피로했기 때문에, 직전까지 알아차리지 못하고 하마터면 부딪칠 뻔했다.

"아라라기."

그렇게 말을 거는 목소리가 들려서 숙이고 있던 고개를 간신히 들었다. 그곳에 있던 것은 세 명의 같은 반 학생이었다.

"잠깐 시간 좀 내줄래?"

발을 멈춘 나에게 그렇게 입을 연 것은 아리쿠레였다. 아리쿠레 비와蟻暮琵琶. 심술궂은 느낌의 여학생으로, 무슨 일에건 불평을 하고 싶어 하는 경향이 있다. 솔직히 말하면 꽤 거북한 타입의 여자다. 뭐, 그녀 같은 여자애가 취향인 남학생은 아마도 없으리라고 생각되지만. 다만 늘 스커트 주머니에 손을 넣고 있는 것은 딱히 불량한 체하는 것은 아니고, 손을 지키기 위해서라고 한다. 실제로 주머니에서 뺀 것을 보면 두 손에 장갑까지 끼고 있는 철저함을 보이고 있다고 한다. 듣기로는 피아니스트 지망이라고 했던가? 험담하기 좋아하는 이들은 그 이야기를 듣고 '소리에 성격까지 나오지는 않는다'라고 말하지만, 그녀의 연주가 나름대로 들어 줄 만한 것은 사실인 듯하다. 나는 들은 적이 없지만… 뭐, 소문이라고 해서 거짓말이란 법은 없을 것이다.

어쨌든 정신적으로 몹시 피로한 타이밍에, 거북한 여자가 멈춰 세워서 꽤나 괴로운 상황이었다.

"나는 이제부터 귀가라는 중요한 일을 해야 해서…."

"뭐야, 그건. 장난하자는 거야?"

시비 거는 듯이 말했다. 딱히 장난치는 것은 아니지만, 확실히 장난치는 것처럼 들리긴 했을 것이다. 나의 그런 부분은 예나 지금이나 변하지 않았다.

아리쿠레─닉네임은 아리쿠이, 요컨대 '개미핥기'였던가?─의 뒤에 있는 두 명의 여자 중 한 명인 키지키리는 아무 말도 하지 않고, 그러기는커녕 내 쪽을 보지도 않고, 뭐랄까, 그냥 멍하니 있었다. 이 녀석은 이런 녀석이다. 마이페이스라고 할까, 뭐든 성의가 없다고 할까. 의미도 없이 방과 후의 교실에 남아 있기도 하고, 그러는가 싶더니 갑자기 학교에 나오지 않기도 한다. 키지키리 호카雉切帆河는 생활태도가 몹시 변덕스러운 여자다. 다른 세상에서 살고 있는 애란 소리도 들은 적이 있다. 그렇기에 놀랍기도 했다. 그런 여자애가 아리쿠레와 함께 내 앞길을 막아서는 집단행동에 동참하고 있다니. 다만 딴 곳을 보고 있으면서 어디까지나 자기는 관계없다는 스탠스를 무너뜨리지 않고 있지만.

"아니, 사실 나는 얼른 돌아가야만 해. 그럴 의무가 있어. 귀가는 나의 3대 의무 중 하나야. 너한테만 알려 주는 건데, 6학년인 여동생이 지금 대규모 싸움에 말려들어서… 아니, 대규모 싸움을 일으켜서 눈을 뗄 수 없는 상태야."

"뭐어? 농담은 그만 좀 해 줄래? 그런 거 진짜 싫거든?"

아리쿠레가 진짜로 기분이 상한 듯이 말했다. 농담은 아니었지만, 이 시기의 내 사랑스런 여동생들은 아직 '츠가노키니 중학교의 파이어 시스터즈'로서 이름을 날리고 있지 않았으므로 그냥 헛소리로밖에 들리지 않았을 것이다.

"자아, 자, 진정해."

그렇게 또 한 명의 여학생, 토네가 아리쿠레를 달랬다. 기분상으로는 '자아, 자'가 아니라 '워어워어' 같은 느낌이었는지도 모른다.

"아라라기 군. 바쁜데 미안하지만, 부탁이니까 같이 교실로 돌아가 주지 않을래? 그렇게 시간은 많이 잡아먹지 않을 거야. 저기, 사람 좀 도와준다고 생각하고."

그렇게 시간을 잡아먹지 않는다. 결과적으로 그녀의 이 말은 거짓말이 되었지만, 속일 생각은 없었을 것이다. 토네 지쿠糖根軸. 그 이름에서 아이싱이라고 불리고 있다. 얼음의 아이싱이 아니라, 과자나 케이크의 설탕옷을 뜻하는 아이싱icing이다(복잡하게도 우리 1학년 3반에는 성씨에 얼음 빙자가 들어가는 히구마氷熊라는 남학생이 있다). 어쩐지 행복해 보이며 지켜보는 쪽도 행복하게 만드는 분위기가 있는 녀석으로, 옛날식으로 표현하면

'치유계'라고 할 수 있을까. 성씨나 닉네임으로 보면 달콤한 것을 좋아할 듯 보이지만, 실제로는 단것뿐만 아니라 뭐든지 가리지 않고 먹는 대식가다. 주위에서 보기엔 늘 행복해 보이는 그녀이지만, 본인 왈, 뭔가 먹고 있을 때가 제일 행복하다고 한다. 뷔페의 단골손님이라고 들었다.

"……."

뭐, 한 학기 동안 같은 교실에서 공부해 왔던 터라 나도 그 세 사람 각자에 대해 그 정도의 지식은 있었지만, 이 세 사람이 한 그룹이었다는 이야기는 듣지 못했다. 그렇다기보다 이 셋이 같이 있는 모습을 본 것도 이번이 처음이 아닐까?

대체 어떤 이야기의 흐름으로 이런 상황이 된 것일까. 그런 생각을 하고 있는데, 더 이상 못 참겠다는 듯이 아리쿠레가 "뭘 그리 질질 끄는 거야, 아라라기."라며 노기를 띤 어조로 말했다.

"올 거야, 안 올 거야? 확실히 해. 나는 딱히 안 와도 상관없어."

"…갈게. 가면 되잖아."

내가 조금만 더 현명했더라면, 여기서 그 세 사람을 따라가지는 않았을 것이다. 불온한 공기를 또렷하게 느끼고 있었으니까. 하지만 이 무렵의 나는 아직 고교생활을 포기하지 않은 상태였다. 왜 이 세 사람이? 라며 이상하게 생각했었는데, 이렇게 돌이켜 보니 상당히 절묘한 인선이었다. 느낌이 나쁜… 아차차, 고집스런 아리쿠레를 전면에 배치해 놓고, 그 후위를 어떤 종류의 언터처블이라고 할까, 대화가 성립하기 힘든 키지키리와 치유계인 토네로 보강한다는 포진을 상대로는 강경하게 나오기도 어렵다. 자칫 대응을 잘못했다간 이후의 고교생활에 커다란 지장이 생길 수도 있기 때문이다. 그래서 어쨌든 나는 이후의 학교생활 대부분을 망쳐 버리게 되었지만, 그렇다고 해도 여기서는 그녀들을 따라가는 것 외의 선택지가 없었을 것이다.

교실로 돌아간다. 체육관과 마주 보고 있는 건물 5층에 있는, 1학년 3반 교실로. 그랬더니 교실 문 앞에 두 명의 학생이 서서 우리 네 사람의 도착을 기다리고 있었다. 그 모습을 보고 나는 '아아, 그렇구나.'하고 납득했다. 두 명의 학생. 남자와 여자가 한 명씩. 남자 쪽은, 이 경우에 문제가 아니다. 문제인 것은 적의를 품은 눈으로 나를 노려보고 있는 여자 쪽이다. 내 등 뒤에 부모의 원수라도 있는 것이 아닐까 하는 생각이 들 정도로 날이 선 시선이다.

그녀의 이름은 오이쿠라 소다치老倉育. 본인은 오일러라고 불리고 싶어 하지만, 실제로는 하우머치how much라고 불리고 있다. 물론 이것도 성씨에서 유래하는 닉네임*인데, 타인을 감정하는 듯한 눈으로 보는 그녀에게 의외로 잘 어울린다고 나는 생각한다. 뭐, 어쨌든 나는 그녀와 서로 별명으로 부를 만한 사이는 아니다. 오히려 그녀에게 나는 그냥 원수다.

오이쿠라는 학급반장이다. 지금이야 반장이라고 하면 세계적

※성씨에서 유래하는 닉네임 : 일본어로 '오이쿠라'는 '얼마인가'를 뜻하는 'お幾ら'의 발음이기도 하다.

으로 하네카와 츠바사 한 명을 가리키는 말이 되었지만(내 안에서), 당시에는 아직 하네카와의 명성도 거기까지는 퍼지지 않았으므로 나는 그녀에게,

"오이쿠라 반장."

이라고 말을 걸었다. 격식 없이 털털하게 말을 걸기 어려운 분위기였다.

"왜 여기 있어? 네가 나를 부른 거야?"

"…얼른 들어가. 모두 너를 기다리고 있어."

차갑게 말하고서 그녀는 교실 안으로 들어갔다. 같이 있던 남학생도 그 뒤를 따른다. 참고로 그는 1학년 3반의 부반장으로 슈이 츠마周井通眞라고 한다. 성실함을 사람 형태로 만들어 놓은 듯한 고등학교 1학년생으로, 나오에츠 고등학교 학생의 모범 같은 녀석이다. 나에 대해서는 이미 이야기한 대로이지만, 겉모습부터 빡빡해 보이는 구석이 있는 오이쿠라보다도 슈이 쪽이 반장 같은 느낌인데, 그러나 본인의 말로는 "나는 관료 타입이니까 메인보다는 서브야."라고 한다. 관료 타입 고등학생 같은 게 있을 리가 없다며 나는 진심으로 받아들이지 않았지만, 그러나 그는 1학기 내내 훌륭하게 오이쿠라의 뒤에서 반의 통솔을 서포트하고 있었다. 그런 종류의 재능도 있는 모양이다. 그건 그렇고 언젠가 딱 한 번, 나는 게임 센터에서 그를 발견한 적이 있다. 무시무시하게 능숙한 동작으로 댄스게임을 하고 있었다. 어쩐지 봐서는 안 되는 일면을 본 것 같은 기분도 들었지만, 그 이후로는 나와 상성이 나빠 보이는 그를 그리 밉지 않게 생각하고

있다. 그에게 폐를 끼치지 않기 위해서라도 오이쿠라와의 충돌은 피해야 한다고 주의하고 있었다. 그쪽은 나를 아무렇게도 생각하지 않겠지만….

"자, 아라라기. 들어가라고 하잖아. 들어가라고."

아리쿠레가 재촉해 와서, 나는 어깨를 늘어뜨리는 시늉을 하며 시키는 대로 교실에 들어갔다. 오이쿠라는 대답하지 않았지만 이 세 사람에게 나를 뒤쫓게 한 사람은, 그 지시를 내린 사람은 역시 그녀일 것이다. 스스로 쫓지 않았던 것은 직접 갔다가는 나와 싸우게 되기 때문이거나, 혹은 위엄을 유지하기 위해서일까…. 어느 쪽이든 절묘한 인선이 그녀의 생각이라면 두말없이 납득할 수 있다. 다만 '모두 너를 기다리고 있어'라는 오이쿠라의 말이 마음에 걸렸다. 무슨 소리지? 나는 모두가 기다릴 만한, 히어로 같은 녀석이었던가? 애초에 '모두'는 누구지?

교실에 들어가자, '모두'는 문자 그대로 '모두'였음을 알았다. 교실 안에는 1학년 3반 멤버가 한 사람도 빠짐없이, 전원이 모여 있었던 것이다.

007

"허어, 전원인가요. 풀 멤버네요."

그렇게 오기는 맞장구를 쳤다.

"지금은 이렇게 아무도 없는 교실이지만, 그때는 모든 자리가 채워져 있었다는 건가요. 그렇군요, 그렇군요. 광음여시[*], 십년일일[*]인가요."

"응…. 아니, 10년이 아니라 2년이고, 세세한 것을 따지자면 나를 데리러 왔던 세 사람의 자리는 비어 있었지만 말이야. 그리고 부반장인 슈이는 그때 자리에 앉아 있었는데, 오이쿠라 녀석은 교탁에 서 있었어."

"교탁 위에 말인가요?"

"오이쿠라는 그렇게 기발한 반장이 아니야. 여하간 교탁에 서서 그 녀석은 선언했던 거야. '그러면 탈주병 한 명도 확보했으므로, 이제부터 임시 학급회의를 개최하겠습니다'."

"탈주병이라니 엄한 표현을 쓰네요. 무서운 사람이었군요, 오이쿠라 선배는. 무서워서 농담도 못 하겠는걸요. 그 사람, 아직 3학년에 다니고 있나요?"

"으응. 있다고 하자면 있긴 한데…."

별로 이야기하고 싶지 않아서 나는 모호하게 말끝을 흐리며 곧바로 이야기를 원래대로, 과거 시점으로 되돌렸다.

"임시 학급회의. 원래 그런 걸 방과 후에 하지는 않는데, 그런 것을 개최할 수 있을 정도의 카리스마가 있는 녀석이었어, 오이쿠라는."

"흐응…. 하지만 이상하네요. 아라라기 선배는 그 학급회의가

※광음여시(光陰如矢) : 세월이 흐르는 화살처럼 빠르다는 말.
※십년일일(十年一日) : 오랜 세월 동안, 아무런 변화도 없이 같은 상태임을 가리키는 말.

열리는 것을 직전까지 몰랐던 거죠? 그래서 데려올 사람들이 파견되거나, 탈주병이라고 불리거나 한 거죠? …어째서 몰랐던 건가요?"

"그건 단순한 전달 미스…였던 모양이야. 그날 중에 반의 모두에게 연락망이라고 할까, 접힌 편지나 문자 메시지 같은 것들이 돌았던 모양인데, 그것들 중 한 통도 나에게 도달하지 않았던 거야."

"네? 그건…."

계속 실실거리던 오기의 표정에서 처음으로 웃음기가 가셨다. 웃음기가 가시고, 슬금슬금 물러서기 시작할 것 같은 느낌의 표정이 만들어졌다. 뽀얀 피부의 그녀가 창백하게 질리니, 정말로 파랗다. 마치 색견본처럼.

"요즘 일본 스타일로 말하자면 혼자 따로 노는, 요컨대 '봇치*'라는 것이…."

"야, 야. 봇치라니. 사람을 다이다라봇치*처럼 말하지 말아 줄래?"

"말을 잘못 들은 반응에도 키에 대한 콤플렉스가 그대로 드러나고 있네요. 뭔가요, 아라라기 선배. '친구를 만들면 인간의 강도가 떨어지니까'라고 허튼 소리를 하기 이전부터, 친구 같은 건 없었던 거잖아요."

※봇치(ぼっち) : 외톨이를 뜻하는 일본어 약어.
※다이다라봇치(だいだらぼっち) : 일본 전승에서 나오는 거인. 하늘까지 닿을 정도로 키가 컸다고 한다. 데이다라봇치라고도 한다.

"조금 오해하는 거야."

완전한 오해는 아니지만.

"오기, 이건 친구가 없었던 녀석이 친구가 필요 없어질 때까지의 과정을 늘어놓는 이야기라고."

"봇치가 할 만한 대사네요."

오기는 진지한 얼굴로 말했다. 창백하게 질려 있지만, 이 녀석, 동정하는 눈치는 조금도 없다. 오히려 멸시당하고 있는 기분이 든다. 선배의 위엄은 어디로 가 버린 거람.

"친구가 없는 것은 쓸쓸하다고요."

"평범하게 타이르지 마…."

"그렇다면 달관한 듯한 말은 하지 말아 주시라고요. …그러면 자세를 바르게 하고 여쭙도록 하지요. 이 임시 학급회의에 대한 이야기를. 학급회의의, 오늘의 의제를."

008

"오늘의 의제는 '범인 맞히기'입니다."

오이쿠라는 내가 자리에 앉는 것도 기다리지 않고 그렇게 입을 열었다. 슈이에 이어서 나를 여기까지 데려온 세 여학생은 이미 각자의 자리에 앉아 있었지만. 방과 후인데도 멤버 전원이 교실에 모여 있다는 이상사태에 내가 멍하니 서 있는 것을 완전히 무시하고, 오이쿠라는 말을 이었다.

"범인을 특정할 때까지, 혹은 범인이 스스로 자백할 때까지 아무도 이 교실에서 나갈 수 없으니 그렇게 아시기 바랍니다."

엄한 어조였다. 적대시하는 나에게조차 좀처럼 쓴 적이 없을 정도로 매서운 어조다. 반론을 허락하지 않는, 타협점이나 절충 안을 찾을 생각이 일체 없다는 듯한 그녀의 태도에, 교실 안의 분위기는 확실히 말해서 나빴다. 험악함을 그림으로 그려 놓은 듯한 분위기다. 뭐, 분위기는 그림으로 그릴 수 없지만.

"관계자 외 출입금지인 비밀 학급회의입니다. 휴대전화 전원은 끄고, 외부와의 연락을 끊은 상태에서 임해 주세요. …아라라기, 뭘 하고 있는 거야. 문을 닫아. 문 닫는 것도 못 해?"

오이쿠라가 간신히 이쪽을 향하며 말했다. 자리에 앉는 걸 권하는 건가 했는데, 문을 열어 둔 것을 나무랐다. 문이 열려 있어도 그리 곤란할 일은 없을 거라며 불만을 느꼈지만, 그것은 '아무도 이 교실에서 나갈 수 없다'라는 결의의 표명이었는지도 모른다.

그렇게 생각하고 보니 창문도 전부 닫혀 있다. 여름인데 이렇게 창문을 꽉꽉 닫아 두는 건 에어컨 없는 교실에서는 상당한 고행인데…. 오이쿠라는 일부러 견디기 힘든 환경을 만들려고 하고 있는 걸까? 그럼으로써 범인이 자백하면 다행이라고 생각하는 걸까…. 아니, 그런데 범인이란 건 뭐지? 무엇의 범인이지? 범인 맞히기? 추리소설 같은 데서 나오는 이야기 아닌가? 아니, 그게 방과 후에 학생을 소집하면서까지 할 일인가?

나는 체육관 쪽에 접한 맨 뒷자리, 후카토오의 자리 뒤로 여섯 번째에 해당하는, 센조가하라 히타기의 자리를 확인했다. 공허한 분위기를 풍기는 우리 반 제일의 미소녀다. 나 같은 것은 황송해서 말조차 붙여 본 적도 없는, 어딘지 모르게 귀족 같은 그녀는, 아주 병약해서 새너토리엄 문학의 여주인공 같았다. 실제로 학교도 자주 쉬었고, 1학기의 절반은 등교하지 않았다는 이미지가 있다. 그런 그녀까지 이렇게 출석하고 있으니, 사태는 상당히 심각하다고 생각된다.

병약소녀인 센조가하라는 물론이고, 이렇게 교실에 열기가 모이면 누군가가 열사병에 걸려도 이상하지 않은데….

"오이쿠라 반장. '범인 맞히기'라니, 대체 무슨…."

"조용히 해. 부탁이니까 입 열지 마. 지금부터 설명할 거니까. 이쪽에는 이쪽의 순서가 있다고."

오이쿠라는 화를 냈다. 강한 어조로. 설령 몸무게가 얼마냐는 질문을 받았더라도 평범한 여자는 이렇게까지 강한 어조로 대답하지는 않을 거란 생각이 드는 태도였다. 부탁을 받았으니 입을 다물지 않을 수 없다. 그러나 일찌감치 말해 두겠는데, 나는 그렇게까지 미움받을 만한 짓을 그녀에게 한 기억은 없다. 나에 대한 그녀의 적대적 태도는 대부분 불합리한 것들이었다.

다만 부반장이 고생할 것을 생각해서 나는 여기서 계속 질문하지는 않고 그 자리에서 입을 다물었다. 그런데.

"야, 야. 멋대로 말하지 마, 오이쿠라. 왜 네가 주도하는 거야."

그렇게 말참견을 하는 목소리가 교탁으로 날아들었다. 교탁

앞쪽 부근에 앉아 있는 코우마 오키타다小馬沖忠였다. 코우마는 몹시 불만스럽다는 듯이 책상 아래에 다리를 꼰 자세로 오이쿠라에게 불평을 했다.

"너도 용의자 중 한 사람이잖아, 오이쿠라. 그렇다기보다, 네가 가장 유력한 용의자 아냐? 모두 너를 무서워해서 말하지 않을 뿐이지."

교실 안의 분위기가 한층 긴장되었다. 코우마는 아주 아름다운 목소리를 가지고 있어서 입은 험해도 평소에는 그리 나쁜 인상을 주지 않지만, 그의 미성만으로는 얼버무릴 수 없는, 요컨대 커버할 수 없는 수준으로 팽팽히 긴장되었다. 사정은 알 수 없지만, 아마도 코우마는 아픈 곳을 찌른 것이겠지. 모두의 생각을 대변한 걸까? 그런 일이 가능한 사람은 이 반의 학생 중에서 코우마를 제외하면 몇 명이나 남게 될까. 당연히 나는 말할 수 없다. 사정도 모르므로 더욱 말할 수 없다. 하지만 아무래도 사정을 전혀 모르는 사람은 나뿐인 것 같다. 내가 이 교실에 오는 사이에 전체적인 설명이 끝났다는 이야기일까? 그렇다면 난처하게 됐네…. 겉돌고 있다가 안으로 끌려 들어왔는데도 그 안에서 겉돌고 있잖아.

"알고 있어, 코우마 군. 당번의 사명감으로 진언해 줘서 고마워."

오이쿠라는 그렇게 말을 받았다.

내 이름은 공격적인 투로 툭툭 부르는 그녀이지만, 코우마를 상대로는 '군'을 붙여서 정중히 부르고 있다. 그렇다기보다, 내가 아는 한 그녀가 정중하게 부르지 않는 남자는 반에서 나뿐이다. 나에 대한 차별화를 꾀하고 있는지도 모른다. 그런 것을 꾀하지 말라고 말하고 싶지만, 물론 말할 리가 없다.

"나는 회의를 시작하기 위해 임시로 여기에 서 있을 뿐이야. 그다음은 다른 사람에게 맡기고 바로 내려갈 거야. 다만 개략적인 상황을 설명하는 사람은 당사자이자, 말 그대로 가장 유력한 용의자인 내가 어울리지 않을까? 얼른 학원에 가고 싶어서 견딜 수 없는 것은 알지만, 잠깐 동안만 입에 지퍼를 채워 줄 수 있을까?"

"켁."

대답 대신 그런 말을 내뱉었지만, 코우마는 입을 다물었다. 입시학원에 다니는 것을 거론한 것이 싫었던 모양이다. 그는 입시명문교인 이 나오에츠 고등학교를 '안전지원' 삼아 시험을 봤던 별종으로, 그랬던 그가 이 학교에 있다는 것은 즉 진짜로 노리던 학교에서는 떨어졌다는 이야기가 된다. 그런 이유로 반에 좀처럼 녹아들지 못하고 있는 구석이 있다. 불손한 태도도 그것의 표출이라 할 수 있다. 그렇기에 무서운 것도 모르고 오이쿠라에게 말참견을 한 것이겠지만, 그런 학생에게도 반장은 움츠러들지 않았다. 1학년 때부터 입시학원에 다니는 것이 나쁜 일은 아닐 텐데(오히려 나오에츠 고등학교에서는 칭찬받아야 할 행위일 텐데) 사람마다 콤플렉스로 느끼는 점은 다르다는 이야기일까.

"아라라기와 코우마 군 때문에 이야기가 엇나갔는데, 아직 사태를 완전히 파악하지 못한 사람도 있을 테니, 다시 한 번 설명하겠습니다."

자연스럽게, 그렇기는커녕 노골적으로 책임전가를 하고 나서 오이쿠라는 상황 설명을 시작했다. 하지만 역시나 그런 부분에서는 능숙해서, 설명은 알기 쉬웠다.

"사건은 지난주 수요일에 일어났습니다. 반에서 참가희망자를 모아, 이 교실에서 공부모임을 열었던 것을 기억하시겠지요?"

기억하지 못한다. 그렇다기보다 아예 모른다. 언제 열었던 거지? 내가 모르는 곳에서 그런 모임이 개최되고 있었던 건가. 공부모임? 지난주 수요일이라면 기말고사 직전이니까…. 그렇구나, 시험 대비인가.

"그 공부모임에 참가한 학생은 거수해 주세요."

오이쿠라의 말을 듣고서 절반 정도가 손을 들었다. 이때는 모두 금방 손을 내려서 제대로 셀 수 없었지만, 적어도 열다섯 명 이상은 손을 들고 있었다. 상당한 규모의 공부모임이었던 것 같다.

반대로 말하면 나를 포함해서 이 자리에 있는 학생 절반 정도는 그 공부모임에 참가하지 않았다는 뜻이다. 예를 들자면 조금 전에 오이쿠라에게 불평을 했던 코우마는 손을 들지 않았다.

오이쿠라도 손을 들지는 않았지만,

"네, 물론 저도 참가했습니다."

라고 입으로 말했다.

뭐가 '물론'인지 모르겠다. 그러한 이벤트를 자신이 주도하지 않는다는 것은 말도 안 된다는 뜻인지도 모른다. 손을 들지 않았던 것은, 숙녀로서 그런 포즈를 취할 수 없다는 주장인지도 모른다. 어쨌든 싫어하는 느낌은 있었다. 참가하지 않았던 사람을 은근히 나무라는 것 같기도 했기 때문이다. 제멋대로 행동하는 협조성이 없는 녀석이라고. 뭐, 나에게 한해 말하자면 확실히 제멋대로 행동하는 협조성 없는 녀석이겠지만….

"공부모임에 결석한 사람들을 위해서 설명하자면, 그것은 주로 수학에 관한 공부모임이었습니다."

임의로 연 모임이었을 텐데 어느샌가 참가하지 않은 것을 '결석'으로 취급하고 있는 것은 그렇다 치고. 그렇다, 다음 날인 목요일에 치러진 시험은 수학과 보건체육, 그 두 과목이었던가. 1교시가 보건체육이고 2교시가 수학. 그래서 그 공부모임에서는 과목을 수학으로 좁힌 거겠지. 뭐, 모두 같이 얼굴을 마주하고 보건체육 공부를 한다는 모습도 그리 자연스럽지는 않다.

"각자 모르는 부분을 서로 알려 주고 서로 배우며 서로를 높여 간다는 실로 훌륭한 모임이었습니다. 그러한 모임을 개최할 수 있었던 것을, 저는 자랑스럽게 생각합니다."

마치 그것이 자신의 공적인 것처럼 말하는 오이쿠라. 뭐, 실제로 그녀의 공적일 것이다. 분명히. 성격으로 볼 때는 그다지 인기인이라 말할 수 없는 그녀이지만, 인기인도 아닌데 공정한 선거를 통해 반장으로 선출되었다는 것에는 나름의 이유도 있는 것이다.

"하지만, 그러나 순조롭게 진행된 그 일에 찬물을 끼얹는 사태가 일어났습니다. 그래서 여러분에게 이렇게 모여 달라고 한 것입니다. 바로 이런 때 반이 하나가 되어 사태에 대처하는 것이야말로 나오에츠 고등학교 학생으로서의 의무라고, 저는 생각합니다."

"저기…."

그렇게 조심조심 손을 들며 발언을 요구한 것은 코우마의 옆자리, 교탁의 바로 앞자리에 앉아 있는 하야마치였다.

"난 바보라서 잘 모르겠는데 말이야, 오이쿠라. 공부모임에서 일어난 문제라면, 공부모임에 참가한 애들끼리 대처하면 되는 거 아니야? 나는 공부모임이 열렸다는 것조차 몰랐는데…."

동료가 있었다. 하야마치, 하야마치 세이코速町整子 쪽은 나를 동료라고는 티끌만큼도 생각하지 않겠지만.

"하야마치 양. '난 바보라서'라는 발언을 우선 취소해 주세요. 다른 학생들에게 불쾌감을 줍니다."

그렇게 오이쿠라가 대답했다. 뭐가 불쾌감을 주게 되는가 하면, 하야마치가 겉모습과는 다르게 상당한 천재 기질의 학생이었기 때문이다. 겉모습과는 다르게, 라는 말은 그리 예의를 다한 표현은 아니지만, 이 나오에츠 고등학교에서 네일 아트에다 옅지 않은 화장을 하고, 머리카락을 갈색으로 물들이고 등교하는 그녀는 그런 식으로 불려도 어쩔 수 없을 것이다. 뭐, 굳이 말하면 하야마치는 천재 기질이 있다기보다는 노력가인 것 같지만…. 오이쿠라의 입장에서 보면 코우마와 나란히(책상도 나란히 하고 있지만), 불쾌한 학생이겠지.

그래도 나 정도로 미움받고 있지는 않을 것이다. 나는 불쾌한 정도를 넘어서 눈엣가시라고 생각하고 있을 오이쿠라 반장이다.

"바보니까 바보라고 말한 것뿐인데~."

발언을 취소하지도 않고 머리를 컬하듯이 손가락으로 빙글빙글 말면서 반성하는 태도를 보이지 않는 하야마치는 무시하고, 오이쿠라는 "문제는 수학 시험 결과입니다."라고 말했다.

"공부모임에 참가했던 의식 높은 여러분은 전부 고득점을 획득했습니다. 그것은 아주 좋은 일입니다. 그러나 여기서 문제가 생겨났습니다. 아니요, 사실대로 말하자면 그것은 문제가 아니라 의혹입니다. 의혹이 생겨났습니다."

"의혹?"

내가 그 말에 반응하자, 오이쿠라는 나를 노려보았다. 의식이 낮은 나는 뭔가에 반응해서 눈에 띄는 것조차 허락되지 않았다는 건가? 가만히 보니 테츠조가 동정하는 듯한 시선을 나에게 보내고 있었다. 테츠조 코미치鐵條徑. 소프트볼부. 오이쿠라가 반의 지휘자라면 테츠조는 반의 조정자이며, 그녀도 그녀대로 나와 오이쿠라와의 불화에 골머리를 썩고 있다. 다만 이러한 국면에서는 참견할 수 없는지, 평소보다도 어른스러웠다. 나에게 동정의 시선을 주는 것이 고작인 걸까…. 그러나 미안하게도 그것은 아무런 의미도 없는 시선이다. 뭐, 괜히 끼어들어서 오이쿠라와 테츠조의 설전이 벌어지게 되는 것보다야 낫다. 설전이고 뭐고, 입심이 대단한 오이쿠라와 어물거리는 테츠조로는 좀처럼 승부가 되지 않겠지만.

"의혹이란, 쉽게 말하며 커닝 의혹입니다. 공부모임에 참가한 학생들의 시험 점수가, 공부모임에 결석한 학생에 비해 **너무 높습니다.**"

오이쿠라는 말했다.

"공부모임에 참가한 학생과 공부모임에 결석한 학생 사이에는 평균적으로 약 20점 정도의 차이가 있습니다. 이것이 10점 정도라면 공부모임의 성과로서 인정할 수 있겠지요. 그러나 20점이라면 이것은 그냥 넘길 수 있는 유의미한 차이가 아닙니다. 어떠한 부정행위가 있었다고 봐야 합니다."

"……."

부정행위. 커닝.

즉 '범인 맞히기'란 커닝한 범인을 맞힌다는 이야기인가. 아니, 하지만 이 경우에는….

"그건 커닝이라고 할 수 있나? 커닝이란 시험 중에 딴 사람 답 베끼는 거잖아?"

그렇게 입을 연 것은 테츠조의 뒷자리에 앉은 메베였다. 메베 미아와目邊實粟. 간사이 지방 출신의 여학생으로 '휩whip'이라는 애칭으로 통하고 있다. 미아와의 '아와'는 거품 '포泡'자가 아니라 곡식 중의 하나인 조를 뜻하는 '속粟'이라서 엄밀히 말하면 '휩(거품)'이 아니지만, 그녀는 토네와 사이가 좋아서 과자류에 연결된 휩이 되었다고 한다. 그녀는 싹싹한 성격 때문에 오이쿠라와도 나름대로 우호적인 관계를 쌓고 있으며(내가 보기에는 기적 같은 일이다. 꼭 가르침을 받고 싶은 마음이지만, 나란 녀석은 그 싹싹한 메베와도 이야기를 나눈 적이 없다), 그렇기에 그런 노골적인 지적을 할 수 있는 거겠지.

"그러네."

아니나 다를까, 오이쿠라는 여기서는 온건한 태도였다. 그러고 보니 메베는 공부모임에 참가했을까? 조금 전에 거수할 때에는 자세히 보지 못해서 모르겠는데….

"실제로는 이러한 부정행위가 있었다고 예상됩니다. **누군가**가…."

누군가, 라는 표현에 강한 적의를 느낀다. 나를 향할 때와 필적할 정도의 적의다.

"누군가가 교무실에서 수학 시험 문제를 입수해서, 그 시험 내용을 공부모임에서 자연스럽게 반영시켰다. 그래서 공부모임에 참가한 학생들의 성적이 전부 높아졌다."

"응? 그게 무슨 의미가 있나?"

메베가 고개를 갸웃거렸다.

"시험 문제를… 그 뭐꼬, 부정하게 입수했다면 지만 독점하면 되는 기지. 와 공부모임에 퍼뜨리노…."

"어떠한 의미가 있는지는, 여러 이유를 생각해 볼 수 있어서 어느 하나를 특정할 수 없습니다. 카무플라주일지도 모르고 유쾌범일지도 모르고."

오이쿠라는 생각할 수 있는 이유 전부를 열거하는 것이 수고스럽다고 생각했는지, 여기서는 '카무플라주'와 '유쾌범'이라는 두 가지 예만 들었다. 검토는 나중으로 돌리겠다는 말이겠지.

"어쨌든 신성한 공부모임을, 그리고 불가침의 기말고사를 더럽힌 자가 있다고 한다면 그것은 용서할 수 없는 일입니다. 공부모임에 결석한 학생도, 나는 관계없다고 생각하지는 말아 주세요. 이것은 우리 1학년 3반 전체의 문제입니다. 반복합니다만."

탕, 하고 교탁을 내리친다. 그리고 어째서인지 나를 노려보며 오이쿠라 소다치는 말하는 것이었다. 선전포고를 하듯이.

"범인을 특정할 때까지, 혹은 범인이 자백할 때까지 아무도 이 교실에서 나갈 수 없으니 그렇게 아세요."

009

"아하하. '약식 도면'으로 찾은 '숨겨진 방'에서 시작된 '교실' 상황, 그리고 다음은 '범인 맞히기'인가요. 슬슬 미스터리 소설처럼 돌아가기 시작했네요. 재미있네요, 아라라기 선배의 이야기는. 익사이팅도 있고, 엑센트릭도 있고."

"재미없다고…. 아마추어가 한데 모여서 벌이는 범인 찾기가 어떤 흐름이 될지는 이 시점에서 대강 예상이 가잖아."

낙천적인 감정을 이야기하는 오기에게, 나는 도리질하듯 고개를 저었다. 지금까지 이야기한 것만으로도 이미 상당히 마음이 무겁다. 어째서 나는 처음 만난 여자아이에게 이런 이야기를 하고 있는 걸까, 하는 생각이 들기 시작한다.

이런 이야기, 시노부에게조차 하지 않았는데.

"후후. 그렇다고 해도 정말로 사나운 분이네요. 오이라쿠의 사랑…이 아니라, 오이쿠라 반장은."

"오이라쿠老いらく의 사랑? 늘그막의 사랑이라고? 하하, 절묘한 실언이네, 그거…. 본인에게 말해 줄 걸 그랬지."

물론 말할 배짱 같은 게 있을 리 없지만. 당시의 나는 오이쿠라를 진심으로 겁내고 있었으니까. 뭐라고 할까, 이해가 안 될 정도로 자신에게 적의를 품고 있는 녀석이란, 보통 이상으로 무서움이 느껴지기 마련이다.

"다만 오이쿠라의 사나움은 나중에 알게 되는 센조가하라에 비하면 아직 귀여운 수준이었지만 말이야. 센조가하라의 경우에는 적의라기보다 악의였으니까."

"아, 맞다. 이야기를 끊으면 죄송하겠다 싶어서 묵묵히 있었는데, 그걸 물어보려고 생각하고 있었어요. 이야기 중에 나온 센조가하라 씨는, 지금 아라라기 선배와 연인 관계인 센조가하라 씨라고 보면 되는 거죠? 독설의 마녀, 츤데레 여왕 센조가하라 씨라고."

"너는 센조가하라에 대해 무슨 소릴 들은 거야…? 뭐, 그건 맞지만."

지금은 개심하고 갱생한 상태지만. 당시에는 절벽 위의 한 떨기 꽃(실제로는 가시투성이 장미), 새너토리엄 문학의 여주인공(실제로는 호러소설의 몬스터), 귀한 집 아가씨(실제로는 귀신같은 아가씨)라고 생각했던 그녀와 내가, 2년 뒤인 지금 연인 관계가 되어 있다는 것을 보면 정말 사람 사는 것은 알 수가 없다.

…그렇다고 해도 당시의 반 학생들 중에서, 지금 나와 우호적인 접점이 있는 사람은 센조가하라 한 명뿐이지만.

"다만 나는 당시 센조가하라의 정체를 몰랐으니까, 이대로 그 녀석이 귀한 집의 병약한 아가씨라는 설정으로 이야기하도록 하겠어."

"네, 네. 설정으로요. 정설이겠죠."

즐거운 듯 맞장구를 치는 오기. 잘 들어 준다고 할까, 정말로 즐거운 듯이 재미있다는 듯 내 이야기를 들어 준다. 이야기하면서 유쾌한 이야기는 전혀 아니지만, 그렇게 대응해 주면 입을 다물 수가 없다. 이상한 묘사가 되는데, 내 입이 멋대로 이야기하고 있는 것 같다. …저절로.

"그게, 어디 보자. 어디까지 이야기했더라?"

"오이쿠라 선배가 범인이 밝혀질 때까지 이 교실에서 아무도 나갈 수 없다고 선언한 곳까지예요. 응? 그렇게 되면 이 뒤에 오이쿠라 선배가 의장 자리를 아라라기 선배에게 양보했다는 얘긴가요? 학급회의 의장은 아라라기 선배가 맡았다고 하셨죠?"

"응, 그래. 거기서 의장이 교대되었어."

"그렇군요. 오이쿠라 선배가 임시 오야親고, 주사위를 던져서 아라라기 선배가 오야가 되었다는 거군요."

"마작 규칙을 예로 들면 오히려 알기 힘들어진다고 생각하는데 말이지…."

수수한 취미를 가지고 있는 모양이다. 어쩌면 오기, 화투도 알고 있지 않을까?

"하지만 그렇다고 해도 실제로 주사위를 던진 것은 아니죠? 오이쿠라 선배는 의지를 가지고 아라라기 선배를 의장으로 지명했던 거죠? 그래서 아라라기 선배를 앉히지 않고 세워 두었던 거죠?"

"응. 그런 얘기야."

그렇다고 해서 나를 계속 세워 둘 필요는 딱히 없었다고 생각하지만 말이야.

"그렇다면 역시 잘 모르겠네요. 아라라기 선배는 어째서 지명된 건가요? 누가 반대하지는 않았나요?"

"물론 모두가 찬성한 건 아니야. 예를 들어 시나니와라는 남학생이 있었지. 시나니와 아야즈테品庭綾傳라는, 뭐랄까, 엘리트 의식의 권화 같은 녀석이…. 사람을 업신여기는 버릇이 있는 녀석이라서, 특히 나 같은 녀석은 가장 밑바닥이라고 깔보고 있었어. 그 녀석은 상당히 강경하게 반대했지."

"여러 사람에게 미움받고 계시네요, 아라라기 선배. 엘리트 의식이라…. 뭐, 많을 것 같네요, 이 학교에는. 오이쿠라 선배의 사나운 태도도 그런 의식에 기초한 것일지도 모르고요. 뭐, 미움받는 것도 인덕에 들어간다잖아요, 아라라기 선배."

"성의 없는 위로 하지 마…. 한순간 납득할 뻔했는데, 미움받는 것이 인덕일 리가 없잖아. 게다가 시나니와에게는 딱히 미움받은 게 아니야. 업신여겨지고 있던 것뿐이야."

"똑같은 게 아닐까요. 참고로 그 시나니와 선배는 공부모임에는 참가하셨나요?"

"아니. 독학파였거든, 그 녀석은. 다만 코우마 정도로 배타적이었던 애는 아니야. 자기보다 아래인 녀석은 깔보고 때에 따라서는 내쳐 버리지만, 자신과 동격, 혹은 위라고 판단한 녀석하고는 아주 프렌들리하게 접하는 성격이었어."

"최악으로 보이는데요."

"나쁜 녀석은 아니었어."

나쁜 녀석은 아니었다. 뭐, 이것도 그리 친하지 않는 녀석이 상대이기에 할 수 있는 대사다. 대체 내가 시나니와 아야즈테나 오이쿠라 소다치의 무엇을 알고 있다는 말인가. 겉으로 드러난 프로필을 알면 그것으로 친구인 거라고?

"…하지만 최종적으로는 그 시나니와 선배를 포함해서 3반 사람들은 아라라기 선배가 의장이 되는 것을 인정한 거죠? 어째서인가요?"

"오이쿠라가 가장 유력한 용의자라는 말을 들었던 것처럼, 공부모임에 참가한 학생이 그 자리를 주도하는 게 좋지 않다는 말은 이해가 되지? 그것으로 반 학생의 약 절반은 자격을 잃은 건데, 그렇다고 남은 사람 중 누가 하더라도 상관없는 건 아니야. 어쨌든 의제의 중심에 있는 건 수학 시험이지. 시험 문제의 검토에 이야기가 미치는 것은 피할 수 없어. 그렇다면 수학 성적이 별로 좋지 않은 사람에게는 맡길 수 없다는 이야기가 되겠지?"

"허어. 뭐, 그렇…게 되는 걸까요."

딱히 검산을 하는 것은 아니니까 수학에 서툰 사람이 의장을 맡아도 문제없는 거 아니냐고 말하고 싶은 듯했지만, 오기는 우선 그렇게 끄덕였다.

"하지만 공부모임에 결석, 즉 공부모임에 참가하지 않았던 학생의 평균점은 참가자보다 20점이나 낮았던 거잖아요? 있나요? 참가하지 않은 사람 중에서 공부모임 참가자에 필적하는 좋은 성적, 고득점을 얻은 학생이."

"그야 있지. 하야마치 같은 애는 92점인가를 받았어. 꼭 공부모임에 참가했던 학생만이 고득점을 얻었던 것은 아니야. 그 사실이 이야기를 복잡하게 만들었다고도 할 수 있겠지만. 다만 공부모임에 참가했던 어느 학생보다도 좋은 점수를 받은 건 나뿐이었어."

"에."

"그래서 내가, 의장으로 선출된 거야."

010

100점.

100점 만점에 100점. 그것이 내 기말고사의 수학 점수였다. 차점이 오이쿠라 소다치의 99점이다(참고로 오이쿠라의 99점이 공부모임 참가자 중 최고 득점이다).

나는 나오에츠 고등학교의 커리큘럼을 전혀 따라가지 못했지만 수학만큼은 예외였다. 특기 과목이라고 말하면 건방지게 들리겠지만, 어쨌든 생각하지 않아도 되는 만큼 다른 과목보다는 편했다. 그렇다고 해도 만점은 너무 잘 나온 점수였다. 그래서 답안지를 받았을 때 이래서는 뭔가 여파가 있지 않을까 하고 오히려 기쁨보다 안 좋은 예감을 느꼈는데, 그 예감이 멋지게 적중했던 것이다.

맙소사, 이런 역할을 맡게 될 줄이야. 나는 교탁에 서기는 했지만 가능하면 그대로, 교탁 아래에 숨고 싶은 심정이었다. 평소에 선생님들은(혹은 오이쿠라는) 이런 시점에서 교실을 보고 있는 건가. 나에게 집중되는 시선을 견딜 수가 없었다. 키지키리나 센조가하라처럼, 흥미 없다는 듯 딴 곳을 향하고 있는 학생의 존재가 오히려 고마웠다.

"자, 신속하게 진행해 줄 수 있을까, 아라라기. 우리의 무죄를 증명해 줘."

적의를 담뿍, 빈정거림도 담뿍 담아서 오이쿠라가 말한다. 그녀의 자리는 맨 뒷자리였지만, 그 압력은 교탁과의 사이에 책상 다섯 개 분량의 거리를 두어도 전혀 달라지지 않았다.

…이미 전해졌을 거라 생각하는데, 오이쿠라 반장이 나를 병적으로까지 싫어하는 이유는 내가 수학을 잘 하기 때문이다. 자신이 '오일러'로 불리지 못하는 것은 수학 점수에서 자신을 상회하는 나 때문이라고, 그녀는 강하게 확신하고 있는 것이다. 적반하장을 넘어서 화풀이 같은 이유로 미움받고 있는 것에 도무지 납득이 가지 않아서 "다른 교과목은 전부 네가 상대가 되지 않을 정도로 상회하고 있으니까 됐잖아."라고 (무모하게도) 반

론한 적이 있는데, 그녀의 말로는 그렇기에 더욱 화가 나는 거라고 한다. 작가를 지망하는 사람 앞에서 원숭이가 셰익스피어를 써내고 있는 상황 같은 것이라고 말했다. 정말 심한 소리를 지껄인다.

그렇다고 해서, 내가 나오에츠 고등학교의 커리큘럼을 물고 늘어질 마지막 희망의 끈인 수학에서 일부러 나쁜 점수를 맞을 수도 없고…. 그녀는 어떻게든 자력으로 나를 추월하고 싶은 듯한데, 얻은 점수가 만점이어서는 그것도 불가능하다.

"다만 우리 반에서 만점을 맞은 사람은 아라라기뿐이니까, 그것을 논거로 아라라기가 답안을 훔쳤다고 보는 것도 불가능하지는 않겠지만 말이야…."

그렇게 오이쿠라는 시비를 걸듯이 말했다. 네가 의장으로 지명했잖아. 나는 이런 트집 같은 의견을 의장으로서 반론해야 하는 건가?

"그건 아니지 않을까?"

그렇게 거기서 나를 대신해서…는 아니겠지만, 오이쿠라에게 말한 사람이 그녀 바로 앞에 앉아 있는 1학년 3반의 출석번호 1번, 아시네 케이리足敬離였다. 그가 출석번호 1번, 내가 2번이다. 출석번호가 이어져 있는 점도 있어서 약간은 사이가 좋은 편이다. 아니, 사이가 좋다고 할 정도는 아니지만, 뭐, 이야기를 나눈 적은 있다. 그 사소한 인연으로 나를 감싸 준 것인지도 모른다. 그도 역시 메베와 마찬가지로 오이쿠라와 우호적인 관계에 있는 몇 없는 사람 중 한 명이다. 다만, 그의 경우에는 오이쿠라뿐만 아니라 우리 반 여성진 거의 대부분에 대해서 어느 정도의 영향력을 가지고 있다. 어쨌든 그의 닉네임은 말 그대로 '미남'이다. 얼짱이라는 경박한 표현으로 이야기되는 경우는 없다. 그런 데다 나처럼 성가신 녀석에게도 격의 없이 대해 주는 점으로도 알 수 있듯이, 성격도 좋았다. '미남'이고 '좋은 녀석'. 빈틈이 없다는 느낌이다. 그런 빈틈없는 그가, 빈틈없는 발언을 계속한다.

"그도 그럴 것이, 아라라기 군은 공부모임의 존재도 몰랐잖아? 그리고 공부모임에 참가했던 누구와도 접점을 갖고 있지 않을 거야. 그렇다면 공부모임에 참가한 학생들의 평균점수에 아라라기 군이 얽혀 있을 리가 없어. 무엇보다, 오이쿠라 양이 아라라기 군을 의장으로 지명한 건, 아라라기 군이 반의 누구와도 이해관계를 가지고 있지 않기 때문이잖아?"

"뭐, 뭐어, 그렇지만⋯."

그렇게 웬일로 오이쿠라는 말을 더듬듯 대답했다. 가격을 감정하는 여자도 미남에게는 약한 걸까. 꽤나 유감스러운 사실이지만, 나에게 정말 유감스러운 것은 그 미남이 전제하듯이 말한 '아라라기 코요미는 반의 누구와도 이해관계를 가지고 있지 않다'라는 사실 쪽이었다. 옹호받는 것 같으면서도 완전히 내쳐져 버린 기분이었다.

뭐, 확실히 그렇긴 하다. 이런 학급회의에서 뭔가 교류적인 이벤트가 있을 때, 2인조를 만들 때도 3인조를 만들 때도 4인조를 만들 때도 항상 혼자 남는 아라라기 군이다. 그 연고 없는 모습은 의외로 독립된 포지션인 의장에 적합한지도 모른다.

마음이 무거워지는 작업이긴 하지만….

"그러면…. 우선은 공부모임에 참가했던 여러분께서는 거수해 주세요."

나는 말했다. 고압적인 명령조로 말하는 것도 생각해 보았지만, 불필요한 풍파는 일으키지 않는 게 낫다. 여기서는 공손한 태도로, 사무적으로 진행하자. 솔직히 이런 의논을 해서 범인을 알아낼 수 있다고는 생각하지 않지만…. 그래도 해야 할 일은 엄숙하게 진행해야 할 것이다. 오이쿠라가 말했을 때에는 곧바로 손을 들었던 녀석들이, 이번에는 천천히 손을 들었다. …서로 눈치를 보는 것처럼.

"그대로 손을 들고 있어 주세요. 지금 칠판에 이름을 적겠습니다."

"아, 그러면 그거, 내가 할게."

그렇게 말하며 게키자카가 자리에서 일어섰다. 자진해서 서기를 맡아 줄 생각인 모양이다. 그녀다운 적극성이다. 다만 그녀는 조금 전까지 손을 들고 있던, 즉 용의자 중 한 명이지만…. 아니, 공부모임에 참가하든 참가하지 않았든, 서기 정도는 맡겨도 괜찮을까. 내가 승낙의 대답을 하기도 전에 게키자카는 책상 사이를 가로지르듯이 앞으로 나와서 맨 먼저 자기 이름을 칠판에 적었다. 그런 그녀를 배신자를 보는 것처럼 바라보는 눈도 있었다. 손을 들고 있는 학생 중에서, 다. 아니, 그런 주제 넘는 행동을 오히려 수상히 여기는 것인지도 모른다. 다만 그녀, 게

키자카 나게키激坂なげき는 원래부터 그런 개방적인 성격이라 의심을 사기 쉬운 녀석이기는 했다. 뭐랄까, 남녀의 벽, 간극 같은 것을 거의 의식하지 않는 녀석으로, 상대가 이성이어도 상관없이 스킨십을 하는 구석이 있다. 그것이 원인이 되어 트러블이 발생하는 경우가 많다고도 하고…. 뭐, 알기 쉽게 말하면 '애, 나를 좋아하는 거 아냐?'라고 착각하게 만드는 여자라고 할까. 지금도 나는, 그녀가 서기를 자진해서 맡아 준 것에 대해 아무런 감정도 느끼지 않았다고 하기는 어렵다. 이것은 요컨대 남자는 바보라는 이야기일지도 모르지만…. 어쨌든 '날림 키스'라는 애칭은 꼭 '나게키'라는 이름에서만 유래하는 것이 아니다. 그런 생각을 하고 있는 동안, 그녀는 자신도 포함해서 손을 들고 있는 학생 전원의 이름을 칠판에 다 적고 나서 자기 자리로 돌아갔다. 센조가하라의 두 자리 앞이다.

그 결과는 확실했다. 공부모임에 참가했던 학생은 이하의 열아홉 명이었다. 실제로는 게키자카가 거수하고 있는 학생의 이름을 무작위로, 눈에 띈 순서대로 성씨만을 적었는데, 알기 쉽도록 여기서는 50음도순, 풀 네임을 표기한다.

①아시네 케이리足根敬離 ②이가미 미치사다醫上道定

③오이쿠라 소다치老倉育 ④키키고에 엔지效越煙次

⑤키지키리 호카雉切帆河 ⑥쿠베 아이즈苦部合圖

⑦게키자카 나게키激坂なげき ⑧코도 소쇼甲堂草書

⑨슈이 츠마周井通眞 ⑩슈자와 주도趣澤住度

⑪스우치 코쿠시巢内告詞 ⑫다이노 키이치고題野木苺

⑬나가구츠 초카長靴頂下 ⑭하가 로카把賀濾過

⑮히구마 세키로氷熊戚郎 ⑯히시가타 조로菱形情路

⑰후도 시지마步藤しじま ⑱마도무라 카베窓村壁

⑲요키 쇼케이余來承繼

011

"헤에~. 그러면 이것으로 용의자는 열아홉 명까지 좁혀진 거네요. 두근두근하네요. 아니, 이런 소릴 하면 불근신하니까 근신처분일까요, 우후후후."

그렇게 자숙하는 듯한 말을 하면서, 아낌없이 웃음을 흘리는 오기. 완전히 즐기고 있는 그녀의 분위기에, 나로서는 조금 찬물을 끼얹고 싶기도 해서,

"그런 단순한 이야기는 아니야."

라고 주석을 달았다.

찬물을 끼얹는다기보다는 못을 박는 것이지만.

"공부모임에 참가한 녀석이 의심스러운 것은 사실이지만, 공부모임에 참가하지 않은 녀석의 용의容疑가 완전히 해소되었다고 볼 수 있는 것도 아니야. 극단적으로 말하면, 누군가가 답안을 훔쳐내서 그 내용을 공부모임 참가자 중 누군가에게 슬쩍 가르쳐 놓으면, 간접적으로 시험 문제를 공부모임에 반영시키는 게 불가능하지는 않잖아?"

"간접적인가요. 흠."

있을 수 있겠네요, 라고 오기는 기쁜 듯이 말했다. 물을 끼얹어도 언 발에 오줌 누기, 못을 박아도 호박에 말뚝 박기라는 느낌이다.

"반의 평균점수를 올려서 즐거워지자는 속셈이라면, 오히려 그쪽이 가능성 있잖아?"

"즐거운 걸까요, 그게?"

"글쎄. 내가 한 일이 아니니까 알 수야 없지만…. 무책임하게 상상해 보면, 즐겁지 않을까? 마치 신이 된 듯한 기분일 테니."

"신이 된 듯한 기분을 내는 건가요. 그건 별로 마음에 들지 않네요."

응? 여기서는 오기가 별로 좋은 반응을 보이지 않은 것에 위화감이 느껴졌다. 역시 오시노의 조카인 만큼 신에 관한 이야기에는 예민한 걸까? 나는 그렇게 생각하고 궤도를 수정했다.

"어쨌든 참가하지 않더라도 공부모임에 정보를 흘릴 수는 있어."

"그럴 경우에 용의자는 공부모임에 참가하지 않은 학생이고, 그러면서 좋은 성적을 거둔 학생이 되네요. 즉 공부모임에 참가하지 않았는데도 공부모임에 참가한 학생과 같은 정도의 성적을 거둔, 아라라기 선배 이외의 학생."

"흥. 어차피 난 누구와도 이해관계가 없다고."

엄밀히 말하면 오이쿠라가 매섭게 노려보고 있었지만, 나와 오이쿠라 사이에 있던 것은 이해利害뿐이지 관계는 아니었다.

"토라지지 마세요. 자, 제가 자상하게 대해 드릴게요."

그렇게 말하며 오기는 내 목에 두 팔을 감아 왔다. 정신이 들고 보니 어느새 목덜미에 팔이 얽혀 있다. 어쩐지 머플러 같은 애다.

"조금 거리가 가깝다고 생각하는데…."

연인이 있는 몸으로서 결국 후배에게 쓴소리를 해 보지만,

"실례. 제가 자란 지방에서는 이 정도의 거리감이 당연해서요. 뭐, 게키자카 선배의 스킨십이라고 생각하세요."

라면서 전혀 움츠러들지 않았다.

게키자카의 스킨십은 이렇게까지 격하지 않았다고 생각하는데….

"그것보다 이야기를 계속해 주세요. 그 열아홉 명 중에 범인은 누구인가요?"

"아니, 그러니까 열아홉 명 중에 있다고 단정할 수는 없다니까. 게다가 참가하지 않은 학생이 범인이라고 해도, 그 녀석이 고득점을 올릴 필요조차 없어. 오히려 의혹을 피하기 위해서 일부러 나쁜 점수를 맞았을지도 모르지. 그렇게 되면 여전히 모두가 용의자야."

"일부러 나쁜 점수인가요. 그렇게까지 할까요? 중요한 시험인데."

"할지도 모르고, 하지 않을지도 몰라. 요컨대 아무것도 모른다고. 그냥 여기서 말해 버리겠는데, 오기. 이 학급회의에서는 범인이 밝혀지지 않아."

"네?"

"그런 의미에서는 이 이야기의 결말은 없어. 있는 것은 분규 紛糾뿐이야. 학급회의는 학규學糾회의였지. 이보다 더할 수 없을 정도로 험악한 분위기가 되어서, 마지막에는 오이쿠라도 슈이도 테츠조도 어찌할 수 없게 되어서 아무것도 알아내지 못한 상태로 흐지부지 끝났어. 그리고…."

"아, 그렇구나!"

팡, 하고 두 어깨가 두드려졌다. 스킨십의 영역을 완전히 넘어선, 그것은 단순한 타격이었다. 나로서는 이야기하면 이야기할수록 우울해지기 시작해서 이제 그만 여기서 이야기를 끝낼까 하는 마음에 결말을 미리 말했던 것인데, 오기는 그것으로 뭔가 떠오르는 것이 있는 모양이었다.

"우리가 이 교실에서 탈출할 방법을 알았어요, 아라라기 선배. 즉 우리는 2년 전에 미해결로 끝난 그 사건을 이번에 해결함으로써 이곳에서 나갈 수 있는 거예요."

"…응? 무슨 소리야?"

"'범인을 특정할 때까지 이 교실에서 나갈 수 없다'라고 오이쿠라 선배는 말했잖아요? 반대로 말하면, 그 사건의 **범인을 특정함으로써** 우리는 여기에서 탈출할 수 있다. 그런 거겠죠?"

"……."

그런 것…이 되나? 아니, 이 교실이 그날, 그 방과 후의 1학년 3반을 충실히 재현하고 있다고 하면 그런 것…이 된다.

실제로는 의논백출(이라고 말하면 듣기는 좋지만, 바르게 말하면 단순한 훤훤효효[*]) 끝에 아무것도 알아내지 못한 채로 하교 시간이 되어 **그런 식**으로 끝난 학급회의였는데, 이 교실의 시계는 그 하교 시간 직전에 멈춰 있다.

창문도 닫히고 문도 잠겨 있어… 돌아갈 수 없다.

"당시 1학년 3반 여러분의 마음속에 있던 원통함이, 이렇게 학교의 틈새에 형상화되었다는 거겠죠. 말하자면 학급회의의 유령이네요."

"학급회의의 유령이라…. 그런 영문 모를 것 안에 나는 갇혀 버렸다는 거야? 왜 내가….."

"글쎄요? **의외로 그것을 가장 마음에 두고 끙끙거리는 사람이 아라라기 선배이기 때문에,** 일지도 모르죠. 아라라기 선배의 인생은 그날, 일변했으니까요."

"일변…."

"당신은 그날 이후로, 그 사건에 대해 생각하기를 피해 왔어요. 기피해 왔어요. 잊은 날은 하루도 없지만, 생각한 날은 하루도 없죠. 하지만 드디어 온 거예요, 과거와 마주할 날이. 수수께끼를 해명해야 할 때가."

어째서 오기가 그렇게까지 확신적으로 이야기하는지는 모르겠다. 괴이 현상의 이유 따위야, 그 밖에도 얼마든지 떠오르지 않는가.

히죽히죽하며 오기는 미소 짓는다. 유혹하듯이.

※훤훤효효(喧喧囂囂) : 수많은 사람이 저마다 떠들어서 시끄러운 모양을 이르는 말.

"저도 미흡하나마 추리에 협력할 테니까, 순서대로 들려주세요. 우선은 그 열아홉 명의 용의자에 대한 세세한 프로필부터. 뭐니 뭐니 해도 그 사람들이 제일 수상한 건 사실이잖아요?"

"응…. 그러면 순서대로. 이미 소개한 녀석은 건너뛰겠지만…."

012

①아시네 케이리─소개 완료.

②이가미 미치사다─이름으로 쓰인 한자 때문에 '닥터'라고 불리는 모양이지만, 특별히 의사의 아들인 건 아니다. 다만 의사는 아니라고 해도 부모는 그럭저럭 유복한 모양인지, 씀씀이가 화끈한 녀석으로 유명하다. 교복을 개조하는 짓은 하지 않지만, 사복은 상당히 화려하다는 소문을 들은 적이 있다. 공부모임에 간식이라며 인원수만큼의 과자를 제공했다고 한다. 다만 그는 자신이 범인일 리 없다고 강하게 주장했다. 왜냐하면 그의 시험 결과는 68점이었기 때문이다.

"모두의 평균점을 올리고, 공부모임에도 참가했는데 그러고도 정작 자기는 68점을 받을 수가 있나?"

뭐, 그 말에 수긍할 수 없는 건 아니지만, 앞서 말한 대로 그것으로 용의를 완전히 불식시킬 수 있는 것은 아니다. 공부모임에 참가한 이상, 범행의 물리적인 가능도가 높은 것은 확실하니까. 참고로 공부모임 참가자 중에서 60점대를 받은 것은 이가미 뿐이다. 70점대의 학생조차 없고 다른 참가자는 모두 80점 이상을 받았다. 한 사람만 이상할 정도로 나쁜 점수를 받았다는 것은 오히려 의심이 짙어지는지도 모른다.

③오이쿠라 소다치 — 소개 완료.

④키키고에 엔지 — 이가미보다도 이 남학생이 훨씬 의심스럽다고 할 수 있다. 이렇게 말하는 것도, 장난을 좋아하는 그의 성격은 잘 알려져 있기 때문이다. 예를 들면 칠판지우개에 커터 칼의 날을 집어넣어서 칠판에 쓴 글자를 지울 때에 칼날이 칠판을 긁게 만드는 장치를 한 적이 있다. 다행히 미수로 끝났지만, 만약 실행되었더라면 창유리가 깨지는 정도로 끝나지 않았을 것이다. "나는 남을 곤란하게 만드는 장난은 치지 않아."라는 그의 말에는 설득력이 조금 부족하다. 여기서부터는 조금 웃기는 이야기가 되는데, '엔지'라는 이름에서 유래*하는 '스파이'라는 그의 닉네임에서도 수상함은 더욱 짙어진다. 부모님이 지어 주신 이름 때문에 의심받는 것은 키키고에로서는 정말 뜻밖이겠지만.

⑤키지키리 호카 — 소개 완료. 특기사항으로서, 그녀의 경우에는 참가했다기보다 교실에 멍하니 남아 있던 것뿐이라고 하는 편이 진실에 가까운 듯하다. 뭐, 사실로서 고득점을 얻고 있고,

---

※〈팀 포트리스 2〉의 엔지니어와 그 천적 캐릭터인 스파이를 가리키는 것으로 추정. 일본의 팀포2 플레이어들은 엔지니어의 앞 두 글자만 따서 엔지, 혹은 발음이 같은 한자 표기인 園兒로 표기하기도 한다.

그 자리에 있었다면 공부모임의 내용이 들리지 않았을 리는 없겠지만….

⑥쿠베 아이즈—도서위원으로 불리고 있지만, 그런 위원회는 나오에츠 고등학교에 없다. 공부 외의 일은 되도록 시키지 않는 교풍이다. 독서 애호가라서 그렇게 불리고 있는 것뿐이다. 등교 중이나 쉬는 시간에는 물론이고, 경우에 따라서는 수업 중에까지 독서 타임. 고교 1학년생이면서도 『잉글사이드의 릴라*』를 읽고 있는 강자다. 활자 중독이라고 하면 1학년 3반에는 이미 한 명, 센조가하라 히타기가 있다. 하지만 남독파인 센조가하라와는 달리, 쿠베는 해외 고전소설을 사랑하는 모양이다. 역시나 공부모임이 한창일 때에는 아무것도 읽지 않은 듯하지만.

⑦게키자카 나게키—소개 완료.

⑧코도 소쇼—여자 배구부에 속한, 키 큰 여자다. 실내경기인 배구부원인데도 햇살에 그을려 있는 것이 신기하지만, 근력 트레이닝이나 러닝 같은 것은 실외에서 실시하기 때문인지도 모른다. 어쨌든 귀가부가 대부분을 점유하는 1학년 3반에서는 희귀한 동아리 활동 열중파다. 덜렁거리면서 신경질적이라는 상반된 양면성을 지니고 있다…고 하면 인물소개로서 성의가 없어 보이지만, 간단히 말하면 '남의 것을 멋대로 사용하는 주제에, 자기 것을 누가 쓰면 싫어한다'라는 성격이다. 허가 없이 펜이나 노

※잉글사이드의 릴라(Rilla of Ingleside) : 루시 모드 몽고메리가 쓴 「빨강머리 앤」 시리즈 중 여덟 번째 권. 앤의 막내딸 릴라가 주인공.

트, 교과서를 빌려 가서는 망가뜨리거나 찢거나 잃어버리거나 하지만, 자신의 물건은 결코 빌려 주지 않는다. 남이 멋대로 쓰면 불처럼 화를 낸다고 한다. 그녀의 소꿉친구인 후유나미冬波의 말로는 '정신적으로 미숙'한 녀석이다. 시험 전에는 동아리 활동이 잠시 중단되므로, 공부모임 참가에 지장은 없었다.

⑨슈이 츠마―소개 완료. 공부모임을 주관하고 있던 사람은 오이쿠라이지만, 그 서포트는 당연하다는 듯 부반장인 그가 했다. "오이쿠라가 최유력 용의자라면 나도 같은 정도로 최유력이겠지."라고 태연하게 말했다. 견해에 따라서는 오이쿠라에 대한 의심을 분산시키려 했다고 받아들일 수 있는 발언이었지만, 오이쿠라는 "최유력이 두 명 있는 건 이상해. 내가 최유력이야."라고 말했다. 마치 의혹에서도 자신이 넘버원이 아니면 마음에 들지 않는다고 말하는 것 같았다.

⑩슈자와 주도―설령 손을 들지 않았더라도 그가 공부모임에 불참했다고는 생각하지 않았을 것이다. 나로서는 전혀 이해할 수 없는 감각이지만, 슈자와는 그런 모임을 몹시 좋아하는 남자다. 공부모임을 좋아한다고 할까, 가르치는 것을 좋아한다고 할까…. 하여간 누군가를 가르치고 싶어서 안달하는 것이다. 나도 중간고사 때에 그에게 여러 가지로 '가르침'을 받은 적이 있는데, 솔직히 고맙기보다는 달갑잖은 친절이란 느낌을 받았다. 이쪽의 이해도 따위는 상관하지 않았으니까. 다만 누군가를 가르치고 싶어 한다는 그의 퍼스널리티는, 상정되는 범인상에 들어맞는다고 할 수도 있다. 아마도 무관계하리라 생각하지만, 그는

양손에 시계를 차고 있다. "이렇게 하면 좌우의 밸런스가 무너지지 않는다."라고 말하고 있었다. 정신의 밸런스를 잃고 있는지도 모른다.

⑪스우치 코쿠시 — 소극적인 학생이다. 이렇다 할 특징이 없는, 반에서 기척을 지우고 있는 타입. 교실 안의 마이너리티 측으로서 왠지 모르게 행동을 함께한 적이 있는데, 정말로 요령부득한 녀석이었다. 뭘 좋아하고 뭘 싫어하는 녀석인지는 확실치 않다. 뭐, 나를 상대로는 속내를 털어놓을 수 없었던 거겠지. 그다지 공부모임 같은 것에 참가할 타입으로는 생각되지 않았는데, 요령 좋게 모임에 참가하고 있는 모습을 보면 결코 대인관계가 서툰 것은 아닌 듯 보인다. 그렇게 되면, 동류라고 생각했던 것은 나뿐이었던 것 같다.

⑫다이노 키이치고 — 개인적으로는 이름 쪽이 특징적이라고 생각했는데, 어째서인지 성의 머리글자만 떼어서 남자로부터도 여자로부터도 '다아짱'이라고 불리는 여자아이다. 입부터 먼저 태어난 것 같은 달변가로, 자신이 얼마나 의심스럽지 않은가 하는 점을 논리를 세워서 설명해 주었다. 듣고 있자니 누가 범인이더라도 그녀만은 범인이 아닐 거란 생각이 들었는데, 문득 냉정해지고 나서 생각하니 전혀 그렇지 않다는 것을 깨달았다. 무슨 용무가 있는 건지, 어쨌든 빨리 집에 돌아가고 싶은 듯했다. 돌아가고 싶은 마음이야 모두 마찬가지겠지만. 나도 어서 돌아가고 싶다.

⑬나가구츠 초카 — 한마디로 하면 경박한 기분파. 1학년 3반

의 무드 메이커라고도 할 수 있다. 다만 여자로부터는 미움받는 편이다. 진짜로 미움받는 편. 너무 신이 나서 행동하다가 여자를 울리는 일도 많이 있기 때문이다. 실제로 많다고 할 정도는 아니겠지만, 고등학생 정도나 되어서 여자를 울린다는 것은 상당히 인상에 강하게 남으므로, 모두에게 그런 인식이 박히게 된 구석이 있다. 어쩌면 반성의 기색이 없는 것이 문제인지도 모른다. 오이쿠라도 나가구츠에 대해서는 포기한 구석이 있다. 이왕이면 나도 포기해 줬으면 했는데. 공부모임에는 참가하고 있었지만, 그리 성실하게 참가하고 있던 것은 아니고, 그 자리에서 장난을 치고 있었다나 뭐라나. 그 이야기를 들으면, 오히려 그의 행동은 참가자들의 평균점을 낮춘 게 아닐까 하는 생각도 든다.

⑭하가 로카─육상부 소속의 스포티한 소녀인데, 게이머라는 측면도 지니고 있다. 휴대용 게임기를 가지고 왔다가 몰수당하곤 하는 문제아다. 소리를 끄고 수업 중에 게임을 한 적도 있다. 쿠베가 수업 중에 책을 읽는 것하고는 의미가 다른 불법행위다. 다만 동아리 활동과 게임에 정신없이 빠져 지내는 바람에 중간고사 성적이 엉망이었는지, 그것을 만회하기 위해 공부모임에 참가했다고 한다. 그 보람이 있어서 96점이란 좋은 성적을 얻었다. 그래서 이렇게 마가 끼어서 아주 유감이라고, 오이쿠라와 같은 말을 하고 있었다. 그렇다면 그녀의 다른 과목 점수가 어땠는지가 조금 신경 쓰였다.

⑮히구마 세키로─중학교 시절에는 학생회장을 맡던 녀석으로, 학기 초의 반장 선거에서는 오이쿠라와 경쟁했다. 근소한

차이로 낙선했지만 부반장으로 추천받기도 했는데, 원래부터 그는 그런 쪽의 관리직에는 흥미가 없었는지 그것도 사양했다(중학교 시절에도 딱히 되고 싶어서 학생회장이 된 것은 아닌 모양이다. 선생님이 억지로 임명했다고 한다). 다만 그러한 자세가 겸허한 미덕으로 비쳤는지, 여자들 사이에 인기가 높은 남자다. '미남'인 아시네 다음 정도로는. 학기 초에는 성씨의 얼음 빙氷 자 때문에 '아이스'라고 불리고 있었지만, 토네의 '아이싱'과 겹친다는 이유로 이름인 세키로의 일부를 따서 '키로'라고 불리게 되었다.

⑯히시가타 조로—뭔가 든든한 느낌을 주는 큰언니 기질의 소프트볼부 부원이다. 두려움을 주는 카리스마인 오이쿠라나 좀처럼 의지가 되지 않는 조정자인 테츠조와는 또 다른 타입이지만, 반의 중심에 있는 녀석임은 틀림없다. 다만 히시가타의 경우에는 기본적으로 여자들 편이며 남자하고는 대립하고 있다. 다만 남자를 상대로도 한 걸음은 고사하고 반걸음도 물러서지 않는 강인한 태도는, 실제로 그녀에게 압도되는 남자로부터도 평판은 좋다. 걸핏하면 싸우려 드는 것은 역시나 어떻게든 해주었으면 하는 부분이지만.

⑰후도 시지마—수영부 여자. 아버지가 프로야구 선수라고 거짓말을 한다. 왜 하는지 알 수 없는 거짓말인데, 이미 취소할 수 없는 상황에 이르러 버린 느낌이라고 한다. 머리카락은 갈색이지만, 하야마치하고는 달리 수영장의 염소 때문에 탈색된 것이라 한다. 이것도 거짓말일지 모르지만. 다만 주위의 증언이

있으므로 공부모임에 참가한 것은 적어도 거짓말이 아니다.

⑱마도무라 카베—그도 역시 동아리에 소속되어 있는 소수파 학생이다. 게다가 나오에츠 고등학교에 그런 오락 같은 부가 있었다는 사실에 놀랐는데, 경음부輕音部 부원이었다. 그렇다면 삐죽한 느낌의 머리카락은 록 정신의 표출인가 하는 생각이 들 법하지만, 그것은 그냥 자다가 삐친 머리인 듯하다. 어쩐지 실망이다. 어릴 적부터 외국음악만 듣고 지내서 영어는 잘 하지만, 수학은 젬병이라서 공부모임에 참가했다고 한다. 영어는 잘 하지만, 이라는 전제가 필요할까?

⑲요키 쇼케이—구시대적인 남자다. 시대착오라고 말해도 좋을지 모른다. 틈만 나면 '자고로 남자란…'으로 시작하는 이야기를 늘어놓고 있으며, 그런 답답한 모습이 여자는 물론 남자들로부터도 짜증을 부르고 있지만, 본인은 그것에 개의치 않고 꾸준히 남자론을 설파하고 있다. 다만 답답한 것을 참고 들어 보면 의외로 유익한 이야기를 하기도 한다. '자고로 남자란…'이라고 말하고 있지만, 하는 이야기는 굳이 말하자면 신사론紳士論에 가까운데, 어쨌든 시대착오적이라는 점에 변함은 없을 것이다. 만사를 고자세에서 결론 내리는 나쁜 버릇을 가지고 있으며, 나쁜 장난을 좋아하는 스파이, 즉 키키고에가 수상하다고 이야기하는 사람도 바로 요키 쇼케이다.

이상, 열아홉 명.

이 열아홉 명이 시험 전날의 공부모임에 참가한 학생이다. 범인은 이 안에 있을지도 모르고, 어쩌면 없을지도 모른다.

013

"1학년 3반은 대부분이 귀가부…라고 하셨는데, 구체적으로 물어봐도 될까요? 동아리 활동에 참가하고 있는 분은 몇 명 정도 더 있나요?"

"음…. 왜 그런 게 신경 쓰이는데?"

"아뇨, 진상을 까발릴 때는 무엇이 힌트가 될지 알 수 없으니까요. 동아리 활동 참가자는 적다고 말씀하셨는데, 마지막에 세 명 정도 연속해서 나온 것 때문에 어쩐지 신경 쓰여서요. 여러 가지 집합을 살펴보고 싶어요."

진상을 까발린다, 라는 조금 폭력적인 표현이 신경 쓰였지만 나는 그 질문에 대답한다. 이미 말했던 것처럼 공부모임 참가자 중에는 배구부인 코도, 육상부인 하가, 소프트볼부인 히시가타, 수영부인 후도, 경음부인 마도무라. 이 다섯 명이다. 50음도 순서로 늘어놓았더니 우연히도 세 명 연속 나왔는데, 열아홉 명 중 다섯 명이라면 역시 적은 편일 것이다.

"네. 그러니까 저는 공부모임에 참가하지 않은 학생 중에서 동아리에 소속된 학생을 알고 싶어요. 확실히 토이시마 스이센이 꽃꽂이부라고 처음에 말씀하셨던가요? 오이쿠라 소다치와 쌍벽을 이루는 반의 조정자인 테츠조 코미치는 소프트볼부라고 하셨죠?"

"응…. 히시가타가 있는 소프트볼부야."

"그렇군요. 소프트볼부. 그 두 사람 외에 소프트볼부에 속해 있는 분은?"

"없어. 뭘 기대하고 있는지 모르겠는데…. 어느 동아리나 마찬가지인데, 소프트볼부는 특히 매년 부원 부족으로 고민하고 있어서 말이야. 아마 테츠조가 히시가타를 꼬드긴 게 아닐까? 공부모임에 참가하지 않은 1학년 3반 멤버에 대해서 말하면, 나머지는 시나니와가 하가하고 같은 육상부야. 그리고 후유나미가 배구부."

"후유나미. 아까 한 번 이름이 나왔었죠. 아, 코도 선배의 소꿉친구였던가요? 허어. 소꿉친구끼리 같은 동아리에 속하다니, 어쩐지 로맨틱하네요."

"남자 배구부와 여자 배구부는 기본적으로 다른 동아리나 마찬가지라고 생각하는데…."

아니, 이건 그냥 예상이라고 할까, 단순한 선입관이다. 동아리 활동의 실제 사정 따위, 중학교 시절부터 귀가부에 속해 왔던 내가 알 수 있을 리 없다.

"후유나미, 후유나미 사카아츠冬波境篤는 키가 크고 싶어서 배구부에 들어간 녀석이야. 아니, 진짜로 있다고. 배구나 농구처럼 키가 큰 것이 유리한 종목의 동아리에 들어가서 활동하다 보면 필요에 응해서 키가 자란다는 도시전설이…. 나는 헛소문이라고 생각하지만."

"하하아. 그래서 아라라기 선배는 귀가부로군요."

"신경 꺼. 음, 하지만 확실히 후유나미는 키가 나하고 비슷한 정도의 녀석이었어…. 입학 당초에는 동료라고 생각했는지 저쪽에서 나에게 접근해 왔지. 코도가 정신적으로 미숙하다 운운하는 이야기를 들었던 것은 그 무렵이었어. 하지만 키 작은 남자끼리 엮이는 건 아무런 위안도 되지 않는다는 것을 깨달았는지, 금세 나에게서 떠나갔어. 그리고 비교적 튼실한 체격의 히구마하고 사이좋게 지내기 시작했지."

"하아. 뭐랄까요. 정신적으로 미숙한 건 소꿉친구만은 아니었나 보네요. 별로 로맨틱하지 않네요."

"그리고 미자키가 미술부원…. 아, 그렇지. 깜빡할 뻔했네. 유바가 야구부원이야."

"미자키. 유바. 어느 쪽이나 처음 나온 이름이네요."

"응…. 미자키는 미자키 메이비實崎明媚. 이름에서 연상되는 메이비maybe의 뜻에서 '아마도'라고 불리고 있어."

"'아마도'인가요. 어쩐지 1학년 3반, 닉네임을 붙이는 방식이 독특하네요. 참고로 아라라기 선배는 뭐라고 불리고 있었나요?"

"나에게 닉네임 같은 건 없었어."

"안 좋은 질문을 한 건가요?"

미안하다는 듯이 말하는 오기. 그런 얼굴을 할 바에야 히죽거리며 나를 멍청이라고 불러 주는 편이 차라리 낫겠다.

"미자키는 예술가 기질의 자유인이라, 반에서도 좀 붕 떠 있는 구석이 있었어. 그런 의미에서는 스우치보다도 더욱 나에 가까운 입장인 녀석이었지. 공부모임에도 참가하지 않았고."

"하지만 닉네임은 붙어 있었네요."

"그렇지 뭐. 쉬는 시간에 부탁을 받고 여자애의 그림 같은 것을 그리곤 했으니, 뭐, 적어도 미움받지는 않았을지도…."

그렇게 말하고 보니 오이쿠라도 그의 모델이 되었던 적이 있었던 것 같기도 하고…. 의외로 그 예술가 기질은 미자키 나름의 처세술이었는지도 모르겠다고, 지금 와서 생각한다.

"유바라는 분은요? 아무래도 아라라기 선배도 잊고 있었던 것 같은데, 인상이 약한 분이었나요?"

"아냐, 아냐. 유바의 인상은 오히려 강하지. 다만 야구부에는 적을 두고 있었을 뿐이고, 그 녀석은 완전히 유령부원이었어. 그래서 제대로 바로 나오지 않았던 거야. 유바 쇼쿠노리湯場職則의 이름은."

"유령부원. 그렇다면 이 유령교실과 뭔가 관련이 있을지도요."

"아니, 그건 아니라고 생각하는데…."

모든 가능성을 생각해 봐야 한다고 말하면서, 역시나 유령부원과 괴이 현상을 결부시키려 하는 것은 견강부회도 이만한 게 없다.

"하지만 인상이 강하다는 건요?"

"내가 이러쿵저러쿵하면서 학교를 땡땡이치고 있던 것은 칸바루나 오시노에게 들었어?"

"으음, 뭐, 다소는요."

어째서인지 여기서는 얼버무리는 듯한 시늉을 하는 오기. 다

안다는 얼굴만 하는 것은 아닌 모양이다.

"유바는 1학년 1학기 단계에서 이미 나 이상으로 학교를 자주 빠지고 있었어. 지각하고 조퇴하고, 마음에 안 드는 수업에는 출석하지 않는 녀석이었지. 키지키리도 학교를 자주 쉬는 느낌이긴 했지만, 그 녀석의 경우에는 또 종류가 다르고···. 응, 유바보다 학교에 오지 않는 녀석은 병원에 다니는 센조가하라 정도였다고 생각해."

"아라라기 선배 같은 라이트한 느낌이 아니라, 진짜 불량학생인가요."

"그런 것도 아니지만···. 다만, 위압감 있는 녀석이기는 했지. 행동에 참견하기 어렵다고 할까···. 머리를 빡빡 깎은 데다 눈빛도 날카로우니···."

아니, 머리는 그냥 야구부였기 때문인지도 모르지만. 유령부원이라고는 해도.

"무섭네요. 앞으로의 학교생활에서 엮이지 않도록 해야겠네요."

"그럴 걱정은 할 필요없어. 유바는 이미 학교를 그만뒀으니까."

"어라. 그런가요?"

"그 학급회의 직후에 말이야. 어쩌면 나와 마찬가지로 절망해 버렸는지도 몰라. 친구라든가, 반이라든가, 단결이라든가. 그런 것에 질려 버렸는지도."

지금은 어디에서 뭘 하고 있을까.

당시의 나는 그런 유바에게 해 줄 만한 말을 갖고 있지 않았다. 지금이라면 할 수 있는 말도 있겠지만.

"참고로 유바는 그 수학 시험, 0점이었어."

"0점? 아니, 0점은 아니겠죠…. 0점이란 점수는, 맞는 쪽이 어렵다고요."

"백지로 제출했거든. 어떠한 의사표시였던 거라고는 생각하지만. 뭐, 그 반항적이라고도 볼 수 있는 태도는 의심할 이유가 될지도 모르지. 시험이란 제도를 바보 취급하고 싶었다고 한다면, 해답을 유출시키고 자신은 0점을 받는 것도 못 할 생각은 아닐 테니까."

"저는 못 할 생각이라고 보지만요. 하지만 다양한 사고방식을 가진 분이 있으니까요, 세상에는. 다만 그런 강경한 분에게 해답을 유출시킬 만한 루트가 있었을까요?"

"그건 있었어. 두려움을 사고 있기는 했지만 신기하게도 고립되어 있지는 않았거든. 그건 그렇고 그 애는 '턱받침'이라고 불리고 있었어. 수업 시간에도 턱을 괴는 불성실한 태도였거든. 학급회의 중에도 그 자세였지."

"그런 분에게도 닉네임이 있는데 아라라기 선배에게는 없었던 건가요. 강렬한 에피소드네요."

"…동아리 활동 참가자는 이상이야. 나머지는 전부 귀가부. 그렇게 많지는 않지? 응, 참고삼아 덧붙이자면, 와리토리라는 여자애가 있었어. 그 녀석은 동아리 활동에는 참가하지 않았지만, 방과 후에 본격적인 검도 도장에 다니고 있었지. 실전검도라느니 뭐라느니 하는."

실전검도라는 말을 들어도 그쪽 방면에 대해 문외한인 나는 전혀 알 수 없지만. 뭐, 내 여동생인 아라라기 카렌이 다니는 가라테 도장 같은 곳이었을 것이다.

"와리토리 시츠에割取質枝. 가끔씩 검도복 차림으로 수업을 받기에 처음에 나는 검도부원이 아닐까 하고 생각했는데 말이야. 여자 중에서는 조금 벽이 있는 녀석이었어. 물론 학교 안에서 죽도나 목도를 휘두르지는 않았지만, 무슨 일만 있으면 금방 빗자루 같은 걸로 사람을 때리는 녀석이었으니까. 폭력적이라고 할까, 손이 쉽게 나가는 녀석이었지. 손이라기보다 몽둥이라고 해야 할까? 걸핏하면 싸우려 든다는 점에서는 히시가타 버금가지."

"전혀 정신 수양이 되지 않았네요. 정신적으로 미숙한 사람이 너무 많은 거 아닌가요?"

"실전검도니까 정신 수양이라든가 하는 것은 없는 게 아닐까? 게다가 2년 전, 우리가 고등학교 1학년이던 무렵이야. 코도나 후유나미, 와리토리만이 아니라, 남자든 여자든 정신적으로 미숙한 게 당연해."

오이쿠라도, 물론 나도.

미숙하고 미성숙하고… 반숙이었다.

2년 전 단계에서 그것을 깨닫고 있었더라면, 다른 2년 뒤도 있었을 텐데.

"에이, 아라라기 선배. 그런 경위가 있었기 때문에 당신은 시노부 씨나 하네카와 씨하고 만난 것이고, 센조가하라 씨와의 인연도 성취되었잖아요. 인간만사 새옹지마예요."

"뭐, 그야 그렇지만…."

간단히 정리해 버리는구나, 남의 인생을.

"하지만 어쨌든 참고가 되었어요. 감사합니다. 이야기를 중간에 끊어서 죄송했어요. 덕분에 진상에 상당히 육박할 수 있었어요. 자, 그러면 이야기를 계속해 주세요. 열아홉 명의 유력 용의자의 이름을 칠판에 쓰고, 그 뒤에 학급회의는 어떻게 되었나요?"

오기가 너무나도 자연스럽게 이야기를 진행해서, 나는 제대로 못 듣고 넘어가고 말았다. 그녀가 '진상에 육박할 수 있었다'라고 선뜻 말했던 것을.

"…열아홉 명의 이름을 적고 나자 가장 먼저 아리쿠레가 불평을 했어. 조금 전에 말했던, 범행 가능한 사람은 딱히 열아홉 명뿐만이 아니라는 불평을…."

014

"잠깐만 기다려 봐. 다들 저 안에 범인이 있다고 단정하는 느낌인데 말이야. 그렇다고만은 할 수 없는 거 아니야? 하야마치가 조금 전에, 참가하지 않은 나는 관계없으니까 돌아가고 싶다는 소리를 했는데."

거기까지는 말하지 않았다고 생각한다. 그러나 아리쿠레와 관계하고 싶지 않은지, 하야마치 본인은 특별히 반론하지도 않았다. 그러나 그 이야기를 하자면 공부모임에 참가하지 않은 것으로 모처럼 용의선상에서 벗어난 아리쿠레 자신도 용의의 대상이 되어 버리는데…. 이 녀석은 트집만 잡을 수 있으면 뭐든 상관없는 걸까?

물론 그런 것은 아니었는지 아리쿠레는,

"공부모임에 참가하지 않았더라도, 고득점을 얻은 녀석은 용의자에 포함되어야 해."

라고 주장했던 것이다. 이렇다면 수학 점수가 65점이었던 그녀는 용의선상 밖이라는 이야기가 된다(92점인 하야마치는 용의선상 안에 든다). 물론 의혹을 피하기 위해서 일부러 낮은 점수를 얻었다는 가능성이 있으므로(백지를 제출해서 0점을 받은 유바의 예는 극단적이라고 해도) 그 주장은 힘이 약했지만.

"…그러면 뭐, 일단 참가하지 않았지만 점수가… 90점 이상이었던 학생의 이름을 적어 두겠습니다."

나는 떨떠름하게 그렇게 제안했다. 타협안이라고도 해도 되겠지만, 이다음에 '점수가 낮은 학생도 수상하다'라는 사람이 나타나면, 결국 반의 모든 학생의 이름이 칠판에 적히게 되는 것이다. 무슨 출석부냐고.

불참, 그러면서 고득점(90점 이상) 학생의 이름은 50음도에서 이하와 같다. 이것은 그렇게 숫자가 많지 않으므로 게키자카를 번거롭게 할 것도 없이 내가 적었다.

①아라라기 코요미阿良良木暦(100) ②코우마 오키타다小馬沖忠(97)

③센조가하라 히타기戰場ヶ原ひたぎ(98)

④하야마치 세이코速町整子(92) ⑤메베 미아와目邊實栗(95)

…이렇게 보면, 나도 포함해서 특이한 사람이 많다는 느낌이다. 다만 그중에서도 특히 이채로운 것은 메베였다. 이렇게 말하는 건 그녀에게는 공부를 잘 한다는 이미지가 없었기 때문이다. 나의 (기묘하다고도 할 수 있는) 수학 전공은 이미 알려져 있고, 코우마는 학원에 다니고 있고, 센조가하라나 하야마치의 성적 우수도 유명하다. 그것에 비하면 메베는 이렇다 할 정도는 아니다. 다만 메베의 학력이 항상 평균 이하를 유지하고 있는 것도 아니고, 그녀 또한 컨디션이 좋을 때도 있겠지만.

시험 결과는 공고되어 있으므로 학생들의 점수는 모두가 알고 있었다. 그렇지만 이렇게 일부만, 조건을 붙여서 잘라 내 보니 어쩐지 부자연스럽기는 하다. 그 계기였던 아리쿠레도 "어라라?"하는 얼굴을 했다. 그녀에게는 딱히 어느 개인을 공격할 의도는 없었던 것이다.

당사자인 메베는,

"어라? 아니, 그게 아니라고."

라며 당황하는 얼굴을 했다. 반 학생들의 의심, 이라고까지는 하지 않더라도 수상하게 여기는 시선을 받았을 때의 정상적 반응으로도 보이고… 켕기는 것이 있는 것처럼도 보인다. 이것은 보는 측의 문제일 것이다.

"몰라, 몰라. 난 모른다고."

"어중간한 논거로 범인을 특정하지는 말아 주겠어? 아라라기."

오이쿠라가 어째서인지 내 책임처럼 말했다. 오이쿠라가 몇 없는 자신의 친구를 감싸는 것이 명백했지만, 아무도 뭐라고 입을 열지 않았다. 확실히 그녀의 말대로 메베가 95점을 맞았다는 사실만으로 범인으로 특정하는 건 증거가 부족하다.

"…그렇다기보다."

그렇게 입을 열며 손을 든 학생이 있었다. 하야마치의 뒷자리에 앉아 있던 우키토비였다.

"저기…, 아마도 내가 여자 중에서는 가장 점수가 낮을 거야. 그러니까 핑계처럼 들릴지도 모르겠는데, 이번 수학 시험은 상당히 어려웠다고 보거든. 가령 모범해답을 알았다고 해서 풀 수 있는 건가?"

"……?"

한순간 우키토비가 무슨 소리를 하려고 하는지 알아들을 수 없었다. 그녀 자신부터 모르는 것 같기도 했다.

"무슨 소릴 하는 거야? 모범해답을 알고 있다면 당연히 풀 수 있지. 그대로 암기하면 되니……."

그렇게 아리쿠레가 대답하다가, 말을 하는 동안 우키토비가 말하고자 하는 요점을 그녀도 깨달은 듯했다. 그렇다. 만약 범인이, 어떠한 동기에 기초했는지는 제쳐 두고, 시험 내용을 공부모임에 반영시키려고 하더라도 해답을 통째로 암기시키는 노골적인 수단을 취할 리가 없는 것이다. 두세 명의 소규모 그룹이라면 몰라도, 열아홉 명이나 되는 대규모로 그런 짓을 했다간 반드시 누군가가 학교 측에 보고한다. 속된 말로 표현하면, 찌른다. 설령 공범 관계가 있었다고 해도 소수인원이며 공부모임에 참가한 학생의 대다수는 무의식중에 시험 내용을 알게 되었을 것이다.

다만 그렇다고 해도 평균점이 너무 높다. 이가미를 제외하고 전원이 80점 이상이라니…. 모호하게 정보를 흘린 것치고는 너무나도….

"아니, 뭐, 거기까지 의심하기 시작하면 끝이 없겠지만…."

우키토비는 자신의 발언으로 생겨나 버린 침묵을 얼버무리듯이 그렇게 말했다. 우키토비 큐우스浮飛急須. 확실히 그녀의 점수는 57점이었다. 여자들 중에서는 고사하고 남자들 중에서도 유바를 제외하면 최하점을 받았다는 이야기가 되지만, 그러나 그녀의 지적은 이 학급회의 중에서 유일하게 반짝였다고 해도 좋다. 그때까지 나는 그녀에 대해 아무런 인상도 받지 않았는데, 아마도 학교 성적은 좋지 않아도 머리는 좋은 타입일 것이다. 만화 같은 곳에서는 흔히 나오는 인물형인데, 실제로 보는 것은 이번이 처음이라 나는 저도 모르게 그녀를 빤히 바라보고 말았다.

"미… 미안, 아라라기 군. 그럴 생각은 아니었어."

사과했다. 감탄하며 보고 있었는데, 나무라고 있다고 생각한 모양이다. 슬픈 오해이지만, 이것을 풀 방법은 없다.

"그렇다기보다, 애초에 왜 부정행위가 있었다는 전제로 이야기가 진행되는 거야?"

다이노가 말했다. 모두가 조용해진 타이밍을 노리고, 장기인 변설을 시작했다는 느낌이었다.

"솔직히 열심히 공부한 사람으로서는 불쾌한데 말이야. 공부 모임에 참가한 학생의 평균점수가 참가하지 않은 학생의 평균점수보다 20점 높을 수도 있는 거 아니야? 게다가 참가하지 않은 쪽 평균점은 어떤 사람 덕분에 내려간 구석도 있을 테고."

어떤 사람이란 당연히 유바를 가리킨다. 험상궂은 얼굴의 그를 야유하는 발언에 교실의 온도가 더욱 내려갔지만, 당사자인 유바는 그다지 신경 쓰는 눈치도 없었다. 평소대로 턱을 괴고서 다이노를 흘끗 보았을 뿐이다.

"유바 군이 떨어뜨린 평균점은 아라라기가 올렸잖아."

오이쿠라가 빈정거림을 담아 말했다. 왜 내가 그런 빈정거림을 들어야 하는지 몹시 의문이다. 엉뚱한 불똥이 튀고 있다.

"하지만 네가 말한 대로야, 다이노 양. 하지도 않은 일로 의심받는 것은 불쾌하지. 그렇기에 우리는 스스로 용의를 풀어야만 해."

답이 되는 듯하면서도 되지 않는 말이다. 상대를 긍정하면서도 자신의 의사를 굽히지 않는다. 이렇게 되면 입장이 약한 쪽이 굽힐 수밖에 없으므로, 당연히 다이노가 입을 다물었다. 떨떠름하게.

…나중에 알게 된 것인데, 애초에 이 학급회의는 학교 측에서

뭔가 듣고 개최된 것이 아니라 하나부터 열까지 전부 오이쿠라의 발안으로 이루어진 것인 모양이었다. 나붙은 시험결과표를 보고서 위화감을 느끼고, 스스로 평균점을 산출해서 비교하고, 분석하고, 새로운 위화감을 느끼고…. 의심을 받기 전에 의혹을 해소하려고 했던 듯하다.

자신의 인생에 의심의 여지가 있다는 것조차, 그녀는 용납할 수 없었던 것 같다. 그것을 위해 반의 멤버 전원을 말려들게 했다. 정말 터무니없는 녀석이고, 그 후로 2년 넘게 지난 지금도 그녀의 행동을 긍정할 수는 없지만, 그 자존심만은 인정해 주지 못할 것은 없을 것이다. 그렇지 않으면 아무런 보답도 받지 못하지 않는가. 다만 **그 자존심의 결과가 그 꼴**이어서는 역시 보답받을 수 없지만.

"의심하기 시작하면 끝이 없다… 라는 말이 나와서 말인데, 애초에 저는 그런 공부모임이 정말로 있었는지 어떤지도 못 믿겠는데요."

갑자기 그런 뜬금없는 발언을 한 사람은 오늘의 당번인 마리즈미였다. 몸집이 큰 언니에게 물려받은 헐렁한 교복을 입고 있는 여학생. 패션에 구애되는 것이 없는지, 헤어스타일도 가위로 싹둑싹둑 적당히 자른 듯한 산발이다. 반 학생들이 괴짜 취급하며 조금 거리를 두고 있는 그녀의 발언은, 우키토비와는 다른 의미에서 모두의 입을 다물게 했다.

"이 세상에 확실한 것은 하나도 없잖아요. 공부모임 같은 건, 사실은 없었을지도 몰라요. 열아홉 명이 공모해서 거짓말을 하고 있는 게 아니라고, 어떻게 말할 수 있나요?"

"장난치지 마세요, 마리즈미 양."

"장난치는 말 아니에요. 아주 진지해요."

오이쿠라의 노려보는 눈에도 마리즈미는 위축되지 않는다. 그녀, 마리즈미 효이鞠角瓢衣 역시 겁먹지 않고 오이쿠라를 접할 수 있는 사람 중 한 명이 되겠는데, 이 경우에는 주위가 겁을 먹는다. 불똥이 튀기 때문에.

"…아라라기, 뭔가 말 좀 해 보란 말이야. 너는 의장이잖아!"

거 봐, 이렇지.

"그게, 저기…. 확실히 모든 가능성을 고려해야 한다는 생각에는 동의합니다만, 공부모임이 열리지 않았다고까지 말하는 것은 역시나 너무 황당무계하다고 할까요…."

"논리적으로 불가능한 진실입니다."

"네?"

한순간 마리즈미가 무슨 말을 하는지 알아들을 수 없어서 당황하는 나. 아무래도 셜록 홈스의 명대사*를 줄여서 말한 것 같다고 깨달았지만, 그렇게까지 줄이면 의미가 달라지잖아.

그런 나에게 짜증이 나는 듯 오이쿠라는 "뭘 하고 있는 거야."라고 말했다.

"괴짜들끼리 좀 소통하라고."

....

※셜록 홈스의 명대사 : "논리적으로 불가능한 가능성을 전부 배제하고 남은 답은, 아무리 불가능해 보인다고 해도 진실이다." 홈스의 추리 스타일을 보여 주는 명대사들 중 하나로, 「네 개의 기호」, 「탈색된 병사」, 「녹주석 보관」 등 여러 작품에서 나온다. 다양한 번역문이 있다.

말도 안 되는 소리를 하네, 이 하우머치.

다만 오이쿠라의 이 '말도 안 되는 소리'에 대해 마리즈미가,

"아라라기하고 똑같이 취급하지 마세요."

라고 진지한 얼굴로 반론했다.

받아들이기에는 참으로 무거운 발언이다.

나의 고립무원 아닌 고립무연孤立無緣만을 파고 들어가는 회의
다…. 그런 와중에 묵묵히 손을 든 학생이 있었다. 무슨 소리를
하나 했는데, 손을 든 채로 입을 다물고 있다. 지명을 기다리고
있는 듯하다는 것을 깨닫고, 나는 의장으로서 "스나하마 양."이
라고 그녀의 이름을 말했다.

"뭔가 하실 말씀이 있으십니까?"

"…일부러 부정하기도 귀찮은 가설이지만, 일단 공부모임은
분명히 있었다는 것을 증언해 둘까 해서."

스나하마, 스나하마 루이세砂浜類瀬는 너무나도 귀찮다는 듯이
말했다. 그 태도에서 본의 아니게 의장을 맡게 된 나로서는 어
딘가 통하는 것을 느꼈지만, 어차피 거절당할 테니까 그런 마음
은 입 밖에도 내지 않고, "그래서요?"라고 다음을 재촉했다.

"…이렇게 말하는 건, 내가 수학 시험 날에 당번이어서…. 그
게, 그러니까 일찍 학교에 와서 교실 정리 같은 걸 해야 하잖
아? 그래서 잘 기억하고 있는데, 공부모임을 했던 너희들이."

거기서 잠깐 말을 끊고서 그녀는 왼편에 앉아 있는 오이쿠라
를 언짢은 듯 바라보았다.

"잔뜩 어지럽혀 놓고 돌아가서, 그 뒤처리에 엄청 고생했다

고. 남자 당번이었던 나가구치는 안 오고 말이야. 결국 일찍 학교에 와 있던 힙하고 죠하고 후키한테 거들어 달라고 해서, 책상 줄을 다시 맞추고, 칠판을 지우고, 쓰레기를 버리고…. 아니, 그것보다 너희들, 먹고 난 과자 정도는 치우고 가란 말이야!"

역시나 이것에는 오이쿠라도 겸연쩍은 듯 입을 다물었다. 아마 하교 시간에 쫓겨서 제대로 정리하지 못하고 나간 것이라 생각되지만….

스나하마는 기본적으로 만사가 귀찮은 여자애지만 이러쿵저러쿵하면서도 그런 난장판을 내버려 두지 못하는 녀석이다. 결벽증까지는 아니어도 꽤나 깔끔쟁이인 것 같다. 그런 그녀가 당번인 전날에 교실을 난장판으로 만들어 놓고 돌아가다니, 공부 모임에 참가한 녀석들도 상당히 눈치가 없다. 만일 이것이 스나하마 한 사람만의 증언이었다면 그녀도 거짓말을 하고 있을지 모른다고 마리즈미가 추궁했을지도 모르지만, 메베와 테츠조('죠'는 테츠조의 별명이다)와 후쿠이시('후키'는 그녀를 가리킨다)도 같은 증언을 한다면, 마리즈미도 지나친 의심을 거둘 수밖에 없을 것이다. 특히 반의 조정자인 테츠조의 증언은 신뢰할 수 있다.

다만 지금 스나하마가 거론한 세 사람, 즉 메베 미아와 테츠조 코미치, 그리고 후쿠이시 텐코服石点呼 세 사람은 그다지 적극적으로 소리 내어 스나하마에게 동의한다는 느낌은 없었다. 그저 스나하마의 말을 부정하지 않는 정도다. 그 소극적 리액션에 스나하마는 다소 의아하게 생각하는 모양이었지만, 공부모임의 주최자인 오이쿠라를 두려워하기 때문이라고 판단한 듯했다. 그렇지만 테츠조와 후쿠이시는 그렇게 봐도 되겠지만, 메베는 어떨까? 메베는 오이쿠라를 두려워하지는 않을 것이다. 싹싹한 태도로 그녀와 우호적인 관계를 쌓고 있는 귀중한 여자일 텐데…?

"…후쿠이시 양. 틀림없나요?"

만일을 위해서 나는 후쿠이시에게 확인했다. 메베에게 직접 확인하는 것은 좋지 않다고 판단했기 때문인데, 후쿠이시는 역시 고개를 살며시 끄덕일 뿐이었다. 원래부터 성격이 소극적이라 이런 자리에서 강하게 자기주장을 할 만한 학생은 아니므로, 고개를 끄덕여 준 것만으로도 감지덕지라고 해야 할지도 모른다. 어쨌든 그녀는 '후쿠이시'라는 이름이 실수로 '후쿠세키'라고 등록되는 바람에 선생님과 반 친구들에게 그렇게 불리게 되었는데 그것을 입학 후 두 달 넘게 이야기하지 않았을 정도로 내성적인 소녀이니까.

그렇다면 테츠조에게도 구두로 확인을 해 둘까? 아니면 단숨에 메베에게…. 하지만 메베는 조금 전에 분위기가 어색해지는 대화가 있었기에, 그것 때문에 괜히 입을 열지 않으려 하고 있을 뿐이라는 가능성도 있다. 그렇다면 가령 내가 거듭 확인한다고 해도, 역시 과묵함을 관철할 것이다.

내가 판단을 망설이고 있는데.

"그러면 공부모임은 있었다고 치고…. 뭐, 나는 참가했으니까 있었던 것 자체는 체험으로서 숙지하고 있지만."

그렇게 거수하지 않고 히구마가 입을 열기 시작했다. 중학교 시절의 학생회장 경험자가 드디어 움직인 건가? 너무나 칠칠치 못한 내 회의 진행을 더 이상 견디지 못했던 걸까. 좋다. 여차하면 의장 자리를 넘겨줘도 좋을 정도다.

"만약 누군가가, 직접적으로든 간접적으로든 공부모임에 모범 해답을 몰래 유출했다고 치자. 하지만 실제로 그런 일이 있으면 알아차릴 거라고 생각해. 그런 일은 왠지 모르게 작위적인 느낌이 들기 마련이잖아?

"그렇다고만은 할 수 없지."

그렇게 말한 사람은 와리토리였다. 와리토리와 히구마는 같은 중학교 출신으로, 까다로운 구석이 있는 와리토리도 히구마에게는 비교적(몽둥이를 휘두르지 않고) 온건하게 접하는 것이었다.

"자연스럽게, 들키지 않도록 했을지도 모르지."

"한두 명을 상대로는 그럴 수 있을지도 모르지만, 열 명도 넘는데? 누군가가 부자연스럽다고 생각할 거야. 노골적으로 통째로 암기시키는 것은 말할 것도 없고, 은근슬쩍 무의식중에 주입시키는 건 어려워 보이지 않아? 많은 인원을 단숨에 속이는 건 불가능하다고."

학생회장으로서 전교생이라는 많은 인원을 상대했던 적이 있는 히구마이기에 낼 수 있는 의견이다. 그런 말을 듣게 되면 근본적으로 불가능해지고, 그렇게 되면 그런 범행은 이루어지지 않았던 것이 될 것만 같다.

그것으로 된 거 아닐까? 라는 기분도 들었다. 어쩌면 히구마는 그럴 생각으로 제안한 것일지도 모른다. 이 학급회의의 착지

점은 그곳이라고 말하고 싶었는지도 모른다.

하지만 오이쿠라는 그것을 허락하지 않았다. 그녀는 끝까지 이 '범인 맞히기'를 계속할 생각이었다.

"그러면 여기서부터는 시험 문제의 구체적인 내용을 검증하도록 하겠습니다. 공부모임에서 풀었던 문제와 시험에 나왔던 문제가 어느 정도나 겹치는가를, 참가자 전원의 증언을 바탕으로 특정해 가는 겁니다."

그리고 범인을 특정한다.

특정할 때까지, 교실에서는 아무도 내보내지 않겠다.

015

"…특정할 수 있었나요? 아뇨, 범인이 아니라, 그… 겹치는 문제라는 거."

"아니, 어쨌든 일주일 전의 이야기였으니 말이야. 그게 가능하면 고생할 것도 없었지. 참가자들의 기억도 어느 정도 흐려져서 확실하게 특정하는 건 무리였어."

성과 없는 학급회의 중에서도 특히나 무익한 파트였다. 특히 공부모임에 참가하지 않았던 사람들은 짜증만 나는 시간대였다.

오기는 "그렇겠죠."라고 끄덕였다.

"다만 그렇게 말하긴 해도, 공부모임의 성과가 나타난 것은 사실이겠죠? 많이 공부한 것들 중에서… 그 뭐냐, 예상이 적중했다고 말하던가요?"

"뭐, 그렇지. 구체적으로 말하면, 소문제는 그렇다 쳐도 대문제 쪽이 그랬지. 특히 난이도가 높은 문제가 세 문항 정도 있었어. 검증 결과, 참가자 대부분이 정답을 맞혔고 참가하지 않은 사람들이 많이 틀렸던 것이 그 세 문제야. 극한, 부정적분, 확률분포 문제였다고 기억해."

"…극한이나 부정적분이나 확률분포 같은 것을 1학년이 배우던가요? 그런 건 분명히 3학년쯤 가서 배우는 수3나 수C 에서 나왔던 것 같은데."

"갓 전학 온 오기한테는 와 닿지 않는 이야기일지도 모르겠지만, 나오에츠 고등학교의 커리큘럼은 그 정도로 터무니없는 수준이야. 1학년 무렵부터 대학 입시를 대비한 독자적인 방침으로 시험 문제를 만드니까. 그런데 중간고사에서는 대학교에서 다룰만한 고등수학 문제도 나왔다고. 물론 한 번 수업에서 다뤘던 내용이니까, 풀 수 있는 녀석은 풀지만."

"아라라기 선배처럼 말인가요?"

"…뭐, 그런 거지."

자랑하는 것처럼 되어 버렸다. 특히 수학을 잘 하는 것을 자랑할 생각은 없지만…. 그러나 대단한 노력도 하지 않는 만큼, 겸손해지기도 어렵다. 그런 말을 들으면 어쩐지 반칙을 하고 있는 듯한, 켕기는 기분이 싹트지 않는 것도 아니다.

"그 세 문제에 관해서 말하자면, 확실히 유사한 문제를 공부 모임에서 풀기는 했는데…. 그러나 누가 낸 문제인가는 특정할 수 없었어."

엄밀히 말하면, 용의자는 몇 사람인가 거론되었지만, 본인이 부정해 버리면 그것은 증거가 되지 않는 이야기였다. 부정. 혹은 묵비. 당연하지만 아무도 자신이 의심받을지도 모르는 자백은 하고 싶지 않을 것이다. 그쯤부터 학급회의는 본격적으로 엉망진창이 되기 시작했고, 무능한 의장이 그것을 막을 수 있을 리가 없었다.

"공부모임에 참가했던 열아홉 명은 서로가 모르는 부분, 시험에 나올 만한 부분을 서로 알려 주는 형태였으니까, 누가 교사 역이고 누가 학생 역이라는 구분은 없었다고 해. 굳이 말하자면 모임의 주도권을 쥔 녀석은 여섯 명."

"여섯 명인가요."

"응. 발안자인 오이쿠라, 그 애의 서포트 역할을 하는 부반장 슈이. 적극적인 게키자카, 가르치고 싶어서 안달하는 슈자와, 큰언니 기질의 히시가타, 전 학생회장인 히구마. 이 여섯 명은 주로 '가르치는 측'이었어. 바꿔 말하자면 굳이 공부모임에 참가하지 않아도 좋은 성적을 얻었을 녀석들이야. 그렇기에 의심스럽다는 말을 들었지."

다만 이 여섯 명에게 공통되는 것은, 머리가 좋은 것은 말할 것도 없거니와 다른 사람을 잘 돌봐 주는 녀석들이란 특성이다. 오이쿠라도 지배적이기는 했지만, 진심으로 타인을 경멸하며 사는 녀석이 공부모임 같은 것을 개최할 리가 없다. 자기현시욕 같은 마음이 전혀 없었던 것은 아닐 테고, 다른 다섯 명도 조건

부의 선의였을지도 모르지만 그 선의를 의혹의 근거로 삼아서는 남아나는 것이 없을 것이다.

"명백히 거짓말이라고 생각되는, 서로를 감싸는 증언도 이쯤부터 나오기 시작하고 말이지. 그런 것을 부정하고 다니는 것도 의장의 일이었어. 게다가 악의가 있어서 감싸는 것이 아님을 알고 있으니, 그리 기분 좋은 일은 아니었지."

"선의에서 나오는 거짓말은 악의에서 나오는 진실보다도 질이 나쁘다…인가요."

"그런 거지. 하지만 실제로 공부모임에서 풀었던 문제라 해도 시험에 나오지 않은 문제는 많이 있는 것 같았고, 반대로 시험에 나온 문제들 중에는 공부모임에서 풀지 않은 종류의 문제도 있었어. 그 부분을 생각하면 정말로 단순한 우연이었을 가능성도 있다고 생각해."

"우연…인가요. 뭐, 그런 해결도 확실히 있었겠죠. 그렇지만 선배들은 그것을 고르지 않았죠."

오기는 히죽거리는 채로 내 귓가에 계속 속삭인다. 그 자세만으로 생각하면 내가 그녀에게 이야기하고 있는 건지, 그녀가 나에게 이야기하고 있는 건지 분간이 가지 않게 된다. 나는 내 이야기를 하고 있다고 생각하고 있지만, 실제로는 오기의 이야기를 듣고 있는 것뿐이 아닐까 하는 착각도 생겨난다.

하지만 아니다. 그것은 내 이야기고, 여기는 내 교실이었다. 그날의 방과 후인 상태에서 갇혀 버린 교실. 여러 마음이 봉인되고, 갇힌 장소.

"과연, 과연. 그런 것이었군요. 그런 추한 언쟁이나 종잡을 수 없는 의논, 헛된 대화의 중심에 서게 되어서 아라라기 선배는 인간이라는 생물에 완전히 진절머리가 나 버렸던 거군요. 선의에서 나오는 서로 감싸기, 책임전가나 떠넘기기를 목도하고서 당신은 인간에 절망하고, 그리고 올바름과 자상함을 잃어버리고 '친구 따윈 필요 없다'라는 결론에 이른 거군요. 친구를 만드는 것으로 인간의 강도를 떨어뜨리고 있는 같은 반 학생들을 많이 본 것이, 당신의 트라우마가 되었다, 그런 거군요."

"…아니야."

"어라?"

나의 부정에 오기는 의외라는 듯한 소리를 냈다. 멀뚱한 느낌이다. 다만 오기가, 모든 것을 꿰뚫어 보는 듯한 그 남자의 조카인 오기가 어디까지 확신하고 지금의 추리를 이야기한 것인지는 확실치 않지만.

"오히려 그래야 했어. 나는 의논 단계에서 인간에 절망해 둬야 했어. 하지만 그 무렵의 나는 역시나 마음속 어딘가에서 올바름이라든가 진실 같은 존재를 믿고 있었거든. 젊었다는 얘기겠지만."

젊었다. 열여덟 살인 녀석이 열여섯 살일 때를 떠올리며 할 소리는 아니지만. 그렇다면 '어렸다'라고 바꿔 말할까?

"…오히려, 막연하게 기쁘기까지 했어."

"기쁘다?"

"서로 감싸 주거나 바보 같은 회의를 한시라도 빨리 끝내려고 하거나, 자신이 범인이었을지도 모른다는 말을 꺼내거나, 어쩌면 의심을 불식시키기 위해 이런 모임을 연 오이쿠라의 마음도, 적어도 나쁜 것은 아니었을 것이고…. 이런 말을 해도 이해 못할지도 모르겠지만. 단순한 허세로 들릴지도 모르겠지만."

나는 일단 말을 끊었다. 그것을 말하는 것은 조금 망설여졌다. 그러나 말해야만 한다. 그것을 말하지 않는 것은 눈속임이다.

"우리는 **올바른** 의논을 하고 있다는 감각이, 어딘가에 있었던 거야. 그것은 모두 느끼고 있었다고 생각해. 마리즈미나, 유바, 키지키리조차도 그렇게 느끼지 않았을까 해."

센조가하라 정도일 것이다. 그 틀 밖에 있던 사람은. 그 녀석과 그때 일을 이야기한 적은 없지만, 과연 어떻게 느끼고 있었을까? 모르겠다.

"그러니까 말이야, 오기. 내가 절망했던 것은 의논이 아니라 결론이야. 그렇게 되어 버릴 거라곤 아무도 생각하지 못했어. 옳음을 추구했다고 생각했지만, 우리는 결정적인 실수를 저지르고 말았어. 그 순간, 나는 스스로의 정의를 잃어버린 거야."

잃어버렸다. 나는 최초 단계에서 거절해야 했다. 오이쿠라의 압박에 밀려서 의장 같은 것을 맡아서는 안 되었다. 어떻게 생각되더라도 아리쿠레를 뿌리치고 집으로 돌아갔어야 했던 것이다.

"결론? 하지만 범인은 알아낼 수 없었다는 것이 결론이었죠. 확실히 의논의 결과가 그래서는 김이 새는 것도 이만저만이 아니지만, 그래도 절망할 정도는 아니지 않나요?"

"응. 그래. 범인은 알아낼 수 없었어. 그렇지만 **특정되지 않았던 것은 아니야.**"

"네에?"

"**그것이 절망의 원인**이야. 알지 못하는 것조차 결정해 버릴 수 있다는 현실. 그것에 나는 절망했어."

절망했다.

친구 따위 필요 없다. 그렇게 말할 수 있을 정도로.

절연絕緣했다.

"그런가요. 그런가요, 그런가요. 그러면 말이죠, 아라라기 선배."

오기가 말한다. 자상하게 쓰다듬듯이, 목을 조르듯이.

"그 뒤에 어떻게 되었는지, 알려 주실 수 있을까요. 슬슬 하교 시간이 다가왔잖아요? 밀실 속에서 두 시간 이상 의논을 계속하느라 모두의 정신도 한계에 이르렀겠죠. 그 한계 속에서, 당신들은 어떠한 결론을 내렸을까요. 당신들께선 어디에 이르렀을까요."

"……."

"신경 쓰이네요~. 어떻게 되었을까요. 여러 가지로 우여곡절이 있어도 그럭저럭, 수많은 곤란과 쓰레기 같은 혼란을 넘어서, 모두가 한껏 행복해지면 좋겠네요오~."

"……."

행복해질 수 없었던 것은 확실하지만…. 그렇다면 우리는 그때, 대체 어떻게 된 걸까?

016

현실에서 이루어지는 의논이나 교섭이, 이를테면 희곡 같은 데서 이루어질 때처럼 이론정연하게 진행되지 않는 커다란 이유는 '인간은 상대의 이야기를 듣지 않는다'는 점 때문이다. 논적論敵의 발언을 인정하지 않고, 논적의 발언권도 인정하지 않고, 모두들 자신 이외의 다른 이가 주장을 끝마치기 전에 덮어씌우듯이, 물어뜯듯이 자신의 주장을 말하고, 타인의 발언을 가로막고, 보다 큰 목소리로 단언하기만을 반복하기에, 그저 피로감만이 고개를 쳐든다. 이로정연理路整然의 정반대 같은 악로惡路만이 형성된다. 그래도 무리를 해서 그 이후의 학급회의의 흐름을 의사록議事錄으로서 남긴다면 이하와 같은 레이아웃이 된다.

"이젠 됐어, 귀찮아. 그냥 내가 범인이라는 것으로 하고 끝내자고, 이런 의논은." "야, 그런 소릴 시작하면 아무것도 안 되잖아. 혹시 누군가를 감싸는 거야? 너, 범인을 알고 있는 거 아냐?" "애초에 범인 같은 게 진짜로 있긴 해?" "있다는 전제로 이야기하고 있었잖아, 또 문제 삼지 마." "아니, 현실적으로 봐서, 교무실에서 시험 문제를 훔쳐 내는 짓을 할 녀석이 우리 중에 있는 거야?" "윤리관이 어떻다고 이야기하기보다 먼저, 물리적으로 그런 일이 가능한지부터 생각해야 하는 거 아냐?" "아니, 나는 배짱 이야기를 하고 있어." "바보 아냐? 이런 의논에 무슨 의미가 있다는 거야? 다들 거짓말을 하고 있을 뿐이잖아." "죄송합니다, 이제부터 발언할 때는 모두 거수를 하고 난 뒤에 부탁드립니다." "못 들어 주겠다고." "요즘에는 시험 문제도 컴퓨터 같은 것으로 작성하잖아? 교무실에 침입하지 않아도 해킹 같은 걸로 빼낼 수 있는 거 아니야?" "드라마를 너무 많이 봤어." "했던 얘길 또 하게 되는데, 마지막 문제를 공부모임에서 가르친 사람은 오이쿠라였어. 확신은 없지만." "확신이 없으면 그런 소리 하지 마. 그랬다가 누군가의 인생이 꼬이면 책임질 수 있어? 넌 옛날부터 그런 구석이 있었지." "거수를 부탁드립니다." "저기, 이제 그만 집에 가고 싶은데 말이야. 이런 회의는 내가 없는 곳에서 해 주지 않겠어?" "돌아갈 수 없습니다." "돌아가면 범인 취급을 받을지도 모른다고?" "괜찮아, 그래도. 내가 나쁜 사람이 되면 되는 거잖아?" "폼 잡는 소리 하네, 기분 나빠. 뭔가 꾸미고 있는 건 아니겠지? 그러고 보니 요전에 넌…." "히구마 군은 그런 짓은 안 해." "너, 그날 공부모임에 불렀는데 안 왔었지? 뭔가 이유라도 있었어?" "나를 의심하는 거야?" "너는 그런 짓을 할 녀석이 아니라고 생각하고 있었어." "죄송합니다, 여러분. 진정해 주세요. 냉정해집시다." "이게 냉정해질 수 있는 상황이냐고!" "이제 그만하자고. 의심스럽다면 그냥 선생님에게 맡기면 되잖아." "잘못은 스스로 바로잡는 것에 의미가 있는 거잖아. 자기 앞가림은 자기가 해야 해." "나는 관계없다고 말하고 있잖아!" "발언은 거수를 하고…." "애초에 아라라기가 100점을 맞았으니까 이건 풀 수 있는 시험이란 얘기잖아? 그런데도 커닝이라는 둥 부정행위라는 둥, 완전히 난센스야." "아~, 진짜. 짜증 나기 시작했어. 집에 가고 싶어." "가면 되잖아. 그 대신 네가 범인이란 결론이 나게 될걸." "삼각함수 문제도 틀리는 녀석은 입 다물고 있어." "누가 할 소릴. 도형 문제 같은 걸 보통 틀리나?! 그림을 척 보면 이건 합동이겠구나, 하고 왠지 모르게 알 수 있잖아!" "이렇게 생각해 보는 건 어떨까? 대문제 세 문항은 정답을 맞혔지만, 소문제를 틀린 녀석의 이름을 열거하고…." "무슨 의미가 있는 거야, 그게?" "어째서 그렇게 되는 거야. 감정적으로 말하지 말라고. 논리적으로 생각하자고, 모두들." "생각하지 마, 느끼는 거야." "장난치지 마, 나가구츠 군!" "조금 전부터 계속 묵묵히 있는데, 센조가하라는 어떻게 생각해?" "잘 모르겠습니다." "저기, 야들아, 내가 한마디 하꾸마." "나중에 해!" "소리 지르지 마. 꼴사나운 녀석이네." "꼴사나워!" "겁먹고 있는 거 아냐? 아니면 뭔가 켕기는 거라도 있어?" "내가 범인이 아니라는 것만은 확실하잖아?" "그렇게 생각하는 건 너뿐이라고." "뭐야, 그 표현은. 철회해 주지 않겠어?" "아라라기, 진행 좀 제대로 해." "그런 소릴 한다고 해도…." "단순한 커닝일 가능성은 없어? 집단 커닝이라든가." "그렇다고 해도 공부 모임에 참가한 녀석이 저지른 짓이란 사실은 변함없잖아." "애초에 다른 과목은 어떤 거야. 다른 과목에서는 그런 점수 편향은 일어나지 않은 거잖아?" "아니, 애초에 다른 과목은 공부모임이 없었으니깐. 생각해 보면 알 수 있잖아, 그 정돈." "모른다고." "하지만 범인은 수학 말고 다른 시험 문제는 훔치지 않았다는 거야? 이왕 훔칠 거라면 다른 과목 문제도 훔칠 거라고 생각하지 않아?" "뭔가 아는 것처럼 얘기하지 마. 탐정 기분 내는 거야?" "다른 과목의 점수도 높은 녀석이 수상한 건가?" "무엇보다, 왜 수학만 공부모임을 연 거야? 역사 공부모임을 열었으면 거기에도 참가했을 텐데." "그야 수학교사가 담임인 반에서 수학 평균점이 나쁘면 모양새가 나쁘기 때문이잖아. 체면 문제라고, 말하자면. 반장님의 점수벌이라는 거지." "그런 이유가 아닙니다. 수업과목 중에서 수학이 가장 아름다운 과목이기 때문입니다." "그렇게 생각하는 건 너뿐이잖아. 아름답다니, 무슨 얘기야. 결국 네 사정일 뿐이잖아" "자기 생각만 하네." "나는 수학 같은 건 싫다고." "수학의 아름다움을 이해하지 못하는 거야?" "공부에 좋아하고 싫어하고가 어디 있어. 왜 너 같은 녀석이 나오에츠 고등학교에 있냐고." "뭐야, 성격 꼬인 거 자랑해?" "너, 이 자식!" "싸움은 하지 마세요." "싸움이 아니야. 이 녀석이 이상한 소릴 하잖아. 내가 이 고등학교에 있는 게 이상하다는 둥…." "그렇게까지 말하지는 않았잖아!" "애초에 나는 문과니까 수학 같은 건 상관없는데. 수학을 안 보는 대학에 지원할 생각이고." "나, 나도." "합세하지 마." "시비 걸지 마." "너희는 왜 아까부터 조용한 거야." "할 말이 없어서 가만히 있는 건데요." "나한테는 알리바이가 있어!" "범행시각도 특정할 수 없는데 뭐가 알리바이야." "증인이 있다고. 나한테는. 내가 그런 짓을 할 녀석이 아니라는 보증을 해 줄 녀석이." "그렇다면 동기는? 유쾌범이 이런 짓을 할까?" "반 전체의 점수가 올라가도,

기본적으로 범인에게 좋은 건 없잖아. 보통은 전체 점수가 낮은 편이 좋지 않아?" "그러면 보통이 아니겠지, 기본도 아니고." "하고 싶은 말이 있으면 확실히 해." "그러니까 없다니까. 하고 싶지도 않아." "유도신문이다." "그만 좀 하라고, 이제 지긋지긋해. 오늘 데이트 예정이었는데." "뭐야, 너. 아직 그 녀석하고 사귀고 있었어?" "내 마음이잖아?" "잠깐 자도 되지?" "다들 진정하고, 순서대로 생각해 가자고. 우선 그날, 수업 중에 공부모임을 연다는 편지를 돌리고…." "그 편지, 왜 나한테는 안 온 거야? 히시가타가 알려 주지 않았더라면 나는 몰랐을 거야. 빼놓은 거야? 왕따야? 나를 싫어했던 거야?" "아니, 의도적으로 뺐다든가 하는 건 아니고…. 그냥 네가 없었기 때문에…." "사이좋게 지내자고." "사이좋게고 뭐고, 이젠 불가능이잖아. 그도 그럴 것이 난 의심받고 있다고! 나쁜 짓은 아무것도 안 했는데!" "아니 땐 굴뚝에 연기가 나겠냐고." "너의 그런 부분이 글러 먹었다는 거야." "얼씨구! 이쪽이 할 말인데요!" "그렇다면 공부모임 같은 건 처음부터 안 하는 게 나았다고! 공부 따위, 혼자서 하는 거잖아!"

…더 이상 아무도 거수하지 않게 되었다. 서로에게 하고 싶은 말을 쏟아 내기만 하는 모임이 되었다. 결말이 나지 않는 무익한 논쟁의 템플릿, 전형적인 소리밖에 하지 않는, 창조성의 조각도 없는 자리가 되었다. 처음에 희곡의 예를 들었는데, 이미 서툰 배우들이 대본을 소리 내어 읽으며 맞춰 보고 있는 듯한 상황이었다.

아무도 진심을 말하지 않는데도 서로 상처 입히고 있다.

그야말로 무법지대. 그야말로 불모의 땅.

전체적으로 논쟁이 이루어지고 있을 때에는 그나마 제어가 되었지만, 이쪽저쪽에서 소규모 언쟁이 벌어지기 시작하자 그 전부를 파악하고 컨트롤하는 것은 몹시 어려웠다. 자기변호를 하는 것은 아니지만, 누가 의장을 맡았더라도 어딘가에서 이렇게 될 것이다. 혼란 속에서 나는 책상들 사이를 이동해 무연히 앉아 있는 오이쿠라 곁으로 갔다.

"…이거, 이미 속행 불가능이잖아. 수습이 안 돼."

시간은 오후 5시 58분. 통고…라고 할까, 항복 선언이었다. 아니, 무엇에 패배했는지는 모르겠지만, 어쨌든 빈정거림 같은 의도는 있었다고 해도, 오이쿠라가 맡긴 의장이라는 역할을 더 이상 내가 완수할 수 없는 것은 확실했다.

"좀 봐달라고, 오이쿠라. 나한테는 감당이 안 돼. 이 이상 심해지기 전에 끝내자고."

"무슨 약한 소릴 하고 있어. 나보다 좋은 점수를 맞은 녀석이 포기할 생각이야?"

오이쿠라는 나를 노려봤다. 그러나 그 시선에도 학급회의가 시작되었을 무렵의 강함은 없었다. 그녀도 피폐해져 있는 것이다. 그래서 나에게 이 항복은 그냥 돌을 던진다는 의미일 뿐이었지만, 구실로서는 오이쿠라에게 도움을 청하고 있는 것이기도 했다.

"그래, 포기했어. 무리라고."

"범인을 특정할 때까지… 아무도 돌려보내지 않겠어."

"그럴 수 있을 리가 없잖아. 하교 종이 울리면 모두 집에 돌아갈 거라고. 너도 잘 알고 있잖아."

나는 현실적인 소리를 했다. 어쩌면 이 말을 해서는 안 되었는지도 모른다. 누군가가 해야만 하는 말이었으니 내가 하지 않더라도 누군가가, 예를 들면 테츠조나 슈이 쪽에서 말했겠지만, 그러나 다른 사람도 아닌 내가 말했기에 그녀를 강하게 자극하고 말았던 것이다.

잊고 있었다.

내가 얼마나 오이쿠라에게 미움받고 있는지.

나는 그런 미움받는 일은 소극적으로, 무책임하게, 남에게 맡겨 둬야 했던 것이다. 어떠한 의무감을 짊어지고서 내가 오이쿠라에게 충고할 수 있다는 거지? …아니면 기대하고 있던 건가? 오이쿠라는 나를 라이벌로 보고 있을 뿐이고 사실은, 마음속으로는 싫어하는 것이 아니라고. 언젠가는 좋은 관계를 쌓을 수 있지 않을까 하고, 우쭐하고 있었던 걸까? 입으로만 싫다고 하는 거라고?

하지만 사실은 다르다.

오이쿠라는 피로감을 상회하는, 진심에서 우러나온 혐오감을 담아서,

"나는 네가 싫어."

라고 말했다.

그리고 자리에서 일어났다. 나를 그 자리에 남겨 두고서 성큼

성큼 걸어가서는 교탁에 섰다. 그리고 쾅, 하고 손을 짚으며 일동의 주목을 끌었다. 하지만 시선들은 모였어도 시끄러움이 잦아드는 정도까지는 이르지 않았다. 그래서 그녀는 큰 소리로,

"여러분!"

이라고 외쳤다.

그것으로 간신히 조용해졌다. 하지만 모두의 음울한, 지긋지긋한 듯한 얼굴은 완전히 감출 수 없었다. 여기서 의장이 교대되어 봤자 수습도 뭣도 되지 않는다. 그렇게 생각했기 때문이겠지. 나도 이제 와서 다시 시작하더라도 처음으로 돌아갈 수는 없다고 느꼈다. 만약 의장을 교대할 거라면 좀 더 이른 단계에서 했어야 했다. 아니나 다를까, 처음에 그녀에게 불평을 했던 코우마가 불평을 하려고 했…지만, 오이쿠라는 그것도 제지하더니,

"여러분!"

하고 다시 한 번 말했다.

"의논은 이제 충분히 이루어졌다고 생각합니다."

아아, 하고 그것을 들은 나는 조금 전에 받은 결별 같은 혐오도 잊고 가슴을 쓸어내렸다. 오이쿠라도 단념하고 이 모임의 정리에 들어간 것이다. 학급회의를 개최한, 혹은 공부모임을 개최한 사람으로서 모범을 보이는 형태로 이 자리를 마무리할 생각인 것이다. 결론은 나오지 않았다. 범인은 특정할 수 없었고 범인도 자백하지 않았지만 우리는 노력했다, 하나가 될 수 있었다. 그런 식으로 그럴싸하게 정리하고, 뭐하다면 다 함께 박수를 치든 뭐든 하고서 모두를 돌려보내는 거라고. 뭐, 한동안은

분위기가 딱딱해지겠지만, 이 상황을 해결하기 위해 그녀는 최선의 선택을 한 거라고.

하지만 달랐다. 그녀는 어디까지나 이 '범인 맞히기'를 계속할 생각이었다. 이 자리를 끝낼 수밖에 없다는 것은, 나에게 들을 것도 없이 총명한 그녀도 알고 있던 일이다. 하지만 끝낼 거라면 반드시 결론을 내고 끝내겠다는 강한 결의를 가진 오이쿠라는, 이렇게 말했던 것이다.

"그러므로, 이제부터 표결에 들어가겠습니다."

어리석게도, 암담하게도.

워스트한 선택을.

그런 선언을 했던 것이다.

"누가 범인인지, 다수결로 결정하겠습니다."

017

지금도 생각한다. 오이쿠라는 대체 어떤 결과를 바라고 있었던 걸까? 어떠한 결론이 날 거라고 생각하고 그런 제안을 했던 걸까? 결론만 나온다면 진실이 아니어도 좋았던 걸까?

알 수 없어도 결정할 수는 있다.

불명하더라도 특정할 수는 있다.

그러고 보니 그 녀석은 맨 처음에 말했다. 범인을 특정할 때까지, 혹은 범인이 자백할 때까지 학급회의를 계속하겠다고. '범인을 알 수 있을 때까지'라고는 말하지 않았다.

"…나, 옛날부터 꽤나 반에서 고립되어 있는 녀석이었는데 말이야. 중학생 때 한 번, 그것 때문에 학급회의가 열린 적이 있었어. '아라라기가 반에 친숙해지게 만들기 위한 모임'이라는, 지금 생각하면 정말 어처구니없는 모임이었는데, 의논이 진행되어 감에 따라 점점 영문을 알 수 없게 되다가 중간부터는 그냥 협조성 없는 나를 나무라는 모임이 되었어. 회의란 이처럼 간단히 방향성을 잃게 되는 것인지도 몰라. 그것 자체는 고립을 선호하던 내 책임이기도 하니까 특별히 마음에 두지 않았고, '아라라기 군은 모두와 사이좋게 지내도록 노력합시다'라는 결론에도 불평하지 않았어. …하지만 다수결로 범인을 정한다는 건."

"말씀하시고자 하는 건 알겠는데요, 하지만 완전히 부정할 수는 없을 거예요. 서양의 재판은 배심원제가 일반적이고, 일본에서도 재판원 제도가 상당히 뿌리를 내리기 시작했어요. 뭐, 배심원 제도는 전원일치고, 재판원 제도도 단순한 다수결도 아니지만요…. 의논이 정말로 다 되었다고 한다면, 오이쿠라 선배가 하려던 행동이 꼭 잘못된 것만은 아니지 않을까요?"

오기는 위로하듯이 말한다. 내 귓가에. 까딱 방심했다간 그 말에 어리광 부리게 될 것 같았다. …하지만 아니다. 그렇지 않다. 그건 단순한 이론일 뿐이다. 우리는 그릇된 판단을 해 버린 것이다. 그때 나는 때려서라도 오이쿠라를 막아야 했다.

하지만 다수결은 실시되었다.

게다가 무기명 투표 같은 게 아니었다. 거수에 의한 다수결이

었다. 오이쿠라가 읽어 나가는 출석번호 순서대로 1학년 3반의
학생들은 거수를 하게 되었다.

출석번호 2번, 아라라기 코요미가 범인이라고 생각하는 사람
은.

손을 들어 주세요.

"아~. 헤에, 그런 건가요. 거기서 반의 대부분이 손을 들어서
아라라기 선배가 범인이 되어 버린 거군요. 의논이 아니라 결론
에 절망했다는 이유를 알았어요. 그런 것이라면 확실히 인간에
절망해도 이상하지 않겠죠. 진심으로 안타까운 일이라고 생각
해요."

"아니야. 내 이름을 불렀을 때에 손을 든 사람은 오이쿠라 한
사람이었어."

"에."

"반의 대부분이 손을 든 것은 출석번호 6번, 오이쿠라 소다치
때였어."

그것으로 모든 것이 끝났다.

나머지 학생의 이름을 읽고서 거수할 필요는 없었고, 만약 있
었다고 해도 더 이상 오이쿠라는 그 이상 어떠한 말도 할 수 없
었을 것이다.

그때 보았던 오이쿠라의 절망한 얼굴을 나는 잊을 수 없다. 아
마도 나는 그 절망에 휘말려 든 것이다.

…그 후 오이쿠라의 모습을 학교 안에서 본 사람은 없다. 유
바처럼 학교를 그만둔 것은 아니고 학교에 적을 두고 있기는 한

것 같은데, 수업 날에도 시험 날에도 그녀는 학교에 전혀 오지 않게 되었다. 두뇌가 명석한 학생이기에 어떠한 특별취급을 해 주었는지, 출석일수가 부족하더라도 진급은 하고 있었고, 지금도 3학년 어느 반의 출석부에 그녀의 이름이 실려 있는 듯하다. 하지만 나는 그녀가 몇 반인지는 모른다.

자업자득이라고 말하는 녀석도 있었고, 좀 더 단적으로 '자멸'이라고 말하는 녀석도 있었다. 확실히 나중에 생각하면 그런 상황에서 다수결을 취하면 오이쿠라에게 표가 몰리는 것은 눈에 보인다. 방과 후의 교실에 반의 멤버 모두를 연금하고, 불쾌지수가 높은 밀폐 상태에 가둔 채로 나무라는 듯한 소리를 계속하고 있었다. 그래 놓고 반감을 사지 않을 거라 생각하는 편이 이상하다. 그러나 사람은 자신이 미움받는 것은 좀처럼 깨닫지 못하는 법이다. 내가 그녀로부터의 폭력적인 혐오를 진정한 의미에서 깨닫지 못했던 것처럼.

스스로 사지에 발을 들인 그녀를, 나는 그저 보고 있을 수밖에 없었다. 도와줄 수 없었다. 물론 오이쿠라는 내 도움을 바라지는 않았겠지만. 나도 알고 있지 않았던가. 그 상황에서 다수결을 취하면 어떻게 되는지. 나를 계속 적대시하고 있던 오이쿠라가 파멸하는 모습을, 사실 나는 보고 싶었던 게 아닐까? 그녀가 절망하는 표정에 속이 시원해지지 않았나? 아니, 나는 다수결을 취하면 내가 범인이 될 것이라고만 생각하고 있었다—어쩌면 오이쿠라도 그렇게 짐작하고 있었는지도 모른다—그리고 그것은 그리 나쁘지 않은 결론이라고도 생각하고 있었다. 범인이 아닌 것이 명백한 내가 범인으로 지명된다는 마무리라면, 나중에 화근을 남기지 않는다. 출석번호 2번인 나로 결정되면 불쾌한 다수결도 금방 끝날 것이고…. 그런 어설픈 예측이 나에게 사태를 간과하게 만들었다. 그러한 의미에서는 출석번호 1번이 아시네였던 것도 내가 판단을 그르치게 만들었다. 의논 중에도 일관되게 달래는 역할을 하고 있던, 그 사람 좋은 미남을 범인 취급할 녀석 따윈 없으리라고 빤히 알고 있었는데.

…그 이전에, 그녀가 오기를 부리게 만들고 폭주시켜 버린 것이 나라고 한다면, 역시 그녀가 파멸한 책임은 나에게 있다.

그러니까, 라고 말하는 것은 아니다.

말하는 것은 아니지만… 그날 이후로 나는 그때까지보다도 더욱 자주 결석하고, 수업을 땡땡이치게 되었다. 오이쿠라가 오지 않은 학교에 자신이 다니고 있는 것에 죄책감과도 비슷한 끈적끈적한 감정을 품게 되었기 때문이다.

그리고 그 이래로, 나는.

지금에 이르기까지, 수학에서 만점을 받은 적이 없다.

"…그렇게까지 책임을 느낄 만한 문제일까요? 처음에 들었잖아요. 오이쿠라 선배가 최유력 용의자라고. 그 사람에게 표가 몰린 것은 모두의 공정한 판단결과라고 할 수 있지 않나요?"

"물론 그것 때문에 손을 든 녀석도 있기는 할 거야…. 그게 절호의 구실이 되어 버린 것은 사실이겠지만, 그래도 확실히, 진심으로 오이쿠라가 범인이라고 생각한 녀석도 많았을 거야. 나도 그렇게 납득하려고 했지만, 조금 전에도 말했잖아? 그 학급회의는 누가 시켜서 열린 게 아니라 그 애가 스스로 연 회의야. 자신이 최유력 용의자였기에 그 용의를 풀기 위해서 개최한 회의였어. 얄궃게도 그것으로 인해 용의가 굳어져 버렸지만, 만약 오이쿠라가 진짜로 범인이었다면 그런 회의를 열 필요는 없었어. 그 사실 하나만 놓고 봐도 오이쿠라는 범인이 아니라고 단언할 수 있어."

"후후. 그렇군요. 단언…인가요."

"…음? 뭐, 그러니까 결국 그 학급회의는 한 가지 누명을 낳아 버렸다는 이야기야. 그것도 역시 오이쿠라의 인과응보이기는 해. 그렇기는 하지만."

"인과응보라기보다 자승자박 같지만요. 도둑을 발견해서 붙잡으려고 허겁지겁 새끼를 꼬았는데, 자신이 묶여 버렸다고나 할까요. 아하하, 그렇게 생각하면 참 멍청하네요."

웃는 오기. 웃음거리가 될 만도 하다. 실제로 오이쿠라는, 그리고 우리는 정말 우스꽝스러웠다.

어쨌든, 이라고 나는 말을 이었다.

"올바름이 날조되는 현장을 보고, 바보 같은 결론으로 결정되어 버리는 현장을 목격하고 나는 어찌하지도 못하게 되어 버렸어. 어떻게 되어 버렸어. 반의 대다수, 거의 모든 학생이 손을, 아무런 사전협의도 담합도 없이, 눈짓도 없이 동시에 든 순간. 진실이 정해져 버린 순간, 정의가 결정되어 버린 순간…. 나는 그런 무서운 순간을 본 적이 없어. 그때, 난 잃어버렸어."

아니, 잃어버린 것이 아니라.

상실한 것이다.

"나는 그때까지 '올바름' 같은 것을 믿고 있었어. 세상에는 옳은 일이 있는데, 그것이 가능할까 불가능할까, 하고. 하지만 잘못한 일이라도, 끔찍한 일이라도, 바보 같은 일이라도 많은 사람이 그것을 긍정하면, **옳게 되어 버린다**는 것을, 나는 알았어."

명백한 미스도, 어리석은 실패도 100만 명이 찬성하면 옳게 된다. 전 세계의 인간이 그렇게 믿으면 지구가 아니라 천구 쪽이 돌기 시작한다.

다수결. 인류가 발명한, 가장 추한 식.

가장 부당한, 부등식.

하지만 그것은 옳은 것이다.

모두가 옳다고 말하고 있으니까…… 옳다.

"아하하. 그건 정말 극론이네요, 아라라기 선배. 극단에서 극단으로 달리는 극론이네요. '잘 팔리는 작품은 전부 망작'이라고 말하는 것이나 마찬가지예요."

"마찬가지일지도 몰라. 나는 바보 같은 소리를 하고 있는지도 몰라. 하지만 이런 바보 같은 의견도, 100만 명의 찬성자가 나타나면 옳게 되어 버리는 거야. 올바름 따위, 얼마든지 양산이 가능하다는 걸 나는 알았어. 옳음은 사람의 수에 따라 확립되는 것이라는 걸, 나는 알았어. 다수파 공작이 전부라는 걸, 나는 알았어. 그래서 나는 확립보다도 고립을 선택했어."

친구는 필요 없다. 인간의 강도가 떨어지니까.

그런 소리를 하기 시작했다.

"자신의 올바름을 지키려면 그렇게 할 수밖에 없었던 거야. 어떤 파벌에도 조직에도 속하지 않을 수밖에 없었어. 다만 그 올바름도 2년 뒤의 봄방학에 덧없이 무너지게 되지만 말이야. …이야기가 많이 길어져 버렸는데, 이것이 아라라기 코요미의 이야기야. 들어 줘서 고마워, 오기. 확실히 네가 말한 대로였네. 이야기해 보니까 별것 아닌 이야기였고, 속이 편해졌어."

"곤란하네요."

"응?"

"아직 편해지면 곤란하다고 말한 거예요, 아라라기 선배."

오기가 나의 목 주변에서 간신히 떨어졌다. 그리고 소리도 없이 내 정면으로 돌아온다. 그 기분 나쁘다고도 할 수 있는 귀여운 미소를, 오래간만에 정면에서 보는 형태가 된다.

"오이쿠라 선배가 범인이 아니라고 하면서 이야기가 끝나서는, 우리는 이 교실에서 나갈 수 없잖아요. 잊으셨어요? 이 교실에서 나가기 위해서는 범인을 특정할 필요가 있어요. 그날, 특정할 수 없었던 범인을, 다수결이 아니라."

우리가 정해야만 하는 거예요.

오기는 그렇게 말했다.

그러고 보니 그런 이야기였지. 아니, 그것도 어디까지나 오기의 단순한 가설일 뿐이지만.

"…그날의 오이쿠라의 원념이 이 교실을 만든 걸까? 그렇다면 내가 이렇게 갇힌 것에는 필연성이 있지만."

오이쿠라는, 아직.

나를 용서하지 않은 것일까.

그날 그대로.

여전히 나를 미워하고 있는 것일까.

나는 네가 싫어.

"아니, 오이쿠라 선배는 당신 같은 건 잊어버리지 않았을까요? 그런 법이에요, 의외로."

"…그러면 이 교실은 대체."

"말하지 않았나요? 이것은 아라라기 선배의 마음이 만들어 낸 교실이라고, 저는 생각해요. 그렇게 정의해요. 마음이… 원통함이 낳은 교실. 만약 그날 범인을 밝혀냈더라면, 오이쿠라 소다치가 파멸할 일도 없었을 테고."

올바름을 상실하는 일도 없었다.

그런 당신의 후회가 낳은 교실.

그날, 만약 하교 시각이 오지 않는다면…. 5시 58분.

거기서 정지한 시계. 멈춘 시간. 정체하고.

침체되고 있는 시간. 2년 이상에 걸쳐.

"당신은 그날 상실했던 올바름을 계속 추구하고 있어요. 잃은 올바름을 되찾기 위해서 당신이 이 교실을 만든 거예요."

"…내가."

가능한가? 시노부의 물질구현화 능력도 아니고, 내가 이런 교실을 만들어 내다니…. 하지만 괴이에는 그것에 어울리는 이유가 있다. 그렇다면 '나'는 이번의 이유로서는… 충분하다.

"하지만 올바름이라고 해도…."

벌써 2년 전의 이야기다. 2년 전에, 그만큼의 의논을 하고도 알 수 없었던 범인을 이제 와서 알 수 있을 리가 없지 않은가. 그렇다면 나와 오기는 계속 이 교실에 갇혀 있게 되는 건가? 언제까지나 하교하지 못하고, 영원히.

그럴 수가⋯. 나는 둘째 치고, 오기는 무관계한 사람이 말려든 것이 아닌가. 원래 이야기를 꺼낸 사람이 그녀라고 해도 그것은 너무나도 괴로운 일이다. 그렇다면 해야 할 일은 하나였다. 설령 그것이 아무리 곤란하다 해도, 해야 할 일은 해야만 한다.

"다시 한 번, 학급회의를 하는 건가. 이번에야말로 범인을⋯ 아니, 진범을 밝혀내야⋯."

"아~, 아니에요. 진범이라면 이미 알았는데요?"

결의하는 나에게.

오기는 선뜻, 간단히 말했다.

"그렇다기보다, **아라라기 선배도 사실은 알고 있을 거예요**. 그 학급회의에서 원래 규탄받아야 할 인물이 누구였는가. 오이쿠라 선배의 말을 빌리면, 신성한 수학 시험을 망친 범인이 누구인가. 그런 건 아라라기 선배의 이야기를 들으니 명백했어요. 아라라기 선배의 오이쿠라 선배에 대한 '미안함'이란 감정이 필요 이상으로 강한 것은, 무의식중에 당신이 범인을 깨닫고 있었기 때문이에요. 그렇지 않으면 **그런 서술 방식**을 취할 리가 없어요."

"그런, 서술 방식?"

"**당신은 어떤 인물에게 용의가 쏠리지 않도록**, 고의로 정보한 가지를 감추고서 이야기했어요. 그런 의미에서 당신은, 의도하지는 않았더라도 진범을 감싸고 있는 거예요. 진실을 은폐하고 있는 거예요. 그래서 누명을 쓴 오이쿠라 선배에게 양심의 가책을 느끼는 거죠."

"······?"

고의로? 은폐? 말도 안 돼, 내가 뭘 감췄다는 거야. 결코 잊을 수 없는 그 학급회의. 뭘 감추려고 하더라도··· 완전히 감출 수 없다.

"네, 완전히 감출 수 없었어요. 그것이야말로 당신이 무의식 중에 범인을 깨닫고 있었다는 사실을 이야기하고 있어요. 당신은 그 사실에서 계속 눈을 돌려 왔어요. 예전에 하네카와 츠바사가 진실에서 눈을 돌리고 있었던 것처럼."

"······."

대체.

무슨 이야기를 하는 거지, 이 아이는.

무엇을 알고 있는 거지, 이 아이는.

"저는 아무것도 몰라요. 당신이 알고 있는 거예요, 아라라기 선배. 아라라기 코요미."

"내가···."

"명탐정 선생, 일동을 한데 모아, 자아, 여러분···*. 명탐정이

※명탐정 선생, 일동을 한데 모아, 자아, 여러분··· : 名探偵、一同集めてさてと言い. 고전 미스터리에서 명탐정이 수수께끼 풀이를 할 때, 그 자리에 있는 사람들을 모으는 정형 패턴을 익살스럽게 표현한 작자미상의 센류(川柳). 센류는 5-7-5 형식의 일본 전통시 형식을 말한다.

없으니 대신 제가 말할까요. 자아, 여러분! 자신의 업에 불살라져 파멸한 멍청이이자 얼뜨기인 오이쿠라 소다치를 추도하기 위해서라도, 그 사람이 바라던 '범인 맞히기'를 엄숙하게 실행할까요. 어이쿠, 이러면 안 되죠. '범인 맞히기'라면 이것만은 제대로 말해 둬야죠. 괴이 퇴치에도 수수께끼 풀이에도 작법은 소중하니까요."

당황하는 나를 쿡쿡 비웃고서, 오기는.

오시노 메메의 조카, 전학생 오시노 오기는 맞은편을 향했다. 그리고 아무도 없는 칠판을 향해, 가부키처럼 과장스러운 동작을 취했다. 각도상으로는 전혀 보이지 않았지만, 나는 그 표정을 생생히 알 수 있었다.

"나는 독자에게 도전한다."

018

"범인은 테츠조군요."

서론도, 한 박자 쉬기도, 뜸 들이기도 없이.

오시노 오기는 선뜻 말했다.

나는 그것에 대해, 그런 '의외의 범인'에 대해 놀라울 정도로 놀라지 않았다. 마음이 전혀 동하지 않는다. 마음이 전혀 흔들리지 않는다. 어째서? **나는 그것을 몰랐을 텐데.**

오기의 말대로, 마음속 어딘가에서는 알고 있었던 걸까. 그것은 **그녀**의 범행이라고. 그리고 오이쿠라 소다치는 그녀에게 희생된 피해자라고.

"계속할까요?"

오기의 말에 나는 "…으응." 하고 대답했다. 그 이름이 나와 버리면, 원래 그 이상 이야기할 것은 없을 테지만, 그러나 나에게는 들을 의무가 있었다. 이야기의 화자로서, 사건의 진상을 들을 의무가. 이야기할 의무가 아니라, 들을 의무가.

"어째서 테츠조가 수상하다고 생각했어? 다른 멤버하고 입장은 그리 다르지 않잖아. 확실히 비교적 이름이 많이 나온 녀석이기는 하지만, 이름이 나오지 않은 녀석일수록 수상하다고 생각할 수도 있잖아? 내가 자의적으로 이야기했다고 한다면."

"빈도수로 의심한 게 아니에요. 제가 처음에 의심한 건 인원수예요."

"인원수?"

"서른여덟 명. 아라라기 선배의 이야기 속에 나온, 등장인물의 숫자예요. 세어 보았어요. 두 번 세었으니 틀림없을 거라고 봐요. 하지만 이건 이상해요."

"이상하다. 왜? 한 반의 인원수로는 타당할 텐데."

"아니에요."

오기는 1학년 반의 교실을 빙 둘러보았다. 아무도 없는 자리를, 하나하나 검토하듯이. 보고 듣는 것처럼.

"아라라기 선배. 선배는 확실히 이렇게 말씀하셨죠. 자신이 이 반에서 얼마나 고립되어 있었는가를 이야기할 때요. 2인조를 만들 때에도 3인조를 만들 때에도 4인조를 만들 때에도, 당신은 홀로 남아 있었다, 라고. 이 부분이 이상해요. 그도 그럴 것이, 반의 인원수가 서른여덟 명이었다면 2인조를 만들 때에는 딱 떨어지지만, 3인조, 4인조를 짤 때에는 두 사람이 남아요. 한 사람만이 남는 패턴은 없어요."

으, 하고 나는 말이 막혔다.

그 말대로다. 수학이라고 할 정도도 아니다. 이런 건 단순한 산수다.

"저는 수학을 그렇게 잘 하지는 못하니까, 수3이나 수C 같은 것은 전혀 모르지만, 그래도 나눗셈 정도는 할 줄 알아요. 그러면, 2로 나눠도 3으로 나눠도 4로 나눠도 1이 남는 숫자를 구해 볼까요. 이건 아슬아슬하게 수학이죠? 2와 3과 4의 공배수를 구하고, 그것에 1을 더하면 돼요."

"……."

"2와 3과 4의 최소공배수는 12. 12플러스 1이면 13. 공교롭게도 1-3, 1학년 3반이란 느낌이지만 열세 명은 역시 너무 적죠. 그러면 다음 공배수, 이건 최소공배수를 2배로 하면 구할 수 있죠. 24. 24 더하기 1로 25. 이 정도의 인원수의 학급이라면 전국에도 상당수 있겠지만, 아라라기 선배는 공부모임에 참가한 인원수를 반의 절반 정도라고 표현하셨죠. 스물다섯 명 중 열아홉 명이면 절반이라고 할 수 없죠. 그러므로 다시 한 번. 최소공배수를 3배해서 36… 더하기 1. 37. 서른일곱 명. 이 부근이 1학년 3반의, 올바른 학생 수가 아닌가요?"

"…교실 안에 한 사람, 외부인이 섞여 있었다고 말하고 싶은 거야? 하지만 그건 오이쿠라가 말했을 거라고. 학급회의는 관계자 이외에 출입금지, 그러니까 외부인은…."

"네. 없었을 거예요. 하지만 그 말은, 뒤집어 말하면 **1학년 3반의 관계자라면** 교실 안에 있어도 괜찮다는 의미로도 받아들일 수있죠. 예를 들면."

예를 들면 담임교사라든가.

오기는 기분 나쁘게 웃으며 그렇게 말했다.

"말 그대로 맨 처음에 말씀하셨죠, 아라라기 선배. 교실에 들어가니까 1학년 3반의 멤버가 전원 모여 있었다, 라고. 그래요, '멤버'라고 표현했어요. 1학년 3반의 학생이 전원, 이 아니라. 확실히, 담임이라면 1학년 3반의 멤버 중 한 사람이라고 할 수 있죠. 학급회의에 참가해도 이상하지는 않아요."

"……."

"거기서 돌아보면, 아라라기 선배가 38명의 등장인물을 소개해 가는 동안, '학생', '남자', '여자', '교복', '같은 반 학생', '1학년', '고교생', '부원' 등등의 설명으로 그 인물이 고교생임을 명기하지 않은 인물이 서른여덟 명 중에 **딱 한 사람**이 있어요. 그것이 테츠조 코미치예요. 이와 같이 추리소설의 기본이며 수학의 기본이기도 한 소거법, 배리법으로 테츠조가 범인이라고 특정했어요. 어이쿠, 선생님의 성함을 친구처럼 이름만 막 부르는건 안 좋으려나요? 테츠조 선생님이라고 불러야 할까요? 뭐, 하지만 '죠'라는 닉네임으로 불리고 있고, 아라라기 선배도 이름으로 부르거나 하는 친근한 선생님 같으니 상관없을까요."

빙긋 웃고서 오기는 말을 이었다.

"소프트볼부였다는 것도, 분명 고문을 맡고 있다는 의미였겠죠. 정말이지, 아라라기 선배는 복잡한 표현을 쓴다니깐. 하지만 생각해 보면 '어른스러웠다'라는 표현 같은 것은 그 사람이 어른임을 암시하고 있었다든가?"

"…그런 암시를 의도하지는 않았어."

"하하, 그런가요."

"……."

"참고로 말하면 아라라기 선배가 여자 세 사람에게 끌려와서 교실에 들어섰을 때, 모든 자리가 채워져 있었네요, 라고 말한 저에게, 당신은 엄밀히 말하면 아리쿠레 선배, 키지키리 선배, 토네 선배의 자리와 오이쿠라 선배의 자리는 비어 있었다, 라고 대답했죠. 하지만 이건 이상하죠. **아라라기 선배의 자리도 비어 있지 않으면 이상해요.** 그곳에 누군가 앉아 있었던 걸까요? 예를 들면 담임선생님이라든가."

그래서 아라라기 선배는 오이쿠라 선배에게 착석을 허락받지 않아서가 아니라, 애초에 앉을 수 없었던 게 아닐까요, 라고 오기는 말했다.

"뭐, 이런 것은 단순한 방증이지만요. 사소한 이야기예요. 그래서 어떤가요? 테츠조 코미치가 학생이 아니라 교사였다는 저의 추리는 완전히 빗나갔나요? 저는 쓸데없는 트집을 잡았나요?"

"…맞았어. 정답이야. 1학년 3반, 반의 학생 수는 서른일곱 명. 거기에 담임인 테츠조를 포함해서 학급회의의 참가자는 서른여덟 명이야."

하지만, 이라고 나는 말했다. 강하게 반론해야만 하는 이유가 있는 것처럼, 마치 자신이 범인이라고 지적받은 것처럼.

"테츠조가 교사였다고 해도 그것이 곧 테츠조가 범인이라는 의미가 되지는 않을 거 아냐. 학급회의에서는 학생 자리에 앉아서 반의 멤버 중 한 명으로서 의제에 참가하는, 프랜들리한 선생님이 한 명 있었다는 이야기일 뿐이고…."

"반의 조정자…. 담임교사를 참 절묘하게 돌려 표현했네요…."

나의 이야기를 무시하듯이 웃는 오기. 그 태도에 나는 몸을 약간 앞으로 내밀었다.

"오기…."

"물론 가령 테츠조 선생님이 그 자리에 없었더라도, 이름이 나오지 않았더라도 저는 담임교사를 의심했겠죠. 회의가 난장판이 되어 가던 중에, 누군가가 말씀하셨죠. 애초에 시험 문제를 사전에 아는 게 가능한가? 라고."

몸을 내민 나에게, 오기는 몸을 가까이 붙여 왔다. 얼굴이 너무 가깝다. 나는 금세 당황했다. 약하구나.

"어렵죠. 교무실에 숨어든다? 해킹? 그런 위험을 범하면서까지 한 일이 유쾌범 같은 범행인가요?"

"…확실히 선생님이란 입장이라면 교무실을 자유롭게 드나들 수 있겠지만, 그것만으로 의심하는 건….”

“얼버무리지 마세요, 아라라기 선배. 여기까지 와서, 그것도 난장판이 된 회의 중에 나왔던 화제죠. 1학년 3반의 담임은 수학교사라고. 테츠조 코미치는 수학교사. 그렇다면 그 입장은 사전에 아는 정도가 아니에요. **문제를 내는 사람이니까.**”

그렇다면 리스크는 제로예요.

오기는 그렇게 말했다. 사소한 부분까지 정말로 잘 챙겨 듣고 있다.

정말 흠잡을 데 없는 듣기 명수다, 이 아이는.

“…**그것이 그렇다고 해도,** 만든 문제를 유출할 방법이 없잖아. 테츠조는 공부모임에는 참가하지 않았다니까? 뭐, 교사가 공부모임에 참가할 리가 없지만…. 학급회의하고는 다르니까. 어떻게 들키지 않도록 공부모임에 정보를 흘린다는 거야? 누구를 통해서?”

“아무도 통하지 않아도 되고, 누구와도 통하지 않아도 돼요. 히구마 선배가 말씀하셨던가요? 만약 시험 문제를 유출시켰더라면 그 부자연스러움을 깨달았을 것이다, 라고. 뭐, 이것은 심증이니까 어디까지 그대로 받아들여야 할지 알 수 없지만, 그러나 들을 가치가 있는 증언이기는 해요. 그리고 또 한 가지, 이건 중요한 포인트인데, 어째서 유출할 때 모든 문제를 유출하지 않았을까요? 일부만 유출한 이유를 알 수 없어요.”

“그런 이야기를 하기 시작하면 유출한 이유를 알 수 없잖아.”

“**그건 나중에 알 수 있어요.** 그렇다면 이 점에 관한 논리적인 해답으로서는, 테츠조 선생님은 공부모임에 정보를 유출하지 않았다는 것이 돼요. 공부모임은 그저 건전하게 같이 공부하며 서로의 실력을 높여 갔던 것뿐이죠. 오이쿠라 선배의 바람대로."

"하지만 그렇다면, 어째서 공부모임에 참가한 열아홉 명은…."

"그런 건 간단하잖아요. 테츠조 선생님은 시험 문제를 만드는 입장이잖아요? 그렇다면 **공부모임의 내용에 맞춰서 시험 문제를 만들면 돼요**."

"……!"

그렇게.

일부러 느낌표를 쓰기는 했지만, 역시 나는 놀라지 않았다. 냉정 그 자체의 멘탈로 오기가 이야기하는 '의외의 진상'을 받아들였다.

"다음 날, 당번인 스나하마 선배가 이른 아침에 공부모임의 뒷정리를 했다고 한탄하셨죠. 그리고 그것을 테츠조 선생님과 메베 선배와 후쿠이시 선배가 거들어 줬다고. 어떤 뒷정리를 했었죠? 저기요, 아라라기 선배. 어떤 뒷정리를 했었죠?"

"…과자 봉지를 버리거나, 책상 줄을 다시 맞추거나."

"그거 말고요!"

"…칠판을 지우거나, 였지."

떨떠름하게 나는 말했다. 칠판.

그렇다, 학급회의에서도 많이 이용했지만 공부모임에도 당연히 칠판에 뭔가 쓰기 마련이다. 요컨대 공부모임에 참가했던 녀석들은 공부의 흔적을 칠판에 대대적으로 남기고 갔다는 이야기가 된다.

물론 칠판의 면적은 한정되어 있으므로 적었다 지우고 적었다 지우고를 반복했을 테니 전부 판독할 수 있었던 것은 아니겠지만….

"그 **일부**를 읽을 수는 있다…."

"네. 그리고 공부모임에서 공부한 내용을 알면, 그것에 맞춰서 시험 문제를 만들 수 있죠. 다만 시험 당일 아침이니까요. 시험 문제를 수정한다고 해 봤자 그것도 **일부**겠지만요."

시험 문제 중 일부만 일치했던 것은, 칠판에 적혔던 것만으로는 공부모임에서 공부한 내용 전부를 알아낼 수 없었기 때문에. 그리고 시간이 촉박했기 때문에, 일까.

"수학이 2교시였으니까 보건체육 시험이 치러지는 동안, 시험 문제를 다시 만들었다는 타임 테이블인가…. 메베의 성적이 좋았던 것은 이른 아침에 정리를 할 때에 테츠조처럼 그 문제들을 봐서 기억에 남아 있었기 때문이라고 생각해야 할까?"

"네. 본인은 학급회의 도중에 그것을 깨달았겠죠. 그래서 불편한 듯이 자리하고 있었어요. 섣불리 입을 열었다가 '공부모임 측'으로 분류되기는 싫었던 거죠. 다만 똑같이 그 칠판을 봤어도 스나하마 선배나 후쿠이시 선배처럼 아무것도 깨닫지 못하고 넘어간 사람도 있으니, 그것은 메베 선배의 실력이라고 말해도 된다고 생각하지만요."

하긴, 수학 문제는 사전에 문제를 알았다고 해서 모두가 풀 수 있는 것도 아니고 말이야.

"그러네요. 그것은 테츠조 선생님도 그렇게 생각했을 거예요. 그래서 예상 외로 평균점이 올라가 버려서 스스로도 놀랐겠지요. 공부모임에 참가했으면서도 점수가 나빴던 것은 이가미 선배 정도였고, 나머지는 전부 80점 이상이라니…. 다만 정말로 계산 밖이었던 것은 오이쿠라 선배가 그런 '범인 맞히기'를 위한 학급회의를 시작해 버렸던 것이겠죠. 분명 몹시 두근두근했을 거예요. 회의 내내. 자신이 범인이란 것이 들키지 않을까 하고."

"나하고 오이쿠라의 중재도 할 수 없을 정도로… 말이야."

나는 몸을 뒤로 물렀다. 그러나 오기는 스윽 하고 따라왔다. 책상을 사이에 끼고, 입김이 닿을 거리에서 나와 이야기를 계속한다.

"불안했기 때문에 학급회의에 참가했다고 볼 수도 있어요. 여차할 때에는 의논을 유도하려고 말이죠. 다만 현실적으로는 들킬 걱정은 없었겠지만요. 설마 선생님이 범인이라고는 아무도 생각하지 않겠죠—추리소설로 말하면 탐정이나 형사가 범인 같은 상황이니 정말 맹점이에요. 뭐, 탐정이나 형사가 범인이라는 패턴도 이제는 질리도록 나왔지만요—실제로 반의 어느 학생도 테츠조 선생님을 의심하지 않았잖아요?"

"응, 아무도."

"아라라기 선배 말고는."

"…아니, 내가 깨달았다고 말할 수 있다면 모두가 깨달았겠지. 그럴 리 없다고 생각하려고 했을 뿐이고."

그래서 모두 안도하지 않았을까? 다수결의 순번이 단 6번에서 끝나서. 아니, 설령 몇 번째까지 가더라도 출석부에 실려 있지 않은, 담임교사의 이름이 호명될 일은 없었을까.

"남은 것은… 그 뭐냐, 동기일까요? 범행의 모티베이션. 비밀의 누설…은 아니었지만 그런 짓을 한 이유."

"응…. 나중에 알게 된다고 말했는데, 오기, 그것도 알고 있는 거야?"

"학생이 범인이었다면, 이것은 영문을 알 수 없는 범행이에요. 유쾌범 같은 범행이라 본다고 해도, 동기를 파악하기 어렵죠. 반 전체의 점수가 올라가면 상대적으로 개개인의 편차치가 내려가는 거니까요. 굳이 말하자면 공부모임을 주최한 인물─오이쿠라 선배이지만요─의 평가가 올라가려나요? 하지만 그렇다면 공부모임을 열 필요는 없어요. 아라라기 선배도 말씀하셨지만, 열어서는 안 된다고까지 말할 수 있겠죠. 하지만 반 전체의 점수가 올라감으로써 같이 평가가 올라가는 인물이 있죠. 그것이 수학 담당 교사이자 1학년 3반의 담임인, 테츠조 선생님이에요. 지도 교육 능력이 높다고 평가받으니까요. 즉, 그것이 테츠조 선생님의 동기예요."

"그렇다면…."

그렇다면 수업 중에 '이 부분을 시험에 내겠다'라고 알려 주기만 하면 되는 것 아닐까. 그렇게 학생들이 낸 예상문제에 맞춰 주지 않더라도….

"아뇨, 수업 중에 그러면 들키잖아요. 이것은 들키지 않도록 해야만 해요. 하지만 좀 지나쳤죠. 세 문항은 너무 과했어요. 하다못해 직전에 바꾸는 문제는 한두 문제로 줄였어야 했죠. 학생들의 학력을 너무 얕봤어요."

그렇다. 그것은 동시에 자신의 지도 교육 능력을 얕봤다는 이야기가 되기도 한다. 그녀의 제자들은 정확하게 그 문제를 풀어냈으니까.

그리고 그 결과.

그녀는 우수한 제자 한 명을 잃었다.

"그 밖에 뭐가 있나요? 아라라기 선배."

"…없어."

"그런가요? 그러면 슬슬 돌아가죠."

그렇게.

무뚝뚝하게 대답한 나에게 오기는 생글거리며 웃고, 획 하고 나에게서 떨어져서 특별히 아무런 미련도 없다는 듯이 가벼운 발걸음으로 교실의 문으로 이동했다.

그리고 문에 손을 대고,

"나가도 좋아요, 아라라기 선배."

라고 말했다.

"응…."

대조적으로 나는 느릿느릿하게 오기의 발걸음을 뒤쫓는다. 손목시계를 보니 교실의 벽시계와 마찬가지로 딱 5시 58분이었다. 별들의 주기가 맞는 것처럼, 두 개의 시계바늘의 각도가 드디어 일치한 것이다. 멈춰 있는 시계도 하루에 두 번은 정확한 시간을 가리킨다… 아니.

교실의 벽시계 역시… 움직이기 시작했을 것이다.

이미, 때가 늦은 것처럼.

오기가… 내가 해답을 내 버렸으니까.

범인을 특정해 버렸으니까, 시간은 움직이기 시작한다.

이제 곧, 하교 종이 울린다.

"…나가도 좋다는 건 무슨 소리야?"

"네?"

"아니, 어쩐지 이상한 표현이라고 생각해서…. 무슨 의미야?"

"아아. 모르시나요? 흡혈귀란 존재는, 안에 있는 사람의 허가가 없으면 건물이나 방에 들어갈 수 없기도 해요."

"아아…. 그런 경험을 한 적은 없지만 말이야."

"뭐, 시노부 씨는 특별하니까요. 그리고 이번에는 들어올 수 없는 게 아니라 나갈 수 없는 패턴이라서, '나가도 좋아요'라고 말해 봤어요. 위로의 주문 같은 거예요."

"…그러면 마치 네가 나를 가둬 둔 것 같다고, 오기."

"오해예요. 저는 아라라기 선배를 가둬 두거나 하지 않아요. 그런 짓을 할 리가 없잖아요~."

실실 웃으면서 해명하는 오기.

"아라라기 선배는 자신의 과거에 사로잡혀 있었던 거예요. 이제까지, 2년이나 되는 기간 동안. 그렇죠?"

"……."

"이해도 되지만요. 학생에게는 '올바름'의 상징일 교사가 부정행위를 하고 있었다니. 게다가 프렌들리하며 반의 조정자이기도 했던 신뢰받는 교사가. 배신당한 마음으로 아라라기 선배가 마음을 닫아 버리는 것도 어쩔 수 없는 일이에요. 어찌 됐든 그 결과, 한 학생이 파멸해 버렸으니까요. 출석일수가 부족한 그 학생이 계속 진급은 되고 있었던 것은, 성적이 우수한 점도 있었겠지만 테츠조 선생님으로부터의 속죄 같은 것일까요?"

"속죄? 아니야, 핑계지. 그 녀석은 자신이 제대로 된 인간이라고 생각하고 싶었을 뿐이야."

나는 말했다. 뜻밖에 그것은 신랄한 어조가 되어 버렸다. 얼버무리듯이 나는 교실의 문에 손을 대고 열려고 했다. 그 직전에, 오기가 내 손 위에 살며시 자신의 손을 얹었다.

그다음에 할 말을.

끝까지 말해라.

말하지 않은 상태로는, 아직 내보내 줄 수 없다는 느낌으로.

"…내가 절망한 것은."

그래서 다시 입을 열었다. 나는 계속 가둬 두었던, 잊히지도 않는 기억을 파낸다. 2년 전의 7월 15일, 이 교실에서 이루어진 학급회의를.

다수결을, 상기한다.

내가 올바름에 절망한 진짜 이유.

나는 학급회의 자체에 절망한 것이 아니라, 나는 다수결 자체에 절망한 것이 아니라.

진상 자체에 절망한 것이 아니라.

그러면 다음입니다.

출석번호 6번.

저, 오이쿠라 소다치가 범인이라고 생각하는 사람.

손을 들어 주세요.

"내가 올바름에 절망한 것은."

내가 올바름에 절망한 것은.

"그때, 오이쿠라를 범인으로 지명한 반 녀석들 사이에 섞여서…, 교사인 테츠조도 꼿꼿하게 손을 들고 있었기 때문이야."

종이 울렸다.

문이 열렸다.

자, 돌아가자. 학급회의는 끝이다.

학교는 언제까지나 있을 수 있는 장소가 아니다.

019

후일담이라고나 할까, 이번의 결말.

다음 날, 두 여동생, 나와 달리 아직 세상에는 변하지 않는 올바름이 있다고 믿고 있는 카렌과 츠키히에게 두들겨 맞고 일어나서 나는 학교로 향했다. 새 자전거는 아직 사지 않아서 도보 통학이다. 뭐, 건강에는 좋을지 모른다. 그리고 나는 왠지 떠오른 생각에, 우리 교실로 향하기 전에 시청각실에 들르기로 했다. 정확히는 시청각실의 옆에.

당연하게도.

그곳에는 텅 빈 교실 같은 건 없었다. 그렇다기보다, 오기가 노트에 그렸던 것 같은 데드 스페이스 자체가 없었다. 단순한 직사각형의 방으로서 시청각실이 있을 뿐이었고, 그 시청각실도 특별히 교실 하나만큼 길쭉한 것도 아니다.

또 괴기 현상인가 하는 생각이 들었지만… 아니, 그렇지는 않을 것이다. 결국 오기의 측량 미스였던 것이다. 건물을 도면에 그려 가는 동안, 있지도 않은 공간을 만들어 내 버린 것뿐이다.

여기에는 아무것도 없었다.

여기서는 아무것도 없었다.

'숨겨진 방'도 '밀실'도 '범인 맞히기'도.

'의외의 진상'도… 학급회의도 다수결도.

모든 것은 과거의 일이며, 모든 것은 끝난 것이다.

뭐, 그래도 일단 오기에게 보고는 해 두는 편이 좋겠지. 연락처를 듣지 못했으니, 나중에 칸바루에게 연결해 달라고 하자. 그런 생각을 하면서, 나는 건물을 이동해서 자신의 교실로 향했다.

도중에 교무실 앞을 지났다. …이 교무실 안에 테츠조 코미치는 이미 없다. 이렇게 말하지만, 자책감에 교직을 그만두었다든가 부정행위가 들켜서 면직되었다든가 하는 그런 이유는 아니다. 이번에 그녀는 임신해서 출산휴가에 들어갔다는 경사스러운 이야기다. 많은 학생들에게 호감을 얻고 있던 그녀는, 성대한 축하를 받으며 나오에츠 고교를 떠났다. 육아휴직 기간까지 계산에 넣지 않더라도 내가 졸업할 때까지는 학교에 돌아오지 않을 테니, 아마도 나와 테츠조는 평생, 두 번 다시 만나지 않을 것이다.

그것에 대해서는 아무런 생각도 들지 않는다.

애초에 나에게 그 사람은 2년 전의 그날, 거수하고 있는 뒷모습을 본 이후로 교사도 아니거니와 어른도 아니었으니까. 내가 정말로 그때의 진상을, 의식적이든 무의식적이든 어디까지 알고 있었는지는 나 스스로도 모르겠다. 하지만 만약 이야기를 하는 동안 **내가 그녀를 교사처럼 이야기하지 않았던 이유가 있다고 한다면** 그런 점 때문일 것이다. 오기가 말한 대로 테츠조를 감싼 것은 결코 아니다. 그런 주장을 해도 오기는 "허어, 그런가요? 공부가 되네요."라고 시치미 떼는 대답을 할 뿐이겠지만.

나는 걷는 속도를 그대로 유지하며 교무실 앞을 지났다. 그리고 지금의, 고교 3학년으로서의 내 교실에 도착했다. 그리고 안으로 들어가려고 하는데, 마침 교실에서 나온 하네카와와 부딪칠 뻔했다.

"아, 안녕. 아라라기 군."

"응. 안녕, 하네카와."

"배드 타이밍."

"네?"

"아라라기 군, 지금 교실에 들어가지 않는 편이 좋을지도 몰라."

"응?"

"영차~."

두 손바닥으로 나를 밀어내듯이 교실에서 떼어 놓는 하네카와. 상당히 귀여운 밀어내기도 다 있다. 몇 미터 정도 물러선 곳에서 하네카와는 나에게 귓속말을 했다.

"아라라기 군, 우리 반에 빈자리가 하나 있던 거, 눈치채고 있었어?"

"응? 으음. 아, 눈치채고 있었다고 할지…. 그건 예비석이라고 생각했는데. 그게 왜?"

영문을 모른 채로 대답하는 나. 빈자리?

"뭐야. 오늘 와 보니까 그 자리에 유령이 앉아 있다든가 하는 얘기야? 말해 두겠는데, 이제 나는 유령 정도로는 꿈쩍도 안 한다고."

"앉아 있던 것은 유령이 아니라 인간이야. 계속 학교에 나오지 않았던 같은 반 학생이, 오늘 갑자기 등교했어."

"허어…, 그렇구나. 그러면 그 자리는 그 녀석의 자리였구나. 우리 반에 또 한 명의 학생이 있었다니 놀랄 일이네. 하지만 그런데 어째서 내가 교실에 들어가지 않는 편이 좋은 거야?"

"그게 오이쿠라 양이니까."

하네카와 츠바사는.

이제부터 나에게 일어날 비극적인 전개를 예견한 것 같은, 아주 얌전한 얼굴로 걱정스럽게 말했다.

"오이쿠라 소다치. 2년 정도 계속 자택학습을 하고 있었던 모양인데, 마치 테츠조 선생님과 교대하는 것처럼 학교에 나왔어. …아라라기 군은, 확실히 그 애하고 사이가 안 좋았지?"

제2화   소다치 리들

OI KURA S ODACHI

001

오이쿠라 소다치에게 미움받고 있다. 마치 부모의 원수라도 되는 것처럼. 인간은 대체 무슨 짓을 해야 이렇게까지 미움받을 수 있는가, 미움받는 게 가능한가 하고 의문을 느끼지 않을 수 없었다. 저쪽도 어떤 특정한 인물이 그렇게까지 싫다는 것은 상당한 스트레스가 될 텐데. 물론 나는 원래부터 그리 호감도 높은 인물은 아니며 그렇게 붙임성 있는 녀석도 애교 있는 녀석도 아니지만, 그렇다고 해서 저런 눈으로 노려볼 정도로 미움받을 짓을 한 기억은 없다. 아니, 일단 밝혀져 있는 이유로서는 내가 그녀보다 수학을 잘 하기 때문이라는 사정이 있으니 말하자면 뭔가 하긴 한 것이지만, 그것으로 인해 실질적으로 어떠한 피해를 입은 것도 아닐 텐데. 게다가 애초에 돌이켜 보면 나오에츠 고등학교에 입학했을 무렵, 1학년 3반 교실에서 그녀와 처음 만났을 때부터 이미 그녀는 나를 노려보고 있었다는 기분이 든다. 물론 이것은 약간 피해망상적인 말투가 되어 버리지만. 설마 그녀가 나조차 파악하지 못한 내 입시 결과를 파악하고 있는 것도 아닐 테고.

애초에 그 학급회의 때의 기말고사에서는 우연히도 만점을 받기는 했지만, 나도 언제나 그녀보다 수학을 잘 했던 건 아닐 것이다. 컨디션에 따라서 그녀 쪽이 점수에서 상회한 쪽지시험 같은 것도 1학기 중에 있었을 것이고, 한마디로 수학이라고 해도 폭이 넓으니 이해도에서 그녀가 이긴 분야도 있었을 것이다.

설마 진짜 진심으로 자신이 '오일러'라고 불리지 못하는 이유가 나에게 있다고 생각하는 것도 아닐 텐데. 그 이야기를 하자면 진심으로 '오일러'라고 불리고 싶어 하는 여고생이 있다는 것 쪽이, 가만히 생각해 보면 상당히 수상하다. 그것은 단순한 생트집이 아닐까? 오일러는 모두가 인정하는 위대한 수학자이지만, 그렇다고 해서 그렇게 불리고 싶어 하는가는 완전히 다른 문제일 것이다. 이를테면 나는 하네카와 츠바사를 존경하고 있지만, 그렇다고 하네카와 츠바사라고 불리고 싶은 것은 아닌 것처럼.

아마도 나는 그녀에게 오해받고 있다.

내가 그녀를 오해하고 있는 것처럼.

오해가 오해를 부르고 있다.

그렇게 생각한다. 다만 여기서 강하게 생각하는 것은, 동시에 이상하게 생각하는 것은 오이쿠라 소다치에게 미움받고 있는 나는 오이쿠라 소다치를 결코 싫어하지 않는다는 점이다. 이것은 사실 드문 일이라고 생각한다. 자신을 싫어하는 상대를 싫어하지 않는다는 것은, 인간관계에서는 기본적으로 몹시 어려운 일이다. 아니, 물론 좋아한다고까지는 말할 수 없다. 나를 싫어하고, 공격이라고 할 정도는 아니어도 깔쭉깔쭉 심술을 부리며 늘 노려보는 그녀에 대해 호감도가 높아질 정도로 내 정신도 뒤틀려 있지는 않다. 그렇게 기묘하게 뒤틀릴 수가 있겠는가. 그렇지만 그런 오이쿠라 소다치의 태도를 싫다고 생각하면서도, 싫어할 수가 없는 것이었다.

도저히.

왜일까?

이것은 어떤 의미에서, 어째서 그녀가 나를 그렇게까지 싫어하는가를 생각하는 것보다 상당히 심각한 의문이었다. 어째서 나는 그녀를 싫어하게 되지 않는 것일까? 오히려 나에게는 '맞지 않는', 마음도 맞지 않고 성격도 맞지 않는 나오에츠 고등학교의 학생들 중에서는 좋은 인상을 가지고 있다고는 역시나 말할 수 없겠지만, 그나마 나았다고 인정하고 있는 걸까?

수학을 잘 하는 인간을, 수학을 사랑하는 인간을, 그냥 그것만으로 인정해 버릴 정도로 나는 사람이 좋지도 않다. 그렇게 단순하지도 않다. 그것이 그녀를 부정하기 어려운 이유임은 분명하겠지만, 거의 동정의 여지도 없는 자멸로 인해 학교에 있을 수 없게 되어 학교에 오지 않게 된 그녀를, 기억에서 잘라 낼 수 없을 정도로 계속 생각하는 이유가 만약에 있다고 한다면, 그것은 공부와는 아무런 관계도 없는 곳에 있을 것이다.

그렇게 생각하고 있었다.

두 번 다시 만날 일도 없을 그녀에 대해, 나는 그렇게 생각하고 있었다. 멍하니, 두서없이 생각하고 있었다. 그러나 2년 만에 학교에 찾아온 그녀와 재회한 것으로, 나는 다시 그 의문에 직면하게 되었다.

아니, 직면한 것만이 아니다.

이번에는 답을 구하게 된다. 解해를 구하게 된다. 어째서 그녀가 나를 미워하는가. 그리고 어째서 나는 그녀를 미워할 수 없는가. 나에게 그녀는 무엇이고, 그녀에게 나는 무엇이며, 그리고 서로에게 무엇이 아니었는가, 그 답을 알게 된다. 그것은 2년을 넘어 명백해진 진실이며, 동시에 5년을 넘어 명백해진 진실이기도 했다.

밝혀지고.

까발려진 진실이기도 했다.

뭐, 그렇게 과장스럽게 말하며 거드름 피울 일도 아니다.

뭣하면 처음에 해답을 보여 줘도 좋을 정도다. 나와 그녀의 대립에는 역시 수학이 깊이 얽혀 있었고, 그리고 그녀에게 나는 부모의 원수 이상의 존재였다고. 부모의 원수 이하의 존재였다고. 잊을 수 없는 일도 있었고, 잊어버린 일도 있었다고.

미움받을 짓을 한 기억이 없다는 말은.

그냥 잊어버리고 있던 것뿐이라는 것을.

그러면 수학적으로.

혹은 추리소설처럼 호언장담을 하며 문제를 내자. 오이쿠라 소다치가 아라라기 코요미를 싫어할 때, 아라라기 코요미가 오이쿠라 소다치를 싫어하게 될 수 없음을 증명하라.

다만 오시노 오기에 대해서는 생각하지 않아도 좋다.

002

모교를 방문한다는 것은 왠지 부끄러운 느낌이 든다. 자백하자면 졸업한 이래, 나는 공립 나나햐쿠이치ㄴㅁ─ 중학교에 걸음을 옮긴 적은 한 번도 없었다. 걸어서 갈 수 있는 거리에 있는데도 약 3년간, 한 번도 가지 않았던 것이다. 뭐, 그야 졸업장을 받고 나면 특별히 중학교에 갈 이유도 없으니, 당연하다면 당연한 일이지만. 내 경우에는 동아리에 속했던 것도 아니라 OB로서 방문할 일이 있었던 것도 아니고.

　말하자면 내가 예전에 중학생이었던 것을 잊어 가고 있었을 정도다. 다만 이렇게 그리운 교문을 지나 한 걸음 내딛어 보니, 당시의 기억이 분류처럼 나의 머릿속에 휘몰아친다. 단숨에 여러 가지 일들이 떠오른다. 좋은 일도 나쁜 일도, 아무 상관없는 일도, 겸연쩍은 일도.

　기억난다.

　그 두서없는 기억들에서 공통되는 것은, '어쩐지 부끄럽다'라는 감정이겠지만. 그러나 유감스럽게도 그 상기된 기억들 속에 오이쿠라가 나에게 시사한 듯한 그것은 없었다.

　아무것도 기억해 낼 수 없었고 아무것도 떠오르지 않았다.

　"우후후. 여기가 아라라기 선배가 다니던 중학교인가요. 듣고 보니 확실히 범상치 않은 품격이 느껴지네요."

　그렇게 내 옆에서 히죽거리면서 오기가 말했다. 어디까지가 진심인지 알 수 없는 그 태도는, 과연 삼촌에게 물려받은 것일까 어떤 것일까.

범상치 않고 뭐고, 나나햐쿠이치 중학교는 그저 평범한, 너무나 평범한, 특별히 언급할 만한 특징도 없는 지방도시의 일개 중학교일 뿐일 텐데.

…뭐, 그래도 자신이 다니고 있었다는 것만으로 왠지 모르게 특별시하고 싶어지기도 하지만.

오기가 하고 있는 건 그런 이야기일까?

"하지만 어쩐지 이상한 기분이네. 내가 졸업하든 말든, 중학교라는 장소는 변함없이 기능을 계속하는구나."

"그야 그렇겠죠. 당신을 위해서만 있는 장소가 있을 리가 없잖아요. 당신에게 중요한 장소라고 해서, 장소에게 당신이 중요할 리가 없어요. 어리석네요~."

정말이지, 어리석네요.

오기는 웃는다.

…뭐, 비웃음을 살 만한 소리는 했는지도 모른다. 어이없어 하는 것보다는 어느 정도 낫다고 해야 할 것이다. 시각은 오후 4시 정도로, 오늘의 수업을 마친 현역 중학생들이 교문 근처에서 발을 멈추고 있는 우리를 수상쩍은 듯 보면서 지나간다. 내가 예전에 그랬던 것처럼 당연하게 하교하고, 그리고 내일이 되면 또 당연하게 등교하겠지. 그런 반복이 언제까지나 이어진다고 믿고. 졸업하면 그런 반복이 간단히 끝난다는 것을 아직 모르고….

"어디 보자. 아라라기 선배의 영매令妹분들께서도 이곳에 다니셨던가요?"

"내 여동생들에게 지나친 경어를 쓰지 마. 아니, 그렇지 않아. 그 녀석들은 사립에 다니고 있으니까."

"아아. 츠가노키니 중학교의 파이어 시스터즈였던가요. …츠가노키니 중학교라니, 대체 무엇의 약자인가요?"

"츠가노키 제2중학교의 약자야. 그리고 이 나나햐쿠이치 중학교에 다니는 것은 센고쿠 나데코라는 친구인데…. 아차. 사전에 연락을 해서 동행해 달라고 하면 좋았을걸."

졸업생이라고는 해도, 막상 이렇게 학교 안에 발을 들여 보니 약간 위축된다. 그렇지 않더라도 이렇게 소란스러운 세상이다. 수상한 사람 취급을 받지는 않겠지만, 너무 어슬렁거리고 있다가는 선생님 쪽에서 말을 걸어올지도 모른다.

"괜찮아요, 아라라기 선배. 그렇게 불안해 하지 않아도 당당하게 행동하면, **3년 전으로 돌아간 기분으로 있으면 돼요.**"

오기가 나를 격려하듯이 말했다. 그녀는 고교생이 중학교에 발을 들이는 것에 대해 별다른 갈등 같은 것은 없는 듯했다. 뭐, 나와 달리 작년까지 중학생이었던 오기에게는, 고교생이 중학교에 들어가는 것은 그렇게 고민할 만한 행위가 아닐지도 모른다.

다만 그녀의 경우, 나와 달리 이 나나햐쿠이치 중학교는 어떠한 영역도 아니며, 온 적도 없거니와 들은 적도 없는 완전히 낯선 장소이므로, 그런 의미에서는 불안을 느껴도 좋을 텐데….

"아하하. 그런 이야기를 하기 시작하면, 저에게는 대부분의 장소가 듣도 보도 못 한 곳이라고요. 저는 아무것도 모르니까요."

그렇게 말하며 오기가 멈췄던 발을 움직이기 시작했다.

보폭은 좁다.

"들어가죠, 아라라기 선배. 이렇게 멍하니 교문 근처에 멈춰서 있는 편이 훨씬 수상해 보여요. 순경아저씨가 불러 올 거라고요. 신속하게 행동하죠. 얼른 들어갔다가 얼른 돌아가요. '터치 앤 고*'라는 거예요. 신발장이었던가요?"

"아, 으응. 신발장이야."

움직이기 시작한 오기의 뒤를 나는 황급히 따라간다. 어제, 교실에 함께 갇혔을 때도 그랬지만 오기의 행동력, 그리고 행동의 스피드에는 감탄하게 된다. 툭하면 생각만 하다가 사색에 사로잡혀서 움직일 수 없게 되곤 하는 나는, 그녀의 무모함에는 휘둘리기만 할 뿐이다. 늘 쩔쩔매기만 한다. 여기서는 선배로서 본을 보여야만 한다는 마음으로, 나는 성큼성큼 빠른 걸음으로 그녀보다 앞서 걸었다.

"신발장. 오이쿠라는 그렇게 말했어. 뭐, 어디까지 진심인지는 모르겠지만. 그 녀석이 하는 말이니, 나에게 심술을 부리려고 입에서 나오는 대로 아무렇게나 둘러댄 것뿐일지도 모르고."

"아무렇게나 둘러댄다…. 뭐, 있을 수 있는 얘기네요. 있을 수 있는 이야기예요. 세상에는 어쨌든 거짓말쟁이가 많으니까요."

오기는 즐거워 보였다.

※터치 앤 고 : touch and go. 비행기가 착륙하며 한순간 바퀴를 활주로에 접촉시킨 뒤에 곧바로 이륙하는 동작. 이착륙 연습 등에서 행한다.

마치 소풍을 가는 듯 보인다고까지는 말하지 않겠지만…. 뭐, 오기에게는 어차피 남의 일이니까 말이야.

"그 경우에는 신발장까지의 발걸음이 헛걸음이었다는 얘기가 되겠지만요, 그렇지만 저로서는 존경하는 아라라기 선배와 이렇게 동행할 수 있었던 것만으로도 의의가 있는 방과 후가 되네요."

"존경한다는 둥, 동행할 수 있었던 것만으로 어떻다는 둥 하는 칸바루 같은 소리는 그만해. 오기, 너에게 존경받을 짓을 한 기억은 없다고."

"이야~. 그건 자각이 부족하기 때문이겠죠, 아라라기 선배. 제가 들은 것만으로도, 당신이 최근 반년간 이 마을에서 마주해 왔던 괴이담은 정말 존경스러운 것들뿐이에요. 그것들을 저에게 하나부터 열거하게 만들 속셈이신가요? 짚이는 게 없다고 말씀 하실 수는 없을걸요."

"짚이는 것…."

"네. 기억이에요."

"……"

뭐, 그쪽에 대해서 짚이는 게 없다고는 말할 수 없다. 그렇다면 칸바루의 영향을 받고 있다고밖에 생각되지 않는 오기의 그런 말투는 그냥 넘길 수밖에 없다.

간과라고 할까, 자제라고 할까, 무시라고 할까.

아니, 그것은 그것대로 언젠가는 대처해야만 하는 문제이긴 하지만, 지금 내가 실시간으로 대처해야 하는 문제는 오이쿠라 소다치였다.

실제로 심각한 문제였다. 내가 참으면 그것으로 끝나는 이야기도 아니다. 등교거부를 2년간 계속하던 그녀의 갑작스러운 등교는, 그만한 과제를 우리에게 떠안겼다.

느긋하게 있을 수는 없다.

뭐, 그 학급회의 이래로 학교를 쉬고 있던 오이쿠라가 졸업을 앞두고 다시 학교에 나온 것, 그것 자체는 아주 축하해야 할 일이겠지만….

"후후후, 신기한 우연이네요. 세상에는 이런 일도 있군요. 제가 아라라기 선배에게 오이쿠라 선배에 대한 이야기를 들은 직후, 바로 다음 날에 그 오이쿠라 선배와 아라라기 선배가 재회하게 되다니…. 상당히 기이한 우연이에요."

"놀라기는 했어…. 나는 그 녀석이 같은 반이었다는 것도 몰랐고."

…그걸 모르고 있을 수 있었다는 것이 놀랄 일이지만. 아무리 내가 주위에 흥미가 없는, 반에서 소외되어 있던 녀석이라 해도…. 그렇지만 확인해 보니 출석부에는 그녀의 이름이 확실히 실려 있었다. 그렇다면 일단 반의 부반장을 맡고 있는 내가 그 사실을 인지하지 못했다는 것은 책망받아 마땅한 직무유기라고도 할 수 있겠는데…. 고의로 의식에서 빼놓고 있던 걸까? 그녀의 이름을, 의식 속에서…. 어쨌든 그녀의 이름은 나에게 그 학급회의를 떠올리게 만드니까.

기억.

"후후후. 후후후. 후후후후후. 정말이지 인생은 놀라움의 연속이네요. 무슨 일이 있을지 알 수 없어요. 그래서 즐겁다고도 할 수 있어요."

"이번 경우는 즐거움의 정반대지만 말이야."

오기는 즐거운 듯했지만, 실제로 나는 마음이 무겁다. 오늘 같은 일이 내일도 계속된다면 입시 공부를 하고 있을 상황이 아니다. 그렇다, 무서운 점은 오늘 일 같은 건 어차피 전초전에 지나지 않는다는 사실이다. 본 게임이 개최되기 전에 재빨리 대처해야만 한다.

"그러니까… 신발장인가요."

"응. 그러니까 신발장이야."

뭐, 신발장이 아니라 정식으로는 실내화 로커라고 부르는 듯하지만. 요즘에 실내화로 갈아 신지 않고 그냥 들어가는 학교는 없을 것이다(애초에 그런 행동은 교칙위반이라고 생각된다).

나와 오기는 학교 건물에 들어가서 문제의 신발장 앞에 도착한다. 아니, 오이쿠라가 말했던 것은 신발장이 아니라, 그 안에 있는 물건이겠지만.

신발장 안….

"그래서 어느 신발장인가요? 아라라기 선배가 중학교 1학년 시절에 썼던 것은."

오기의 질문에,

"응…. 1학년 코너니까…."

라고 대답하면서 나는 안내한다.

신발장에 코너라는 말은 상당히 이상하지만(구역이라고 말해야 할 것이다), 저도 모르게 입 밖에 내 버린 말이므로 어쩔 수 없다. 정정할 정도의 일은 아니다. 나는 오기를 선도한다. 내가 다닐 무렵과 달라지지 않았다면 분명 이 부근일 것이다.

"…깜짝 놀랄 정도로 똑똑히 기억나네. 머리가 기억하고 있다기보다 몸이 기억하고 있다는 느낌이야."

바로 조금 전까지 중학교의 존재 자체가 흐릿했었는데.

이렇게 막상 걸어 보니, 다리가 길을 알고 있다는 것처럼… 저절로.

"후후후, 그런가요? 뭐, 저도 이곳저곳으로 전학 다니는 입장이라 그 감각은 알아요. 조금 전까지 전혀 의식 속에 없었던 기억이, 갑자기 파내진 것 같은 느낌. 뭐, 그래도 사람의 기억 같은 건 실제론 상당히 엉터리인 법이지만요."

기억하고 있다고 생각하더라도, 떠올렸다고 생각하더라도.

실제로 그것은 진실과는 전혀 다른 경우도 있지만요, 라고 오기가 수수께끼의 빈정거림 같은 소리를 해서 조금 불안해지기도 했지만, 나는 당시에 내가 사용하던 것이 틀림없는 한 신발장을 특정했다.

특정.

당연하지만, 지금은 다른 학생이 사용하고 있으므로 그 신발장의 이름표 부근에 5년 전처럼 '아라라기'라고 적혀 있지는 않았지만….

"허어, 여기인가요. 중학교 1학년생 무렵의 아라라기 선배는,

여기서 매일 신발을 갈아 신었던 거군요. 감개 깊네요~."

"감개 깊을 건 없잖아…. 왜 내가 신발을 벗거나 신거나 하는 것에 깊은 감개를 느끼는 거냐고."

"얼마나 건방진 꼬맹이였을까요?"

"건방진 꼬맹이라니…."

중학교 1학년이라고.

정말이지 원.

그렇게 말하긴 했지만, 고등학생의 눈에는 중학교 1학년이 그런 느낌의 어린애로 비치는 것이 당연한지도 모른다. 실제로 당시의 나는 너무나도 어린애였다. 올바름이나.

정의의 존재를 의심하지 않을 정도로.

옳은 일을 해야만 한다고, 늘 스스로에게 들려주고 있었다. 맞다, 그렇다. 그것은 내 여동생들의 활동, 파이어 시스터즈처럼.

자의식은 상당히 크게 자라나 있었지만, 그것이야말로 어린아이가 어린아이다운 까닭일 것이다.

"어라라? 왜 갑자기 입을 다물고 그러시나요? 아라라기 선배. 정말이지, 그런 식으로 입을 다물면 남자다움이 더욱 연마되어서 제가 반하게 되어 버린다고요?"

"아니…."

"저를 반하게 만들었다간 큰일이라고요?"

"응, 그건 큰일이겠지, 정말로…."

뭘까.

칸바루와 달리, 이 아이의 경우에는 그런 식으로 나를 추어올리는 소리를 해 와도 전혀 낯간지럽다는 느낌이 들지 않네. 놀리려고(혹은 악의로) 하는 말이란 것을 안다는 점도 있다. 그런 의미에서는 칸바루의 그 호들갑스럽기 짝이 없는 칭찬에도, 일단은 본심으로 말하고 있다고 생각하게 만드는 설득력(성의?)이 있는 것 같다.

"어떻게 해야 하나 하는 생각이 들어서 말이야. 오이쿠라에게 들은 대로 여기에 와 보긴 했는데, 여기서부터는 어떻게 해야 하나 하고."

신발장. 중학교 1학년 때에 썼던 신발장, 그 안에 든 것. 나는 실제로 보러 갈 수밖에 없다고 생각했는데, 그러나 보러 와도 기억해 낼 수 있었던 것은 그 장소까지였다.

여기가 종착점이고, 여기가 막다른 길이었다.

나를 이곳에 오게 해서 오이쿠라는 나에게 무엇을 말하고 싶었던 걸까? 아니, 딱히 오이쿠라는 나에게 중학교 때의 신발장을 보러 가라고 말한 것은 아니지만….

그렇다면 그 녀석은 뭘 말하고 싶었던 걸까?

"이제부터 어떻게 해야 하나, 라뇨. 그런 건 뻔하잖아요. 아라라기 선배. 신발장 안을 보는 거죠. 에잇."

그렇게 말하며 오기는 전혀 움직임에 막힘없이, 고민 없이 망설임 없이, 말릴 새도 없이 그 신발장에, 내가 중학교 1학년 때에 사용했던 신발장에 손을 댔다.

간단히 열렸다.

야, 뭐 하는 거야. 그 모습에 아무리 나라도 파랗게 질리고 말았다. 아니, 오이쿠라의 이야기를 듣기론 안에 든 것이 문제이니 당연히 최종적으로는 그 신발장의 문을 열어야 했겠지만, 그러나 지금은 다른 사람이, 티 없는(지 어떤지는 모른다), 낯선 중학교 1학년생이 사용하고 있는 다른 사람의 신발장이다. 허가 없이 학교 부지 내에 들어온 것도 큰 문제인데, 이것은 한 학생의 신발장이다. 프라이버시를 특별히 고려할 것도 없이 멋대로 열어서는 안 되는 곳이다. 그래서 나는 여기서 발을 동동 구르게 된 것인데, 조사가 벽에 부딪쳤다는 기분이었는데, 오기는 그 벽을, 종점인 막다른 길을 장애물경기의 허들처럼 어렵지 않게 뛰어넘었던 것이다.

무섭구나, 오시노 가문의 혈통.

조사를 위해서라면 다소의 윤리관 따윈 간단히 내다 버릴 수 있다. 어제, 교실에 갇혔을 때도 생각했는데, 정말로 이 아이는 조사를 하기 위해 태어난 것 같은 스타일이다.

즉단즉결.

그 과감한 행동력에는 계속 휘말리고 있을 뿐이지만, 가능하면 행동으로 옮기기 전에 한마디 정도 일러 주었으면 좋겠다.

"아하하. 그런 말씀을 하셔도, 설마 여기서 계속 머무르며 이 신발장을 사용하는 학생이 나타나기를 기다리다가 사정을 설명해서 보여 달라고 하는, 생각만 해도 정신이 아득해지는 그런 작전을 쓸 수는 없잖아요?"

"아니, 타당한 작전이라고 생각하는데…."

"아라라기 선배는 성격이 느긋하시네요. 그 부분이 장점이라고도 말할 수 있지만, 성격이 느긋하다고 반드시 오래 살 수 있는 건 아니에요. 중학생을 대상으로 잠복 같은 걸 했다간, 우리는 그야말로 수상한 인물이 된다고요. 밝은 미래를 망치게 된다고요."

"그렇다고 해도 모르는 중학생의 신발장을 멋대로 여는 쪽은 문제 있는 행동이잖아."

"들키면 제가 이 학생한테 러브레터를 보낼 생각이었다고 거짓말을 할 테니까 괜찮아요. 세상은 거짓말투성이니까, 제가 거짓말을 하면 안 된다는 법은 없겠죠. 당신은 내성적인 저를 따라와 준 믿음직스러운 선배라는 설정으로."

"응, 그렇구나. 그건 좋은 설정이네. 내 역할도 좋은 느낌이야. 하지만 오기, 이름표의 필적으로 보면 여자일지도 모른다고, 지금의 신발장 주인은."

"그럴 경우에는 아라라기 선배가 러브레터를 투고할 생각이었다는 것으로 하죠. 저는 따라온 후배예요."

"중1 여자한테 러브레터를 보내는 데 후배가 같이 와 주는 고3이라니, 어쩐지 단숨에 글러먹은 설정이 되어 버리는데…. 내 역할에 낙차가 너무 크잖아."

"어라라? 그건 그렇고 신발장 안에 실내화가 들어 있는 것 같으니, 지금의 신발장 주인은 이미 귀가한 모양이네요. 어쨌든 사전에 허가를 받는 것은 불가능했어요. 끝이 좋으면 다 좋은 거죠. 응? 어라라?"

뭔가를 깨달은 것처럼 말하며 오기는 신발장 안에 손을 집어

넣었다. 나의 부탁은 허공을 가르고, '끝이 좋으면 다 좋다'를 아무래도 칭찬의 말이라고 생각하는 듯한 그녀는 또다시 즉결즉단의 행동으로 옮겨 간 것 같은데, 뭘까? 실내화에 뭔가 수상한 점이라도 있었던 걸까?

그러나 오기가 신발장 안에서 꺼낸 것은 실내화가 아니었다.

셋.

세 통의 봉투였다.

"보… 봉투?"

에?

조금 전에 그야말로 농담처럼 이야기하고 있었는데, 요즘 세상에 러브레터? 연문戀文? 그것도 세 통? 뭐야, 이 신발장의 현재 주인은, 이미 하교를 마쳤다는 중학교 1학년생은 인기 만점인가?

요즘 애들이란….

그게 아니면 라이트노벨의 주인공이라도 되는 건가?

지금 이 중학교에는 그런 스토리가 펼쳐지고 있는 건가?

"으음. 아니, 아라라기 선배, 설레고 계시는 와중에 죄송하지만, 이건 러브레터 같지는 않네요. 쓴 사람도 동일인물 같고요."

"동일인물? 아니, 무슨 말인지 이해가 안 되는데…. 설레지도 않았고 말이야. 오기, 어쨌든 남의 편지를 멋대로 꺼내면 안 되잖아. 얼른 원래대로 돌려놔."

아무리 그래도 역시 이 행동에 대해서는 나무라지 않을 수 없었다. 나는 모르는 중학생의 프라이버시를 침해하기 위해 모교를 방문한 것이 아니다.

그러나 오기는 귓등으로 흘리듯이 위축되지도 않고,

"아뇨, 그게요~."

라고 말했다.

"잘 보세요, 이 봉투. 자요, 보세요. 겉에 크게, 각각 'a', 'b', 'c'라고 적혀 있어요. 손글씨로요. 필적은 동일해 보이는데, 러브레터라면 이런 묘한 레터링*은 하지 않을 거예요."

그런 건 러브레터링이에요, 라고 말하는 오기.

확실히 묘하다고 할까, 기묘했다. 게다가 그 'a', 'b', 'c'가 전부 수학 수업에서 쓸 법한 필기체 표기인 것이 기묘함을 더했다. 어디 보자, 중학교 1학년이라면 딱, 산수에서 수학으로 바뀌는 시기고, 그러니까 이런 표기를 사용하기 시작할 무렵이고…. 아니, 그러니까.

"그러니까 남의 개인적인 편지를 멋대로 보면 안 된다니까. 알겠어, 오기? 아무리 필드워크를 위해서라고 해도…."

"하지만 이거, 아라라기 선배 앞으로 온 편지인데요?"

오기는 봉투를 뒤집어 보였다.

그곳에는 적혀 있었다, 확실히.

'1-3 아라라기 코요미 군에게'라고.

세 통 전부.

"엑…?"

※레터링 : lettering. 광고 등에서 시각 효과를 고려해서 문자를 도안하는 것.

"어떻게 된 일일까요, 이건? 아니 참, 신기하네요~. 이해가 안 되네요~."

오기는 기분 나쁘게 미소 지으며 그렇게 말했고, 나는 순간 번개를 맞은 것처럼 떠올렸다.

오이쿠라가 말하려고 했던 것도.

다른 모든 것을 잊을 정도로.

기억해 냈다.

과연, 확실히.

사람의 기억 따윈 엉터리고, 내 인생도 어지간히 무책임한 것인 듯했다.

003

상기된 기억은 아직 혼란 중에 있었으므로, 먼저 사정을 이야기하자. 내가 어쩐지 부끄러우면서도 그리운 모교를 방문하게 된 그 사정을.

전학생, 오시노 오기와 함께 교실에 갇혔다가 탈출한 다음 날 아침, 교실로 향한 나는 복도에서 하네카와에게 제지당했다. 오이쿠라 소다치가 교실 안에 있기 때문이라고 한다. 2년 만에 그녀가 등교했기 때문이라고.

"아라라기 군은, 확실히 그 애와 사이가 안 좋았지? 그러니까 교실에 들어가기 전에 마음의 준비를 해 두는 편이 좋지 않을까

해서."

역시나 반장 중의 반장.

만물의 반장, 하네카와 츠바사.

그런 부분의 배려에 빈틈이 없다. 만일 2년 전에 1학년 3반의 반장이 그녀였다면, 그 학급회의도 그런 결과로 끝나지는 않았을 것이다. 그런 비참한 결과는 회피되었을 것이다. 뭐, 만약 하네카와가 반에 있었다면 유야무야 넘어가 버렸던 진범까지 그 자리에서 알아냈을지도 모르지만…. 그랬더라면 어떻게 되었을까? 일괄적으로 '그러는 편이 좋았다'라고는 말하기 어렵지만….

그 학급회의에 대해서는 나나 센조가하라도 포함해서 반의 학생은 모두 함구하고 있었으므로 깊은 사정을 하네카와가 알고 있을 리는 없겠지만, 아무래도 나와 오이쿠라의 불화 자체는 애초에 유명했던 것 같다. 그 학급회의도 내가 오이쿠라를 함정에 빠뜨린 것이란 설이 있었을 정도다. 정말이지 뜻밖이지만.

하네카와는 여기서 "아라라기 군, 오이쿠라 양하고 뭔가 있었어?"같은 질문을 해 오지는 않았다. 그것은 자신이 깊이 들어가서는 안 될 문제라고 생각했는지도 모른다. 다만 그렇다고 해도 그것은 지금 시점에서의 이야기다.

만약 이제부터, 교실 안에서 내가 오이쿠라와 무시할 수 없는 트러블을 일으키게 된다면, 하네카와는 반장으로서 나나 센조가하라에게 적극적인 조치를 취하는 전개가 될 것이다.

…그건 좀 곤란하지.

알려지고 싶지 않다. 그 학급회의에 대해서는.

그런 학급회의에 대한 것도 있겠지만, 의장을 맡고 있던 것이 하네카와에게 알려지는 게 싫다. 물론 하네카와이니 그것으로 나에게 비판적인 마음을 품지는 않겠지만, 오히려 자상하게 타일러 주겠지만, 그래도 말하고 싶지 않은 기분이 강하다. 가볍게 이야기하고 싶은 일은 아니고, 무겁게 이야기하고 싶은 일도 아닌 것이다.

애초에 나는 어째서 어제 오기에게 그런 식으로, 시노부에게도 이야기하지 않은 2년 전의 일을 나불나불 이야기해 버린 걸까. 그 점은 스스로도 이상하게 생각하고 있을 정도다. 아무리 그렇게 해야만 밀실에서 나갈 수 있는 상황이었다고 해도.

그렇게 되면 나로서는, 등교했다는 오이쿠라와 되도록 평화적인 관계를 유지해야만 한다. 아무런 트러블 없이 학교생활을 보낼 수 있다면 하네카와가 취조에 나설 일도 없을 것이다. 일단, 센조가하라에게 입막음을 해 두는 편이 좋을까? 애초에 그 녀석이 그 일을 어떤 식으로 생각하고 있는지는 모르지만….

그 무렵의 그 녀석과 지금의 그 녀석은 사고방식도 다를 테고 말이야.

"핫핫핫."

나는 헛웃음을 지었다.

'너무 신경을 쓰는 거야, 하네카와'라는 의미를 담아서 웃었지만, 이것은 아무래도 실패였는지 하네카와가 이상한 것을 보는 눈으로 나를 보고 있었다. 사람은 친구의 머리가 이상해졌을 때

에 그런 눈으로 보겠구나, 하는 생각이 드는 눈이었다. 얼마나
어색한 웃음을 짓고 있었던 것일까.

새삼스레 나는,

"걱정할 일은 아니야."

라고 말했다.

헛기침을 끼워 넣어야 했나 하고도 생각했지만,

"사이가 나빴다고는 해도, 이미 2년 전이라는 까마득한 옛날
이야기니까. 나는 아무렇게도 생각하지 않아. 일절 말이야. 걱
정해 준 마음은 기쁘지만, 그대로 교실에 들어갔어도 아무런 문
제도 없었을 거라고."

"음. 으음. 그런가?"

"그래. 그렇다고. 저쪽도 나 같은 건 잊었을 거야."

생각에 잠기는 듯한 몸짓을 한 하네카와에게, 나는 호언장담
을 한다. 그러나 이것도 역시 실패해서, 하네카와에게 쓸데없는
불신감을 주게 된 것 같다.

왜냐하면.

"그 오이쿠라 양에게 질문을 받았어. 지금 아라라기 코요미
군은 어떻게 지내고 있나, 지금 아라라기 군은 뭘 하고 있나, 지
금 아라라기 군은 어떤 느낌이냐고."

…이런 눈치인 것 같으니 말이지.

엄청 또렷하게 기억하고 있다. 그리고 엄청 신경 쓰고 있다.
무섭다. 교실에 들어가려는 마음이 급격하게 사라지기 시작했
다. 출석일수 문제만 없었더라면 그대로 U턴해서 집으로 돌아

가고 싶었을 정도다.

"키는 자랐는가, 평소에 뭘 먹고 지내나, 학교에는 몇 시 정도에 오는가."

"너무 많이 물어보잖아…."

"대답하지 않는 것도 이상하다고 생각해서 무난한 범위에서 대답해 두긴 했는데…."

"무, 무난하다니?"

"모두가 알고 있는 사실 같은 거. 부반장을 맡고 있다는 점이라든가, 최근에 성실해졌다든가…. 뭐, 그 정도일까."

당연하지만 시노부에 관한 것처럼 괴이에 관계된 일은 아무것도 이야기하지 않았어, 라고 하네카와는 말했다. 뭐, 그 부분이 '무난하지 않은 것'이 되는 걸까.

무난하지 않다고 할까, 난難이 있지만 말이야.

"그리고 왠지 모르게 불온한 분위기라서 센조가하라에 관한 것도 이야기하지 않았어. 아직 그 애는 학교에 오지 않았으니까. 하지만 아라라기 군, 센조가하라가 등교하기 전에 눈치는 봐 두는 편이 좋지 않겠어?"

"눈치라니…."

"한 번 이야기를 나눠 보는 게 어떻겠냐는 얘기야. 같은 반 친구니까, 서로 아무런 접촉도 없이 한 교실에서 앞으로 몇 개월씩 보내기는 어렵잖아."

"으음…."

마치 앞으로 내가 어떻게든 오이쿠라를 계속 무시하며 지낼 수 없을지 궁리하던 것을 간파한 것 같은 말이었다.

교실 안에 어떻게든 해서 사각을 찾아낼 수 없을까….

"반의 분위기를 나쁘게 만들어도 곤란하고 말이야. 오이쿠라 양 쪽에서는 아직 응어리가 남아 있을지도 모르지만, 아라라기 군이 더 이상 신경 쓰지 않는다고 말한다면 좀 더 다가서 볼 수도 있을 거야."

그렇게.

자신이 한 발언에 발목을 잡히고 말았다.

다가서는 것이든 뭐든, 만약 그녀가 2년 전과 같은 자세를 취하고 있다면 그곳은 진입 금지구역일 텐데…. 어떤 지뢰를 밟게 될지 알 수 없다.

지뢰 중에는 일부러 치명상을 주지 않고, 발목만을 날려 버려서 피해자에게 보다 많은 고통을 주는 것도 있다고 들었고….

그곳을 걸어가라고?

"하지만 잠깐만 기다려, 아라라기 군. 난 이제부터 오이쿠라 양의 복학 수속 때문에 호시나 선생님하고 상의를 해야 하거든. 교무실에 가 봐야만 해. 아라라기 군도 같이 갈래? 부반장이니까."

"음…."

딱히 오이쿠라가 휴학하고 있던 게 아니니 복학이란 말은 분명 이해하기 쉽도록 쓴 표현이겠지만, 그러나 하네카와가 일단 교실에서 멀어진다는 건 나에게는 좋은 일이었다. 게다가 센조가하라가 아직 등교하지 않았다는 정보도 이미 얻은 상태다.

즉, 지금 교실에 들어가면 그 안에 내가 신경 써야 할 인물이 아무도 없다는 이야기다.

호기.

천재일우.

신경 써야 할 사람이 약 두 명밖에 없다는 내 인생도 만만찮지만… 뭐, 그래도 천재일우의 호기임에는 틀림없다. 나는 하네카와의 권유를 정중히 사양하고(정중히 사양한다고 할까, 어떤 의미에서는 직무방치이지만),

"네가 돌아올 때까지 오이쿠라와의 일은 해결해 둘게."

라고 말했다.

"졸업 때까지 앞으로 반년간, 즐거운 청춘을 보내고 싶으니 말이야."

"흐음…. 아라라기 군도 성장했구나."

하네카와는 감탄한 듯이 그렇게 말했지만 실상은 상당히 달라서, 임기응변으로 그 자리를 넘기기 위함이었고, 게다가 돌아올 때까지 해결해 두겠다는 예고도, 물론 지킬 수 있을 리가 없었다.

004

교실에 들어간다. 오이쿠라를 위해서 계속 비워 두었던 '공석'은 내 자리에서는 꽤 떨어진 장소에 있었기 때문에, 나는 어떤 종류의 여유를 마음에 갖고 있었다.

하네카와에게 그렇게 말한 입장상—그렇지 않더라도 마찬가지였겠지만—오이쿠라를 무시할 수 없다고 해도, 일단 내 자리에 가방을 놓고 앉는 정도의 한 템포 쉬어 가기는 가능하리라 생각했기 때문이다. 그 동안 오이쿠라의 눈치를 살피며 그 태도나 분위기를 보고 대책을 짠다는 작전이었다.

'계산이 빠른 녀석은 문제를 듣는 동안에 이미 생각하기 시작한다'같은, 말하자면 부정출발 작전이었는데, 이것이 파울 판정을 받았다. 아니, 파울을 범한 것은 아니다. 실행할 수 없었으니까.

오이쿠라는 내 자리에 앉아 있었다.

…하네카와가 그것까지 알려 줬는지 어떤지는 접어 두고. 뭐, 아라라기 코요미의 자리가 어디인가 정도는 누군가에게 물어보면 알 수 있는 문제다. 예전 1학년 3반의 학생이 이 반에 아무도 없다는 것은 아니고. 아니, 가령 질문한다고 해도 1학년 3반에 있던 사람은 선택하지 않으려나. 일부러 피하려나.

오이쿠라는.

어쨌든 페인트를 걸려고 했던 나에게, 오이쿠라는 선공을 날린 것이다. 선공이라고 하기보다 세례 같기까지 했지만. 다만 이것에는 위화감 같은 게 느껴졌다. 확실히 나는 예전에 오이쿠라에게 미움받고 있었지만, 이렇게 노골적으로 트집을 잡을 정도로 미움받고 있었던가? 이런 건 거의 '공격'이 아닌가. 물리적 폭력과 큰 차이가 없다. 싸움을 걸어온 것이나 다를 바 없다.

그 선전포고에 대답하듯이 나는 오이쿠라의 자리(계속 비어 있던 자리)에 앉아 줄까 하는 생각도 했지만, 여기서 도발에 응해 봤자 진흙탕 싸움이 될 뿐이다. 이런 때야말로 나는 냉정 침착한 젠틀맨이어야 한다고 생각을 고쳐먹고, 특별히 초조해 하지 않는 우아하기 짝이 없는 발걸음으로, 레드카펫을 걷는 영화배우처럼, 혹은 버진 로드를 걷는 신부처럼 오이쿠라가 앉아 있는 내 자리로 향했다.

그런 영문 모를 비유가 나오는 시점에서 실제로 상당히 동요하고 있는 것이지만, 어쨌든 나는,

"거기, 내 자리인데."

라고 말했다.

태연하게.

되도록 태연하게, 다.

"응? 어라? 너, 오이쿠라 아니야? 맞아, 오이쿠라! 우와아, 깜짝이야! 까마득한 옛날인 2년 전, 1학년 때에 같은 반이었던 오이쿠라잖아! 나를 기억하고 있으려나, 분명히 잊어버렸겠지, 그 왜, 출석번호 2번이었던 아라라기야! 출석번호 2번이었어!"

프로필은 출석번호 정도밖에 없다.

너에게 나는 그 정도의 가치밖에 없는 인간이었을 거야, 하우머치, 라는 의미를 교묘하게 집어넣은 자기소개였다. 그러나 오이쿠라는,

"…기억하고 있어, 물론."

이라고 낮은 목소리로 말했다.

낮기는 고사하고, 밑바닥.

지옥의 밑바닥에서 울려오는 듯한 목소리였다. 요 반년 동안 수많은 위기에 직면하고 수많은 위험인물과 대면하고 과장 없이 죽음의 갈림길 같은 곳까지 몰리기를 거듭했던 나이지만, 그런 나를 겁먹게 만들 정도의 목소리였다.

내가 쌓아 왔던 경험치를 아무 소용없게 만들 정도로…. 이 녀석은 이 녀석대로 지금까지 어떤 나날을 보내 왔던 것일까.

"내가 너를 잊을 수 있을 리가 없잖아. 아라라기."

악마의 이름을 부를 때가 조금 더 명랑하지 않을까 하는 생각이 들 정도로 증오가 담긴 말투로, 내 이름을 입 밖에 내는 오이쿠라. 입 밖에 낸다기보다는 뱉어 낸다는 느낌이라, 어떻게 다가갈 볼 여지가 없다.

진입금지 구역이라고 하기보다, 배리어barrier 같다.

있는 것은 단순한… 깊은 골짜기인가.

"기억해 줘서 기쁘네…. 출석번호 2번이었던 아라라기는, 기뻐."

그렇게 말하면서, 나는 2년 만에 보는 오이쿠라를 관찰한다. 당연하지만 2년 사이에 성장한 느낌이었다. '고등학교 1학년'에서 '고등학교 3학년'이 되었다. 내 기억 속에서는 세부가 조금 더 어렸다는 이미지도 있지만, 이 부분의 디테일은 완전히 사라진 인상이다. 다만 변화했다는 이야기를 하자면, 좀 더 눈에 띄는 변화는 그 시선이었다. 나를 노려보는 시선이다.

시선.

그것이 2년 전보다 더욱 날이 서 있는 것처럼, 바짝 날이 서 있는 것처럼 느껴졌다. 이 2년 동안 게임을 너무 많이 해서 시력이 나빠진 것이 아니라면, 나에 대한 혐오와 증오가 세월에 비례해서 성장을 이룬 것인지도 모른다. 그렇다면 성장이라기보다는 마이너스 성장이다.

성장한 것은 신체뿐만이 아니다…. 그건 좋은 일이라고 쳐도, 왜 나에 대한 혐오가 강해진 거지?

만나고 있었던 것도 아닌데.

"그래서 말인데, 거기. 내 자리인데 말이야."

되풀이한다, 끈기 있게.

맹수를 상대로 할 때 유의할 점은, 결코 초조해 하지 않는 것이라고 한다. 동요해서 패닉에 빠져 버리면, 남은 것은 잡아먹히는 것뿐이다. 포식자를 앞두고 냉정 침착하게 있는 것 이상으로 요구되는 요점은 없다.

"건강해 보이네, 나하고는 달리."

맹수는 내 대사를 귓등으로 흘려버렸다.

그리고 흐릿하게 웃는다. 친절하게도, 웃는 얼굴이 반드시 호의의 표현이 아님을 알려 준 것이다.

"내 인생은, 너 때문에 엉망진창인데."

"나 때문이라니…."

무슨 소릴 하는 걸까 했는데, 혹시 그 학급회의를 말하고 있는 것일까? 아니, 그렇다면 이상하잖아. 확실히 그 사건이 오이쿠라가 등교거부를 하게 된 원인이며, 그것으로 인해 그녀의 인생이 엉망진창이 되었다고 말하고 싶은 게 이해가 안 가는 것은 아니다. 하지만 그것이 오이쿠라의 자멸임은 많은 이들의 의견이 일치하는 바다. 자업자득이며, 누군가에게 원한을 품을 만한 체험은 아닐 것이다. 아니면 설마, 내가 의도적으로 오이쿠라를 함정에 빠뜨렸다는 그 소문을, 이 녀석은 믿고 있는 것일까? 게다가 어쩌면 내가 그 사건의 진짜 범인이라고 생각하고 있다거나?

말도 안 되는 소리…라고 생각하지만, 있을 수 없는 이야기는 아니다. 어차피 그것은 개인의 억측 범위 내의 이야기이며, 억측이라도 괜찮다면 누구나 무엇이든 생각할 수 있다.

혼자서 행하는 다수결이라면 언제나 전원일치다.

오이쿠라가 나를 범인이라고 생각하면 내가 범인인 것이다.

오이쿠라가 내가 꾸민 함정에 빠졌다고 생각하면, 역시 그런 것처럼….

"행복하게 지내고 있는 모양이더라."

오이쿠라는 말을 계속했다.

말하는 투가 어딘지 모르게 부자연스럽다는 것을 나는 깨닫고 있었다. 말을 하는 것이 별로 익숙하지 않은 듯한, 목소리의 볼륨을 적절히 조절하지 못하는 듯한 느낌이, 조금 쉰 듯한, 비브라토 같은 발성.

2년간 학교에 오지 않았던 그녀는, 사람과 대화하는 것 자체가 오래간만인지도 모른다. 그렇다면 너무 자극이 되는 말을 하는 것은 득책得策이 아닐 것이다. 무엇이 좋은 생각인지는, 지금 와서는 이제 알기 어렵지만.

득得도 책策도, 지금 와서는 그녀에게서 인연이 먼 한자가 되어 버렸다는 생각이 든다.

역시 하네카와와 함께 교무실에 갔어야 했나 하고 후회했지만, 후회막급後悔莫及의 한 사례가 될 뿐이었다.

"정말이지 부러워. 내가 집에 틀어박혀 있는 동안, 공부를 하거나 대학을 목표로 하거나, 여자친구를 만들거나. 아라라기는 순풍에 돛 단 인생이구나."

"…덕분에."

나는 그렇게 대답하는 것이 고작이었다.

나에 대한 질문은 하네카와에게만 한 게 아닌 듯하다. 공부를 하는 것 정도라면 몰라도, 대학을 목표로 하고 있다든가 하는 개인적인 부분까지를 하네카와가 이야기했다고 생각되지는 않는다. 하네카와는 센조가하라에 대해서는 감춰 두었다고 말했지만, 나와 센조가하라와의 관계는 결코 비밀이 아니므로 나에 대한 토픽으로서 이야기한 사람은 있었을 것이다. 감탄할 정도의 조사는 아니다.

하지만 병적이다.

극히 병들어 있다.

2년 만에 학교에 와서 처음 하는 일이 나에 대한 탐문조사라니. 질문을 받은 상대에게 그것이 어떤 인상을 주었을지, 아라라기 코요미에 대해 묻고 다니는 자신이 어떻게 여겨질지는 생각하지 않은 것일까? 사실 하네카와는 오이쿠라의 그 기행을 접하고서 걱정이 되어, 한발 앞서 나에게 충고해 준 것이고…. 뭐, 모처럼의 그 어드바이스를 아무래도 나는 완전히 헛수고로 만들어 버린 것 같지만.

…2년 전의 오이쿠라도 상당히 표독스럽고 붙임성이 좋은 편은 아니었지만, 이렇게까지 커뮤니케이션을 취할 수 없는, 인간관계 속을 능숙히 헤쳐 나갈 수 없는 녀석은 아니었을 것이다.

역시 그 사건이 그녀를 바꾼 것일까.

그것도 상당히 일그러진 방향으로… 흐물흐물하게.

"덕분에? **덕분에**? 핫…. 계속 학교에 오지 않았던 내가, 너에게 뭘 해 줬다는 거야."

"아니, 그건…."

사교예절에 트집을 잡아도 말이지.

게다가 그렇게, 잡아먹을 듯이 달려들지 않아도 될 텐데.

"흥. 뭐, 아라라기라면 어느 대학이라도 갈 수 있겠지. 마음만 먹는다면…."

"그, 그렇지 않아. 몹시 고생하는 중이야."

빈정거림을 섞는 정도가 아니라 대놓고 빈정거리는 오이쿠라의 말에, 나는 어깨를 늘어뜨려 보이며 농담하듯 대응했다. 이 자리의 분위기가 무거워지지 않도록 하는 것에도 몹시 고생하는 중이었지만, 이 노력은 그리 보답받았다고 하기 어렵다. 이 자리는 고사하고, 교실 전체의 공기가 무겁고 답답했다. 공기 대신 귀금속으로 채워져 있는 거 아닌가, 이 교실? 이라고 말하고 싶어질 정도다. 누구 한 사람 잡담도 하지 않고, 교실 안의 학생

모두가 이쪽을 주목하고 있는 듯했다.

내 평판이, 또 한 단계 낮아질 것 같다.

왜 이렇게나 단계를 밟아 가며 평판을 나쁘게 만들어 가야만 하냐고.

"겸손해 하지 않아도 돼. 수학은 지금도 잘 하잖아?"

오이쿠라는 말했다. 비웃는 것처럼.

진의가 보이지 않는, 악의만이 드러나는 빈정거림이다.

"오일러의 이름은 나보다도 자기에게 어울린다고 생각하고 있지?"

"……."

그 부분에 연연하는 것이 어쩐지 우스꽝스럽네. 그것을 매서운 시선과 함께 말하는 것이 더욱 바보 같다고 할까. 매서운 시선의 대상인 내가 말하는 것도 이상하지만.

"뭐, 수학은 잘 하는 과목이라고 할까, 구명줄이기는 해."

"지금도 만점의 연속이야?"

"아니, 만점은…."

말하기 어렵다. 그 이후, 수학에서 만점을 딴 적이 없다고. 수학 외의 과목에서라면 최근에는 그런 경험이 없는 것도 아니지만, 오히려 수학만은 컴플리트할 수가 없다.

해서는 안 된다는.

강박관념이 어딘가에 있다.

어딘가…. 아니, 있는 장소는 확실하다.

강박관념이 **여기**에 있다.

"여자친구를 만들었다고 했나…. 그것도 수학 덕분이구나."

"……? 아니, 아무리 그래도 그건…."

관계없잖아.

그렇게 생각하면서, 아무래도 오이쿠라가 던지는 질문으로 보아, 나에게 여자친구가 생겼다는 건 알게 되었어도, 그것이 센조가하라라는 것은 아직 조사하지 않은 듯하다는 것을 알았다.

만약 그것을 알았더라면, 이 흐름에서 그 부분을 오이쿠라가 찔러 들지 않을 리가 없기 때문이다. 아라라기 코요미가 그 '귀한 집 아가씨', 절벽 위의 한 떨기 꽃이었던 센조가하라 히타기의 하트를 꿰뚫다니, 그런 뉴스를 가만히 놔둘 리가 없다.

그것은 정말 요행이었다.

오이쿠라에게 그 정보를 흘렸던 누군가도, 어쩌면 도중에 불온한 분위기를 느꼈는지도 모른다. 불온한 분위기라고 할까, 비정상적인 분위기를, 오이쿠라로부터.

그렇다면 센조가하라가 등교하기 전에는 최소한 오이쿠라를 이 자리에서 비키게 해야겠다고 나는 결의를 새로이 했다. 하기는 했지만, 결국 내 결의만큼이나 오이쿠라에 대해 의미를 갖지 못하는 것도 없었다.

"수학 덕분이야."

그렇게 오이쿠라는 다시 영문 모를 소리를 했다.

"너 같은 녀석, 정말로 화가 나. 아무리 원망해도 부족할 정도로. 뭐가 어떻게 되더라도 계속해서 혐오감이 솟아나. 바닥 모를 혐오의 샘이야."

"너 같은 녀석이라니…. 말을 왜 그렇게 살벌하게 하는 거야, 오이쿠라."

여기에 와서 또렷하게 나에 대해 적대적 자세를 드러낸 오이쿠라에게, 그래도 나는 평화노선이라고 할까, 회유노선을 취하며 달래듯이 대응했다. 다만 그래도 오이쿠라는 예봉을 거두지 않고, 그러기는커녕 더욱 험악한 표정을 지었다.

"나는 네가 싫어."

딱 부러지게 그렇게 말했다.

그것은 2년 전, 그 교실에서도 들었던 말이었다.

"너의 그런 점이 싫어. 이거고 저거고, 애매모호한 채로 정리해 버리고. 타협해서 원만히 수습해 버리고. 그 무렵에도 너는…."

말하다가 거기서 말을 꾹 삼켰다.

아니, 목이 메어서 말을 멈춘 느낌이었다. 최근에 소리 내어 말을 하는 데에 익숙하지 않은 듯 보이는 그녀가, 갑자기 격한 어조로 말을 하다 보니 목에 조금 무리가 갔던 것 같다.

실제로 그녀는 그 뒤에 조금 기침을 했다.

걱정이 된 내가 다가서려고 하자,

"…건드리지 마."

라고 거절당했다.

쌀쌀맞다는 것은 이런 걸 두고 하는 말이 아닐까.

"너 같은 녀석이 걱정해 주는 걸 바라지 않아. 너 같은 녀석에게 걱정을 사 봤자 아무 득도 되지 않으니까."

"…그러냐."

몸을 뗀다. 하라는 대로.

그리고 생각한다. 그 무렵에도 너는, 이라고 오이쿠라는 말했다. 그 무렵이란 당연히 고등학교 1학년 시절이라는 의미일 것이다. 내가 적당히 타협하며 그 학급회의를 끝내려 했던 것을 말하는 걸까?

그러고 보니, 그런 나의 모습을 보고서 그녀는 다수결을 취한다는 결단에 이르렀다. 결단이라고 할까, 폭거라고 할까…. 어쩌면 그 일에 엉뚱한 원한을 품고 있는 걸까? 물론 엉뚱한 원한이라는 것은 이쪽에서의 견해이며, 그녀에게 그것은 정당한 원한일 것이다. 게다가 그런 원한과 2년간 계속 마주해 왔다고 한다면, 그렇게 나를 노려보는 것도 무리는 아니다.

무모하기는 하지만… 무리는 아니다.

"시, 싫어…. 싫어. 싫다고."

마치 대중을 설득하는 선동가처럼, 그녀는 그렇게 반복했다. 둑이 터진 것처럼. 자신의 발언에 뜨거워지고, 자신의 말에 열광해 간다.

"얼굴도 보고 싶지 않아. 네가 이 세상에 있다니 최악이야."

"…어지간히."

나는 말했다.

상대가 이렇게나 공격적이 되면 받아 내는 측이 되는 수밖에 없다. 기분이 점점 식어 간다. 일부러 그렇게 노력하지 않아도, 맹수를 앞에 두고 냉정하게 침착沈着해 간다. 침전이라고 해도 좋을지도 모른다. 이치에 맞지 않는 소리를 하는 그녀에 대해, 어이없다는 감정이 섞여 식어 가는 것도 물론 있지만, 그러나 무엇을 할지, 무슨 일을 당할지 알 수 없는 공포에 의해 간담이 서늘해지는 것도 사실이다.

그렇게까지 나를 싫어하는 그녀는 어찌 보면 우스꽝스러울 정도라 멍청하게 보이지 않는 것도 아니지만, 그래도 간단히 웃을 수 없는 분위기가 있었다. 웃었다고 해도 그 웃음은 헛웃음이 될 것이다.

지금, 오이쿠라 자신이 짓고 있는 듯한.

기이한 형태의 미소가 될 것이다.

"어지간히, 행복한 녀석이 싫은가 보구나, 너는."

내 얼굴 따위 보고 싶지도 않다고 할 정도라면 학교에는 왜 왔냐고 말하고 싶어지기도 했지만, 그래서는 계속 등교거부를 하다가 간신히 학교에 나온 그녀에게 '학교에 오지 마'라고 말하는 것과 마찬가지이므로, 나는 이야기를 일반론으로 슬쩍 바꿈으로써 그녀의 공격을 회피하려고 했다.

하지만 그녀는, 이 녀석은 무슨 시시껄렁한 소리를 하는 거람? 이라는 소릴 하고 싶은 듯이 고개를 젓고는,

"행복한 녀석은 좋아해."

라고 말했다.

…뭐, 지금의 오이쿠라라면 내가 무슨 소리를 한들 부정하려 하겠지만, 오른쪽이라고 말하면 왼쪽, 위라고 말하면 아래라고 말할 것 같지만, 그러나 이 점에 대해서는 강한 주장을 가지고

있는 모양이었다.

"보고 있으면 행복한 기분이 드는 법이지. 내가 싫어하는 것은, 행복의 이유를 모르는 녀석. 자신이 어째서 행복한지 생각하려고도 하지 않는 녀석."

"……."

"자력으로 끓어올랐다고 생각하고 있는 물이 싫어. 자연히 돌고 있다고 생각하는 계절이 싫어. 스스로 떠올랐다고 생각하는 태양이 싫어. 싫어, 싫어, 시, 시, 싫…… 싫어. 네가 싫어."

그렇게 말하는 오이쿠라의 눈은 반짝이고 있었다.

형형하게, 문드러질 것처럼 빛나고 있었다.

이렇게나 기분 나쁜 광채가 세상 속에 있었다니, 나는 견문이 부족해서 이제껏 몰랐다.

"싫어싫어싫어싫어싫어. 시, 시, 시…… 싫어. 모든 것이 싫어. 어찌할 수도 없이 싫어. 돌이킬 수 없을 정도로 싫어. 싫어, 싫어……. 싫은 게 싫지만 싫어서 싫은 것으로 싫어하는 싫은 것이 싫어."

"오이쿠라…."

이건 위험하다.

그렇게 생각했다.

착각하고 있었다. 그것도 커다란 착각을.

공격을 받고 있을 때에는 누구나 하곤 하는 착각이다. 자신은 약자이며, 강한 측에서 휘두르는 폭력에 당하고 있다는 착각. 반격하지 않으면, 맞서지 않으면 그대로 당해 버릴 거라는 착각…. 아니, 착각이라는 말은 심할지도 모른다. 실제로 반격하고, 맞서지 않으면 계속 당하기만 하는 것은 사실이다.

오이쿠라가 나에게, 적대적인 것은 틀림없고.

이쪽을 위협하는, 공격적인 자세로 나에게 임하고 있다는 것은 틀림없다. 그렇지만 사실상, 여기서 내가 그녀에게 반격한다는 것은, 설령 계속 당하기만 하게 되더라도 있을 수 없는 일이었다.

2년 전의 오이쿠라를 상대로라면 몰라도.

지금은 무리다.

왜냐하면 지금의 오이쿠라는… 연약하다.

마치 유리 공예품 같다. 괜히 몸을 방어하려고 반격했다간, 내 손이 가볍게라도 저쪽에 닿아 버리면, 그것만으로 산산조각으로 부서져 버릴지도 모른다. 그야말로 '그러면 학교에 오지 마'라고 받아쳤더라면 무슨 결과가 벌어졌을지 알 수 없다. 이런 연약한 정신 상태로 맞서 오면, 내 쪽에서는 아무것도 할 수 없다, 아무 말도 할 수 없지 않은가.

선수를 치듯이 내 자리에 앉아서 나를 맞이한 것은 나를 공격하기 위해서라기보다, 어쩌면 몸을 지키기 위한, 정신을 지키기 위한 방어로서의 행동이었던 것이 아닐까?

균형을 완전히 잃고 있다.

나는, 뭐랄까, 참담한 기분이었다.

그렇게 늠름했던 오이쿠라가, 이렇게나 약해져서, 연약해져서 나타나다니…. 이럴 바에야 좀 더 공격적이 되어서 돌아온 편이 훨씬 나았다.

예전에 마주했던 적이 약체화되어서 돌아온다…. 그런 드라마를 누가 보고 싶어 할까?

이렇게 되면 맹수라는 말은 당치도 않다.

지금의 오이쿠라는 겁에 질린 작은 동물이다.

오히려 오이쿠라가 보기에는 나야말로 사나운 맹수다.

포식자다.

건드리면 이쪽도 다치지만, 저쪽은 부서져 버린다.

적당히 봐줄 것을 **강요**당하는 전력 차이.

"…왜 입을 다물고 있는 거야. 설마 아라라기, 동정하고 있는 건 아니겠지? 네가 나를 동정해? 도, 동정이라니, 1엔의 가치도 없는 짓을…."

"아니, 오이쿠라. 아니, 아니. 오이쿠라, 진정해. 내가 잠깐 어디 좀 다녀올 테니까 말이지, 그 동안 냉정을 찾으라고. 이 자리에 그대로 앉아 있어도 괜찮으니까…."

결국 나의 이런 태도가 오이쿠라를 짜증 나게 만든다는 이야기였던 것이겠지. 격앙한 듯이 오이쿠라는 일어섰다. 내가 앉아 있어도 좋다고 말한 순간 바로 일어서는 그 태도는 어떤 의미에서는 일관되어 있었지만, 그 부분에 감탄하고 있을 상황은 아니었다.

"아라라기. 너, 너는, 아무것도 몰라. 다 안다는 얼굴을 하고서는, 자신이 어째서 행복한지를 생각도 하지 않고, 태평스럽게 살고 있어. 모르는 거야. 잊은 거지. 뭐가 입시 공부야, 뭐가 여자친구야. 허허허허, 허튼 소리나 하고 앉았고."

"그, 그러니까 말이지, 오이쿠라."

허튼 소리 같은 건 안 했다고 말하려고 했지만, 그 부분을 부정해 봤자 소용없을 것이다. 그녀에게는 내가 진지하게 대응하는 것 이상의 허튼 소리는 없을지도 모르고, 그 이전에 정신의 균형을 잃고 있는 사람을 상대할 때는 결코 상대를 부정해서는 안 된다. 내가 하는 말을 오이쿠라가 전부 부정하는 것처럼, 나는 오이쿠라의 말을 전부 긍정해야만 한다.

그렇게 생각하고 있었는데, 오이쿠라는 나에게 긍정조차 허락하지 않았다. 애초에 발언조차도. 말을 거는 나를 제지하고, 고개를 끄덕일 새도 없이 끊임없이 지론과 사견을 펼친다.

"너 같은 녀석이, 활개 치고 있으니까… 내가 언제까지나 구원받지 못하는 거야. 싫다고, 자기 혼자만의 힘으로 살아가고 있다고 생각하는 녀석이. 자기 혼자서도 살아갈 수 있다고 생각하는 녀석이. 여차할 때에도 혼자서 헤쳐 나갈 수 있다고 자부하고 있는 녀석이…. 남의 도움 따윈 없어도 괜찮다고 말하는 녀석이, 나는 싫어."

"……."

"사람은 누군가의 도움을 받지 못하면 행복해질 수 없어. 그런 것도 모르는 바보가, 너무너무 싫어서 죽을 것만 같아."

무엇이 그녀를 여기까지 몰아넣었을까.

역시 그 학급회의일까?

아니면 그 뒤의 우울한 2년간일까?

아니면 내가 파악하지 못하는 그 이외의 사건이….

　"나, 나도 서로 돕는 건 중요하다고 생각하고 있어. 그 말이 맞아, 사람은 혼자 알아서 살아날 뿐이라는 얘긴 좀 아니지, 응, 응. 나도 늘 생각하고 있어, 혼자서 살아가고 있다는 착각에 빠진 은혜도 모르는 놈은 용서할 수 없다고…."

　아무래도 나에게 아첨하는 재능은 없는 것 같다. 상대에게 영합하는 것이 이렇게나 어려우리라고는 생각하지 않았다. 다만 내가 아니라 누가 오더라도 지금의 오이쿠라에게 보조를 맞추는 것은 불가능했으리라고 최소한의 핑계는 대 두고 싶지만.

　"용서할 수 없는 건 너야. 아라라기, 너 이상의 배은망덕한 녀석은 또 없어. 독선이라고, 너의 올바름 따윈."

　"올바름…?"

　"아니면 너는 기억하고 있다는 거야? 중학교 1학년 때 신발장에 들어 있던 것을."

　신발장에 들어 있던 것.

　갑자기 그런 말을 했다.

　이야기의 흐름이 뚝 잘려 버린 느낌이었다. 중학교 1학년 때 신발장에 들어 있던 것? 뭐야, 그건. 그런 말을 들어도 중학교 1학년 때 신발장이라는 말 이외의 의미를 찾아낼 수 없다. 전혀. 당혹한 나의 표정을 보고서 오이쿠라는 의기양양해져서는,

　"그거 봐, 역시."

　라고 말했다.

　"너는 아무것도 기억하지 못하는 거야, 아라라기. 자신이 무

엇으로 이루어져 있는가를 몰라."

내가 무엇으로 이루어져 있는가.

모른다.

어째서일까, 그 말은 나의 가슴을 강하게 때렸다. 박혔다고 해도 좋다. 박히고, 꿰뚫었다고 해도.

"…오이쿠라, 그건 무슨 의미……."

"의미 따윈 없어. 의미 따윈 싫은걸. 모든 것이 싫은걸. 싫은 거와 싫은 게 싫어서 싫은 것의 싫은 것에 대해 싫은 싫음은 싫은 것을 싫어해, 싫어!"

이건 아웃이지.

이 상태의 인간을 보는 것은 유감스럽게도 몇 번인가 경험했지만, 그리고 이 경우에는 차라리 모든 것을 토해 내게 해 버리는 편이 좋다는 것도 알고 있지만, 무엇이 아웃인가 하면, 여기가 너무나도 많은 눈이 있는 교실이라는 점이 아웃이다.

다소의 다툼, 언쟁이라면 어떻게 벌어지더라도 '내가 나쁘다'라는 변명으로 정리할 수 있다. 내가 악평을 혼자 끌어안을 수 있다.

그러나 이렇게나 격하게, 패닉이라고 말해도 좋을 정도로 히스테리를 일으켜 버리면 교실 내에서 오이쿠라의 인상은 최악이 될 것이다. 될 수밖에 없다. 안 그래도 계속 학교에 나오지 않았던 그녀가 느닷없이 학교에 나온 것으로 이미 색안경을 낀 시선을 받고 있을 텐데.

오이쿠라 소다치.

어떻게든 이 아이를 진정시켜야만 한다.

그렇게 생각하고 나는 오이쿠라의 어깨를 지탱하듯이 잡았다. 흔들어서 어떻게든 정신이 들 때까지 호소하려고 했다. 하지만 그런 그녀에게 내가 뭔가 말하기 전에―물론 어떤 말을 하더라도 그녀를 진정시키는 것은 나에게 불가능했을 것이다. 만약 이 때의 나에게 올바른 행동이 있었다고 한다면, 그것은 전력 질주로 그곳에서 멀어지는 것이었는지도 모른다―오이쿠라는 소리쳤다.

"건드리지 말라고, 말했는데!"

어린애 같은 어조였다.

그리고 그 행동도 어린애처럼 생각 없는 짓이었다. 내 자리, 오이쿠라가 점령하고 있는 자리 위에 있던 볼펜이다. 극세 볼펜이다. 어째서 그런 것이 그곳에 있었는지는 모르겠다. 오이쿠라의 물건이라고도 생각되지 않는다. **우연히** 그곳에 누군가가 놓아두었다고밖에 생각되지 않는… 뭐, 학교라면 어디에 굴러다니더라도 이상하지 않을 볼펜이었지만, 그것을 오이쿠라는 손에 들고서 그녀의 어깨를 건드리고 있던 내 손을 향해 휘둘렀던 것이다.

"……!"

아니, 뭐.

허세를 부리는 것은 아니지만(지금의 오이쿠라 앞에서 허세를 부릴 필요가 어디에 있지?) 솔직히 말하면 피할 수 있었다고 생각한다.

요 반년간의 격전을 생각하면 여자 고등학생, 그것도 쇠약한 여자 고등학생이 휘두르는 볼펜을 내가 피하지 못할 리가 없다. 그러나 그 끄트머리는 내 손등에 박혔다.

중지의 중수골에 닿으며 멈추고, 꿰뚫지는 않았다. 그것으로 나는 안도했다. 만약 관통해서 볼펜 끝이 내가 짚고 있는 오이쿠라의 어깨에 박혔다면, 일부러 피하지 않은 의미가 없다.

확신을 가지고 말할 수 있다.

내가 만약 오이쿠라의 어깨에서 손을 치웠더라면, 그녀는 자기 어깨에 볼펜을 꽂아 넣었을 거라고. 그 정도로 생각 없는, 돌발적인, 반사적인 행동이었다.

실제로 그 공격 행동에 의해서, 오이쿠라는 어느 정도 제정신을 차린 듯했다.

"앗….."

그런 후회의 마음이 엿보였다.

하지만 그런 그녀를 상대하고 있을 여유가 나에게는 없었다. 두 가지 이유에서 그 상처를 재빨리 감춰야만 했다.

한 가지는 당연히 앞으로의 오이쿠라를 위해서다. 대중의 눈앞에서 이루어진 흉행이기는 하지만, 교실에 있는 학생들은 모두 대화하는 우리에게서 멀찍이 떨어져서 보고 있을 뿐이다. 상처를 감추면 '박히지 않았다', '직전에 멈췄다'라는 해명이 통할 것이다. …통하지 않을 리 없을 것이다. 다른 한 가지 이유는,

이쪽은 아주 이기적인 것인데―그렇기에 '찔리지 않았다'라는 해명이 통하는 것이지만―흡혈귀의 후유증이 몸에 남아 있는 나는, 이 정도의 상처는 금세 나아 버리기 때문이다.

낫는 모습을 보였다가는 몹시 곤란해진다.

설마 학교에서 이런 대미지를 입게 되리라고는 생각하지 않았지만, 어쨌든 이번에야말로, 오이쿠라가 어리둥절하고 있는 이 타이밍에 이번에야말로 나는 이 자리를 벗어나야 한다…. 그렇게.

그러나 한쪽 손등을 감추려고 몸을 돌린 나는 발을 멈추고 말았다. 멈추고 말았다. 멈춰 버렸다. 다리가 아니라 모든 행동이 멈춰 버렸다.

도피도 사고도 멈췄다.

왜냐하면 그녀의 모습이 눈에 들어왔기 때문이다. 문을 열고 교실에 들어오는 센조가하라 히타기의 모습이.

센조가하라는.

예전처럼 평탄한 태도로, 전에 없이 평탄한 태도로 볼펜이 꽂힌 내 손과, 그리고 오이쿠라를 보고 있었다.

"……."

…어떻게 되는 거지, 이거?

005

가만히 보니 센조가하라의 허리 부근에 하네카와처럼 생긴 물체가 달라붙어 있었다. 축 늘어져 있다. 좀처럼 볼 수 없는 반장의 레어한 모습이었는데, 그 눈치로 보아 여기까지의 경위는 왠지 모르게 예상이 되었다. 즉 이 교실 밖에서 어떤 일이 있었고, 지금 센조가하라 히타기와 하네카와 츠바사가 이곳에 들어왔는가를.

아마도 그 뒤에 오이쿠라의 복학(?) 수속인가 뭔가로 교무실에 갔던 하네카와는, 용무를 마치기 전이었는지 용무를 마친 뒤였는지는 확실히 알 수 없지만, 어쨌든 등교한 센조가하라와 조우했다. 뭐, 지금의 하네카와의 모습을 보면 말 그대로 '조우遭遇'이지만, 거기서 하네카와는 센조가하라에게 오이쿠라가 등교했다는 사실을 전했을 것이다. 당연하지만 하네카와는 오이쿠라가 예전에 센조가하라와 같은 반이었던 것 정도는 당연하다는 듯이 파악하고 있을 테니, 어쩌면 지금 나와 오이쿠라가 만나고 있는 것도 이야기를 나누면서 고했는지도 모른다.

하네카와로서는 별다른 긴박감 없이 고했는지도 모르지만, 하네카와보다도 깊이, 하네카와보다도 가까이에서 나와 오이쿠라의 불화를 알고 있는 센조가하라에게 그것은 필시 급박한 사태로 느껴졌을 것이다.

그리고 그녀는 이곳으로 바람처럼 달려왔던 것이다. 하네카와를 질질 끌면서. 예전에 육상부의 에이스였던 그 각력은 쇠하지 않았다는 이야기일까. 다시 단련한 것일까? 어쨌든 최악 중의 최악이라고 말해도 전혀 지장 없는 타이밍에, 센조가하라(와 하네카와)는 교실에 나타났던 것이다.

"죽여 버릴 거야."

센조가하라가 말했다.

주목해 주었으면 한다, 갱생했을 그녀의 대사다. 지금까지 쌓아 온 것을 전부 날려 버릴지도 모를 대사였지만, 그 정도로 그녀는 조용한 분노에 가득 차 있었다.

"문구로 아라라기 군을 찔러도 되는 건 나뿐이야. 아무리 그 캐릭터를 버렸다고 해도 재이용되는 것은 참을 수 없어."

무엇에 화를 내는 거야, 너는.

남자친구가 찔린 것에 화를 내라고.

"세, 센조가하라, 기다려."

피폐해진 상태에서도 반장으로서의, 그리고 센조가하라의 친구로서의 책무를 다하려 하는 하네카와는 참으로 훌륭했지만, 어쨌든 지금의 센조가하라를 막기에는 역부족이었다.

성큼성큼 이쪽으로 다가오는 센조가하라.

이 녀석은 지뢰의 바다라고 해도 망설이지 않고 몸을 던질 수 있는 타입이다.

"…센조가하라 양."

그렇게.

오이쿠라가 깨닫는다. 예전에 같은 반이었던 친구의 모습을. 1학년 3반을 학급 반장으로서 통솔하고 있던 오이쿠라다, 병약한 우등생이었던 센조가하라 히타기라는 극히 특징적인 동급생을 기억하지 못할 리가 없다.

나는 반에서 언터처블적인 존재였던 센조가하라와 오이쿠라 가 예전에 어떤 관계였는지는 모르지만 예전에 아무리 우호적 관계였다고 해도, 가령 서로 허물없는 사이인 베스트프렌드였다 고 해도 그 관계가 이 자리에서 재개되지는 않을 것이다.

그 정도로 공기가 팽팽히 긴장되어 있었다.

센조가하라 쪽은 물론이고, 오이쿠라 쪽도.

"그래. 그렇구나. 알아 버렸어."

오이쿠라가 말했다.

경멸감이 담뿍 담긴 미소를 지으며.

"아라라기하고 사귀고 있었구나, 너…. 수준이 떨어져 버렸구 나."

"……."

그 말을 듣고 오히려 센조가하라는 냉정함을 되찾은 듯했다. 높은 위기관리 의식과 뛰어난 통찰력에서 나 같은 것은 아득히 뛰어넘는 센조가하라다. 한순간에 지금의 오이쿠라 소다치의 심 리 상태를 알아차린 것이겠지.

위험함, 연약함을 깨달은 것이겠지.

반격이 허락되지 않는, 약함에 기반을 둔 공격성에.

…그래도 예전의 센조가하라였다면 상관하지 않고 오이쿠라 를 대했겠지만.

"…하네카와. 이젠 괜찮아. 놔도 돼."

지금의, 오이쿠라가 말하는 '수준 떨어진' 센조가하라는 그렇 게 말했다.

"미안해, 별일 아니었어."

"…정말로 괜찮은 거야?"

여기까지 끌려온 하네카와는, 일단 그렇게 확인하면서 센조가하라의 허리에서 떨어졌다. 이 자리에서 가장 선량하면서 성실한 그녀는, 그렇기에 가장 손해 보는 역할을 맡고 있다는 느낌이다.

"괜찮아. 고마워. 몸을 던진 네 우정에 늘 감사하고 있어."

"고마워…."

"답례로 이번에 내가 전신 베개가 되어 줄게."

"센조가하라, 학교에서 그런 소릴 하는 건…."

곧바로 나는 볼펜에 찔린 손을 등 뒤로 감췄다.

한순간 하네카와는 내 행동을 수상히 여긴 듯했지만, 피폐해진 상태여도 하네카와는 하네카와, 지금 문제 삼아야 할 것은 그 부분이 아니라는 총명한 판단을 내렸는지 센조가하라와 오이쿠라, 그 긴박한 두 사람 쪽으로 시선을 돌렸다.

신구 문구류녀 대결이란 느낌이기도 하다. 그러나 센조가하라는 이미 조금 이완된 분위기가 있었다. 다만 그 센조가하라의 이완이 오이쿠라의 정신 상태를 더욱 자극하는 듯했다.

모든 것이 밉다는 듯한 지금의 오이쿠라를 자극하지 않는 것은 존재하지 않을지도 모르지만.

"뭐야…. 별일 아니라니, 내가 별것 아니라는 소리야? 출세하셨네. 내가 돌봐 주지 않으면 아무것도 못 하던 병자가."

"수준을 떨어뜨렸다가 출세시켰다가, 바쁘구나, 오이쿠라 양.

확실히 나는 너에게 아주 많은 신세를 졌지. 넌 자기보다 아랫
사람에게는 자상했으니까."

센조가하라는 평탄하게 말했다.

그리운 느낌이다. 다만 지금의 그녀는 조금 무리를 해서 그렇
게 연기하는 것처럼도 보였다. 그런 의미에서는 허세라고 할 수
있겠지만, 그러나 오히려 오이쿠라와의 밸런스를 유지하기 위해
서 센조가하라는 부리지 않아도 되는 허세를 일부러 부리는 것
같기도 했다.

"지금은 타인에게도 병자에게도 자상히 대할 여유는 없어 보
이지만."

"…병은 다 나은 거야? 센조가하라 양."

"그래. 덕분에."

덕분에, 라는 말에 또다시 오이쿠라가 화가 난 듯했다. 나도
말했지만, 그런 식으로 사교예절로서 이야기하는 '덕분에'가 어
지간히도 마음에 안 드는 듯했다.

"아라라기가 대학 입시 준비에 전념하게 된 건, 네가 돌봐 주
고 있기 때문인가? 그렇다면 그런 헛수고는 그만두는 편이 좋을
거야. 저 녀석은 뭘 해 주더라도 감사 같은 건 하지 않으니까.
자기 혼자서 살고 있다고 생각하고 있어. 네가 아무리 힘을 쏟
아 뒷바라지하더라도 그걸 자기 실력이라고 계속 생각할 게 틀
림없어."

"뭐, 그럴지도 모르겠네."

어이.

거기서는 부정하라고, 라고 생각했지만 센조가하라도 지금 오이쿠라의 말을 부정하는 것은 좋지 않다고 생각하고 있는지도 모른다. 의논은 성립하고 있는 것 같으면서도 이미 파탄 나 있는지도 모른다. 이미 우리의 문제는, 어떻게 이 자리를 끝내는가 하는 것으로 넘어가 있는 것이다.

무대의 막을 내릴 방법을 찾고 있다.

하지만 결국 막을 갈기갈기 찢어 버리는 것으로밖에 우리는 이 장면을 끝낼 수 없었다. 하네카와가 있는 이 장면에서다. 그것이 어느 정도의 일인지를 생각하면 등줄기가 오싹하다.

"하지만 그런 것은 어떻게 되든 상관없어. 나는 보상을 원하고 있는 게 아니니까. 아라라기 군이 같은 대학에 와 줬으면 하는 것이 애초에 내 욕심이니까, 그 이상은 바라지 않아."

…완전히 자신의 합격을 전제로 이야기할 수 있는 모습은 과연 센조가하라라고 할 만했지만(뭐, 추천입학이 거의 결정되어 있기에 할 수 있는 말일 것이다), 대체 무엇이 역린을 건드린 걸까, '보상을 원하고 있는 게 아니다'라고 말한 부분이었을까, 그 대사에 오이쿠라는 다시 제정신을 잃었다. 오이쿠라는 센조가하라의 뺨에 손바닥을 날렸다.

따귀를 때렸다.

가까이에 문구류가 없었던 게 다행이었다. 하지만 오히려 그것은 센조가하라에게 행운이었다기보다, 오이쿠라에게 행운이었을 것이다. 만약 가까이에 문구류가 있었다면 센조가하라의 반격은 그것에 의해 이루어졌을 테니까. 그러니까 운이 좋았던 것이다, 오이쿠라는.

설령 지우개를 사용해서 이루어진 반격이더라도, 센조가하라가 날리게 되면 주먹으로 같은 장소를 후려치는 반격보다 위력이 강했을 테니까.

"......!"

교실의 모두가 말을 잃었다.

말리는 것이 늦었던 나도, 어리석게도 본인의 말을 믿고 손을 떼 버렸던 하네카와도, 우리를 멀찍이 떨어져서 지켜보던 반 친구들도, 그리고 물론 맞고 날아간 오이쿠라도.

쓰러진 오이쿠라는 일어나지 않았다.

일어나지 않기는커녕 꼼짝도 하지 않았다. 일격에 완전히 의식을 잃은 듯했다.

'보자기'에 대해 '주먹'이 승리를 거둔 희귀한 사례라고도 말할 수 있을 것 같다. 하지만 이 경우에는, 이겨 버린 센조가하라도 개심하기 전을 연상시키는 무표정 속에서 '이거 큰일 났다!' 같은 분위기를 풍기고 있었다.

하긴, 주먹으로 때린 건 여러모로 위험하지….

"아라라기 군."

센조가하라가 나에게만 들리는 작은 소리로 말했다.

"나도 기절할 거니까, 뒷일은 부탁할게."

어?

그렇게 내가 리액션을 취하기가 무섭게, 센조가하라는 마치 조례에서 교장선생님의 훈화 때에 빈혈로 쓰러진 학생처럼 그 자리에 혼절했다.

오이쿠라가 쓰러졌을 때보다도 커다란 소리를 내면서.

낙법도 취하지 않는 완전한 졸도였다.

네가 무당벌레냐? 라고 말하고 싶어지는, 흠잡을 데 없이 완벽한, 나조차 진위판별이 안 되는 죽은 체였다. 이리하여 두 여자가 무참하게 쓰러진 상황이라는 충격의 결말로, 이날 이른 아침의 소동은 끝을 고했던 것이다.

요컨대 이 일의 뒤처리는 반장인 하네카와와 부반장인 나에게 맡겨진 것인데… 뭐, 거기서부터는 생략하자. 나는 하네카와 츠바사의 신봉자이므로 업무에 쫓겨서 몹시 피로해져 가는 그녀를 묘사하고 싶지는 않다.

006

그렇게 회상이 끝나고 타임 테이블은 현재로 옮겨 온다. 즉 나는 오이쿠라가 한 기묘한 발언의 진의를 확인하기 위해, 방과 후에 그리운 나의 모교, 공립 나나햐쿠이치 중학교, 그곳의 신발장을 찾아왔다는 것이다.

"…근데, 어라? 이상하네. 이 회상이라면 어째서 내가 오기와 함께 중학교에 와 있는지 설명이 안 되는데?"

"에이, 무슨 소리신가요, 아라라기 선배. 아라라기 선배는 이상한 소리만 하신다니까. 어제 일에 대해 감사 인사를 하러 아라라기 선배를 찾아온 기특한 저에게, 아라라기 선배가 이야기해 주셨잖아요. 그리고 외람되지만 불초한 제가 '그러면 모교를 방문해 보면 되잖아요'라고 제안을 해 드렸죠. 그리고 제안한 입장상 내버려 둘 수 없었던 저는, 주제 넘는 짓이라고 생각하면서도 이렇게 조사에 함께하고 있다는 거예요."

함께하면, 저라도 뭔가 도울 수 있는 게 있을지도 모르니까요, 라고 오기는 말했다.

그랬던…?

아니 뭐, 특별히 거짓말을 할 이유가 있다고도 생각되지 않고, 오기가 그렇게 말한다면 분명히 그런 거겠지. 오이쿠라와의 일련의, 말하자면 '배틀'을 그렇게 간단히 남에게 이야기했다는 것은 내가 보기에도 상당히 경솔한 짓이었지만…. 어쩌면 어제 함께 교실에 갇힌 일로 인해 나는 오기에게 조금 마음을 열어 버렸는지도 모른다. 그렇다면 어제 만났던 전학생을 상대로, 아라라기 코요미도 상당히 사교적이 되었다는 뜻이다.

뭐, 나쁜 경향은 아닐 것이다.

의문이 완전히 해결되었을 즈음에 마주하게 된 것은, 내가 예전에 썼던 신발장에 들어 있던, 내 앞으로 온 세 통의 봉투였다.

졸업하고 3년 가까이 지난 중학교의 신발장에 내 앞으로 온 편지가 세 통이나 들어 있다는 것만으로도 이미 사태는 정상적이지 않지만…. 각각의 봉투 겉면에 적힌 알파벳.

'a', 'b', 'c'의 문자가, 필기체가 내 정신을 크게 흔들었던 것이다.

오이쿠라 소다치.

그녀가 나에게 퍼부었던 매도가 떠오른다. 그것은 내가 잊고 있는 무언가를 다시 떠올리게 만드는 세 개의 문자였다.

"무슨 의미일까요, 이거? 영문을 모르겠네요. 아라라기 선배 앞으로 온 편지라는 건 틀림없는데, 동일인물한테 동시에 세 통이나 편지를 보낼 이유가 있을까요? 흐음, 이건 이것대로 수수께끼네요. 무슨 일이 있을 때마다 거론되는 미스터리 고전 명작에 『도둑맞은 편지』라는 작품이 있는데요, 이 경우에는 '너무 많은 편지'일까요. 범죄의 예고장이기라도 하면 재미있겠는데요."

"…억지로 미스터리에 갖다 붙이지 않아도 돼. 예시로 끌어오지 않아도."

나는 말한다.

그래, 그것은 기억났다. **거기까지는** 기억났다. 5년 전, 이번과 마찬가지로 세 통의 편지에 직면한 내가 그 뒤에 어떻게 대응했는지.

"오기. 그냥 그 봉투를 열어 보면 수수께끼는 풀려."

"그런가요? 흐음. 어디, 어디."

그렇게 말하며 오기는 봉투를 뜯었다.

행동에 망설임이 없는 것은 여전하다. 봉투를 뜯었다고 말해도, 찍찍 찢은 것이 아니라 조심스럽게 풀칠된 부분을 뗀 것은 여자애답게 보이기도 했다. 5년 전의 나는… 뭐, '찍찍'까지는 아니어도 조금 더 난폭하게 뜯었을 것이다. …그녀가 연 것은

'a' 봉투였다.

"응…?"

오기는 안에 들어 있는 종이를 보고 고개를 갸웃했다. 내가 직접 볼 것도 없다, 그 편지지에는 이렇게 적혀 있을 것이다.

【'b' 봉투는 꽝이야. 선택을 'c' 봉투로 변경할래?】

…기억이 나기 마련이구나.

세세한 내용까지, 문장 구조까지 한 치도 다르지 않게.

오히려 어째서 지금 이때까지 잊고 있을 수 있었는지 이해가 안 될 정도이지만….

"…아라라기 선배, 이건 무슨 의미인가요? 저는 전혀 못 알아듣겠어요. 암호 같은 건가요?"

"암호라기보다는 퀴즈지, 그건."

"음? 보지도 않고 무슨 말씀을 하시나요?"

오기는 그렇게 말하며 나에게 편지지를 건넸다. 예상하던 내용이었고, 어린 느낌이 나는 손글씨 역시 내가 기억하는 대로였다. 5년 전에 내가 받았던 그때 그 편지라고 해도 믿어 버릴 것 같다. 하지만 그럴 리가 없다. 5년 전의 편지가 여기에 있을 리 없으니까.

…그러면 나는 그 편지를 어디에 둔 걸까?

내가 받아 든, 내 인생을 바꾼 그 편지를.

어디에서… 잃어버렸나.

어째서… 상실했나.

"'역시나'라는 얼굴을 하고 계신데요, 아라라기 선배. 이것의 어디가 퀴즈인가요? 'c' 봉투로 변경할지 말지를 묻고 있는데, 애초에 'b'가 꽝이라고 말하는 의미를 모르겠고요….."

"이건 '몬티 홀 문제'라고 하는 유명한 퀴즈야. 수학 마니아라면 누구라도 만나게 되는, 확률게임이지."

나는 오기에게 설명했다.

예전에 내가 들은 것과 같은 설명을.

"몬티 홀 문제? 뭔가요, 그건? 천문학 같은 건가요? 블랙홀이라든가 화이트홀이라든가 하는."

"아니, 몬티 홀이란 텔레비전 방송 프로그램 이름이고, 이 문제의 내용 자체에 관련된 건 아니야. 확률론에서 가끔 있는, 직감이 해답과 엇갈리는 종류의 문제야."

"직감과 해답이 엇갈린다? 즉 패러독스 같은 건가요?"

"뭐, 그렇지만…. 다만 패러독스인 건 아니야. 해답은 전혀 현실과 모순되어 있지 않으니까."

몬티 홀 문제.

'A', 'B', 'C', 세 개의 문이 있는데, 그중 하나에 호화경품이 감춰져 있다. 플레이어는 그 문들 중 원하는 문 하나를 선택할 수 있다.

그리고 선택을 마친 뒤, 방송 사회자는 나머지 두 개의 문 중 '꽝'인 문 하나를 열어서 플레이어에게 알려 준다. 플레이어는 그 정보를 얻은 상태에서 두 번째 선택의 기회를 받게 된다. 처음에 선택한 문을 그대로 밀고 나갈 것인가, 아니면 선택을 변경해서 남은 하나의 문을 고를 것인가.

간단히 정리하자면 이런 퀴즈다.

"…허어."

그렇게 오기는 끄덕인다.

좋은 경청자이자 이해력도 좋은 아이니까 이것으로 게임에 대해 대강은 전해졌다고 생각하지만, 이해를 하고서도 약간의 '그래서 어쩌라고?'라는 느낌이 있는 듯하다. 그 게임의 어느 부분이 익사이팅한 건지, 이상하게 생각하는지도 모른다.

그런 오기에게 나는 재촉하듯이,

"어떻게 생각해?"

라고 물었다.

예전에 내가 질문을 받았던 것처럼.

"그게요, 어떻게 생각하느냐고 물으셔도 말이죠…. 뭐, 이 'a' 봉투에 든 편지가 그 퀴즈를 본떴다는 건 알겠는데요."

"오기라면 어떻게 하겠어? 오기는 그렇게 'a' 봉투를 골랐는데, 지금 'b' 봉투가 꽝이라는 정보를 얻게 되고서 선택을 'c'로 변경하겠어?"

"…으음."

오기는 텅 빈 'a' 봉투와 'c' 봉투를 번갈아 보았다. 그리고 5초 정도 생각하는 몸짓을 보인 뒤,

"그건 다시 고르든 그냥 있든, 확률은 마찬가지 아닌가요?"

라고 말했다.

뭐, 출제자의 노림수에 빠진 대답이기는 했다. 다만, 5년 전의 나도 그렇게 생각했던 것처럼, 이것은 어지간히 수학적 소양이

있는 사람이 아니라면 그런 대답이 나올 만한 문제다.

"해답을 나중에 듣더라도, 'a', 'b', 'c' 중 하나가 당첨이라면 확률은 각각 3분의 1이잖아요. 처음에 선택하기 전에 'b'가 꽝이라고 알려 줬으면 몰라도."

"그렇지. 하지만 이건 '답을 다시 고른다'가 정답이야. 'a'에서 'c'로 선택을 변경하는 것이."

"그런가요?"

오기는 예의상 그렇게 되물어 주었지만, 그다지 호기심을 자극받은 눈치는 아니었다. 틀려도 그리 분하지 않다는 느낌이다. 하긴, 확률이 변한다는 이야기가 되면 생각하기 조금 복잡해지니까 그쪽 방면에 흥미 없는 사람에게는 지루한 이야기가 되어 버린다.

5년 전의 나는 몹시 호기심을 자극받았지만, 그것과 같은 반응을 오기에게 요구하는 것은 너무 가혹한 일일 것이다.

"어째서 그렇게 되나요? 알고 싶네요. 알려 주세요, 아라라기 선배."

알고 싶지 않다는 듯 말하는 오기.

내 체면을 신경 써 주는 것은 고맙지만, 이왕 쓸 거라면 좀 더 제대로 써 줬으면 좋겠다.

이렇게 되면 마치 상대가 무관심해도 상관하지 않고 열변을 토하는 수학 마니아 같아서 가슴 아프긴 했지만, 그 설명을 생략하면 세 통의 봉투에 대한 이야기로 연결되지 않으므로 나는 오기의 께느른한 반응은 눈치채지 못한 척 하고 이야기를 이어

나갔다.

　무신경을 가장하는 것에도 신경이 사용된다.

　"가장 대중적인 설명으로는, 이것이 문이 세 개가 아니라 100개 있는 패턴의 퀴즈를 상정한다는 것이 있지. 100개의 문 중에서, 그 뒤에 호화경품이 있다고 생각하는 문을 하나 고르는 거야."

　"골랐어요. 그다음은요?"

　"나머지 99개의 문 중 꽝인 것을 98개 여는 거지. 그리고 하나 남은 문이 정답인지 어떤지는 알 수 없지만, 그 상태에서 선택을 다시 할 수 있다고 말한다면 어떡할래?"

　"그 경우에는."

　오기는 생각에 잠기는 눈치로 신발장을 본다. 이곳에 늘어서 있는 신발장들을 몬티 홀 문제의 도해로 상정하고 있는지도 모른다. 그런 재치는 예전의 나에게는 없었다. 수학에 대한 흥미가 있든 없든, 역시 기본적으로 머리회전이 빠른 애다.

　이 신발장들 중에 딱 하나 정답이 있다고 하고―자신이 하나를 고르고―그 뒤에 단 하나만 남기고 다른 모든 것이 꽝이라는 것이 시사된다면….

　"…뭐, 그 경우에는 선택을 변경하겠어요."

　"그렇지?"

　"하지만 그거, 문제가 바뀐 거 아닌가요?"

　불만을 표명해 왔다.

　납득하지 못한 듯하다.

어느 정도 예상하던 반응이긴 하지만….

"세 개의 문 중 하나를 선택하고 하나의 선택지가 사라진 것과 100개 중 하나를 고르고 98개의 선택지가 사라진 것이 같은 문제로 생각되지는 않는데요, 저는."

"뭐, 그렇겠지…."

이 경우에 99분의 1을 살아남은 최후의 선택지 쪽이, 최초에 자신이 고른 100분의 1보다 옳아 보인다는 것은 당연하다. 하지만 같은 이론으로 문이 세 개 있는 경우에도 납득하라는 말을 들으면 감각적으로는 받아들이기 조금 어렵다. 감각 문제가 아니라 수학 문제이니 당연하지만.

"그러면 내가 들은 해답 쪽을."

뺀들거리지 않기로 했다. 급하면 돌아가라.

결국 그것이 가장 빠른 길 같다.

가까운 길이 반드시 빠른 길은 되지 않는다는 이야기일까.

"우선 'A'가 정답일 경우를 생각해 보자. 변경하면 반드시 틀리는 패턴. 이 경우, 게임의 사회자는 'B' 문을 열어도 'C' 문을 열어도 상관없고, 어느 쪽을 고르더라도 플레이어가 선택을 변경하면 반드시 틀리게 돼. 때문에 변경하지 않으면 당첨…. 그렇기에 'A'가 정답이라면 변경하지 않는 편이 이득. 그렇지?"

"네. 그건 이해돼요."

"그렇다면 'B'가 정답인 패턴을 생각해 보자. 이 경우, 플레이어가 두 개 있는 꽝 중 하나인 'A'를 고른 이상, 사회자는 'C' 문을 열 수밖에 없어. 즉 플레이어의 두 번째 선택은 'A'나 'B'

의 양자택일밖에 없지. 선택을 변경하면 '당첨', 변경하지 않으면 '꽝'. 그렇다면 정답이 'B'인 경우에는 변경하는 쪽이 이득이야."

"그렇군요. 뭐, 그것도 이해돼요."

"마지막으로 'C'가 정답인 패턴, 이것은 'B'가 정답인 패턴과 같은 흐름이 돼. 사회자는 플레이어가 'A'를 선택했고 정답은 'C'인 이상, 'B'를 열 수 밖에 없어. 이렇게 되면 두 번째 선택은 'A'나 'C'의 이자택일이고, 변경하지 않으면 꽝이고 변경하면 당첨이니까 변경하는 편이 이득이 되지."

"되는… 건가요."

"'A', 'B', 'C'라는 세 종류, 각각의 정답패턴을 상정하면 변경하는 편이 이득인 패턴이 두 종류, 변경하는 편이 손해인 패턴이 한 종류. 즉 변경하지 않는 쪽이 당첨인 확률은 3분의 1이고, 변경하는 편이 이득인 확률은 3분의 2라는 이야기야."

물론 플레이어가 'B'를 골랐을 경우에도 'C'를 골랐을 경우에도, 그 후의 계산은 마찬가지다. 그러니까 몬티 홀 문제에서의 플레이어 최적의 행동은 '선택지를 변경한다'다.

이 증명에 중학교 1학년 무렵의 나는 몹시 감동했다. 그러나 오기의 반응은 냉담하다고 할 정도는 아니었어도,

"허어, 네, 납득했어요."

라는 태도였다.

…고등학생의 마음은 감동시킬 수 없었던 건가. 하긴, 이런 수학 퀴즈가 가장 효과적인 것은 초등학교 고학년부터 중학생

정도인지도 모른다. 그렇게 생각하면 나는 딱 좋은 시기에 이 설문과 만난 것이다.

아니, 만났다기보다.

소개받았다고 해야 할까. 가르침을 받았다고.

세 통의 봉투를, 내 신발장에 넣은 인물에게.

"참고로 묻는 건데요, 아라라기 선배. 그 텔레비전 방송에서는 알면서 그런 게임을 한 건가요? 시청자는 플레이어가 인간적 직감에 휘둘려서 최적의 해답을 고르지 못하는 모습을 재미있어하는 방송이었나요?"

"아니, 그런 건 아니었던 모양이야. 선택지를 바꾸는 쪽이 확률적으로 배나 이득이라고는 생각하지 않았던 것 같아. 그 점이 신기하다고 하자면 신기하지만…."

실제로 신기하다.

그렇다면 왜 이런 묘한 수순을 밟는 게임을 고안한 걸까, 하는 생각을 하게 된다. 확률적으로 다르지 않다고 생각했기 때문이라면, 이것은 그냥 세 개의 문에서 하나를 고르는 게임과 마찬가지가 아닌가. 카운트다운 같은 연출이었다고 해도, 너무나 무의미하다.

몬티 홀 문제로서 감각적으로 위화감이 있는 해답이 제시되었기에 이 문제가 유명해진 것인데, 그 위화감 있는 해답보다 먼저 문제가 존재했다는 것은… 뭐랄까, 괴기 현상보다 먼저 괴이가 있었다는 듯한 기분 나쁜 본말전도가 일어난 것 같기도 하다.

부모보다 먼저 자식이 있던 것 같은, 그야말로 위화감이다.

출제자는 어떻게 이런 게임을 고안했던 것일까?

"후후. 그런가요. 뭐, 암시적이기는 하네요."

"응? 뭐가 어떻게 암시적이야?"

"아뇨, 혼잣말이에요. 지금은. 그쪽 이야기가 되는 것은 꽤 나중이니까 신경 쓰지 마세요. 정리하자면, 즉 이 봉투로 말하면 처음에 연 봉투 'a'에서 선택을 'c'로 바꾸는 것이 정답이라는 얘기군요."

저는 이미 'a' 봉투를 열어 버렸지만요, 라고 오기는 이 설문의 어설픔에 못을 박는 것도 잊지 않았다. 하지만 그 부분은 참고 넘어가 줬으면 한다. 그 세 통의 봉투는 텔레비전 방송의 기획 같은 것이 아니다. 발신인은.

그 봉투를 내 신발장에 넣은 발신인은, 당시의 나와 마찬가지로 중학교 1학년생이었으니까.

"그러면 'c' 봉투를 열어 보죠. 빤히 알면서 의도대로 행동해 주죠. 어라라. 이건 지도일까요? 지도에 뭔가 표시가 되어 있는 것 같은데요?"

아주 설명적으로 오기는 말했다. 그것이 정답이라는 걸 알게 되자 'c' 봉투를 열 때까지의 시간차가 전혀 없었다. 그것에 생각하는 바는 있지만, 그 행동력은 역시 보고 배워야 할 것이다.

만약 오늘 아침, 그 소동 중에 내가 오기의 절반만이라도 행동력을 발휘할 수 있었다면 그런 결말이 나지는 않았을 것이다. 오이쿠라, 그렇지 않더라도 센조가하라 중 어느 한쪽은 말릴 수 있었을 테니….

"즉, 지도에서 표시되어 있는 이 장소로 오라는 의미일까요? 흐음…. 아무래도 그렇게 멀지 않은 장소 같은데요. 보물지도… 는 아니겠죠. 그런데 참고로 'b' 봉투에는 무엇이 들어 있었을까요? 어디어디….'"

간단히 'b' 봉투도 개봉하는 오기.

행동력….

룰을 지킬 생각이 전혀 없다. 아니, 그렇다기보다 그녀 안에는 전혀 다른 룰이 있는 것이겠지. 다른 룰들이 어떻든 전혀 상관없어질 정도로 확고한 룰이.

"어라, 그냥 비어 있네요, 이 봉투는. 이것이 '꽝'이라는 의미일까요. 흐음…. 몬티 홀 문제. 다만 이거, 처음에 'a' 봉투를 열었기 때문에 이 일련의 흐름이 성립되었는데요, 제가 처음에 'b'나 'c' 봉투를 열었다면 영문을 알 수 없게 되어 버리지 않았을까요?"

"그건 그렇지만, 그럴 가능성은 낮다고 예상한 거겠지. 봉투가 세 통 있고 각각 'a', 'b', 'c'로 넘버링이 되어 있으면 대부분은 보통 'a'부터 여니까."

"아아. 그건 그렇겠네요. 그러네요, 그렇겠어요. 흐음…. 교묘하게 인간심리를 찌르고 있네요. 저도 감쪽같이 넘어가서 다수파에 속하게 되고 말았어요. 아무래도 아라라기 선배의 신발장에 이 편지를 집어넣은 사람은 자기 두뇌에 자신이 있는 것 같네요. 앞면에도 뒷면에도 발신인의 서명은 안 보이지만요. 그건 그렇고."

당연히.

라고 오기는 말했다.

"다음에는 이 지도에 표시된 장소로 가는 거겠네요. 아라라기 선배의 기억을 거슬러 올라가는 여행. 아라라기 소년의 족적을 더듬는 투어의 일행으로서는."

"으응…. 그렇지."

나는 기억을 떠올리면서 말했다.

내가 이미 대부분의 경위를 떠올려 버린 이상, 여기서 투어를 끝내 버려도 아무런 문제도 없다. 요컨대 여기서 오기에게 여행의 종결을 고할 수도 있었다. 순전히 내 사정으로 그녀를 동행하게 만든 이상, 그렇게 하는 것이 선배로서 취해야 할 행동일지도 모르지만, 다만 여기까지 오면 나는 가지 않을 수 없었다.

그 장소에. 아라라기 소년이 그 여름 동안, 매일 하루도 빠짐없이 다니던 그 장소에.

가야만 한다.

"가자, 오기. 지도에 표시된 좌표로…. 근데, 어라?"

또 그런 소리를 내 버렸다. 어느샌가 오기가 내 신발장 앞에서 사라졌기 때문이다. 아무래도 내 대답을 기다리지 않고 행동에 나선 것 같다.

야, 좀 봐주라.

쓸데없이 폼을 잡고 말았잖아.

어그레시브에도 정도가 있잖아, 그럴 거면 왜 일부러 확인한 거냐고. 아무리 내 모교라고 해도 여행지에서 동행자를 내버려 두고 가지 말라고 생각하면서 나는 오기를 뒤쫓았다. 저 행동력이니 어쩌면 이미 학교 밖으로 나가 버렸을지도 모른다는 생각까지 했지만, 조금 이동한 곳에 그녀가 발을 멈추고 있어서 힘들이지 않고 따라잡을 수 있었다.

행동 판단이 느린 나를 기다려 준 건가?

신발장, 2학년생 코너다.

따분하다는 듯이 오기는 신발장에 적힌 이름표를 바라보고 있었다.

"미안, 미안, 오기. 많이 기다렸지?"

멋대로 먼저 움직인 것은 오기 쪽이었지만, 그 부분을 나무라 봤자 소용없으므로 나는 그런 식으로 사과했다. 오기는,

"아뇨, 괜찮아요, 멍청이. 신경 쓰지 마세요."

라고 대답하고 다시 걷기 시작했다. 멍청이라고 불리는 데에도 상당히 익숙해졌는데, 역시 갑자기 들으면 움찔하게 된다.

"으음…."

왠지 모르게 주변의 신발장에 눈길을 주자, 그곳에 센고쿠의 이름이 있었다. 뭐, 이 중학교의 학생인 이상, 그 녀석의 신발장이 여기에 있는 것은 당연하겠지만…. 으응? 어쩐지 오기는 그 신발장을 보고 있었던 것 같은데, 기분 탓인가?

007

봉투 'c'에 들어 있던 지도대로 이동한 나와 오기가 도달한 곳은 공립 나나햐쿠이치 중학교에서 그리 멀리 떨어지지 않은 신흥주택지 안에 있는 이른바 자루형 부지*로, 사방이 민가로 둘러싸인 그 장소에 세워져 있던 것은 폐가였다. 그러니까 세워져 있었다기보다는 무너져 있었다고 말하는 편이 정확할지도 모른다. 식물로 말하면 선 채로 말라죽어 있는 듯한 모습이다. 그래도 이 폐가야말로 내가 자주 다니던 장소였다.

중학교 1학년의 학생, 아라라기 코요미가.

"흠. 전해 들었는데 저희 삼촌이 이 마을에 머무를 때에 잠자리로 삼았다고 하던 학원 옛터인 폐 빌딩도 이런 느낌이었나요? 아라라기 선배."

"으응…. 그랬지."

구석진 장소에 있는 이 폐가는, 분명 지금은 없는 그 빌딩을 떠올리게 만드는 분위기가 있다. 그 이야기를 하자면, 많은 추억이 있다는 점에서도 필적한다고 해도 좋을 정도다. 하지만 그 폐 빌딩에는 오시노를 방문하러―시노부에게 피를 주기 위해서―상당히 자주 다녔는데도, 어째서 나는 그 동안에 한 번도 이 폐허에 대해 떠올리지 않았던 걸까? 한 번 정도는 떠올릴 법도 했는데.

이렇게 생각해 보니, 그 점이 신기해서 견딜 수 없었다.

※자루형 부지 : 도로에 접한 출입구가 자루의 입구처럼 좁게 생긴 토지. 일본이나 서양에서는 깃발을 걸어 놓은 모양 같다고 하여 깃발 부지(flag lot)라고도 표현한다.

오이쿠라가 한 말의 의미를 깨닫는다.

자력으로 끓어올랐다고 생각하고 있는 물이 싫다.

자신이 행복한 이유를 모르는 녀석이 싫다.

태평스럽게 살고 있는 배은망덕한 놈…. 그렇구나.

확실히 그 말이 맞았다. 그 말 이상도 그 말 이하도 아니었다. 이 폐가를 완전히 잊고 있던 나는, 내가 나인 이유를 잊고 있었다고 해도 전혀 과언이 아니었다.

부모의 이름을 잊고 살고 있었던 것 같은 상황이다.

부끄럽다. …아니.

수치다.

어쩌면 오기가 조금 전에 '암시적'이라고 말했던 건 이걸 뜻하는 것이었을까? 괴기 현상보다 먼저 괴이가 있던 것 같은…. 그러나 당사자인 오기는,

"폭삭 낡아 있는 게 어째 위험해 보이네요. 제대로 관리도 안 되어 있고, 그냥 방치되어 있잖아요. 저는 삼촌과 달리 결벽증이거든요, 이런 곳에 사는 건 절대 불가능이에요. 농담이 아니라고요."

라는 말로 나의 추억의 장소를 거리낌 없이 마구마구 깎아내리는 것이었다. 뭐, 그 언행에 화가 나지 않았다고 하면 거짓말이 되겠지만, 조금 전까지 이곳을 까맣게 잊고 있던 입장에서 화를 내 봤자 설득력이 떨어진다.

파렴치하다. 몰염치하다. 후안무치하다.

게다가 삼촌과 달리 애젊은 여자애인 오기가 이런 폐허를 싫

어하는 것은 극히 당연하다고도 할 수 있었다.

"…하지만 여기서 내가 만나고 있던 것은 여자애였다고."

나는 말했다.

여자애. 그 아이의 모습을 떠올리면서 말했다.

"나는 이 폐가에서, 어떤 여자애와 만나고 있었어."

"흐음. 생각을 알 수가 없네요."

감개 깊다는 듯 말하는 나에 대해, 오기는 비교적 신랄했다. 조금의 정서도 느껴지지 않는 어조. 폐가가 어지간히도 마음에 안 드시는 듯하다. 하지만 그 근저에 있는 조사정신이 위축되는 정도는 아닌지, 대화가 끊어지자 곧바로 폐가의 대문에 있는 문패 부근을 보러 갔다.

보러 갔다고 해도, 문패 부분에는 있어야 할 장소에 들어가 있어야 할 이름표가 없었고, 무례하게도 그곳에는 낡은 박스테이프가 붙어 있을 뿐이었다. 문패 옆에 있는 인터폰도, 시험 삼아 눌러 볼 것도 없이 부서져 있다는 것을 알 수 있었다.

"하지만 문패의 흔적이 있다는 것은, 원래 이 폐가는 평범한 민가였다는 얘기일까요? 주위도 주택들뿐이고요."

"글쎄…. 그 부분은 잘 모르겠어. 몰랐거든. 그곳에 문패가 있었다는 것도, 중학교 1학년이던 무렵의 나는 전혀 의식하지 않았어."

역시나 오기는 예리하다. 인터폰은 눌러서 체크하지 않았어도 필드워크에서 체크해야 할 포인트는 체크하고 있다.

"…다만 나는 필드워크라기보다 홈워크를 하기 위해서 이곳에 다녔던 구석이 있거든. 민가란 말이지….”

나는 새삼스럽게 폐가를 올려다본다. 오시노와 마찬가지로 그 학원 옛터에서 묵었던 적도 있는 내가 말하기도 뭐하지만, 발을 들이는 걸 주저하게 된다. 비위생적이기 때문이라기보다, 무너질 것 같아서 위험하니까. 하지만 여기까지 와서 외부를 바라보기만 하고서 그대로 돌아갈 수도 없을 것이다.

일단 시작했으니 도중에 끝낼 수 없다… 가 아니라.

독을 먹을 거라면 접시까지[*], 다.

아니, 이 경우에는 접시를 먹은 뒤에 독을 마시는 것이지만….

“나는 당시에 유령의 집이라고 부르고 있었지만.”

“후후. 유령의 집인가요. 여름 한철 유령의 집에 다니고 있었다니, 소름이 돋는다고 할까요, 어쩐지 갑자기 이야기가 괴담처럼 변하기 시작하네요.”

“뭐, 그러네…. 옛날 타입의 괴담이야.”

말하면서 나는 대문을 열고 부지 안으로 들어갔다. 이런 땅이라도 누군가 소유자가 있을 테니까 이 행동은 불법침입에 해당할지도 모르지만, 그러나 들어가지 않으면 이야기가 진행되지 않는다. 부지 안에 들어가는 것으로 인해, 동시에 내 마음이 흙발로 짓밟히는 듯한 기분도 들었지만, 그 감각도 무시해야만

※독을 먹을 거라면 접시까지 : 毒を食らわば皿まで. 한번 나쁜 일을 시작한 이상에야 철저히 한다는 뜻의 일본 속담.

했다.

마주하기 위해서.

자신의 과거와 마주하기 위해서.

"후후. 인간은 미래를 향해서 살아가야만 하는 생물이지만, 때로는 과거가 쫓아온다, 라고 말해야 할까요? 이번 케이스는 말하자면. 뭐, 저에게도 경험이 있지만, 인간은 꽤나 커다란 것을 잊고 살고 있지요. 그리고 문득 떠오른 계기로 그것을 기억해 내고 깜짝 놀란다더라고요. 후후후, 깜짝 놀라는 걸로 끝나는 괴담이라면 만만세겠지만요."

오기도 내 뒤를 따라서 폴짝폴짝 돌 위를 스킵하듯 날렵한 동작으로 이동하며 현관문에 이르렀다. 각도상 대문 쪽에서는 보이지 않았는데, 그 현관의 손잡이에는 녹슨 간판이 걸려 있었다.

'땅 매매합니다'.

관리회사의 이름과 연락처도 그 아래에 적혀 있었지만, 시뻘겋게 녹슬어 있어서 읽을 수 없었다. 뭐랄까, 지금도 이 관리회사가 존재하는지도 수상했다.

"…애초에 이 간판은 내가 다니던 무렵에는 없었던 거야. 아마도 5년 전의 그 무렵부터 관리자가 바뀌었던 거겠지."

그리고 어쩌면 관리회사가 바뀐 것은 한두 번이 아닐지도 모른다. 5년이란 그만한 시간이다. 추억 보정이 걸려 있는 내가 보기에, 이곳은 그 무렵과 그다지 바뀌지 않은 유령의 집이다. 하지만 불사신인 흡혈귀라면 몰라도, 말하자면 평범한 건물이 변하지 않고 있었을 리도 없다.

'유령의 집'이라는 것은 내가 멋대로 붙인 이름일 뿐이다.

폐가는 어디까지나… 폐가다.

"후후. 그러네요. 뭐, 어쨌든 밤에는 절대 오고 싶지 않은 느낌이네요. 아라라기 선배, 어두워지기 전에 돌아가죠."

"응. 알고 있어. 그렇게 늦게까지 머무르게 할 생각도 없어."

시계를 보니 시간은 오후 5시 전.

다만 이 계절은 저녁이 되면 금세 어두워지므로, 만약 '어두워질 때까지 돌아간다'가 목적이라면 남은 시간이 거의 없다고 해도 좋다.

나는 현관의 손잡이에 손을 댔다. 의외로, 라고 말해야 할까, 아니면 당연하게도, 라고 말해야 할까. 현관문은 잠겨 있어서 철컥거리는 반응이 있을 뿐이었다.

그렇다면 역시 중간에 관리회사가 바뀌었던 거겠지. 내가 이곳에 다니던 무렵에는 현관문은 잠겨 있지 않았다.

마치 나를 환영하듯이.

문은 열려 주었던 것이다.

"뭐, 억지로 열 수도 있겠지만…. 그러면 어딘가 창문을 통해서 들어갈까, 오기. 창문은 다 깨져 있으니, 어디로든 안으로 들어갈 수 있겠지."

내가 그런 미적지근한 제안을 하는 것과 거의 동시에, 오기는 이미 행동으로 옮겨 가 있었다. 아무래도 내 대사를 앞부분까지밖에 듣지 않았던 것 같다. 오랫동안 비바람을 맞아 너덜너덜해졌다고는 해도 현관이라고 알 수 있을 정도로는 현관인 그 현관에, 오기는 갑자기 몸통 박치기를 했던 것이다.

진짜냐?

문이 열리지 않는다고 해서 거기에 어깻죽지로 몸통 박치기를 하는 대처(숄더 어택?)는 추리 드라마에서밖에 본 적이 없다고. 뼛속까지 미스터리 마니아인가, 얘는?

현실적으로 보았을 때, 밀실 상황이든 범인의 농성이든 뭐든, 문에 몸통 박치기를 하는 방법으로 잠긴 문을 억지로 여는 것은 비효율적이라는 듯하다. 몸통 박치기로는 타점이 너무 커서, 위력이 분산되기 때문이다. 할 거라면 한 점에 집중해서, 자물쇠 부근을 걸어차는 것이 합리적이라고 한다―기동대가 폐쇄된 장소에 돌입할 때는, 당목* 같은 물건으로 마치 종이라도 치는 것처럼 부숴 버린다고 하지만―다만 그런 이론이 필요 없을 정도로 그 현관문은 이미 수명을 다했었는지, 고교 1학년 여자애의 가냘프다고 해도 좋은 몸집으로 날린 귀여운 몸통 박치기에 힘없이 집 안쪽으로 쓰러졌다.

"자, 얼른 들어가죠, 아라라기 선배. 문이 쓰러진 소리를 듣고 이웃 주민이 순경아저씨에게 신고할지도 몰라요."

오기는 그렇게 말하며 재빨리 건물 안으로 들어갔다. 신속한 행동에 더욱 속도가 붙은 것 같다. 나는 그런 오기의 뒤를 따라가는 것이 고작이었다. 어쩐지 내 기억을 따라가는 여행일 텐데, 어느샌가―처음부터?―오기에게 주도권이 쥐어져 있는 분

※당목(撞木) : 절에서 종이나 징 같은 것을 치는 나무 막대.

위기다.

"만약 순경아저씨가 오면, '길을 잃어버렸다'라는 핑계로 밀어붙일 거니까, 아라라기 선배는 말을 맞춰 주세요."

"왜 그런 일에 익숙한 눈치냐고…."

그렇게 나는 어이없는 기분을 섞어 말했지만, 의외로 오기는 정말로 그런 전개에 익숙한지도 모른다. 조금 전의 말투로 보면, 오기는 결코 폐가 마니아 여자애는 아니겠지만 그래도 삼촌처럼 평소부터 다양한 필드워크를 하고 있으리란 것만큼은 틀림없다. 그렇다면 그 현장에서 경찰에게 불심검문을 받거나 인근 주민이 신고를 하는 일을 겪었어도 이상하지는 않다. 나나햐쿠이치 중학교에 들어갈 때도 줄곧 경찰에 대해 신경 쓰고 있었고 말이야.

경찰을 신경 쓰면서 활동하다니, 겉모습은 건전 그 자체인 어처구니없는 불량소녀이지만, 뭐, 당국을 경계하면서 살고 있다는 의미에서는 나도 그녀와 큰 차이가 없으므로 선배로서 그녀를 질책하지는 못할 것 같았다.

혀가 몇 장 필요할지 몰라.

"괜찮아, 말은 잘 맞출 테니까. 길을 잃다니, 고교생씩이나 되어 놓고 부끄러운 핑계지만, 길바닥에 나앉고 싶지는 않으니까 말이야."

"길바닥에 나앉고 싶지 않다? 으음, 무슨 의미인가요?"

오기가 내 말을 따져 물었다.

"아라라기 선배. 그야 야단은 맞을지 모르지만, 아무리 그래

도 순경아저씨에게 불심검문을 받은 정도로 길바닥에 나앉게 되
지는 않는다니까요? 그분들은 기본적으로 선량한 시민 편이에
요, 얼마나 속이 좁은 건가요."

"아니, 그게, 내 경우에는 부모님이 경찰이니까…."

"부모님이 경찰!"

오기가 극적으로 반응했다.

어라?

왜 나는 그 사실을 말한 걸까?

아라라기 가의 부모님이 두 사람 모두 경찰로 근무하고 있
다는 것은 될 수 있는 한 남에게는 이야기하지 않기로 하고 있
는 나의 중대한 프라이버시인데. 일급비밀인데, 하네카와에게
도 센조가하라에게도 내 쪽에서는 밝히지 않았던 정보인데, 어
째서 그것을 다른 사람도 아닌 어제 만난 전학생에게 흘려 버린
거지?

믿기지 않는다.

긴장이 풀려 정신 상태가 해이해졌다고밖에 말할 수 없다.

그리운 장소에 온 것으로 긴장이 풀렸다고밖에…. 하지만 아
무리 후회한들 입 밖에 내 버린 말을 주워 담을 수도 없다. 하물
며 미스터리 마니아인 오기에게 '부모님이 경찰'이라는 단어는
실로 '입맛 당기는' 것이었는지, 낚싯바늘이라도 무는 것처럼 물
고 늘어졌다.

"왜 그것을 처음에 말씀해 주지 않으셨나요, 매정한 사람 같
으니, 저한테 감추는 게 있었다니. 멋지잖아요, 아라라기 선배!"

"아니, 처음에 할 만한 얘기는 절대 아니라고 생각하는데…."

"가까운 일가친척 중에 경찰이 있다는 건 미스터리의 왕도 중의 왕도잖아요. 아니, 정말. 존경해야 할 선배라고는 생각하고 있었지만, 당신이 그야말로 왕이었을 줄이야!"

"…응, 많지. 그런 미스터리."

그것도 추리소설이라기보다, 굳이 말하자면 추리 드라마의 설정처럼 생각되기도 하지만…. 그래도 뭐, 듣고 보면 일본 추리소설계의 영웅, 아사미 미츠히코[※]가 그랬던가.

"뭐야, 그렇다면 오히려 걱정할 필요는 없잖아요. 만약 신고가 들어와서 순경아저씨가 자전거를 타고 달려왔다고 해도, 아라라기 선배의 부모님이 도와주실 거 아녜요. 취조하던 경찰이 이렇게 말하는 거죠. '다, 당신이 설마 아라라기 경찰청 장관의 아드님이셨을 줄이야!'"

"우리 부모님은 그렇게까지 높은 사람이 아니야. 게다가 그런 때에 자식을 구해 줄 부모님도 아니고."

나는 씁쓸하게 대답했다.

씁쓸하다고 할까, 속이 쓰리다.

부모님에 대해서는 별로 이야기하고 싶지 않지만, 이렇게나 격렬하게 물고 늘어지면 아무런 설명도 하지 않고서 화제를 끝내거나, 바꾸기는 어렵다. 정말로 이야기하게 만드는 데 능숙하

※아사미 미츠히코 : 일본의 작가 우치다 야스오가 쓴 추리소설 시리즈, 통칭 「아사미 미츠히코 시리즈」에서 탐정 역할을 하는 주인공. 본업은 르포라이터이며 형이 경시청의 형사국장이다.

구나, 오기는.

　나는 그렇게 입이 가벼운 편이 아니었을 텐데….

　"오히려 자기 자식이더라도 부정은 절대 용납하지 않을 듯한, 엄격한 부모님이라서 말이야. 어릴 적에 나쁜 짓을 하면 근처 파출소에 끌려가는 벌을 받았어."

　"파출소에? 그건 무섭네요. 트라우마가 될지도 모르겠네요."

　그건 뭐.

　되었겠지, 아마도.

　상당한 트라우마가.

　그것도 역시 지금의 나를 구성하는 과거의 일부다. 나는 여러 가지 것들로 이루어져 있다. 만들어져 있다. 문제는 그것을 어디까지 파악하고 있는가, 기억하고 있는가 하는 점이다.

　자신이 무엇으로 이루어져 있는지 모르는 녀석이 싫다. 오이쿠라는 그렇게 말했다. 이 폐가를 떠올려 버린 지금 와서는, 그녀가 하고자 한 말도 이해가 안 가는 것은 아니다.

　여기에서 있었던 일을.

　그 소녀에 대한 것을 잊고서 태평스럽게 살고 있던 나는, 자신이 무엇으로 이루어져 있는가를 모르고.

　전혀 기억하지 못했던 것이니까.

　"한동안 그런 벌을 받지는 않았지만, 그래도 경찰에 걸리는 일이 생기면 어떤 벌이 나를 기다리고 있을지 예상도 안 돼. 한동안 없었던 만큼, 더욱 그렇지."

　그것도 반년 정도 전이었다면, 고등학교에서 낙오자 신세였던 나는 거의 부모님에게 버림받고 있었으므로 안 해도 될 걱정이었을지도 모른다. 하지만 간신히 그 부분의 관계성에 화해의 징조가 보이기 시작한 지금, 그것을 망쳐 놓을 만한 짓은 아직 한창 반항기인 나라도 하고 싶지 않았다.

"그런 이유로 오기, 전력을 다해 순경아저씨를 무서워하자고. 유사시에는 미안하지만, 진짜로 연약한 여고생을 연기해 줘."

"아하하. 뭐, 연기하지 않아도 원래부터 저는 연약한 여고생이지만요. 안심하세요. 잘못되더라도 아라라기 선배에게 강제로 이 폐가로 끌려왔다는 증언은 하지 않을 거예요."

"너무 잘못되었잖아."

계도는 고사하고 체포당할 거라고.

무슨 잘못이 있었던 거야.

그런 이유로 우리는 부서진(부쉈다고는 하지 않겠다) 현관문을 그대로 놔둔 채, 폐가의 안으로 들어간다. 당연하지만 신발은 벗지 않았다. 예의범절로서 신발을 벗는 것이 일본인다운 것이겠지만, 폐가에 손님이 신기 위한 슬리퍼가 있을 리도 없다.

결벽증이 있는 오기가 걸을 만한 상태의 복도는 물론 아니었고, 어지럽게 흩어진 유리 조각이나 뭔지 알 수 없는 나무 파편, 금속 조각 등을 맨발로 밟았다간 최악의 경우에는 다치는 선에서 끝나지 않는다. 파상풍은 일상생활에서 그리 멀리 떨어져 있는 병이 아니다.

"파상풍이란 얘기가 나와서 말인데요, 아라라기 선배."

건물 안에 들어올 때의 페이스에 비하면 상당히 느긋하게 복도를 걸으며 오기가 질문을 해 왔다. 페이스를 떨어뜨린 것은 전기가 들어오지 않아서(설령 들어오고 있다고 해도 형광등은 하나도 남김없이 깨져 있었지만) 실내가 어두컴컴하기 때문이기도 했고, 필드워커이기도 한 그녀가 주변을 잘 살피면서 걷고 있기 때문이기도 했다. 나도 나대로 회고적인 기분으로 주위를 보고 있으므로 그 페이스가 특별히 느리다고 느끼지는 않는다.

"오이쿠라 씨에게 찔렸다는 손등은 괜찮은가요?"

"응? 뭐야, 걱정해 주는 거야?"

"물론이죠. 아라라기 선배의 충실한 후배, 이 오시노 오기가 당신의 몸을 걱정하지 않을 리 없잖아요. 조심하시라고요, 당신 한 사람의 몸이 아니니까요."

영문을 알 수 없는 소리를 하는 오기.

이것도 결국은 놀리는 말이겠지. 돌이켜 보면 오시노의 조크도 그랬는데, 오시노 일족의 개그 센스는 도저히 이해 못 하겠다. 대체 얼마나 세상과 동떨어진 일족일까.

"걱정하지 않아도, 이쪽은 아시는 대로 흡혈귀 체질이라서 말이야. 이미 흔적도 없이 아물었어. 다행히 그 뒤의 소동 덕분에."

여자애 둘이 졸도했다는 소동 덕분에.

"내가 볼펜에 찔렸다는 것에 대해서는 유야무야 넘어간 느낌이야. 그런 의미에서는 과연 센조가하라지."

"그렇다기보다, 그건 교실 안에서 아라라기 선배의 존재감이 없다는 얘기일지도 모르겠네요. 유야무야되어 버릴 정도로. 그 부분은 2년 전하고 변하지 않은 걸까요."

쿡쿡 하고 웃는 오기.

역시 바보 취급당하고 있는 걸까.

그렇게 생각하면서 나는,

"결국 오이쿠라는 오늘 하루를 계속 보건실에서 보내게 되었어. 모처럼 등교했는데 말이지."

라고 덧붙이듯 말했다.

참고로 센조가하라는 조퇴했다. 똑같이 보건실에 실려 갔을 테지만, 보건교사가 잠시 눈을 뗀 사이에 없어졌다고 한다. 괴도냐.

"아하하. 그런가요, 그런가요. 하네카와 선배의 고생이 엿보이네요."

"내 말이 그 말이야. 엿보이는 그 고생을 조금이라도 덜어 주고 싶어서 나는 이렇게 기억을 더듬어 가는 여행을 떠난 건데…. 뭐, 그것도 헛수고로 끝나지는 않을 것 같아. 나에게 별로 기분 좋은 결과는 아닐 것 같지만…."

"그럴까요? 제가 한 가지 할 수 있는 말이 있다면…."

척, 하고 오기는 나를 돌아보았다.

"오이쿠라 선배가 2년 전의 학급회의에서 있었던 일로 아라라기 선배에게 엉뚱한 원한을 품고 있다는 가정…. 그건 아마도 아닐 거예요."

"응?"

"아라라기 선배가 파 놓은 함정에 빠졌다든가, 아라라기 선배가 공부모임에서 모범해답을 유출시킨 범인이라든가, 오이쿠라 선배가 그런 식으로 오해해서 아라라기 선배를 미워하고 있을 가능성은 현저히 낮다고 생각해요. 왜냐고요?"

오기는 즐거운 듯 말했다.

왜냐고 묻지도 않았지만.

몬티 홀 문제는 그다지 재미가 없었던 모양이지만, 전날 교실에 갇혔을 때도 그렇고, 역시 이 아이는 기본적으로 '수수께끼'라든가 '수수께끼 풀이'를 좋아하는 것 같다. 결벽증도 복잡하게 얽힌 상황을 정리하고 싶은 성격이 드러난 것인지도 모른다. 그것은 역시 단순한 미스터리 마니아라고 할 수도 있겠지만…. 뭐, 물어보지는 않았더라도 그렇게 이야기하면 가능성이 낮은 이유를 듣고 싶어지는 법이다.

"간단해요. 오이쿠라 선배가 학교에 왔기 때문이에요."

"음? 무슨 뜻이야?"

그러고 보니 그것도 이상하다.

수수께끼다.

그 다수결이 이루어진 이래, 2년간 등교거부를 관철하고 있던 오이쿠라가 어째서 오늘이 되자 갑자기 등교했는가. 아무런 조짐도 없이. 마치 내가 그 밀실 상태의 교실 안에서 오기와 둘이 함께 학급회의를 마저 진행해서 범인을 밝혀낸 것이 계기가 된 듯도 하지만, 그곳에서 관련성을 찾아내는 것은 상당히 무리한 작업일 것이다. 순서대로 일어난 일에 반드시 인과관계가 있는 것은 아니다. 그런 건, 나비효과 같은 이야기도 아니다.

"무슨 뜻이기는요, 아라라기 선배. 하네카와 선배가 말씀하셨잖아요. 테츠조 선생님이 출산휴가로 쉬게 되었고, 마치 그것과 교대하듯이 오이쿠라 선배가 학교에 나왔다고…."

"……."

말했었지.

확실히.

그 뒤에 벌어진 소동으로 까맣게 잊고 있었지만….

"요컨대 말이죠, 오이쿠라 선배는 테츠조 선생님이 나오에츠 고등학교에서 **없어졌기 때문에** 등교할 수 있게 된 거라고 생각해요."

"…요컨대 그 녀석은 그때의 범인이 누구인지 알고 있었다는 얘기야?"

알고 있었다…기보다, 알았던 거겠지.

오이쿠라는.

다수결 때에.

오이쿠라가 범인이라고 생각하는 사람에게 거수를 요구했을 때, 손을 들었던 테츠조를 본 것인지, 아니면 그 뒤의 2년간, 본인의 입을 빌자면 '틀어박혀 있는' 동안 생각이 미친 것인지는 모르겠지만, 말하자면 자신을 함정에 빠뜨린 사람이 담임교사란 사실을 그녀는 알았다.

"……."

오이쿠라가 그것을 알았다고 해도, 사태는 전혀 호전되지 않았을 것이다. 오히려 그것을 알았기에 학교에 올 수 없게 되어 버렸던 거겠지. 나였다면 설령 테츠조가 학교에서 떠났다는 소식을 들었어도 학교에는 나오지 못했을지도 모른다.

그런 의미에서는 오이쿠라는 멘탈이 강한 녀석이라고 생각한다.

"멘탈이 강하다… 라고요? 글쎄요, 제가 보기에 오이쿠라 선배는 스스로를 학대하며 즐거워하는 것처럼 생각되기도 하는데요."

"자신을 학대한다…."

"아주 약해 빠졌다고요 '헤비 약자'라고 해야 할까요. 일부러 자신을 곤경에 처하게 하고, 고의로 자신을 몰아넣고…. 그 결과 무엇을 바라고 있는지는 확실치 않지만요. 간접적인 자살일지도 모르겠는데요? 비참한 꼴을 당하고 또 당해도, 그 사람은 아직 완전히 파멸하지 않았는지도…."

심술궂은 어조였다. 만난 일이 없기에 오이쿠라를 그렇게나 신랄하게 평가할 수 있는지도 모르지만, 오기라면 설령 오이쿠라를 눈앞에 두고도 완전히 같은 말을 할지도 모른다.

상대가 건드리면 부서질 정도로 연약하다는 것을 알아도, 특별히 봐주지 않고 단언해 버릴지도 모른다.

멍청이, 라고.

"어쨌든 확실한 것은 오이쿠라 선배는 학급회의 때의 일로 아라라기 선배에게 원한을 품고 미워하시고 계신 것은 아니라는 점이겠네요."

"미워하시고 계시다니…."

선배라고 존댓말을 겹쳐 쓰지는 마.

하지만 그렇다. 그렇다면 학급회의에서 있었던 일은 그녀의 성격, 그녀의 성질이 저렇게 되어 버린 것과의 관련은 있어도, 나를 미워할 이유와는 직결되지 않는 것이다.

그런 것이 된다.

애초에 나를 미워하고 있었다는 이야기를 하자면, 1학년 3반 교실에서 처음 만난 그날부터 그 녀석은 나를 미워했으니까.

미워한다. 부모의 원수처럼.

"자력으로 끓어올랐다고 생각하는 물이 싫다, 인가요. 재미있는 말씀을 하시네요. 즉 오이쿠라 선배는 자신의 근원을 모르는, 자신의 근원을 망각하고 있는 아라라기 선배가 살아가는 모습이 마음에 안 든다는 것일까요. 하지만 따지고 보면 그것도 역시 이상한 이야기예요. 옛날 일을 잊은 녀석 따위, 길바닥에 널려 있잖아요. 조금 전에도 이야기했지만, 저도 초중학교 무렵에 제가 어땠는지는 거의 망각의 저편이라고요. 저는 바로 얼마 전에 태어난 게 아닐까, 과거 따윈 없는 게 아닐까 하고 생각할 정도예요."

"바로 얼마 전에 태어났던 게 아닐까, 라니…. 세계 5분 전 가설*이냐."

"그런데도 어째서 오이쿠라 선배는 아라라기 선배만 부모의

※세계 5분 전 가설 : '세계는 사실 5분 전에 시작되었는지도 모른다'는 가설. 철학에서의 사고 실험 중 하나로, 영국의 철학자 버틀랜드 러셀이 제창했다.

원수처럼 싫어하는 거죠? 이상하네요. 신기하네요. 수상하네요. 무섭네요."

"무섭다⋯."

"네, 무서워요. 왜냐하면, 특이하니까요."

몹시 재미있다는 투로 말하는 오기가 진짜로 무서워하고 있다는 생각은 전혀 들지 않지만, 확실히 세상에는 뭔가가 무섭다고 말하면서 영문 모를 이유로 이쪽을 싫어하며 공격해 오는 무리들이 가장 무섭다.

상대의 목적을 알 수 없기에 대처할 방법이 없다. 싸우기 위해서는 우선 상대의 정의正義를 아는 게 중요하다고 한다. 오이쿠라 소다치가 무엇을 옳다고 생각하고 무엇을 정의라고 믿고 있는가. 이것은 그것을 찾기 위한 여행이기도 하다.

"하하하. 그렇군요. 참 절묘한 말이네요. 다만 조심하세요, 아라라기 선배. 상대의 올바름을 이해하지 못하면 싸울 수 없지만, 그 결과 상대 쪽이 올바르다고 생각해 버려도 역시 싸울 수 없게 되니까요. 자신과 같은 정도로 옳다고 생각해도, 자기보다도 옳다고 생각해도, 그렇게 생각해 버리면 더 이상, 싸울 수 없어요."

"⋯⋯."

"어라, 말이 없으시네요. 그렇게 되면 그렇게 되는 대로 상관없다는 마음인가요? 아니면 이미 짐작이 가신 걸까요, 오이쿠라 선배의 올바름이 무엇인지. 그리고 이미 전의상실 상태인가요?"

그렇게는 말하지 않았다.

하지만 짐작이 가는 것은 있다. 그것은 오이쿠라의 올바름과 표리일체인지도 모르는, 아라라기 코요미의 잘못.

나 자신의 잘못에 대해서다.

…하지만 아직 그 생각이 확실하다고는 할 수 없다. 아직 모든 것을 기억해 냈다고도 말할 수 없고, 오이쿠라가 무엇을 이야기하고자 했는지를 완벽히 이해했다고도 말할 수 없다. 그것을 파악하기 위해서는, 나는 이 폐허의 가장 중심부에 도달해야만 한다.

그곳에 있는 것이다, 나의 진실이.

분명히 있는 것이다.

이야기해야 할 내 이야기의, 프롤로그와 에필로그가.

결코 모놀로그가 아닌, **그 아이**와의… 다이얼로그가.

내 침묵을 보고서 오기는,

"회중전등이라도 가지고 올 걸 그랬네요."

라고 말하며 다시 걷기 시작했다

"준비기간이 있었다면 저의 필드워크 일곱 도구를 가져왔겠지만. 학교에서 귀가할 때는 화장도구밖에 가지고 있지 않아요."

"화장도구를 가지고 있는 것도 교칙 위반 아니야?"

"저는 갓 전학 온 상태라서요. 교칙 같은 건 아직 제대로 파악하고 있지 않아요."

뻔뻔스럽게 둘러댄 오기는 그대로 폐가 안을 탐색할 생각이었는지도 모르지만, 나로서는 그럴 필요가 없었다. 왜냐하면 계단을 올라가자마자 나오는 2층의 방 한 곳만을 보면 충분하다.

그래서 밟으면 푹 꺼질 것 같은 위험한 계단을 올라, 그 방 안에 들어갔을 때.

나는 드디어 확신을 얻었다.

"우와, 내부도 엉망이네요, 이 방은. 아라라기 선배는 이 폐가를 유령의 집이라고 말씀하셨는데, 만약 이 폐가에 유령이 나온다고 하면 그야말로 여기서 나오지 않을까요?"

오기의 논평은 인정사정이 없었다.

먼지가 많은지, 입가를 손수건으로 덮고 있다. 진짜로 혐오감을 느끼는 듯한 표정이다.

"하지만 일단은 이 너덜너덜한 방을 수선해 보려고 노력한 흔적은 보이네요. 깨진 창문에 테이프를 붙이거나, 벽에 간 금을 퍼티로 메우거나. 관리회사도 일을 하는… 일을 하던 시기도 있었다는 얘기일까요?"

"글쎄. 가령 일을 하고 있었다고 해도, 내가 이곳에 다니기 전의 관리회사일 거야. 내가 다니던 무렵부터 창문 같은 부분은 이미 이런 꼴이었거든."

"그런가요?"

"응. 그런 의미에서 말하면, 여기는 5년 전하고 아무것도 변하지 않았어. 불변이야. 시간이… 정지해 있는 것 같아."

어제, 길을 잃고 들어갔던 교실처럼.

아니, 물론 오기가 싫어하는 뿌연 먼지나 정체된 공기는 시간의 흐름을 여실히 드러내고 있으니, 그런 괴기 현상처럼 실제로 시간이 멈춘 것은 아닐 것이다.

하지만 이 방에 온 것으로.

내 마음은 단숨에 5년 전으로 되돌려졌다.

그것은 타임슬립보다도 타임슬립 같은 감각이었다.

"거기에 작은 밥상이 있잖아? 그걸 사용했었어."

"사용했다? 뭐 말인가요. 의자로 말인가요?"

"아니…."

"애초에 이해가 잘 안 되는데요."

설령 그 밥상이 정말로 의자였다고 해도, 타인이 앉았던 의자에는 앉고 싶지 않다고까지 말하는 오기가 지저분하고 가장자리에 흠집이 몇 군데나 있는 그 밥상에 앉을 리 없었다. 5년 전, 여기서 내가 그랬던 것처럼 다리를 모으면 바닥에 앉을 장소 정도는 만들 수 있을 듯했지만, 이렇게 먼지가 많으면 역시나 앉는 것은 비위생적이라는 생각이 든다.

5년 전이라면 그런 일도 신경 안 썼을까?

어린애란 그 정도로 무서운 것을 모른다.

"어째서 아라라기 선배는 그 여름 동안 이 폐가에 계속 드나들었나요? 행동이 너무 수수께끼예요. 모험을 좋아하는 초등학생이었나요, 당신은?"

"필드워크를 좋아하는 고등학생에게 그런 소릴 들어도 말이지. 애초에 어릴 적의 행동 같은 건 수수께끼인 법이잖아. 설명이 되지 않는 일들뿐이라고. 어째서 그런 행동을 했는지 알 수 없어. 사고의 양식이 지금하고 전혀 다른 거야."

그것은 지금도 그럴지도 모른다.

아이와 어른의 차이가 아니라, 과거와 미래의 차이.

10년 후, 20년 후에 되돌아봤을 때, 열여덟 살의 아라라기 코요미가 한 행동은 수수께끼에 가득 차 있을 것이다. 그 무렵의 나는 어째서 만난 지 얼마 안 된 전학생에게 폐가 안에서 자신에 대한 이야기를 하고 있었을까 하고, 고개를 갸웃거리며 그렇게 생각할 것이 틀림없다.

…그것은 지금도 수수께끼라고 생각하지만.

리얼타임으로 느끼는 수수께끼이지만.

정말이지, 어째서 오기가 상대일 때면 나는 이렇게나 입이 가벼워지는 걸까. 적당히 거짓말을 해서 얼버무리면 되는 일도, 질문을 받으면 순순히 대답해 버린다.

정신이 들었을 무렵에는 이미 대답을 마치고 있다.

잘 들어 주는 오기는 잘 물어보기도 한다는 걸까? 뭐, 오시노도 그런 경박한 태도이면서도 화술에는 능통한 녀석이었다. 그 조카인 오기도 역시 그런지도 모른다. 탐문 조사도 필드워크의 중요 요소일 테고.

어쨌든 나는 이야기하기 시작했다.

5년 전, 이곳에서 무슨 일이 있었는가를.

누구와 만나고, 무엇을 하고 있었는가를.

아라라기 코요미가, 무엇으로 이루어져 있는가를.

말한다.

이야기한다.

008

5년 전.

즉 중학교 1학년이었을 무렵의 아라라기 코요미가 어떤 녀석이었는가를 말하면, 솔직히 확실치 않지만… 뭐, 지금처럼 비뚤어진 녀석이 아니었던 것만은 확실하다. 올곧고, 순수하고, 한결같은, 말하자면 평범한 아이였다.

어디에나 있는 평범한 아이.

거짓말하지 말라는 소리를 들을지도 모르겠는데, 현실적으로, 반항기를 맞이하기 전의, 변성기조차 오지 않은 아이는 대개 그런 법이다. 나도 그것의 예외가 아니었을 뿐이다. 물론 어린애였으니, 나는 스스로를 특별한 사람이라고 생각하고 있었지만, 돌아보면… 응, 평범한, 어디에나 있는 꼬맹이였다. 일본 전국 어디에나 폭넓게 분포하는, 흔해 빠진 어린애였다.

물론 장래에 흡혈귀에게 습격당해서 몸이 불사신성을 띠게 되어 버릴 것이라고는 상상도 하지 않은 평범한 아라라기 소년에게 그래도 어떠한 특수성을 찾아낸다고 한다면, 그것은 그의 부모가 정의와 평화와 안전을 제일로 여기는 경찰이었다는 점일 것이다. 그들의 영향하에서, '나'라는 인격이 육성되었다.

아라라기 코요미는 키워졌다.

필연적으로, 일까.

아니면 부모의 교육이 그 부근까지는 성공했었다는 이야기일까. 아라라기 소년은 그런 의미에서는 비교적 정의감이 강한 소년이었다.

아아, 그렇다.

인정하고 싶지 않지만, 뭐, 정의의 사자를 표방하는 나의 사랑스런 여동생, 파이어 시스터즈와 같은 정도로는 정의감이 강한 중학생이었다. 다만 나는 그들 정도로 위험한 행동력을 가지고 있지 않았고, 폭력적(카렌)이지도 전략적(츠키히)이지도 않았다. 좀 더 자세히 말하자면, 조직적으로 움직이는 파이어 시스터즈에 비해 나는 개인으로 행동하는 녀석이었다. 슈퍼 히어로 타입으로 예를 들자면, 그 녀석들은 '슈퍼 전대'고 나는 '가면 라이더'라는 느낌일까.

…파이어 시스터즈도 하다못해 프리큐어였다면 좀 더 사랑할 수 있겠지만, 사랑하는 것 이상으로 사랑할 수 있겠지만, 어쨌든 내가 파이어 시스터즈의 정의로운 활동을 좋게 생각하지 못하고 어쩔 수 없이 부정적이 되어 버리는 것은, 옛날의 나를 떠올리게 하기 때문이라는 측면이 없는 것도 아니다.

동족혐오. 근친증오.

애증이 뒤섞여 있다.

아니, 인정하겠는데 나는 단순히 부러운 것뿐일지도 모른다. 내가 고등학교 1학년 때에 완전히 상실했던 정의나 올바름을, 아직 믿을 수 있는 그 녀석들을.

이 세상에는 올바름이 있으며, 올바른 것이 있으며, 그것은 누가 어떻게 봐도 올바르며, 설령 몇 사람이 몰려와도 부정할

수 없는 것이라고 믿을 수 있는 그녀들은, 지금도 올곧고 순수
하며 한결같을 테니까.

나와 달리.

나와는 딴판으로.

…뭐, 언젠가 그 녀석들도 나와 같은 벽에 부딪칠 테니까, 그
때는 오빠로서 선배로서 선구자로서 최대한 될 수 있는 한 자상
한 옵서버observer가 되어 줘야겠다고 생각하지만, 그것은 이후
의 이야기이고, 지금 해야 할 것은 과거의 이야기다.

5년 전의 이야기.

부모에 의한 자식 양육이 성공하고 있던 시절의 아라라기 소
년은, 무사히 중학생이 되어서 성실하게 학업에 정진하고 있었
다. 다만 1학기가 끝나 가는 무렵의 그는 조금 초조해 하고 있었
다. 조금이 아니라, 상당히 초조해 하고 있었는지도 모른다. 이
렇게 말하는 것도, 요전에 받은 기말고사 결과가 별로 좋지 않
았던 것이다.

뭐, 그렇게까지 비참한 결과였던 것은 아니지만, 그렇게 될
징후가 보이고 있었다. 무엇보다 본인이 가장 잘 알고 있었다.

이대로는 안 된다, 라고.

위험영역이다, 라고.

요컨대 초등학교에서 중학교로 올라오며 수업 내용의 수준이
올라가서, 그는 수업에 따라가는 것이 힘들어지기 시작했던 것
이다. 중간고사는 아직 초등학교 시절 수업 내용의 연장선 같은
것이었다.

하지만 기말고사에 접어들 즈음이 되자, 중학교의 수업 내용이 탐색전을 마치고 진짜 실력을 발휘하기 시작한 느낌이었다. 특히 수학이 그랬다.

'산수'에서 '수학'으로 이름을 바꾸면서 난이도를 확 올리고 온 듯한 수학 과목이, 아라라기 소년의 앞을 가로막았다.

단맛 쓴맛 다 본 지금의 나였다면 사태를 그렇게까지 심각하게 받아들이지 않고 2학기부터 다시 열심히 하면 되지, 하는 정도의 전환이 가능했을지 모른다. 하지만 이것은 5년 전의, 비뚤어지지 않은, 말하자면 탄력성이 결여되어 있을 무렵의 아라라기 코요미의 이야기다.

이대로라면 위험하다고 생각했다. **이대로라면 올바름을 관철할 수 없다**고 그는 생각했다. 구체적인 문면으로 보면 그렇게 생각할 상황까지 몰렸던 것은 아니겠지만, '배운다'라는 올바름을 완수할 수 없게 되는 것은 그에게 숫자 이상으로 부끄러운 일이었다.

조금 전에 나는 부모가 자식 양육에 성공하고 있을 무렵, 이라고 말했는데, 그런 의미에서는 그들의 교육은 실패하고 있었는지도 모른다. 올바름에 너무 비중을 두는 교육을 철저히 하면, 나쁜 짓은 하지 않게 될지 몰라도 실패를 용납하지 못하는 아이가 만들어지고 만다. 실패했을 때에 자신을 필요 이상으로 나무라게 되고, 그대로 재기불능이 되어 버릴 수도 있다. 그런 아이가 만들어져 버린다. 실제로 나는 고등학교 1학년 때에 그렇게 되어 버렸고, 그리고 지금에 이른 것이니까.

뭐, 그 일로 부모님을 원망한 적은 없다. 그럴 리가 없다. 여러 가지로 응어리는 남아 있고, 또한 지금도 걱정은 끼치고 있지만, 적어도 하네카와나 센조가하라 덕분에 재기한 나를 그들은 지원해 주고 있다. 또한 양육 방식에 대해서는, 나를 키울 때 실패한 부분은 두 여동생들 때는 수정되었던 듯하니 이제 와서 이러쿵저러쿵할 수 있겠는가.

여하튼, 그렇다면 어째서 올바름을 신봉하는 내 마음이 고등학교 1학년의 7월 15일까지는 꺾이지 않았는가, 중학교 1학년인 이때에 성적불량에 의해 산산조각으로 부서지지 않았는가 하면, 그건 하교할 때 신발장 안에 세 통의 봉투가 들어 있었기 때문이다.

'a', 'b', 'c'.

그렇게.

겉에 필기체로 적힌 세 통의 봉투.

그를 나무라지 않기를 바라는데, 처음에는 러브레터인가 하고 생각했다. 러브레터 세 통이 들어 있는 줄로만 알았다. 뭐야, 나도 인기 좀 있나 본데? 라고 생각했다. 중학교 1학년생의 멘탈이다.

알파벳이 적혀 있는 것 자체는 이상하다고 생각하지 않았고, 솔직히 그것만으로 성적불량에 대해서 한순간 잊었을 정도였다. 하지만 봉투 겉면에 적힌 알파벳의 필체, 그리고 뒷면에 적힌 '아라라기 코요미 군에게'의 필적이 똑같아서 아무래도 동일인물에게서 온 편지인 것 같다는 걸 깨닫고 나는 고개를 갸웃했다.

어째서 동일인물이 신발장에 편지를 세 통이나 넣었는가. 합리적인 설명이 되지 않는, 요컨대 올바름과는 거리가 먼 상황으로 인해 그는 혼란에 빠졌던 것이다.

다만 이것은, 무엇이 어떻든 간에 'a' 봉투를 열 때까지의 혼란이었다. 'a' 봉투에 들어 있던 편지지를 읽고, 아무래도 어떠한 퀴즈인 것 같다고 이해했다.

당시의 나는 몬티 홀 문제를 알지 못했는데, 갑자기 들이밀어진 그 문제에 흥미를 느꼈다. 흥미를 느꼈다고 하기보다는 호기심이 환기되었다고 말해야 할까. 나는 조금 고민한 뒤에 'c' 봉투를 열었다.

물론 확률 계산을 하고 이 경우에는 선택을 변경하는 것이 최적의 선택이라고 판단한 뒤에 'a'에서 'c'로 선택을 변경한 것이 아니다. 그는 그런 천재 소년이 아니었다. 다만 왠지 모르게, 이런 문제를 내고 있는 이상, 선택을 변경하는 것이 정답이 아닐까 하고 출제자의 의도를 읽듯이 'c' 봉투를 개봉한 것이다.

그야말로 현실의 몬티 홀 문제처럼 출제자가 의도하지 않은 형태의 퀴즈일 가능성도 있었으니, 그것 자체는 별로 칭찬받을 만한 선택은 아니었지만, 결과로서 이것은 정답이었다. 아니, 그것도 딱히 정답이 아니어도 상관없었다고 말할 수 있다. 정답이든 아니든, 어차피 나는 'b' 봉투도 'c' 봉투도 최종적으로는 열지 않을 수 없었을 테니까. 그렇기에 어떻게 되더라도 'c' 봉투 안에 든 지도를 보고, 그곳에 표시된 장소로 향했을 것이다.

어째서 그렇게 부주의하게, 발신인도 알 수 없는 편지 내용에 따라 하교 중에 딴 곳에 들렀는가를 여기서 합리적으로 설명하기는 어렵다. 나 자신부터가, 지금 생각해 보면 그런 이상한 편지는 무시했어야 하지 않았을까 하는 생각을 하지 않는 것도 아니다.

그냥, 그는.

아라라기 코요미는 알고 싶었던 것이다.

호기심.

기묘한 것을 좋아한다고 생각하는 마음.

좋아한다는 마음.

퀴즈의 의도를 제대로 이해하고 있던 것도 아니었고 어떤 의미의 편지인지도 알 수 없었지만, 그렇기에 그는 알고 싶어졌던 것이다.

이 문제의 의도와, 편지의 의미를.

어린 지적 호기심은 그를 신흥주택지의 폐가까지 이끌었다. 처음 와 보는 지역이었고, 이런 구석진 자리에 폐가가 있다는 것을 아라라기 소년은 몰랐다.

물론 그 모습에 역시나 겁을 먹긴 했다.

한순간에 집에 돌아가고 싶어졌다. 폐가가 까닭 없이 무서웠다.

'진입금지' 간판이 있는 것은 아니었지만, 이곳은 발을 들여서는 안 되는 장소가 아닐까 하고 생각했다. 그 학원 옛터에 익숙해진 지금이었다면 그런 폐허에 떨거나 하지는 않았겠지만, 어쨌든 중학교 1학년생이다. 아직은 이런 1인 담력시험 같은 상황에 버텨 낼 수 있는 멘탈이 아니었던 것이다.

올바름을 신봉하고 정의를 믿는 그는, 악을 미워하며 악과 싸우는 것에 주저를 느끼는 성격이 아니었지만(이 부분은 지금 생각하면 몹시 부끄럽다), 공포나 어둠과 맞설 수 있을 정도로 강한 마음을 갖추지는 못했던 것이다.

올바른 것을 무조건 올바르다고 말할 수 있는 그는, 무서운 것이 무조건 무서웠다.

여기서 집에 돌아갔다면 이야기는 여기서 끝이었겠지만, 그렇게는 되지 않았다. 나에게 아주 다행스럽게도.

"와 줬구나. 아라라기 군."

그런 목소리와 함께.

폐가 안에서 한 소녀가 나타났다.

나타났던 것이다.

"여기에 왔다는 건, 편지의 퀴즈는 풀었던 거야?"

"……."

대답이 나오지 않았던 것은, 어안이 벙벙해졌기 때문이다.

부서질 듯 낡아 버린 폐가 안에서 가련한 소녀가 나타났다는, 그 환상적인, 일종의 도착적인 정경이 너무나도 비현실적이라 말을 잃었다.

어느샌가 다른 세계에 길을 잃고 들어와 버린 것이 아닐까 하는 생각이 들 정도였다.

소녀의 그 덧없는 모습은 마치 비쳐 보일 듯해서, 나는 소녀가 유령으로 보였다.

그랬기에, 그렇다.

이 폐가를 나는, 유령의 집이라고 불렀던 것이다.

"풀지⋯."

역시 나는.

나는 어린애답게 허세를 부리는 것도 잊고, 아무래도 편지의 발신인인 듯한 소녀에게 정직하게 말했다.

"풀지⋯ 않았어. 선택은 변경했지만, 왜 'c'가 정답인지는, 몰라⋯."

"그래."

그렇게 '요행수로 맞혔다'라고 말한 듯한 대답에 대해, 전혀 실망한 눈치도 없이 소녀는 방긋 미소를 지었다.

아주 행복해 보이는 미소였다.

"그럼, 우선은 그 문제의 해설부터 시작할까? 들어와, 아라라기 군."

"어?"

"공부하자. 같이, 똑똑해지자."

009

거기까지 들었을 때 오기는,

"하아⋯아하하!"

하고 웃었다.

"우스꽝스럽네요, 뭐랄까. 아니, 정말. 제가 열성팬인 칸바루 선배의 주인님이신 아라라기 선배가 한 말이 아니었다면 그냥 망상의 산물이라고 단언하고 싶어질 것 같은, 경망스런 추억 이야기예요."

"내 추억을 경망스럽다고 말한 것은 그러려니 하고 넘어가겠어. 그 대신, 내가 칸바루의 주인님이라는 그 녀석의 망상 설정을 어서 철회해."

나는 일단 이야기를 중단하고 오기의 말에 반응했다.

"나와 칸바루는 건전한 선후배 관계라고."

"후후, 그런가요? 저도 아라라기 선배하고는 그런 관계로 있고 싶네요. 그게, 뭐였더라? 즉 정리하자면 아라라기 선배에게 편지를 쓴 것은 이 폐허에 스윽 하고 나온, 소녀의 유령이라는 얘긴가요?"

"아니. 아냐, 아냐. 그런 게 아니야. 내가 괴이와 관계하는 건 고등학교 2학년부터 3학년에 걸친 봄방학 때 흡혈귀에게 습격당했을 때부터야. 소녀는 유령이 아니라, 살아 있는 사람이었어. 사람으로 둔갑해서 나온 게 아니라, 그냥 나보다 먼저 여기에 와서 폐허 안에서 기다리고 있었던 것뿐이야."

나는 당황하며 말했다.

오해받을 만한 소리를 해 버렸다. 이래서는 이야기꾼 실격이다.

"뭐, 잘 보면 알았을 거야. 그렇다기보다, 원래라면 한눈에 알

앉을 거야. 왜냐하면 그 애는 내가 다니는, 조금 전에 들렀던 나나햐쿠이치 중학교의 교복을 입고 있었으니까."

"교복을…. 어디 보자, 그리고 보니 조금 전에 편지의 발신인은 중학교 1학년생이라고 말씀하셨죠. 그렇다는 것은…. 그 여자애는 아라라기 선배의 동급생이었다는 건가요?"

"그런 얘기가 돼."

응.

일단 그렇게 되겠지…. 아마도.

"요컨대 이런 폐가에서 여자애를 기다리게 했던 건가요. 아라라기 선배는 죄 많은 남자네요, 그 무렵부터. 레이디 킬러네요."

성의 없는 신소리를 하며 나를 놀리는 오기.

놀릴 거라면 제대로 놀렸으면 좋겠다.

"즉 결국, 이 봉투는 러브레터였다는 얘기로 알아들으면 되나요? 아라라기 선배를, 인적 없는 장소로 불러내서 고백을 하려고 했다는, 그 아이의 약아 빠진 전법이었다는 건가요?"

"고백이라니…."

이상한 표현을 쓰네.

시치미를 떼는 건지 뭔지.

"러브레터가 아니었어. 물론 약아 빠진 전법도 아니야. 애초에 동급생이고 뭐고, 처음 만나는 여자애였거든. 그때까지 어떤 교류가 있던 상대가 아니야."

"흠. 뭐, 교류가 없는 상대에게 러브레터를 보내면 안 된다는 법도 없지만요. 오히려 대개 러브레터를 보내는 건 모르는 상대가 되기 마련이에요. 다만 러브레터로서는 역시 특이한 케이스일까요. 수학의, 어쩌고 하는 문제로 흥미를 끈다는 것은."

"응. 실제로 그런 이야기로는 전혀 발전하지 않아. 본인의 말에 의하면, 편지를 보낸 상대는 그 밖에도 몇 사람인가 더 있었던 모양이야. 하지만 그 편지를 받고서 폐가라는 약속 장소에 찾아온 사람은 나 혼자였다고 해."

"어슬렁어슬렁 찾아온 사람은."

"어슬렁어슬렁…. 뭐, 그런 거지."

얼떨결에, 라고 말해도 좋을지도 모른다.

위기의식이 너무 없다.

편지에 적혀 있는 대로 폐가에 찾아온 것도 그렇지만, 이 뒤에 낯선 소녀가 이끄는 대로 폐가 안으로 들어간 것도 어린아이의 행동으로서는 위험하다. 조심성도 없고 견식도 없다. 다만 그런 위험한 행동이 있었기에 지금의 내가 있는 것이었다.

"적어도 그 해 여름이 없었더라면 나는 수학을 못 하게 되었을 테고, 수학을 싫어하게 되었을 거야. 나오에츠 고등학교에 들어오지도 못하지 않았을까."

그렇게 되면 하네카와나 센조가하라와 만날 수도 없었을 테니, 어떻게 되었을지는 확실치 않지만 지금의 나와는 전혀 다른 내가 되어 있으리라는 점만은 틀림없다.

…그것은 참으로 탐탁지 않은 이야기다.

"그렇군요…. 왠지 모르게 저도 보이기 시작하는 기분이 드네요. 오이쿠라 선배가 아라라기 선배에게 대체 무엇을 말하고 싶었는가. 하지만 뭐, 아직 좀처럼 연결이 안 되지만요. 성급히 판단할 건 없으니, 우선은 어리석은 아라라기 선배의 이야기를 끝까지 듣도록 하죠."

"으응…. 그렇겠지. 이야기의 핵심은 지금부터니까."

"그렇다기보다, 그냥 솔직하게 말하자고요, 아라라기 선배. 저는 그것으로 아라라기 선배를 경멸하거나 하지 않으니까요. 이 폐가까지 어슬렁어슬렁 온 것까지는 순수하게 지적 호기심 때문이라고 해도, 순순히 집 안으로 인도되어 버린 건 그 유령 소녀가 예뻤기 때문이죠?"

"남의 추억을 천박한 이야기로 떨어뜨리지 마!"

"아뇨, 그게 말이죠."

목소리를 거칠게 하는 나에 대해, 오기는 전혀 위축되지 않는다. 참으로 표표한 녀석이다.

"중학교 1학년 남자애란 그런 법이잖아요. 여자애가 예쁘면 그걸로 족하다고 생각하잖아요? 이 부분은 양보 안 할 거예요, 그렇지 않다면 아라라기 소년도 조금 더 경계심을 드러냈을 거라고요. 예를 들면 폐가 안에서 나온 것이 험상궂은 산적 같은 남자들이었더라도 아라라기 소년은 집 안으로 순순히 들어갔겠어요?"

"험상궂은 산적이 나왔다면 나는 어떤 시추에이션이라도 도망을 꾀하겠어."

"그래서, 그 유령 소녀는 예뻤나요?"

오기는 마치 그 부분이 이 조사에서 가장 중요한 포인트라는 듯이 고집스럽게 질문했다.

천박한 이야기잖아….

"예쁜 여자애가 같이 공부하자, 같이 똑똑해지자고 청한다면 대부분의 남자는 한 방에 넘어갈 거라고 생각하는데요. 사실은 그런 거죠? 어쩐지 미담이나 괴담처럼 이야기하려고 하셨지만, 요점은 여자애가 너무너무 예뻤다는 얘기죠?"

"좋아, 그런 마음이 전혀 없지는 않았다는 것은 인정하지. 그러니까 따지는 건 그 정도로 끝내 줘, 오기."

나는 항복했다.

어쩐지 추억이 더럽혀진 기분이다. 뭐, 조금 전까지 잊고 있던 추억에 더럽혀지고 뭐고 있을 리 없겠지만.

"다만 오기, 당시의 내 명예를 위해서 이야기하게 해 줘. '문제의 해설'을 해 준다는 그 애의 말에 끌린 것도 사실이야. 그런 의미에서 그 편지는 내 기호에 딱 맞았어. 그 편지를 무시할 수 있는 녀석이 있었다는 사실이 믿기지 않았을 정도야."

"믿기지 않는다, 인가요. 뭐, 저라면 무시하겠지만요."

그렇게 오기는 쌀쌀맞게 말했다.

"어쨌든 이어지는 이야기를 들을까요. 아라라기 선배의 그 해 여름의 아방튀르*. 수수께끼의 소녀와 아라라기 선배의… 계속되는 밀회를."

"……."

※아방튀르(aventure) : 프랑스어로 모험, 혹은 모험적인 연애를 뜻한다.

아방튀르라는 표현도 뭣하다고 생각하지만, 그 이상으로 마음에 들지 않는 것은 '밀회'라는 표현이었다. 뭐, 사실을 있는 그대로 표현하면 그렇게 될지도 모르겠지만, 나로서는 그렇게 은밀히 행동하려 한 적도 없고, 켕기는 부분도 양심에 부끄러운 부분도 없다.

그러니까 그것은.

그날부터 이어진 나와 소녀와의 회합은, 이렇게 표현해야 한다. '공부모임'이라고.

010

"…그러므로 봉투 'a'에서 봉투 'c'로 선택을 변경하는 쪽이 정답이 될 확률이 높아. 정확도가 배 차이가 나. 이것을 몬티 홀 문제라고 불러."

그런 소녀의 설명을 듣고 나는 간신히 납득했다. 그리고 동시에 소리치고 싶은 기분이 들었다.

어떻게 이렇게 재미있을 수 있지!

라고 생각했던 것이다.

초등학생 시절까지를 통틀어, 처음으로 공부를 '재미있다'라고 느꼈던 것이다. 좋은 성적을 받는다는 것은 올바른 일이기는 해도 재미있는 일이라고는 생각도 하지 않았다. 굳이 말하면 90점을 땄을 때는 80점을 땄을 때보다 기쁘지만, 그 기쁨은 역시 재미와는 다른 것이다.

하지만 그녀의 설명을 듣고서 나는 **'재미있는 공부'**도 있음을 배웠다. 그때까지 배운 어떤 것보다도, 그것은 가치 있는 배움이라고 생각되었다. 물론 그렇게 생각한 것은 소녀의 가르치는 실력이 뛰어났기 때문이기도 할 것이다.

몬티 홀 문제처럼 인간의 직감이 해답과 어긋나는 설문을, 다른 사람이 이해할 수 있도록 전달하는 것은 쉬운 일이 아니다. 오기에게 그렇게 하려고 하다가 실패한 내가 좋은 예다.

"재미있네!"

라고 나는 말했다. 입 밖으로 소리 내서.

비뚤어지기 전의 이야기이며, 좌절하기 전의 이야기이며, 낙오하기 전의 이야기이며, 또한 태평스런 소년이었던 시절의 이야기이므로 지금의 나보다는 붙임성이 좋았지만, 그렇다고 해서 처음 만나는 상대에게 그런 식으로 솔직한 기분을 말할 만한 녀석도 아니었다.

그러니까 어지간히 재미있다고 느꼈던 것이겠지.

그리고 쇼크이기도 했다.

공부가 재미있어도 괜찮다니.

그런 건 생각하지도 않았다. 그런 생각을 품는 것은 비도덕적이며 죄스럽다고 생각하기까지 했다.

예를 들 경우의 이야기지만, 정의를 지향하는 경찰―우리 부모님이라도, 그렇지 않아도 좋다―이 직무를 수행하는 이유에 대해 질문을 받았을 때, '재미있으니까'라고 대답한다면 어떻게 되더라도 비판을 피할 수 없을 것이다. 나라를 움직이는 정치가가 '정치는 재미있다' 라고 말하면 그것이 원인이 되어 퇴임하게 될지도 모른다.

마찬가지로.

공부가 재미있다는 말은 해서는 안 되는 말이며, 있어서는 안 되는 일이라고, 그때까지 나는 생각하고 있었다.

하지만 실제로.

소녀의 해설은 재미있었다. 소리치고 싶을 정도로.

그것은 처음으로 소설을 읽었을 때의 감각과 비슷했는지도 모른다. 만화는 재미있는 것이며 소설은 진지한 것이라고 막연히 구분 짓고 있던 어리석음이 박살 나는 짜릿한 감각이라고도 할 수 있을까.

당연하지만 중학생의 수학 수업에 몬티 홀 문제 같은 것은 나오지 않는다. 요컨대 그것이 직접 학교 수업으로 이어지는 것은 아니었지만, 그러나 그런 것은 어떻게 되든 상관없었다.

정신이 들고 보니 나는 소녀에게 묻고 있었다.

"좀 더 없어? 이런 문제!"

"있지, 잔뜩."

소녀는 미소를 지으며 대답했다.

"얼마든지 가르쳐 줄게. 아라라기 군이 수학을 더욱 좋아해 준다면. 수학을 계속 좋아해 줄 수 있다면."

기뻤다.

그 말이 기뻤다. 확실히 말하면, 기말고사에서 무참한 점수를 받고 아라라기 소년은 이미 수학이 상당히 싫어져 가고 있었다. 초등학생 무렵에 잘 했던 산수와 지금은 전혀 다른 과목이 되어 버린 그것에 진절머리가 나고 있었다. 하지만 그는 그런 것을 깨끗하게 잊었다. 자신은 태어났을 때부터 수학을 좋아하며, 그 마음이 한 번도 끊어진 적이 없었다는 생각까지 들었다.

어린아이의 생각으로서도 조금 극단적이다.

스스로도 그렇게 생각한다.

마음속에서의 일이라 해도 그렇게 손바닥 뒤집듯이 번복하는 녀석이 있다면, 나라면 설교를 하고 있었을지도 모른다. 그렇지만 두말없이 수학을 좋아하겠다고 맹세한 나에게, 소녀는 싫은 내색 한 번 하지 않고,

"그러면."

이라고 말했다.

"내일부터 여기에서 같이, 공부를 계속하자."

수학을 계속 좋아해 준다.

결과부터 말하면 나는 그 맹세를 계속 지키고 있다는 이야기가 된다. 나오에츠 고등학교에 들어가고, 그 뒤에 성적이 나락으로 굴러떨어진 뒤에도 수학 점수만은 일정 수준을 유지하고 있었으니까.

하지만 정작 중요한 맹세 쪽을, 나는 지금 이때까지 잊고 있던 것이었다.

원인을 잊고, 결과만을 내고 있었다.

그런 것은 어떻게 봐야 할까?

"오늘은 이미 늦었으니, 숙제를 내는 정도로만 할게. 그 문제를 아라라기 군 나름대로 생각해서, 답을 내고 내일 학교가 끝나면 여기에 들러."

"어? 아, 응."

오늘은 이제 끝이라는 것에 살짝 김이 샜지만 내일이, 내일부터가 있다는 기대감 쪽이 실망감을 상회했다.

"꼭이야. 꼭 와. 수학에 질리지 마."

"응. 알았어."

"그러면 문제야."

그렇게 말하며 소녀는 주머니에서 다섯 장의 카드를 꺼냈다. 아무래도 아라라기 소년에게 내야 할 '숙제'를 미리 준비해 두었던 모양이었다.

카드에는 숫자와 기호, 알파벳이나 한자가 양면에 적혀 있는 듯했다. 그것을 아라라기 소년에게 보이지 않은 채로, 그녀는 카드를 폐가의 바닥에 늘어놓는 것이었다.

"여기에 다섯 장의 카드가 있습니다. 한자가 적힌 뒷면에 반드시 숫자가 적혀 있음을 증명하기 위해서는 최소 몇 장의 카드를 뒤집어야 할까요?"

011

"아아, 그런 퀴즈를 어디에선가 들은 적이 있네요. 해답은 뭐였더라, 잊어버렸지만요."

오기는 고개를 갸웃하며 생각했다.

"확실히 숫자가 적힌 뒤편은 반드시 한자가 아니어도 된다는 점이 포인트죠? 뭐, 저는 좀처럼 흥미를 느끼지 못했지만, 아라라기 선배는 또다시 그런 퀴즈가 하트에 콱 꽂힌 건가요? 중학교 1학년생의 하트에 두 번째 화살이 꽂힌 건가요?"

"표현이…."

뭐, 그 말대로다.

두 번째 화살이라고 하자면, 번듯한 두 번째 화살이었다.

숙제가 나오고, 폐가에서 집으로 귀가하고, 약속대로 혼자서 그것을 생각하고, 답을 냈을 때의 쾌감이 나를 더욱 푹 빠지게 만들었다.

알기 쉽게 말한다면.

그것으로 나는 수학의 노예가 되었던 것이다.

"노예인가요…. 흐음. 어린 날의 아련한 러브로맨스를 기대하고 있었는데, 아무래도 양상이 바뀌기 시작했네요. 어쩐지 '신켄 進硏 세미나* 중학강좌' 홍보만화 같아요."

"실제로 객관적으로 보면 학원에 다니는 것과 비슷한 상황이지. 1학기 말부터 여름방학 끝까지, 나는 계속 이 폐가에 다녔어. 수수께끼의 소녀와 공부를 계속했어."

※신켄 세미나 : 일본의 초중고 학생용 통신교육 강좌. 홍보용으로 제작되는 만화가 캐릭터나 작화면에서 상업만화에 버금가는 것으로도 유명하다.

계속했다고 할까, 정확을 기하자면 일방적으로 소녀에게 배웠던 것뿐이다. 그것도 수업과는 별로 관계없는, '재미있는 수학'을 배우고 있었다.

인류 역사상 가장 아름다운 식, 오일러의 등식에 대해서 알려준 것도 그녀였다. 지금도 나는 그것들, 말하자면 학교에서는 도움이 되지 않는 '수학'에 대해 술술 이야기할 수 있다.

나는 여기서 배운 것을 하나도 잊지 않았다.

잊고 있던 것은.

그것을 알려 준 소녀에 대한 것뿐이다.

"…그래서 나로서는 공부를 하고 있었다는 느낌이 아니라, 그냥 매일 이 폐가에 놀러 왔다는 느낌이기도 해. 말하자면 여기는 나와 그 애의 비밀기지 같은 곳이었던 거지. 아니, '비밀학원'이라고 말해야 할까."

"학원이라…. 학원이라고 하니, 삼촌이 한동안 지냈다던 폐빌딩도 옛날에는 학원이었죠."

"응. 몇 년 전까지 버티고 있었는데, 이 동네에 진출한 대형 학원에 압박당하고 경영난에 빠져 망했다고 해."

"경영난인가요. 경영에 빨간불이 들어와서 동분서주하지만, 결국 빌딩은 폐허가 된 끝에 시뻘건 불길에 휩싸여 버렸다고 하니, 어쩐지 가슴 아프네요."

"……."

아니.

지금 하는 말은 오기가 억지로 갖다 붙여서 가슴 아프게 각색

한 느낌도 부정할 수 없는데.

"여기도 이대로 내버려 두면 언젠가는 그런 화재가 일어날지도 모르겠네요. 폐허가 의문의 화재로 불타 버리는 건 흔한 일이에요. 이 눈치로 보기에는 불타오르는 것보다는 무너져 내리는 쪽이 빠를 것 같지만요. 이런 장소에서 매일처럼 공부모임을 열고 있었다니, 도저히 믿기지 않아요."

"뭐, 지금 생각해 보면 정말로 이상하지만 말이야…. 공영 도서관도 좋고 학교 도서관이라도 괜찮았을 거야. 공부를 할 만한 다른 장소는 얼마든지 있었을 거라고 생각해. 하지만 그 애는 이 장소에 구애되었어. 공부는 여기서만 하겠다고 했어."

다음 날.

소녀가 냈던 숙제를 풀고(물론 그 시점에서는 아라라기 군 나름대로 풀어 보라는 의미였지만, 나중에 답을 맞춰 보니 정답이었다) 폐가의 방에서 집합했을 때, 그녀는 그렇게 선언했던 것이다. 늘 상냥하고, 동시에 덧없는 느낌의 그녀였지만, 그때만큼은 엄격하게 나에게 약속을 요구했다. 이 공부모임을 계속하기 위한 조건이다.

조건은 세 가지.

그중 하나가 공부모임의 장소는 이곳. 폐가 2층의 제일 구석방이라는 점이었다.

"조건을 세 가지…? 어라라, 이야기가 변하기 시작했네요. 이상하잖아요, 전날에는 아라라기 소년이 수학을 좋아해 준다면 얼마든지 가르쳐 주겠다고 하지 않았나요? 이상하잖아요, 모순

되어 있잖아요. 언동에 일관성이 없어요. 이야기로서 파탄 나 있어요."

"상당히 시끄러운 스타일이구나, 너는…. 뭐, 지금 생각해 보면 그렇지. 말씀 한마디 한마디 지당하긴 해. 다만 나중에 추가로 조건을 내민다는 것도 인간적인 행동이 아닐까?"

반복하는데, 상대는 중학교 1학년생, 나와 동급생인 **누군가**다. 결코 정식 면허를 가진 학원 교사가 아니니까, 나중에 추가 조건을 내건다고 해도 그것이 복무규정에 반하는 행동이 되지는 않을 것이다.

"그건 그럴까요. 그래서, 제시된 나머지 조건 두 개는 뭔가요? 가정교사비를 지불하라는 건가요? 센조가하라 씨나 하네카와 씨에게 달마다 수업료를 지불하는 것처럼."

"헛소문 흘리지 마. 센조가하라에게도 하네카와에게도 수업료 같은 건 내고 있지 않다고."

"아아, 그랬죠. 보답은 바라지 않는다는 것이 센조가하라 씨의 스탠스였죠. 그것에 대해서는 분명히 하네카와 씨도 비슷하겠네요."

"……."

그런데 생각해 보니, 아직 만난 적도 없는데 센조가하라나 하네카와에 대해서 묘하게 잘 아는 느낌으로 말하네, 얘는. 아무리 오시노나 칸바루에게 전해 들었다고 해도 말이다.

"내고 있지 않다, 라는 강한 주장을 들어도 우습긴 하네요. 수업료는 둘째 치고, 감사한다는 말을 한다면 더욱 우스워요."

"…두 번째 조건은 여기서 그런 공부모임을 갖고 있는 것은 두 사람만의 비밀로 한다는 것. 누구에게도 이야기하지 않는 것. 그리고 세 번째 조건은."

내 이름을 묻지 않는 것.

내가 누구인지를 찾지 않는 것.

수학에 대한 것 외에, 나에게 아무것도 묻지 않는 것.

"…이었어."

"수학의 요정 같은 건가요, 그 애는?"

오기가 솔직한 감상을 말했다.

뭐, 그렇게 생각하는 것도 무리는 아니다. 당시의 나는 소녀의 분위기에 완전히 삼켜져 있었고, 또 수학의 재미에 홀려 있어서 그런 식으로 생각하지는 않았지만, 그 행동거지를 이렇게 다이제스트해 보면 역시 어딘지 모르게 지어낸 이야기 같다.

현실을 벗어난 환상세계의 주민 같은 언동이다.

"왜 그런 조건을 내걸었는지 물어봤나요? 어째서 밀회 장소가 이 폐가인가, 어째서 공부모임을 외부에 이야기하면 안 되는가, 어째서 소녀의 정체를 알아보려 해서는 안 되는가, 물어봤나요? 물론 물어봤겠죠?"

그 질문을 하지 않는 것은 조사원으로서 있을 수 없는 일이란 주장이 느껴지는 오기로부터의 질문공세였지만, 공교롭게도 나, 아라라기 코요미는 조사원이 아니다.

"세 번째 조건에 반하기 때문이야."

나에게 아무것도 묻지 않을 것.

"묻지 않았어. 나는 그 조건도 두말없이 받아들였어. 수가 없었지."

"수가 없으면 수학이 되지 않을 텐데 말이죠…. 아라라기 선배, 아주 쉽게 사기를 당할 타입이네요."

"하지만 반대로 말하면, 그 애는 그 이외에는 아무것도 요구하지 않았어. 정말로 아무것도. 세 가지 조건과, 그리고 처음에 말했던 부탁. 가정교사비라고 할까, 사례금이라고 할까, 수업료라고 할까, 그런 것은 일절 원하지 않았어. 너무 일방적으로 받기만 하는 것에 마음이 불편해서, 한 번은 어느 날 과자를 가지고 온 적이 있었지. 하지만 그 애는 그것을 입에 넣는 것을 완고히 거부했어. 그런 보상을…."

보상을 원해서 하고 있는 게 아니야.

나는.

아라라기 군이 수학을 좋아해 준다면, 그것만으로 족해.

그 이외는 아무것도 바라지 않아.

나는 너에게 수학을 가르칠 수 있어서 행복해.

그러니까 부탁이야.

수학을 계속 사랑해 줘.

"…라고."

"점점 더 수학의 요정 같아지기 시작했네요. 신켄 세미나의 중학강좌라기보다 『만화로 배우는 수학』이란 느낌일까요? 그게 아니면, 수학적 지식을 트릭에 잔뜩 활용한 이공계 미스터리일까요."

"이공계 미스터리로서는, 이 이야기는 파탄 나 있겠지. 왜냐하면 너무나 불합리해. 어느 날 갑자기 그 공부모임은 끝을 고했고… 무엇보다 수수께끼가 남아."

"남는 건가요?"

"늘었다고 말해도 좋겠지. 어쨌든 나는 그 애가 제시한 조건을 전부 받아들이고, 그 뒤로 매일 이 폐가에 다녔어."

"완전히 매일인가요? 하루도 빠짐없이?"

"완전히 매일. 하루도 빠짐없이."

"허어…. 철저하네요."

감탄한 듯한 오기.

자기 입으로 말해 놓고 나 역시 그것이 정말로 자신의 행동인가 하고 깜짝 놀랐다. 입시 공부에 매진하고 있는 지금도, 그렇게까지 공부에 빠졌던 적은 없을 것이다.

물론 여기서 그녀에게 배웠던 것은 엄밀히는 공부가 아니었고, 엄밀히 말하면 중학생이 좋아할 만한, 수학이라기보다 잡학 분야였다는 점도 있다. 요컨대 게임에 빠진 어린이 같은 것이었다.

그러고 보니 카렌과 츠키히의 파이어 시스터즈, 당시에는 두 명 다 초등학생이었고 아직 그런 식으로 불리지도 않았지만, 어쨌든 그 두 사람이 내가 중학교로 올라가자마자 갑자기 사이가 나빠지고, 같이 놀아 주지 않는다며 불평을 했던 적이 있다.

최근에는 그런 남매들 간의 불화도 서서히 개선되어 가고 있지만. 그런 내 변화는 단순히 초등학생에서 중학생으로 올라간

것에 의한 심경 변화 때문이라고만 생각하고 있었는데, 생각해 보면 사이가 나빠진 이유는 어쩌면 그 여름에 매일매일 혼자 묵묵히 어딘가로 외출했던 것에 기인하는지도 모른다.

있을 법한 이야기다. 그렇다면 당시의 나는 주위에, 가족조차 제대로 배려할 수 없을 정도로 수학에 빠져 있었다는 이야기다.

"주위를 배려할 수 없을 정도로, 바꿔 말해서 사생활에 지장이 생길 정도가 되면 이야기의 양상이 바뀌네요. 적어도 미담보다는 괴담에 가까워요. 괜찮았나요?"

오기가 조금 걱정스러운 듯 말했다. 즉 객관적으로 보면, 뭐든 재미있어하는 경향이 있는 그녀조차도 걱정이 될 만한 사태인 것이겠지.

"뭐, 물론 괜찮았으니까 지금 여기에 이렇게 아라라기 선배가 실존하고 있는 것이겠지만요."

"그것이 계속 이어졌으면 괜찮지 않았을지도 모르지. 하지만 조금 전에도 말했듯이 그 공부모임은 어느 날 돌연히 끝났거든."

"끝났다….."

"응. 갑자기 끝났어. 여름방학 마지막 날이었어. 평소처럼 나는 이 폐가를 찾아왔는데….."

012

평소처럼 폐가를 방문한 아라라기 소년이었지만, 언제나 그보다 먼저 있었고 그곳에서 공부모임 준비를 마치고 있던 소녀가, 그날만은 오지 않았다.

그날에 한해서. 그날 처음으로.

그 점에 위화감을 느끼지 않았던 것은 아니지만, 계속 공부모임이 이어지다 보면, 만남이 계속되다 보면 언젠가 그런 일도 있을 거라는 식의, 목가적인 이해를 한 아라라기 소년은 자리에 앉아서 그녀를 기다리기로 했다.

오히려, 분명 그녀가 오늘 공부모임에서 가르쳐 줄 '수학'은 준비에 시간이 걸리는 것이라서 소녀가 평소보다 늦어지는지도 모른다고 제 입맛에 맞춰 생각하고 혼자 가슴 설레고 있었을 정도였다. 하지만 아무리 시간이 지나도, 아무리 기다려도 그녀는 나타나지 않았다.

날이 저물고서야 간신히, 뒤늦게나마 아라라기 소년은 폐가 안을 조사하기 시작했지만 어디에도 없었다. 어딘가에 숨어서 아라라기 소년을 놀래 주려 하고 있던 것은 아닌 듯했다.

아라라기 소년은 결국 처음에 들어갔던 방, 2층 가장 구석방으로 돌아와서 그곳에서 여름방학의 마지막 밤을 보냈다. 부모님의 교육하에서, 올바름을 제일로 여기는 그에게 그것이 첫 무단외박이었지만 유감스럽게도 그 보람은 없었다.

무단외박은 헛수고로 끝났다.

아침이 되어도 그녀는 나타나지 않았다.

학교에 가야만 했으므로, 어쩔 수 없이 아라라기 소년은 폐가를 뒤로하게 되었다. 물론 시업식이 끝나고 일단 귀가했다가 오늘 중에 다시 한 번 이 폐가를 방문할 생각이었지만, 그것도 분명 헛수고가 될 것이라고 그는 왠지 모르게 예감하고 있었다.

왜냐하면 하룻밤, 폐가에서 지내는 동안 그는 밥상 뒤판에서 한 통의 봉투를 발견했기 때문이다. 아라라기 소년과 수수께끼의 소녀가 공부하고 있던 밥상 뒤판에, 셀로판테이프로 난폭하게 붙여 놓은 봉투. 그것은 예전에 아라라기 소년의 신발장에 들어 있던 것과 같은 봉투였다.

앞면에 알파벳은 적혀 있지 않았고 이름도 서명도 없는 백지 상태의 봉투였지만, 어쨌든 같은 봉투였다. 그리고 내용물은 비어 있었다.

그때의 'b' 봉투처럼.

텅 비어 있는… '꽝'이었다.

그 의미를 이해할 정도로 총명한 소년은 아니었고, 어쩌면 의미 따윈 없는지도 모르지만, 왠지 모르게 중학교 1학년생인 아라라기 군은 생각했다.

더 이상 나는.

이곳에서 그녀에게 '수학'을 배우는 일은 없을 거라고.

그렇게 예감했고, 실제로 그 예감은 적중했다.

그날은 물론이고 다음 날 이후로도 나는 이 폐가에, 약속 시간에 약속했던 대로 계속 찾아왔지만, 그녀가 그곳에 와서 나에게 수학의 재미를 알려 주는 일은 없었다.

나는 그래도 폐가에 계속 다녔지만.

끈질기게, 집요하게 계속 다녔지만.

그래도 어느샌가, 그 발길도 뜸해져 갔다.

뜸해진 계기가 있다고 하면, 아무래도 내 동급생 중에 그 소녀가 **없는 듯하다**는 사실을 알았기 때문인지도 모른다.

소녀가 나에게 제시한 세 번째 조건에 근거해서, 나는 그녀가 나타나지 않게 된 뒤로도 상당히 오랫동안 그녀의 정체를 찾으려 하지 않았지만 결국 참지 못하고 다른 반으로 조사에 나섰다.

다만 나는 특별한 네트워크를 갖고 있지 않았으므로 그것은 다른 반을 몰래 엿본다는 소극적인 조사였는데, 같은 학년은 물론이고 상급생 중에도 내가 그해 여름 내내 만나 왔던 소녀는 없었다.

나나햐쿠이치 중학교의 교복을 입고 있으니까, 1학년 마크를 달고 있으니까, 그리고 내 신발장에 편지를 넣었으니까 당연히 나는 그녀를 동급생이라고 생각했다. 하지만 실제로는 그녀가 학교에 없는 이상, 그녀는 외부인이었는지도 모른다.

외부인은 고사하고.

이 세상의 사람인지 어떤지도 알 수 없다.

유령의 집에 나온 유령. 진짜로 그렇게 생각한 것은 아니지만, 마치 존재 자체가 사라져 버린 듯한 그녀에게 아라라기 소년은… 그렇다, 전율했다.

무섭다.

처음으로 그때, 그녀를 무섭다고 생각했던 것이겠지.

그래서… 나는 폐가에 다가가지 않게 되고.

그래서… 나는 소녀를 잊었다.

하지만… 폐가에서 소녀에게 배운 수학만은 잊지 않았고, 2학기 이후로 아라라기 소년의 성적은 수학을 중심으로 회복되었던 것이다.

즉 어떤 의미에서 그의 생활은 폐가에 다니기 이전의 원래 상태로 돌아간 것뿐인지도 모르지만, 긴 시점으로 보면 아무것도 변하지 않았는지도 모르지만, 확실히 변했다고 생각되는 점이 한 가지 있었다.

아라라기 소년은 그 후로도 대체로 올바름을 추구하는 자세를 관철했지만, 그 탓에 가끔씩 폭주했다가 즉각 보복당하는 일도 있었지만, 수학에 한해서 만큼은 재미를 추구하게 되었다.

그런 마음의 안식처가 없었더라면.

분명 그 학급회의 때에 올바름이 산산조각 나 버린 뒤, 그의 마음속에는 분명 아무것도 남지 않았을 것이다.

그 애가 수학의 재미를.

인생의 재미를.

세상의 재미를 알려 주었기에, 지금의 내가 있다.

나는 그 여름에 만들어졌다.

013

"네? 하지만 요컨대 그 수수께끼의 소녀가 오이쿠라 선배인 거죠?"

여러 가지를 한데 모아 뒤엎어 분위기를 확 깨게 만드는 말투로 오기가 맞장구치듯 말했다. 가만히 보니 손목시계를 확인하면서 하는 발언이다. 그야 여자애니까 귀가 시간 제한 같은 것이 있을지도 모르지만, 적어도 미스터리 팬을 자부한다면, 하다못해 그런 수수께끼 풀이 같은 작업을 할 때에는 나름대로 자세를 갖춰 줬으면 좋겠다.

"아뇨, 아라라기 선배. 이건 수수께끼 풀이라고 할 정도는 아니잖아요. 오히려 이런 흐름에서 그 애가 오이쿠라 씨가 아니었다면 미스디렉션이 조금 지나치다고도 할 수 있어요. 언페어하다는 말을 들을 거예요."

뭐, 이 상황에서 그 애의 정체가 실은 저이거나 했다면, 그것은 그것대로 즐겁겠지만요, 라고 오기는 말했다.

"누구에게도 말하면 안 된다, 공부모임은 비밀이라는 약속을 깼군요. 이렇게 보니 유명한 설녀 괴담 같네요."

공부모임이 이미 일방적인 형태로 끝을 고한 이상, 공부모임을 계속하기 위한 조건을 지킬 이유는 더 이상 없다. 하지만 뭐, 나로서도 어째서 오기에게 이렇게 다 털어놓아 버렸는지에 대해서는 신기하게 생각하고 있으므로, 오기의 말은 그리 농담으로도 들리지 않았다.

다만, 물론 오기는 그 소녀가 아니다.

오기의 미소는 소녀의 미소와는 비슷한 듯하면서도 비슷하지 않다.

"뭐, 그 소녀의 용모에 대해서 물었을 때, 아라라기 선배가 거의 코멘트를 하지 않았으니까요. 즉, 외부를 묘사하면 누구인지 알아챌 만한, 기존에 등장했던 인물이겠구나 하고 생각하긴 했어요."

"그렇구나."

일단 추리다운 것은 했구나. 그렇다고 해도, 확실히 '수수께끼 풀이'라고 할 만한 건 아니겠지만.

"이 상황에서 소녀가 센조가하라 씨였다는 게 가장 재미있겠지만요."

"재미있지 않잖아."

공교롭게도 이 무렵의 센조가하라는 육상선수로서 바쁜 시기로, 다른 학교 학생인 나에게 수학을 가르치고 있을 만한 여유는 없다. 그 여름에는 대체 얼마나 달리고 있었을까.

"그러면 오기. 여름방학이 끝나고 그 애가, 소녀 오이쿠라가 나나햐쿠이치 중학교에 **없었다**는 사실은 어떻게 설명할 거야? 소녀가 수학의 요정이 아니었다고 어떻게 증명할래?"

"요정의 부재를 증명하는 것은 상당히 고생스러울 것 같지만 소녀가 수학의 요정이라는 판타직한 설을 채용하지 않더라도, 2학기에 찾아봤는데 그 소녀가 나나햐쿠이치 중학교 안에서 보이지 않았던 것은 설명할 수 있어요. 전학을 간 거예요."

오기는 간단히 대답했다.

자신도 전학생이므로 그것을 특별히 드문 케이스의 사정이라고는 생각하지 않는 듯하다.

"전학을 갔기 때문에 아무리 학교를 뒤지고 상급생 반까지 엿봐도 찾을 수 없었고, 또한 두 번 다시 공부모임에 나타나는 일도 없었던 거겠죠. 다른 학교의 학생이 아라라기 선배의 학교 교복을 입고 있었다든가—센조가하라 선배라는 설의 경우에는 그렇게 되겠지만—다른 학교에 몰래 침입해서 멋대로 낯선 신발장에 편지를 넣었다고 생각하기보다는 그쪽이 설명하기 쉽겠죠. 다만 이 추측에는 한 가지 허점이 있네요."

나에게 지적받기 전에 오기는 스스로 그 점을 도마 위에 올렸다.

"이미 오이쿠라 선배와 아라라기 선배가, **예전에 동급생이었다**는 이야기가 되기 때문이에요. 아라라기 선배의 이제까지의 말에 따르면, 아라라기 선배는 나오에츠 고등학교에 입학한 뒤에 처음으로 오이쿠라 선배와 만난 것 같았는데요?"

"……."

"1학년 3반 교실에서 처음 만났을 때부터 오이쿠라 선배는 당신을 싫어하고 있었다고 하셨죠. 그것은 서술 트릭으로 '1학년 3반에서는' 처음 만났다는 의미였나요?"

히죽거리는 얼굴로 묻는 오기. 그러나 그것은 선배인 나를 상당히 배려한 말투였을 것이다.

하지만 사실은 그렇지 않다.

사실은 좀 더 심플하고, 알기 쉽다.

트릭의 트자도 없다.

"**처음 만났다고 생각했어**, 나는. 즉 나는 소녀 오이쿠라에 대해서 완전히 잊고 있었다는 얘기야. 자신이 누구 덕분에 수학을 잘 하게 되었는가도 잊고, 어느 정도나 그 녀석에게 은혜를 입었는지도 잊고, 나는 그냥 같은 반 학생 중 한 명으로서 그 녀석을 접하고 있었어."

그야 미움받을 만하다.

배은망덕한 것도 유분수다.

물론 그 녀석 쪽에서는 나를 기억하고 있을 것이다. 그리고 그런 배은망덕한 내가 그 녀석을 제치고 만점을 받거나 했으니, 그 혐오감도 두드러진다.

자력으로 끓어올랐다고 생각하는 물이 밉다.

아아, 그렇다.

나는 몹시 우쭐거리는… 물이었다.

자신이 **왠지 모르게** 수학을 잘 하는 녀석이라고 생각하고 있었다. 오이쿠라와 보낸 그 여름이 없었다면 지금의 나는 존재하지 않았는데.

"그 녀석은 지금의 내가 있는 것은 전부 수학 덕분이라고 말했어. 센조가하라와 사귀고 있는 것조차. 하지만 그게 사실은 내 덕분이라고 말하고 싶었던 걸까."

덕분에.

나는 사교예절로 그렇게 말했지만.

정말로 그 '덕분에'였던 것이다.

"행복한 녀석은 좋아하지만 자신이 행복한 이유를 모르는 녀석은 싫다, 인가요. 그리고 뭐였더라, 자기가 무엇으로 이루어져 있는지 모르는 녀석이 싫다? 후후, 실제로 잊고 있던 기억을 떠올려 보면, 함축이 있는 말이네요."

"…어쨌든."

그렇게 나는 말했다.

생각하는 바는 여러 가지가 있었고, 반성해야 할 일도 많이 있다. 후회의 마음은 크지만, 그렇다고 해서 이제 와서 새삼스럽다는 기분이 안 드는 것도 아니다.

결국 과거의 이야기다.

2년 전보다 3년 더 된 이야기다.

추억은 추억일 뿐이고, 기억해 냈다고 해서 그것으로 지금이 변하는 것도 아니다. …하지만.

하지만.

"내일, 오이쿠라에게 사과해야겠어. 그것으로 그 녀석이 미워하는 나를 좋아하게 될 리도 없겠고, 그 녀석의 뭔가를 편하게 해 줄 수 있는 것도 아니겠지만. 사과해야 할 일이니까 사과해야 해."

"어라? 별로 마음이 내키지 않아 보이네요."

"그야 당연하지."

끄덕인다.

"내 쪽에서 하고 싶은 불평도 없는 건 아니라니까? 전학이라든가, 뭐 그런 사정이 있다고 해도, 떠나기 전에 한마디 정도는 해 줘도 되는 거 아니냐고."

작별의 말을 하지 않다니.

오시노 메메도 아니고 말이지.

"그런 텅 빈 봉투만 남겨 놓으면 영문을 알 수 없다고. 게다가 1학년 3반에서 재회했을 때, 그 자리에서 말해 주었더라면 바로 떠올렸을 거라고. 지금 와서 알아 봤자…."

돌이킬 수 없다.

그런 기분이 크다.

그것으로 오이쿠라를 나무라는 것은 너무 잔혹하다고 생각하면서도, 맺혀 있는 불만을 완전히 무시하기는 어려웠다. 그 녀석과 보내게 되었을지도 모를 고교생활을 생각하면.

잃어버렸다, 라는 기분이 강하다.

만약 그렇다는 걸 알았더라면 그 학급회의도 그런 결과가 되는 일은 없지 않았을까—그렇게 생각하지 않을 수 없다.

"후후. 그 자리에서 말해 주었더라면, 이라고요?"

오기가 심술궂게 미소를 지었다.

"그때의 소녀는 나야, 아라라기 군! 오래간만이야, 뭐야, 나를 잊어버렸어? 어머나, 어떻게 그럴 수 있어? 정말이지, 매정하다니깐~. 하지만 그런 점이 멋·지·네☆ 라고 말해 주었더라면, 하는 의미인가요?"

"…그런 장절한 캐릭터는 이 세계관에서 지금까지 본 적이 없지만, 뭐…."

"그렇다면 당신은."

그렇게.

말괄량이 캐릭터에서 일변하여, 갑자기 표정을 진지하게 바꾸며 오기는 말했다.

"**어째서 그 사람이 그런 말을 하지 않았는가를 생각해야겠죠.**"

"…뭐?"

"그리고 **어째서 그 사람이 작별을 고하지 않고 떠나갔는가.** 그것도 생각해야만 해요. 그러지 않으면 내일 사과를 하더라도 사태는 보다 악화되기만 할지도 몰라요."

할지도 몰라요, 라고 말하는 것치고 오기의 어조는 묘하게 단정적이었다.

"영문을 알 수 없다면 생각을 해죠. 영문을 알 수 있을 때까지 생각해야죠. 이상하다고 생각한 것, 애매하다고 생각한 것은 해결을 해야죠. 입으로만 사죄하는 것만큼 피해자를 화나게 만드는 것은 없으니까요."

"피해자? 이봐. 잠깐 기다려, 오기. 그건 말이 지나친 거 아니야? 확실히 나는 신세를 진 상대를 잊어버렸다는, 좀처럼 생각할 수 없는 실례를 범했지만, 그것으로 가해자란 소리까지 듣는 것은 뜻밖이라고 할지…."

"그러네요. 물론 아라라기 선배가 잘못한 것은 아니에요. 다만 아라라기 선배는 어리석어요. 어찌할 수도 없을 정도로 어쩔 도리가 없어요."

"……?"

당혹스러워하는 나에게, 오기는 흐릿한 미소를 지어 보였다.

어리석은 자를 보는 웃음이란 이런 것일까. 그렇다면 너무나 자상한 미소이지만.

"오기. 너는 대체, 뭘 알고 있다는 거야?"

"저는 아무것도 몰라요. 당신이 알고 있는 거예요. 아라라기 선배."

"내가…."

내가 뭘 알고 있지?

내가 뭘… 잊고 있지.

"그러네요. 여기서는 오이쿠라 선배의 소녀시절을 본받아서, 퀴즈로 가 볼까요? 문제입니다."

오기는 손가락 하나를 세웠다.

마치 텔레비전 방송의 사회자처럼. 아니, 추리소설의 명탐정처럼, 일까? 역시 미스터리 팬임을 자부하는 그녀는, 그런 부분을 확실히 파악하고 있었다.

"오이쿠라 소다치는 아라라기 코요미를 부모의 원수처럼 싫어합니다. 그것은 아라라기 코요미가 오이쿠라 소다치의 기대에 부응해 주지 않았기 때문입니다. 그래서 오이쿠라 소다치는 아라라기 코요미에게 아무것도 고하지 않고 전학을 갔던 것입니다. 그렇다면 오이쿠라 소다치는 아라라기 코요미에게 **대체 무엇을 바라고 있던 것일까요?**"

"……? 무엇을… 바라고?"

"힌트. 아라라기 선배의 부모님 직업과 관계가 있습니다. 싱킹 타임, 120초."

즉 2분.

너무 짧다.

하지만 설령 그것이 오이쿠라가 우울하게 보낸 기간과 같은 2년이라고 들었어도, 나로서는 해답을 얻을 수 있을 것 같지 않았다.

014

"요컨대 오이쿠라 선배는 아라라기 선배에게 수학의… 뭐라고 할까요, 재미라는 것을 알려 주는 것과 맞바꿔서 보상을 원하고 있었다는 얘기예요."

2분 후.

1초의 텀도 없이 오기는 해답을 이야기했다. 얼마나 빨리 돌아가고 싶은 거야, 이 여자애는.

"보상?"

"네. 센조가하라 선배의 언동 중에 오이쿠라 선배의 기분을 가장 상하게 한 것이 그 부분이었잖아요? 보상을 구하지 않고 아라라기 선배에게 공부를 가르쳐 주고 있다는 점. 그것이 예전에 아라라기 선배와 공부모임을 열었던 그 사람을 화나게 했어요."

손이 나갈 정도로.

"설마 아라라기 선배도 진심으로 믿고 있던 건 아니겠죠? 아라라기 군이 수학을 좋아하게 되어 주는 것만으로 행복하다든가, 언제까지나 수학을 좋아해 준다면 기쁘겠다든가, 그 사람의 그런 요정 같은 대사를."

"……."

"답례로 가지고 갔던 과자를 거부당했던가요? 하지만 그것은 깊이 생각해 보면 과자 따위로 '보상'을 때워 버리면 안 되니까 받아들일 수 없다는 의미였던 게 아닐까요? 수학의 즐거움에 눈을 떠 버린 아라라기 선배는 객관적으로 자신을 볼 수 없게 되어 버린 것 같은데, 하지만 제삼자의 입장에서 말하자면 역시 맨 처음의 봉투들은 수상하죠. 덫의 냄새가 풀풀 나요."

덫.

말하자면 낚싯바늘일까요, 라고 말하는 오기.

"다른 학생에게도 편지를 보냈는데 아라라기 선배만 나타났다는 본인의 말은 거짓말이에요. 완전히 헛소리죠. 사실은 아라라기 선배만을 노린 거겠죠. 여러 사람에게 편지를 보냈는데 낚인 사람이 아라라기 선배뿐이라니, 생각하기 어렵지 않나요?"

"생각하기 어렵다니…. 그야 나만 특별한 것처럼 생각하고 우쭐하게 될지도 모르지만, 그래도 그런 일이 있을지도 모르잖아. 확률적으로는."

"확률적으로 아라라기 선배는 특별해요. 틀림없이."

"……."

"무엇이 특별한가는 나중에 이야기하겠습니다만, 특별하기에 당신은 단독 타깃이 된 거예요. 만약 소녀 오이쿠라가 다른 사람도 공부모임에 부르고 싶었다면 그 뒤로도 계속 낚싯줄을 드

리우고 있어야겠죠. 그런데도 결국 여름 내내 아라라기 선배 말
고는 아무도 공부모임에 나타나지 않았다고 한다면. 둘만의 모
임이 계속되었다고 한다면."

그런 추리인가.

그런 추리를 들으면 나도 반론하기 어렵다. 아마 그 말대로일
것이다. 애초에 눈에 띄는 인물을 노리고 봉투를 넣었다고 한다
면 걸려든 것이 나 한 사람이라는 결과는 역시 이상하고, 애초
에 이 폐가에서, 이 폐가의 이 방에서 여러 사람으로 공부모임
을 여는 것도 생각하기 어렵다.

처음부터.

나 한 사람만을 참가자로 삼은 공부모임이었다.

개최된 것은.

소녀가 꾀한 것은.

"아라라기 선배의 수학 성적이 떨어진 것을 알았던 오이쿠라
선배가, 그 부분을 파고드는 형식으로 흥미를 끌 만한 내용의 봉
투를 신발장에 넣은 거겠죠. 수학 과목을 어떻게든 해야 한다고
고심하고 있는 소년에게 수학적 문제…. 뭐, 적절한 미끼네요."

"그러면 나는 정말로 어슬렁어슬렁 나타났다는 느낌인데…."

오이쿠라는 웃는 얼굴로 나를 맞이해 주었지만, 사실 그때는
오히려 웃음을 참고 있었던 것인지도 모른다. 너무나도 생각대
로라서.

"아뇨, 아뇨. 그러니까 아라라기 선배, '생각대로' 같은 게 아
니에요. 결국 사람을 그렇게 자기 생각대로 움직일 수 없었다는

이야기죠. 제가 보기에는, 아라라기 선배도 어리석었지만 오이쿠라 선배도 상당히 어리석었어요."

말하자면 현실세계는 수학처럼 돌아가지 않는다는 이야기예요. 그렇게 오기는 말했다. 그것은 수학을 싫어하는 사람이 말할 것 같은 대사라서 수학을 좋아하는 사람으로서 뭐라고 받아쳐 주고 싶었지만, 여기서는 꾹 참고 있을 수밖에 없었다.

실제로 나는 알 수 없었다.

오이쿠라가 그때, 나에게 요구하고 있던 보상이 무엇인가. 그녀는 나를 어떤 식으로 유도하려고 하고 있었는지, 전혀 알 수 없었다.

그런 나를 만족스럽게 보는 오기.

그리고 말한다.

"다만 아라라기 선배와 오이쿠라 선배 중 어느 쪽이 보다 어리석었는가 하면, 역시 아라라기 선배라는 이야기가 되겠지요, 이 경우에는. 만약 당신이 착각을 하지 않았더라면 분명 이렇게는 되지 않았을 테니까요."

"착각…?"

"하지만 뭐, 그 착각이 없었다면 아라라기 선배의 미래도 지금과 달라져 있을지도 모르는 것이니, 지금처럼 하네카와 선배나 센조가하라 선배와 사이좋게 지내는 미래도 변해 있었을지도 모르는 것이니, 아라라기 선배에게는 그것으로 좋았을지도 몰라요. 그런 의미에서는 아라라기 선배에게 선견지명이 있었어요."

그러니까 낙심하지 마세요, 라고 오기는 나를 위로했다. 아니, 위로하고 있는 건지 바보 취급하고 있는 건지, 확실치 않지만.

확실한 것은 나에게 선견지명 같은 건 전혀 없다는 점이다.

"오기. 위로는 됐으니까 확실히 말해 줘. 5년 전에 나는 무슨 착각을 했었다는 거야?"

"저기요, 아라라기 선배."

오기는 내 요구를 슬쩍 흘려 넘기듯이 나를 불렀다. 하지만 빨리 집에 돌아가고 싶어 하는 그녀가 이 이상 거드름을 피울 리도 없었다.

오히려 솔직하게 말했다.

어떻게 보면, 나를 전혀 배려하지 않고.

"아라라기 선배는 저의 삼촌인 오시노 메메가 이 마을에서 지냈던, 학원 옛터에 있던 폐허를 잘 알고 계시죠?"

"응⋯. 그야 물론이지. 말했잖아, 나 자신이 그곳에서 묵었던 적도 있을 정도라고."

"그리고 당신은 이렇게도 말했죠. 이 폐가와 그 폐허는 비슷한 수준으로 황폐하다고. 그렇게 말했죠?"

"⋯말했는데?"

"그거, 이상하지 않나요?"

오기는 물었다.

"왜 수년 전에 망한 학원 건물과, 5년 전에 이미 폐가였던 민가가 **비슷한 수준**으로 황폐한가요?"

"어?"

어라?

아니, 그게… 어라?

이상한가? 그건.

확실히…. 그렇다, 이상하다.

폐허도 폐가도, 사람이 살지 않는 손상된 건물이라는 점에서는 공통되며, 그 낡아 가는 방식, 낡아 가는 페이스에 차이가 있다고는 생각하기 어렵다.

5년 전에 이미 폐가였던 이 건물은, 그 5년 뒤인 지금은 더욱 심하게 손상되어 있어야 한다. 그 손상된 정도가 수년 전까지 학원이 운영되고 있던 빌딩과 **같은 수준일 리가 없다.** 수년 전이라고 말하면, 평범하게 생각해서 2, 3년 전…. 좀 더 멀리 봐도, 그렇다, 5년 전 정도인 것이고….

시간이 정지한 것처럼, 이라는 말은 단순한 감상이다.

이곳도 5년간, 계속 움직여 왔다.

그렇다. 그렇다면 당연한 논리적 귀결로서 수년 전까지 이곳은, 지금 우리가 있는 이 건물은 **폐가가 아니었다**는 이야기가 된다. 그렇지만 그것이 무엇을 의미하지?

"……."

나는 입가를 누른다. 이상한 소리가 나오지 않도록.

직면한 사실을 앞에 두고 소리치지 않도록.

가령.

가령 5년 전, 내가 중학교 1학년생이었을 무렵에 **이곳이 폐가가 아니었다고 한다면.**

"그러면 내가 5년 전에 다니던 장소는, 여기가 아니었다는 얘기야? 오이쿠라와 여름을 보낸 폐가는 전혀 다른 장소였다고…."

"그건 아니에요. 그도 그럴 것이, 우리는 지도를 따라서 왔잖아요. 5년 전과 같은 지도를."

그렇다면 그 지도를 잘못 읽었던 거다.

애초에 5년 전에 내가 봤던 지도와 오늘 본 지도가 정말로 똑같다고만은 할 수 없잖아. 이제 와서 뒤늦은 이야기를 하자면, 5년 전에 받았던 편지가 오늘 신발장에 들어 있던 것은 이상하니까.

그런 변명이 떠올랐지만, 입 밖에 내지는 않았다. 결국 그것에 대해서는 나 자신이 증인이다.

여기가, 이 건물이 5년 전에 찾아왔던 장소라는 것은 확실하다. 그렇다면.

그렇다면 사실은 하나.

5년 전, 이곳은 폐가가 아니었다. …그렇다면.

그렇다면.

"맞아요, 아라라기 선배."

오기는 더욱 용서 없이.

더욱 간단하게 말했다.

"5년 전, **여기는 폐가가 아니었어요**. 폐가라는 것은 당신의 착각이에요. 여기는 **오이쿠라 소다치가 사는 집이었어요**."

015

가장 알 수 없었던 것은, 몇 번이고 반복하고 되풀이하며 의문으로 생각했던 것처럼, 어째서 내가 5년 전의 여름에 매일 이곳에 다녔던 일을 잊었는가 하는 점이다. 아무리 어릴 적의 추억이라고는 해도 인생의 전기가 될 만한 여름을, 자기 인생의 소중한 한 조각을 과연 잊을 수 있는 법일까?

왜?

정신적 외상이 될 수 있을 만한 꺼림칙한 기억이라면 스스로의 정신을 보호하기 위해서 망각하는 경우도 있을 것이다. 하지만 그것을 계기로 수학을 좋아하게 된다는, 말하자면 상당히 포지티브한 기억이다.

나의 성공체험이다.

그것을 어째서 지금까지, 지금 이때까지 잊고 있을 수 있었지?

그것이 원인이 되어 나는 오이쿠라와의 재회를 깨닫지 못했다, 재회를 첫 만남으로밖에 생각할 수 없었다. 하지만 만약 내 망각에 납득할 수 있는 **확실한 이유**가 있다고 한다면.

역설적으로, 있다고 한다면.

그 기억이 결코 **포지티브한 것이 아니기 때문에**. 조금 더 깊이 생각하자면, 그것이 정신적 외상이 될 수도 있었기 때문이 아니었을까….

잊고 싶은 진실이.

눈을 돌리고 싶어지는 현실이.

이 장소에 있었다고 한다면.

"오이쿠라가… 사는 집?"

"문패가 있었죠? 이름표는 없었지만, 그곳에는 원래 '오이쿠라'라는 성씨가 들어가 있지 않았을까 하고 생각하는데요. 근거요? 그렇죠, 아라라기 선배도 의문을 느끼고 계셨잖아요. **어째서 이런 폐가에서 공부모임을 여는 것일까** 하고. 그 의문에 대한 답은, 이곳이 폐가가 아니었기 때문이에요.**"

"아니, 그게 아니라…. 설령 여기가 5년 전에 폐가가 아니었다고 해도, 오이쿠라의 집이라고 할 수만은 없잖아?"

"그렇다면 어째서 그 사람은 늘 아라라기 선배보다 먼저 이곳에 와 있었나요? 한 번의 예외도 없이 약속장소에 먼저 와 있다니, 이상하다고 생각하지 않으시나요?"

"……."

이상하다…고 봐야 한다.

그야 이상하다. 어째서 지금까지 그것을 깨닫지 못했을까, 하고 생각할 정도로. 사실은 깨닫고 있었으면서도 일부러 깨닫지 못한 척을 하고 있었다는 말을 들어도 어쩔 수 없을 정도로.

"**자기집이었기 때문에**, 오이쿠라 선배는 늘 여기서 기다리고 있을 수 있었다고 봐야 해요. 만일 학교 수업이 끝난 뒤에 열리는 모임이었다면 반의 종례가 길어질 경우에는 아라라기 선배가 먼저 오는 패턴도 있었겠죠. 하지만 공부모임의 대부분은 여름방학 중에 이루어졌어요. 첫날 집 안에서 그녀가 나왔던 것은 그 사람이 이 집에서 살고 있었기 때문이에요. …애초에 이곳이 5년 전에 폐가가 아니었던 것을 안 이상, 생각에 따라서 그곳을 공부모임 장소로 삼기 위해서는 아라라기 선배나 오이쿠라 선배 중 어느 한쪽이 이곳의 거주민이어야 하겠죠. 아라라기 선배의 집 주소는 여기가 아니니까, 소거법으로 오이쿠라 선배의 집이라고 단정할 수 있어요."

"…또 소거법인가."

게다가 세 가지 선택지 중 한 개를 지운 게 아니다. 두 가지 중에서 꽝을 지운 것이다. 그 해답에는 흔들림이 없다.

압도적인, 올바름이다.

"오이쿠라는 나를 자기 집으로 부르고 있었던 건가…. 하긴 폐가에 모인 것치고는 공부모임이라는 분위기가 풍기기는 했지만. …하지만."

설마 중학교 1학년생인 내가 여자의 방에 들어갔었다는 사실은 의외였다. 하지만 새콤달콤한 그런 감각은 전혀 없었다.

왜냐하면 그 당시.

나는 이 집을, 사람이 사는 집이라고 생각하지 않았던 것이다.

그렇다, 유령의 집이라고 부르면서….

"그건 그렇고, 아라라기 선배. 쇼크를 받고 계신 중에 시체에 매질을 하는 것 같아서 죄송하지만, 제 추리는 여기서부터가 중요해요. 어째서 아라라기 선배는 5년 전에 **오이쿠라 가家를 폐**

가라고 생각했을까요? 이곳을 유령의 집이라고 생각했을까요."

"…그건 기억의 차이라는 거겠지?"

"아뇨, 착각이에요. 기억 자체는 아마도 맞을 거예요. 당시에 이 집의 창문은 이미 이런 느낌으로 깨져 있었다고 구체적으로 증언하셨잖아요. 그러니까 기억의 착오가 아니라 착각이에요."

"……."

박스테이프로 보강된 창문.

퍼티로 메워져 있던 금이 간 벽.

어질러진 방, 어질러진 복도.

폐가는 아닌데, 폐가라고 잘못 볼 정도의 손상.

그것들에서 도출되는 결론이, 눈을 돌리고 싶어질 만한 결론이었다고 한다면.

현재진행형으로 사람이 사는 집이면서.

그런 손상이 있었다고 한다면.

"…가정 내 폭력이란 건가."

가정 내 폭력.

도메스틱 바이올런스.

아무런 감정도 담지 않고 단적으로 말할 생각이었다.

마치 뉴스의 원고라도 읽는 것처럼.

하지만 생리적인 혐오를 도저히 억누를 수 없었다. 그런 집 안에 지금 내가 머무르고 있다는 것이 기분 나빴다.

그리고 5년 전.

말 그대로 그 현장에서 열심히 공부하고 있던 자신에 대한 혐오감을, 도저히 금할 수 없었다.

"그렇죠."

그것에 대한 오기의, 감정이 담기지 않은 모습은 정말 감탄이 나올 정도였다. 생글생글 웃는 얼굴로, 스스로 도출한 사실에서 아무것도 느껴지지 않는 듯 황폐한 방을 쓰윽 둘러본다.

"사는 집을 폐가로 착각할 정도로 황폐하게 만들기 위해서는, 의도적으로 파괴할 수밖에 없죠. 창문을 깨고, 벽을 부수고, 가구를 부수고…. 인터폰이 부서져 있던 것도 그 일환일까요?"

너덜너덜한 집.

황폐한 집. 부서진 집.

상처.

지금이라도 무너질 것 같은 집.

과연 폐가는 아니었다. 그렇지만.

집이란 평화로운 장소이며, 따스한 장소이며 진정할 수 있는 장소라고밖에 생각하지 않는, 세상에 대해서 아직 아무것도 모르는 올바른 중학교 1학년생은, 어리석게도 그것을 폐가라고 착각했던 것이다.

유령의 집?

무슨 소리를 하는 거냐, 멍청하게.

더할 나위 없이 여기는, 인간의 집이잖아.

"오이쿠라가… 한 건 아니겠지, 이 경우에."

만약 오이쿠라가 가정폭력을 휘두르는 측이었다면 나를 집으로 부를 리가 없다.

"그렇다면 아버지나, 어머니인가….."

"아핫핫. 거기까지는 저의 잿빛 뇌세포로도 모르겠네요. 뭐, 그중 어느 한쪽이겠죠. 혼자서 집 한 채를 이렇게나 파괴하는 건 상당한 중노동일 테니, 어쩌면 양쪽 다일지도 모르겠네요."

상당히 비참한 상상을, 표표하게 해내는 오기. 유감인 것은 그것이 상당히 가능성 있는 일이라는 점이었다.

"상당히 비참한 가정환경에서 자라신 것 같네요, 오이쿠라 씨는. 평화로운 가정에서 안락하게 자란 아라라기 선배가 이 집에 매일 드나들었던 그해 여름에 대한 것들을 기억의 한구석에 밀어 넣었다고 해도, 기억의 밑바닥에 집어넣어 버렸다고 해도 그건 나무랄 수 있는 일이 아닐지도 몰라요. 최소한의 위안이 있다고 한다면, 그 폭력은 오이쿠라 선배의 육체로 향하지는 않았다는 점일까요. 적어도 피부가 노출되어 있는 부분에는, 말이죠."

"……."

적어도, 인가.

그렇다면 그것은 너무나도 작은, 너무나도 최소한의 위안이었다.

"2학기가 된 뒤에 전학을 간 이유도, 이렇게 되면 왠지 모르게 상상이 되네요. 붕괴해 가던 가정이, 완전히 붕괴해 버렸던 거겠죠. 이것은 근거 없는 이매지네이션인데, 그때에 오이쿠라 씨는 성씨가 바뀌었을지도 모르겠네요? 그 경우에, 이 집의 문패에 예전에 뭐라고 적혀 있었는가는 확실치 않지만…. 그래서 나오에츠 고등학교의 1학년 3반에서 재회했을 때, 아라라기 선배는 처음 만나는 거라고 생각했다… 라든가. 같은 중학교에서라면 교류가 없더라도 이름 정도는 들었을 테니까요."

아니, 그 전에, 얼굴을 보면 좀 알아차려야 하는 거 아니냐고요, 라고 말하며 오기는 두 팔을 벌렸다. 아무래도 그 눈치로 보니 이 부분은 조크였던 것 같다.

추리에 조크를 섞어 넣는 것은 자제해 줬으면 한다.

하물며 이런 상황에서는.

"어쨌든 오이쿠라 가 그 무렵 극한상태였다는 점은 확실하겠지요. 그리고 그녀는 그것을 어떻게든 하고 싶었어요."

"어떻게든이라니…."

"어떻게든은 어떻게든이죠. **그래서** 아라라기 선배를 부른 거예요."

오이쿠라 선배가 아라라기 선배에게 원한 보상은 요컨대 그런 것이었어요, 라고 오기는 말했다.

"결코 과자 같은 게 아니었죠. 수학 팬을 한 명 늘리는 것 따윈, 수단이지 목적이 아니에요."

"아니, 잠깐 기다려. 가정붕괴, 폭력을 동반한 가정붕괴의 해결이라니, 짐이 너무 무겁잖아. 중학교 1학년생한테 대체 무슨 기대를 한 거야, 그 녀석은? 확실히 나는 당시에 파이어 시스터즈 같은 짓을 하고 있었지만, 그런 건 어차피 애들 놀이 같은 것이고…."

"그건 순서가 반대예요, 아라라기 선배. 파이어 시스터즈가 아라라기 선배 같은 짓을 하고 있으니까요."

"아, 아니. 그건 그렇지만."

"물론 아라라기 선배에게 그렇게까지 기대는 하지 않았을 거예요. 만약 하고 있었다면 그렇게 번거로운 방법은 쓰지 않고 그냥 도움을 청했을 테니까요. …그러니까 부모님이에요."

"부모님…."

"경찰이시잖아요?"

아라라기 선배에게 올바름을 보였던 부모님.

그 부모님에게 오이쿠라 가의 상태를 보고하는 것을, 당신에게 기대하고 있었던 거예요.

"그렇게 되면 가정 내 폭력에 경찰이 개입하게 되죠. 뭐, 솔직히 그것으로 뭔가가 해결되리라고는 생각할 수 없지만, 그래도 붕괴 직전의 가정에는 궁여지책이 되겠죠."

"……."

그런 번거로운 짓을 하지 않고, 직접 신고하면 되지 않을까…라는 것은 외부인의 생각일 뿐이다. 그럴 수 있다면 고생할 것도 없다. 가정 내 폭력은 가정 내의 폭력행위인 만큼, 외부가 외부에서 움직일 수밖에 없는 것이다.

아니, 그렇다고 해도…?

"그렇다고 해도 난 입막음을 당했는데 말이야…. 오이쿠라 본인에게. 이곳에서 오이쿠라와 만난 것을 누구에게도 이야기하지 않겠다고."

그 탓에 여동생들과 사이가 나빠지기까지 했다.

그것에 대해서는 어떻게 설명하지?

"그러네요. 유명한 설녀 괴담처럼···. 그러니까 어디까지나 오이쿠라 선배는 가족을 스스로 고발하고 싶지는 않았던 거예요. 딸로서 부모를 직접 책망하는 모양새가 되는 것은 양심의 가책이 느껴졌든가, 아니면 보복을 두려워했든가. 이것도 양쪽 다일까요?"

"어디까지나 내가 **자발적**으로 오이쿠라 가의 상황을 부모에게 고발하기를 바라고 있었다···. 꾀하고 있었다는 얘긴가."

그런 계획을 가지고서 나에게 수학을 가르치고 있었다니···. 하지만 그런 말을 들은들 화도 나지 않는다. 아니, 화를 낼 자격 따위가 나에게 있을 리도 없다. 나는 결국 바보처럼 정직하게― 여동생과 사이가 나빠지면서도―폐가, 즉 오이쿠라 가에 다니는 것을 약속대로 누구에게도 이야기하지 않았고, 애초에.

이 집을 오이쿠라의 집이라고도 생각하지 않았으니까.

태평스레 그녀에게서 수학을 배우고.

아무런 보상도 지불하지 않고, 일방적으로 착취하고 있었다.

빼앗고 있었다.

나 같은 것에게 걱정을 받아 봤자 아무런 득도 되지 않는다고 말했던 그녀의 말은, 정말 허세도 과장도 아닌 말 그대로의 의미였던 것이다.

내 인생은 너 때문에 엉망진창.

그렇게도 말했다.

그것도 말 그대로다.

나는 그 녀석의 인생을, 엉망진창인 채로 방치해 버렸던 것이다.

내버려, 내팽개쳐 버렸다.

"…즉, 그 무렵에 그 집의 어딘가에 있었다는 얘긴가? 내 앞에는 모습을 보이지 않았지만, 오이쿠라 가의 부모는."

"뭐, 있었겠죠, 분명히. 차나 과자를 내주지는 않았다고 해도, 역시나 이웃에 사는 어린애 앞에서 폭력을 휘두를 정도로 일탈하지는 않았다는 얘기일까요."

"……"

그렇다면 내가 이 집에 와 있음으로써 오이쿠라를 보호하고 있었다고 할 수는 없을 것이다. 어차피 나는 몇 시간이 지나면 돌아가 버리는 '손님'이니까. 자기 집으로. 그 뒤에 어떤 폭풍이 이 장소에 휘몰아쳤는지, 생각하고 싶지도 않다.

그 녀석의 교복 아래가 어떻게 되어 있는지 따위.

생각하고 싶지도 않다.

"나는 오이쿠라가 바라던 것을 아무것도 해 주지 않았고, 그러면서도 오이쿠라가 나에게 준 지식만은 마음껏 흡수하고 있었던 거야."

그야… 미움받을 만하지.

당연히, 원한을 산다.

배은망덕은커녕, 도둑이나 마찬가지다.

작별의 말을 듣지 못한 것도 당연한 일이었다. 그 녀석은 과연 어떤 기분으로 나에게 수학을 계속 가르쳤던 것일까?

오기는 번거로운 방법이라고 말했지만, 그러나 오이쿠라로서는 지혜를 짜내고 용기를 짜내서 취한 수단이 계속 헛도는 모습을, 오이쿠라는 어떤 기분으로 지켜보고 있었을까.

간접적으로라고는 해도, 나 같은 녀석을 의지한 스스로를 어리석다고 생각했을지도 모른다. 그렇지만 오기의 말대로다. 그녀보다도 내 쪽이… 훨씬 어리석었다.

오이쿠라가 밥상 뒤판에 붙였던 텅 빈 봉투야말로, 나라는 남자를 여실히 드러내고 있었다.

'텅 빈' 상태의 '꽝'.

의지가 안 되는 남자였다.

"후후후. 뭐, 대충 그런 정도겠네요."

오기가 여기서 다시 손목시계의 시간 표시를 확인했다. 마치 수수께끼의 스피드 랩을 측정하는 것 같다.

터무니없는 타임어택이다.

"아라라기 선배. 저의 기억이 확실하다면, 아라라기 선배는 어째서 자신이 오이쿠라 선배로부터 부모의 원수처럼 미움받고 있는가를 찾기 위해 이번 조사를 실시하셨다고 생각하는데요. 그 목적은 현 시각을 기해서 완전히 달성되었다고 생각돼요. 그러면 슬슬 철수를 꾀해야 할 시기라고 생각하는데, 마지막으로 한마디, 뭔가 하실 말씀이 있다면 하세요. 마무리하는 한마디를."

"……."

부모의 원수처럼.

하지만 진상은 그런 것이 아니라, 오이쿠라는 내가 부모의 원수가 되어 주기를 원했던 것이다. 그런 얄궂은 이야기가 또 있을까.

그것에 대해서 코멘트할까 생각했지만, 마무리의 한마디라면 역시 포괄적인 한마디여야 할 것이다.

"지금의 나는 정말 축복받았어. 확실히 순풍에 돛 단 듯하고, 행복해. 친구가 있고, 연인이 있고, 후배가 있어서… 아주아주 행복해. 하지만…."

나는 말했다.

"…그런 행복한 나를, 나는 조금 싫어하게 되어 버렸어."

그렇다면 그만큼, 제가 당신을 사랑하지요.

오기는 그렇게 말을 받고서 생글생글 웃었다.

"게다가 아라라기 선배. 생각하기에 따라서는 수학까지 싫어하게 되지 않아서 다행 아닌가요?"

"그건 그래."

확실히.

무엇을 싫어하게 되어도, 올바름을 잃어도, 수학만은 계속 사랑한다. 그것은 이미, 일종의 저주 같기도 했다.

016

후일담이라고나 할까, 이번의 결말.

다음 날 평소처럼 두 여동생, 카렌과 츠키히에게 두들겨 맞고 일어난 나는, 무거운 발걸음으로 학교로 향했다. 진실이 밝혀지고, 진상이 백일하에 드러나고, 망각하고 있던 기억이 파헤쳐지고, 그 의미가 해명되었어도, 결국 내가 할 일은 변하지 않는다. 오이쿠라 소다치와의 관계성 개선.

2년 전에 있었던 반목.

5년 전에 있었던 교차.

어느 쪽이나 이제 와서는 돌이킬 수 없는 잘못이며 돌이킬 방법이 없는 오해이기에 당장 고칠 수 있다고는 생각하지 않는다. 하지만 그렇기에 이번이야말로 실패는 용납되지 않는다. 적어도 어제와 같은 소동은 두 번 다시 일어나지 않도록 조처해야 한다.

그렇게 생각하며 나오에츠 고등학교의 교문을 지나는데, 나보다도 무거워 보이는 묵직한 발걸음으로 걷는, 이 세상의 모든 고생을 한 몸에 짊어진 듯 보이는 하네카와 츠바사가 보였다.

아니, 세상에 이런 일이. 평소에는 아주 바른 자세로 걷는 하네카와가 등을 구부정하게 기울이고 걷고 있다. 뭐, 센조가하라와 오이쿠라의 대립구도를 안고 있다는 점에서는 나와 버금가는 입장에 처한 그녀다. 그것에 대해서는 반장과 부반장으로서 연계하며 사태에 임할 필요가 있다고 생각하고, 나는 등 뒤에서 하네카와에게 말을 걸었다.

그리고 나는 어제, 그리고 그저께 판명된 오이쿠라와 나의 관계성에 대해서 하네카와에게 감추는 것 없이 전부 이야기했다.

자신의 어리석음이나 둔감함을 그대로 고백하는 것이나 다를 바 없으므로 별로 내키는 일은 아니었지만, 그러나 지금 상황에서 하네카와에게 감춰야 할 정보는 없을 것이다. 사태가 이 마당에 이르면.

이 문제에 한해서 센조가하라에게 말할지 말지는 조금 더 상황을 지켜본 뒤가 좋겠지만…. 과연 하네카와에게서 어떤 엄한 리액션이 있을까 대비하고 있는데, 어찌 생각이나 했으랴, 그녀는,

"오시노 오기?"

라고.

오기의 이름에 반응했다.

"오시노 씨의… 조카?"

"응…. 아, 응. 그 애 덕분에 여러 가지로 판명되었어. 역시나 오시노의 조카라고 할까, 상당한 명탐정다운 모습이었다고. 그 애가 없었더라면, 어제도 그저께도 수수께끼는 풀리지 않았을 거야."

"……."

하네카와는 생각에 잠기듯이 입을 다물었다.

뜻밖의 진지한 얼굴로.

"…신원은 확실한 거야? 그 애."

"응? 아아. 칸바루의 소개니까 틀림없어."

그렇게 말하면서, 칸바루의 소개라고 해서 신원이 확실한 것은 전혀 아님을 깨닫는다. 종잡을 수 없는 분위기의 여자애이긴

한데…. 애초에 나는 그녀에 대해서 아무것도 모른다는 것을 이 때서야 깨달았다.

저는 아무것도 몰라요.

당신이 알고 있는 거예요, 아라라기 선배.

…하지만 나 역시 아무것도 알지 못하지 않나.

이 이상, 내가 무엇을 알고 있다는 것일까.

"아라라기 군. 지금의 아라라기 군을 이 이상 몰아붙이는 소리를 하는 것은 아주 가슴 아프지만."

그리고 하네카와는 나를 보았다. 여기서 어중간하게 나를 위로하는 말을 하지 않는 것은 아주 그녀다웠지만, 아무래도 추가타를 날리는 듯한 말을 하는 것은 역시나 망설여지는 듯했다.

나는 신경 쓰지 말고 말해 달라고 재촉했다.

여기까지 와서 뭔가 미련이 남는 쪽이 싫다. 만약 하네카와의 시점에서 뭔가 깨달은 것이 있었다면 숨김없이 이야기해 주기를 원했다.

학교 건물 안에 들어가고, 교실을 향해 나란히 계단을 오르며 우리는 계속 이야기를 나누었다.

"아라라기 군이 중학교 1학년 1학기 기말고사에서 수학의 벽에 부딪쳤다는 정도라면 어떠한 방법으로 알더라도 이상하지는 않아. 그 부분을 찌르듯이 몬티 홀 문제를 신발장에 넣는 것도 가능했다고 생각해. 하지만 그 계획의 핵심인, 아라라기 군의 부모님이 경찰이라는 사실을 오이쿠라 양은 어떻게 안 거야?"

"어?"

"그건 아라라기 군이 계속 감추고 있던 사실 아니었던가?"

그렇다.

우리 부모님의 직업은 하네카와조차 바로 얼마 전에 여동생들이 알려 줄 때까지 몰랐던 일이다. 그것에 대해서는 나는 쓸데없는, 혹은 불필요한 트러블을 피하기 위해서 질문을 받더라도 이야기하지 않는 버릇이 들어 있다. 그런데 어째서.

어째서 오이쿠라는 그것을 알고 있었을까?

어떻게 해서?

"…그야 물론 어떠한 계기로 우연히 알았을 가능성도 있을지 모르지만…."

우선 그런 전제를 하고 나서 하네카와는 말했다.

"아직 있는 게 아닐까? 뭔가. 아라라기 군과 오이쿠라 양 사이에는, 뭔가 거슬러 올라가야만 하는 기억이. 열어서는 안 되는 문이."

라고 말했다.

기억에 대해서는, 게다가 가정에 대해서는 일가언을 말할 수 있는 하네카와 츠바사. 이형異形의 날개를 지닌 소녀의 말은, 너무나도 무거웠다.

피해야만 하는 기억.

열어서는 안 되는 문.

그런 것이 있다고 한다면, 그것은 중학교 1학년 무렵보다 더욱 과거, 나와 오이쿠라가 초등학생이던 시절이라는 이야기가 되는데…. 대체 무슨 일이 있었던 것일까.

나에게는 아직 잊고 있는 일이 있는 것일까. 이 이상으로.

그렇다고 한다면.

아라라기 코요미는 대체 얼마나 어리석은 것일까.

나의 어리석음에 한도는 있는 것일까.

―내가 너를 잊을 리가 없잖아.

오이쿠라는 그렇게 말하고 있었다. 그렇다고 하면, 그녀는 분명 기억하고 있는 것이다. 2년 전의, 5년 전의, 그리고 그 이전의 멍청이를.

나는 교실 앞에 도착했다. 이 문 너머에 오이쿠라 소다치가 있는지 어떤지는 정말 불가능한 증명이었다.

제3화 소다치 로스트

HA NEKAW A TSUB

001

그러면 다시 한 번 오시노 오기의 화제로 돌아가자… 라고 말해도 역시 그녀는 그녀이며 그녀는 그녀일 뿐이라는 것은, 시작한들 다시 한들 돌아간들 근본적인 화제는 그것으로 끝이다. 만약 오시노 오기라는 존재를 소설로서 표현한다면, 단 한 줄로 완결되어 버린다는 이야기다. 과연 그렇군, 그렇다면 걸핏하면 이야기가 길어지곤 하는 나에게 그녀는 지극히 고마운 여주인공이라고 말하지 않을 수 없다.

오시노 오기는 오시노 오기였다, 모두모두 행복하게 살았습니다.

한 줄이다.

그리고 역시 극론을 늘어놓자면, 궁극론을 늘어놓자면, 이 사람이든 저 사람이든 결국 이렇게 정리되어 버리는 것이다. 저 유명한 아쿠타가와 류노스케는 '인생은 한 줄 보들레르만 못 하다'라고 말했는데, 그 보들레르의 인생도 아쿠타가와의 인생도, 이야기하려고 마음먹으면 한 줄로 이야기할 수 있다. 이야기되어 버린다. 위인의 인생도 범인의 인생도, 문장으로 만들어 놓으면 한 줄이다. 이렇게 이야기하면, 그런 사견은 그저 비관주의, 비굴한 스타일이라고 책망받을지도 모른다. 인간은 어떤 인간이더라도 그 인생이 한 줄로 정리되어 버릴 얄팍한 존재가 아니라는 말을 들을지도 모른다. 아아, 물론 나도 그렇게 생각하고 싶다. 내가 한 줄로 설명이 끝나 버리다니 생각도 하고 싶지 않다. 이야기된다면, 이야기할 거라면 하다못해 한 권의 책이었으면 좋겠다. 전자책? 그건 안 된다. 나는 표지를 원한다. 종이도 아니면서 뭐가 표지表紙라는 거냐. 그리고 표지보다도 강하게, 책등을 원한다. 책꽂이에 책들이 죽 꽂혀 있을 때, 자신을 등으로 이야기하고 싶다. 등으로 이야기할 수 있는 책이고 싶다. 그러니까 착각하지 말기를 바란다. 사람을 한 줄로 다 이야기할 수 있다니, 오시노 오기라는 살아 있는 증거를 앞에 두고서도 나는 지나친 말이라 생각한다.

이렇게 말하자,

"아뇨, 아라라기 선배. 아라라기 선배의 로맨티시즘은 실로 올바른 거예요. 어떤 사람이라도 한 권의 책이 될 정도의 두께는 있는 법이에요."

분명 장본인인 그녀는 생글생글 웃으면서 그렇게 대답할 것이다. 새까만 눈동자로 나를 응시하며, 꿰뚫듯이 그렇게 이야기할 것이다.

"뭐, 다만 그런 책을 누군가가 읽어 주는가는 다른 문제지만요."

누군가에게 읽히지 않는 책에는 가치가 없다고 말하는 건가?

"읽히지 않는 책에는 가격을 매길 수 없다고 말하는 거예요, 저는. 물론 가격과 가치는 다르죠. 가치를 묻는 것과 가격을 묻는 것은 완전히 의미가 달라요."

그 말을 듣고 나는 예전에 '하우머치'라고 불렸던 소녀를 떠올린다. 소녀는 대체 어느 쪽을 묻고 있었을까. 가격과 가치, 어느 쪽을 묻고 있었던 걸까. 수요와 공급과의 밸런스에 의해 결정되는 '가격'인가, 아니면 고유한 '가치'인가. 무게인가 질량인가. 다만 지금 와서는 그 가치도 다수결로 결정되어 버리는 것을 알고 있는 소녀에게는, 그것은 너무나도 잔혹한 질문이라고도 할 수 있다.

"건방진 생각이라고요. 현대사회에서, 책 한 권을 선뜻 읽어 줄 거라니. 책은 있는 것만으로 충분하다고 생각해야죠. 저는 독서 애호가인 문과계 여자지만, 읽지 못한 책으로 책장이 꽉 채워지는 것에 만족감을 느끼지 못한다면 비블리오 마니아 따윈 할 수 없어요."

그래도, 라고 그녀는 말했다.

그래도 누군가가 읽어 주기를 바란다면.

"1초로 정리해야겠죠. 한마디로 말할 수 있어야겠죠. 어떤 지식도, 어떤 이야기도 1초로 이야기할 수 있어야겠죠. 그게 불가능하다면 당신의 이야기 따윈 아무도 들어 주지 않아요."

아무도 읽어 주지 않아요.

그렇군.

근래 자주 보이는, 제목이 그대로 문장이 되어 있는 듯한 소설이나 띠지의 캐치 프레이즈가 인상적인 소설은, 의외로 그 이론에 기초해서 만들어진 것인지도 모른다. 한 줄. 한마디. 아니, 궁극적으로는 한 글자로 전할 수 있는 내용이야말로, 작금에 가장 요구되는 이야기다. 그런 이유로.

수학 공부가 이어지고 있는데, 마지막은 국어 수업으로 가자. 국어 문제다. 물론 이것에 대해서도 미리 대비할 필요는 없다. 그 왜, 모두가 아는, 흔한 문제다.

무엇에 대해서, 몇 글자 이내로 답하라.

초등학교 시절에 자주 만난 그런 문제는, 어린 마음으로도 글자 수를 한정하는 의미를 알 수 없었지만, 지금 와서 생각하면 잘 알 수 있다. 짧게 요약할 수 있는 능력은 국어를 이야기하는 데 있어 필수다. 극단적으로 말해서 문자의 역할이란, 문자의 임무란 '전한다', 단지 그것뿐이니까.

물론 전할 수 없는 것도 있다.

말을 다해도 전할 수 없는 것도 있다. 그리고 전한들, 잊어버리는 일도 있는 것이다.

오시노 오기에 대해서는 앞서 이야기한 대로, 그녀를 문제의 주축으로 둔다면 문제는 '오시노 오기에 대해서 다섯 글자 이내로 답하시오'이며, 답은 '오시노 오기'다. 그러니까 내가 제출하는 마지막 문제는 이렇다. '아라라기 코요미는 얼마나 어리석은가?'

20자 이내로 답하라.

다만 답안 중 반드시 1회, '오시노 오기'를 사용할 것.

002

돌아보면, 이런 식으로 하네카와와 단둘이 행동하는 것은 8월 이후 처음인지도 모른다. 물론 우리는 반의 반장과 부반장을 맡고 있으므로 행동을 함께한 것이 약 두 달간, 전혀 없었던 것은 아니겠지만, 그러나 완전한 2인조로 커다란 일과 맞서는 것은 실로 오래간만이었다.

　이벤트.

　차라리 사건이라고 말해도 좋을 정도로.

　그렇지만 그렇다고 들떠 있을 수는 없다. 장래에는 틀림없이 역사에 이름을 남길 위인이 될 거라 생각되는 반장 중의 반장, 하네카와 츠바사와 동행할 수 있는 것에 들뜰 만한 마음의 여유는 유감스럽게도 지금의 나에게 없었다.

　왜냐하면 지금의 내 발걸음은 마치 토성의 중력에 묶이기라도 한 것처럼 몹시 무거웠기 때문이다. 2인조로 행동하는, 그 목적.

　맞서야 하는 '커다란 일'에.

　발걸음이, 기분과 같은 정도로 무겁디무거웠다.

　"결국… 알아냈어? 아라라기 군."

　하네카와가 말했다.

　물을 타이밍을 노리고 있던 것을 간신히 물어보았다는 느낌이었다.

　오늘의 수업을 마치고 나오에츠 고등학교를 나와서, 우리는 같이 통학로를 걷고 있다. 다만 이 통학로는 내 통학로가 아니고, 또한 하네카와의 통학로도 아니다.

　"오이쿠라가 아라라기 군 부모님의 직업을 알고 있던 이유."

"응…. 그렇지, 뭐."

나는 어물거리며 애매하게 대답했다.

대부분의 사람이 보면 나의 이 언동은 '모르는데 아는 것처럼 얼버무렸다'라는 느낌으로 비칠지도 모른다. 다만 사실은 완전히 반대다. 사람은 **알고 있기에**, 알기 때문에 적당히 얼버무리고 싶어지는 경우도 있는 것이다. 그러나 저도 모르게 반사적으로 그렇게 행동해 버리긴 했지만, 하네카와 츠바사를 상대로 거짓말이나 얼버무리기를 시도하는 것만큼 의미 없는 짓은 없을 것이다. 나는 고개를 숙이며,

"알아냈어."

라고 말했다.

"센고쿠에게도 확인했으니까 틀림없어."

"아니, 딱히 고개를 숙이면서 긍정할 만한 일은 아니라고 생각하는데…."

"곡식은 익을수록 고개를 숙인다잖아. 나도 그래."

"그렇구나…. 어쩐지 기운이 없어 보이네. 이제부터 문병을 가려는데 문병하는 쪽이 병에 걸린 것 같은 얼굴을 하면 어떡해."

"……."

문병인가.

그러나 문병이란 하네카와와 나름대로 사실을 완곡하게 바꾼 부드러운 표현이며, 그저 사실만을 정확하고 냉혹하게 전하자면 이것은 '가정방문'이 될 것이다. 반의 반장과 부반장에 의한 가

정방문이다. 그런 일은 직급을 맡은 이후로 최근 반년간, 지금까지 한 번도 한 적 없는 업무였지만, 어쩔 수 없다.

왜냐하면 일이 이렇게 된 원인이 나에게 없다고는 말할 수 없기 때문에. 그렇다기보다, 보는 사람에 따라서는 전면적으로 내 책임이라고밖에 생각하지 않을 것이다. 특히 **문병을 받는 측의 그녀**는 틀림없이, 모든 것을 내 책임으로 생각하고 있을 것이다. 그것을 알기에 발걸음도 무거워진다.

토성처럼.

실제로, 내가 며칠 전부터 느끼고 있는 것은 다른 행성에 끌려온 것 같은 불편함이다. 또한 그곳이야말로 나의 고향이라는 말을 들은 듯한 불편함이다.

"고개를 숙이고 싶어질 만도 해. 나는 아무리 노력해도 기억해 낼 수 없었는데, 네가 말한 대로 했더니 금방 알게 되었으니까. 정말이지 하네카와, 너는 뭐든지 알고 있구나."

"뭐든지는 아니야. 알고 있는 것만."

하네카와는 가볍게 대답했다.

거기까지는 평소대로의 흐름이었다. 하지만 이번에 그녀는 그 말 뒤에,

"오기가 무엇을 알고 있는가는, 그러니까 모르는 거지⋯."

라고 말했다.

"⋯⋯."

오기.

오시노 오기.

"괜찮지? 미행해 오지 않는 거지? 그 애."

"미행이라니…. 아니, 무슨 살인청부업자도 아니고."

나는 어이없다는 투를 섞어 대답했지만, 하네카와로서는 딱히 농담으로 말한 것도 아닌지 실제로 걸음을 멈추고 뒤를 한 번 돌아보았다. 돌아봤을 때에 시야에서 가려지는 곳이 적어지는 지점을 기다리고 있었던 것 같다. 아무리 자기가 사는 동네 길이라지만, 이 반장에게는 지도 어플리케이션이 필요 없겠구나.

"살인청부업자? 미행이라고 하면 탐정이잖아? 아라라기 군."

만약 이 동네 지리에 밝지 않은 전학생인 오기가 미행하고 있었다면, 여기서 돌아보고 유심히 살펴보면 곧 알아차렸을 테지만 천하의 하네카와도 존재하지 않는 미행자, 존재하지 않는 탐정을 발견하는 것은 불가능한 듯하다.

다만 그 결과에는 불만인지,

"으음."

하고 신음했다.

"따라오고 있는 편이 고마웠을까, 이 경우에는. 미행하고 있었다면 뿌리칠 수 있었을 텐데."

"…너무 예민해진 거 아니야?"

"아니, 하지만 아라라기 군, 미행은 당하지 않더라도, 이미 앞질러 가 있을지도 몰라. 목적지는 확실하니까, 조사할 거라면 그쪽이 리스크가 낮고 말이야. 그리고 그렇기에 그쪽이 막을 방법이 없어서 성가시다는 얘기. 요즘 같은 때에 다른 학생의 주소를 조사하는 건 그리 간단하지 않지만, 아예 방법이 없는 것도 아니고…. 너무 예민하게 반응하는 건 아니야."

"너무 예민해진 게 아니라고 한다면, 하네카와, 너는 오기를 너무 높이 평가하고 있는 거라고. 확실히 그 애는 오시노의 조카라서 **그럭저럭** 머리가 좋은 것 같지만, 역시 어린애라고 할까, 1학년생이라고 할까, 귀여운 부분이 있는 느낌이잖아. 그런 애가 오시노처럼 되지 않도록 계도하는 것이 선배로서 우리가 해야 할 역할이고, 그것이 오시노에 대한 보은이기도 할 거야."

"오시노 씨에 대한 보은이라…. 응, 그건 훌륭한 마음가짐이야."

하네카와는 다시 걷기 시작했다.

그런 칭찬 같은 말을 하는 것치고는 어조가 비교적 신랄했다.

"정말 감탄했어. 나는 아라라기 군이 또다시 새로 등장한 귀여운 후배에게 푹 빠져 있는 줄로만 알았지 뭐야."

"또다시라니…."

"칸바루 양 때에도 아라라기 군은 비슷한 소리를 하지 않았어? 그 마음가짐이 본심이라면 그만두도록 해. 반에서 난리가 난 상황인데 후배에 정신이 팔려 있다는 오해를 살 만한 행동은."

"…가슴에 새겨 둘게."

"좋아."

성실하다고 할까, 융통성이 없다고 할까.

이런 부분은 변하지 않네.

아니, 변한 것인지도 모르지만.

어쨌든 하네카와 츠바사가 오기를 탐탁지 않게 여기고 있다는 것만은 분명했다. 뭐, 그리 붙임성 좋아 보이는 애가 아닌 것도 확실하고 말이야.

쓸데없이 수수께끼인 구석이 많고.

그래도, 그렇다고 해도 지금의 오이쿠라보다는 훨씬 붙임성 좋아 보이는 아이라고 말할 수밖에 없겠지만….

"확인해 두겠는데."

하네카와는 말했다.

"아라라기 군은 오기의 필드워크에 동행할 때까지, 오이쿠라 양과의 중학교 시절에 대한 추억을 잊고 있었지?"

"음…. 아니, 아니야. 반대야, 반대. 나의 필드워크에 오기가 동행해 준 거야. 오기는 기본적으로 나를 따라와 준 것뿐이야. 내가 오이쿠라를 떠올리는 것을 거들어 주었을 뿐이야. 그렇지, 그런 의미에서는 그 애한테 폐를 끼쳐서 미안했지. 내 문제에 섣불리 후배를 말려들게 해서는 안 되지. 나중에 뭔가 벌충을 해야겠어."

"응. 응응."

고개를 갸웃거리며,

"어쩐지 전달이 잘 안 되는 것 같네~. 내가 제대로 표현하지 못하는 걸까."

라고 말하는 하네카와.

"내가 보기에는, 그렇게 위험한 애도 또 없을 것 같은데."

"위험? 오이쿠라 얘기야?"

"이거 봐. 얘기가 서로 따로 놀고 있어. 마치 아라라기 군이 일부러 논점을 비틀고 있는 것 같아. 뭐, 좋아. 지금은 그런 이야기를 할 수 없는 상태란 얘기일 테니."

"응? 무슨 얘기야?"

"사람에게 가능한 것에는 한도가 있다는 얘기야. 하지만 그렇기에 사람은 할 수 있는 전부를 해야만 해. 한계선이 보인다면, 그 아슬아슬한 경계선도 걷기 쉬워지니까."

초인적인 소리를 한다. 다만 그것은 동시에, 극히 인간적인 발언이기도 했다. 예전의 하네카와는 그 한계라인을 간단히 넘어 버리는 구석이 있었으니까 말이야.

다만 대부분의 인간은 그 한계선 자체에서 멀어지는데, 아슬아슬할 때까지 다가가는 것을 좋다고 보는 하네카와의 멘탈이 얼마나 강한지는 말할 것도 없을 것이다. 뭐, 그런 멘탈이 아니라면 졸업한 뒤에 전 세계를 여행하겠다는 목표는 세울 수 없지 않을까.

그냥 존경스럽다.

다만 그런 만큼 지금 그녀가 아무래도 엉뚱한 추리에 사로잡혀 있는 듯하다는 점이 나로서는 몹시 유감스러웠다.

목적지에 도착하기 전에 그 이야기는 해 두는 편이 좋을지도 모른다. 하네카와에 대한 숭배에 기초한 나의 개인적인 감상은 접어 두고, 이 이상 상황이 복잡해지는 것은 바람직하지 않다.

"하네카와. 만약 오기가 오이쿠라에게 악의를 가지고 있다고 생각하는 거라면, 그건 아니라고 해 둘게. 애초에 오기는 오이쿠라와 만난 적도 없으니까. 내 이야기를 듣고서 오기가 지닌 그 엑센트릭함에 다소 흥미가 끌린 것인지도 모르겠는데….”

“그런 걱정은 하지 않아, 아라라기 군. 오기가 오이쿠라 양을 노린다니, 그런 생각은 티끌만큼도 하지 않아. 내가 걱정하는 것은….”

“것은?”

“그러니까, 아라라기 군이야.”

하네카와는 말했다.

너는 뭔가 알 수 없는 존재에 점찍힌 것인지도 몰라, 라고.

“응? 뭔가 알 수 없는 존재?”

“뭔가 좋지 않은 존재…일지도 모르고.”

확실한 한 가지 사실로서, 오기가 뭔가 알 수 없는 아이라는 점만은 틀림없지만. 아무래도 그 아이에게 점찍힌 것 같다는 점도 틀림없지만.

하네카와는 무슨 말을 하고 있는 걸까?

무엇을 말하고 있고, 무엇을 말하고 싶은 걸까.

그리고 무엇을, 말하지 않고 있는 걸까?

“솔직히, 완전히 지켜 낼 수 있을지 어떨지 자신이 없네.”

“응? 지키다니….”

“아라라기 군은 봄방학 때를 지옥이라고 불렀는데, 아라라기 군의 진짜 수난은 이제부터인지도 몰라.”

수난.

아니. 아니. 아니. 그런 의미에서는 지금 수난 상태인 것은 나보다도 하네카와 쪽인데, 이 불운한 반장 쪽인데, 라고 생각하는 중에.

그런 두서없는 대화를 나누고 있는 중에 우리는, 하네카와 반장과 아라라기 부반장은 목적지.

오이쿠라 소다치의 현 주소지에 도착했다.

003

1학년 3반에서 7월 15일에 이루어진 학급회의에 기인하는 2년간의 등교거부 기간을 끝내고, 드디어 때를 채운 것인지 만난을 배제한 것인지는 확실치 않지만, 또다시 우리 반의 학생으로서 등교해 온 오이쿠라 소다치 전 반장은, 그러나 다음 날부터 다시 학교에 오지 않게 되었다. 다음 날, 그다음 날도 오지 않았다. 다시 등교거부 상태로 돌아간 것이다. 아니, 첫날도 수업에는 출석하지 않았으니 기록상으로 그녀는 등교거부 기간을 갱신하고 있는 것이 된다. 그날 이른 아침에 현장을 목격했던 사람이라면 오이쿠라의 등교거부 재발은 그때의 착란의 결과, 요컨대 나 때문이라는 논리에 의문을 품는 일은 없을 것이다. 하지만 여기서는 난처하게도, 센조가하라의 주먹에 의한 폭력 역시 현장에서는 목격되었다. 그 자리에서, 그 자리에 쓰러진다는 그녀의 기지에 의해 가까스로 무사히 넘어가긴 했지만, 그런 작전으로 넘길 수 있는 것은 어디까지나 그 현장뿐이다. 다만 먼저 손을 댄 것은 오이쿠라 쪽이지만.

내 손등에 볼펜이 박힌 일이 어물쩍 넘어간 것은 바라던 바였지만, 여학생 사이의 장절한 치고받기가 모처럼 등교한 등교거부아를 도로 쫓아내는 결과를 낳게 되면 역시나 유야무야 넘어갈 수는, 하물며 평온하게는 끝낼 수 없다.

칸바루 같은 자유분방한 학생이 있는 탓에 눈치채기 어려워진 구석이 있는데, 나오에츠 고등학교는 기본적으로 철저한 입시 명문교이며, 그렇기에 그런 종류의 불상사에는 매우 엄격하다.

즉 오이쿠라 소다치가 다시 학교를 쉬기 시작한 것으로 인해 당사자인 센조가하라 히타기의 입장이 살짝 핀치에 몰린 것이다. 물론 총명한 그녀다.

그런 불온한 분위기를 민감하게 알아차린 것인지, 그녀 역시 그날 이후로 학교에 나오지 않았다. 오이쿠라와 싱크로하는 듯한 휴가에 들어갔다(휴가라니). 표면적으로는 빈혈, 또한 오이쿠라를 때린 주먹이 미세골절되었기 때문이란 이야기가 되어 있는데, 센조가하라에 대한 이해가 깊은 나나 하네카와가 추리하기로는 100퍼센트 꾀병이었다.

과연 과거에는 자신의 보신만을 생각하며 살아왔던 사람답다. 다만 예전의 그녀라면 절대 이렇게 소동이 될 만한 형태로 오이쿠라와 대결하지 않았을 것이다.

뭐, 어쨌든 모양새로서는 쌍방과실이라는 형식이 성립하고 있어서 제삼자가 끼어들기 힘든 분위기를 만들어 내는 데에 센조가하라는 성공한 것이었다. 그 부분에 대해서는 정말 대단하다고 칭찬할 생각이 들지 않는다면 거짓말일 것이다. 다만 그것도 자업자득이라고 할 수 있겠지만.

어쨌든 오이쿠라가 학교에 오지 않게 되고, 그리고 센조가하라도 학교에 오지 않게 된 지 이틀째에 드디어 학급 반장 하네카와 츠바사가 움직이기 시작했던 것이다.

"이대로라면 센조가하라는 추천이 취소될지도 몰라."

그녀는 나에게 그렇게 고했다.

"어… 왜? 추천이라면 대학의 추천입학 얘기지? 즉 폭력행사에 의한 불상사로?"

"아니, 그건 아니야. 센조가하라는 그 일을 쌍방과실로 만드는 데 성공했어. 이건 단순히 출석일수 부족 문제야. 그 애, 아라라기 군 정도는 아니어도 학교를 상당히 많이 빠졌거든."

"아아…, 그랬던가."

확실히 그녀의 1, 2학년 때의 출석률은 바닥을 기고 있었다. 다만 그것은 센조가하라의 '병'에 유래한 것이었으므로 5월 이후의 그녀는 평범한 고교생활을 보내고 있었을 텐데….

"뭐, 센조가하라는 8월에 아라라기 군이 모르는 곳에서 인플루엔자 같은 것으로 쉬기도 했으니까. 물론 설령 추천이 취소된다 해도 그 애라면 일반 입시로도 전혀 걱정 없겠지. 하지만 아무리 본인이 신경 쓰지 않는다고 해도 추천이 취소되는 건 후배들에게도 악영향을 줄 수 있는 상당히 큰 문제거든. 이 문제는 우리가 해결해야 해."

우리.

…나까지 들어가 있네.

이미.

"…하지만 해결한다고 해도, 어떻게? 센조가하라의 집에 가서 꾀병은 그만 부리라고, 이불 속에서 끌어낼 거야?"

꾀병이니까 얌전히 이불 속에 누워 있으리라고만은 할 수 없지만. 오히려 센조가하라가 평소에 하고 있는 완성도 낮은 거짓말로 보면, 그 여자는 평범하게 밖에서 쇼핑 같은 것을 하고 있을 것 같다.

정말, 여러 가지로 걱정되는 여자친구다.

"걱정은 센조가하라뿐만이 아니겠지. 오이쿠라 양도."

"오이쿠라."

"그래. 아라라기 군은 오이쿠라 양도 걱정하고 있잖아?"

"……."

확실히 그렇게 단언해 오면 부정하기도 어렵지만…. 그렇지만 지금 내가 오이쿠라에게 품고 있는 마음을 '걱정'이라는 한마디로 표현해 버려도 괜찮은지 어떤지, 나는 잘 알 수 없었다.

물론 또다시 '틀어박혀' 버린 그녀에게 마음이 흔들리지 않는다고 하면 거짓말이 되겠지만, 요전에 명백해진 나와 그녀와의 연고를 생각하면, 어떤 얼굴을 하고 만나야 좋을지 모르겠다.

감사 인사를 하는 것도 사죄를 하는 것도, 솔직히 이제 와서 새삼스럽다는 느낌이 든다. 아니, 이제 와서 새삼스럽다는 느낌이란 것은 허울 좋은 핑계일 뿐이고, 실제로 나는 부담스럽고 겸연쩍어서 오이쿠라와 마주하고 싶지 않은 것뿐이겠지, 분명히. 흔히 사람들은 과거보다 미래를 보며 살아야 한다고 말한다.

과거는 바꿀 수 없지만 미래는 바꿀 수 있다.

…그렇다느니 어떻다느니.

과연 그 말대로, 말씀대로이기는 하겠지만, 과거에서 눈을 돌리고 싶다는 마음으로 미래를 보는 것은, 결국 그것은 긍정적이기보다 부정적이라 할 수 있다.

앞을 보는 동기가 네거티브다.

본래, 과거도 미래도 동시에 보면서 살아가야 하지만, 나는 그런 삶의 방식과 가장 먼 남자였다.

과거를 향해서도 미래를 향해서도 눈을 감고, 현상유지에 힘쓴다.

그런 녀석이다.

"…걱정되기는 하지, 뭐."

결국 나는 그렇게 말했다.

떨떠름하게, 라고 할까.

필시 잘 알아듣기 힘든 목소리였을 것이다.

"하지만 사정은 어제 이야기한 대로야. 어쩌면 나는 더 이상 그 애에게 다가가지 않는 편이 좋을지도 모른다는 생각까지 들어. 그 녀석이 다시 학교를 쉬기 시작한 것은 불안하지만, 그것으로 한시름 덜었다는 기분이 없다고도 할 수 없어."

"말해 버리면 돼, 그 정도는."

하네카와는 애써 밝은 투로 말했다.

이 일은 당사자 두 사람이 모두 학교에 오지 않아서, 불똥이 반장인 하네카와를 향해 뛴 듯한 구석이 있었다. 그것 때문에 피폐해진 듯 보이는 하네카와였지만 역시나 다부지다.

"그 정도는 괜찮다니까. 그 정도는 얼버무리려는 행동에 들어가지 않아. 계속 허울 좋은 말만 한다고 되는 것도 아니고 말이야."

"…그렇게 말해 주니 기뻐."

이것은 감사 인사라기보다는 그냥 진심이었다. 내 마음이 꺾일 것 같을 때마다 늘 수선해 주는 하네카와 츠바사다. 생각해 보면 봄방학 때부터 그랬지만.

계속 그랬지만.

"뭔가 아이디어가 있다고 한다면, 물론 협력할게. 그것이 어떠한 복안이라도 네가 생각한 것이라면. 하네카와, 요컨대 센조가하라하고 오이쿠라를 화해시키려는 생각이야?"

"응. 으음…. 역시나 화해까지는 무리일까. 갑자기는…. 서로 치고받은 상황이니까. 옛날의 센조가하라였다면 그럴 수 있는 멘탈이었을지도 모르지만, 지금은 좀…."

"응…. 지금은 말이지."

동의.

오히려 나는 바보 같은 질문을 했다는 생각에 부끄러워졌다. 그런 의미에서, 이것은 센조가하라의 갱생이 마이너스로 작용한 사례라고도 할 수 있다. 사례라고 할까, 실제로 이런 마이너스 사례는 의외로 있다.

팽팽히 긴장되어 있었을 무렵의, 보신만을 생각하던 무렵의 센조가하라 히타기는 이제 없노라고, 그런 때에 실감한다. 가만히 생각해 보면 책략이라든가 뒤처리를 나에게 맡겼다, 떠넘겼다고 해도, 실제로 지금 센조가하라가 하고 있는 행동은 따지고 보면 '언짢은 일이 있어서 학교를 쉰다'는 것이다.

굳세다든가 전략적이라든가 하는 그런 모습이 아니다.

말하자면 평범한… 여자아이다.

여고생이다.

다만, 만일 센조가하라를 그렇게 정의한다면 오이쿠라도 같은 시점을 적용해 볼 필요가 있을 것이다.

그렇지 않으면 공평하지 않다.

나는 그녀와의 관계상 어쩔 수 없이 편견과 선입관을 가지고 그녀의 행동을 특수하게, 특별하게 보게 되지만, 지금 와서는 거기서 깊은 의미를 찾아내려 하지 않을 수가 없지만, 그러나 그러한 관계를 벗어나서, 잊을 수는 없다고 해도 그 관계에서 벗어나서 한 명의 반 친구로서 본다면.

뭐, 역시 가만히 내버려 둘 수는 없을 것이다.

"그런 이유로, 아라라기 군. 오늘 방과 후에 문병을 가려고 생각하는데, 센조가하라와 오이쿠라 양의."

"엥?"

멍청한 반응을 해 버렸다.

이야기의 흐름으로 예측해도 좋을 만한 전개, 예측할 수 없었다고 해도 지극히 당연한 전개에 필요 이상으로 놀라 버린 모습이다.

이제 와서 '엥?'은 아니지 않나?

"오이쿠라 양의 현재 주소지는 호시나 선생님에게 물어보고 왔어. 그래서, 이제부터가 상의할 내용인데 말이야, 아라라기 군."

사태의 해결을 위해 두 사람의 문병을 가는 것은 반장과 부반장이라는 입장상, 이미 기정 노선으로 결정사항이며, 그 점에 대해서는 일절 상의할 생각이 없음을 간접적으로 드러내면서, 하네카와는 말했다.

"어쨌든 시간이 없으니까 나눠서 가려고 해. 센조가하라와 오이쿠라 양, 아라라기 군은 어느 쪽에 문병을 가고 싶어?"

"……."

"아라라기 군이 결정해도 돼."

심리게임 같은 질문이었다.

그러나 이것은 게임이 아니다. 따라서 이것은 정답이 없는, 단순한 마음의 설문이었다.

004

연인을 문병하는가, 원수를 문병하는가.

상당한 궁극의 선택이기는 했지만 나는 후자를 고르기로 했다, 라는 표현을 쓰면 마치 오이쿠라처럼 일부러 자신을 궁지에 몰아넣는 자학적…이 아닌 자벌적 충동에 몸을 맡긴 것처럼 생각될지도 모르겠는데, 뭐, 이것에 대해서는 말 그대로 자벌적 충동에 몸을 맡긴 것이었다.

그렇게라도 하지 않으면 아라라기 코요미란 녀석은 오이쿠라 소다치와 마주하지 않을 것이라는 단정, 설령 오이쿠라가 어떻게 생각하더라도 이대로는 나는 자신을 어떻게 생각하지도 못하리라는 마음.

그런 것에 나는 몸을 맡기기로 했다. 오이쿠라에게는 그저 민폐일 뿐이고, 그 녀석은 나의 그런 부분을 싫어하는 것이겠지만, 다만 설령 아무리 미움받았다고 해도 내가 갑자기 내가 아니게 될 수는 없는 것이다.

나는 나.

아라라기 코요미는 아라라기 코요미.

다만 이 결단에는 한 가지… 아니, 두 가지 요소가 더 얽혀 있는 것도 제대로 서술해 둬야만 한다. 한 가지는 나와 오이쿠라와의 관계성이다. 어제 하네카와에게 받은 지적, 오이쿠라는 어째서 우리 부모님의 직업을 알고 있었는가? 이 의문에 대한 답이, 역시 하네카와의 어드바이스에 따라 행동함으로써 멋지게 해결되었던 것이다. 멋지다고 할까, 간단했다고 할까. 아니, 답을 알아낸 것뿐인데 그것을 해결이라 불러도 되는지는 확실치 않지만…. 어쨌든 고등학교 1학년 무렵 그녀와의 관계성과 중학교 1학년 무렵 그녀와의 관계성에 이어서, 나는 초등학교 시절 그녀와의 관계성을, 지금은 마음에 두고 있다.

그것을 축으로.

그녀와 다시 한 번 대화를 하고 싶다.

…본심을 말하자면 대화를 하고 싶지 않고, 또한 대화를 하고 싶더라도 분명히 이중적인 의미에서 대화가 안 되리라는 것도 빤히 예상된다. 하지만 설령 불합리하더라도, 혹은 자살행위더라도 바닥 모를 깊은 늪에 뛰어들어야만 하는 때가 분명 있다고 생각한다.

그래야만 한다고 생각한다.

그리고 또 다른 한 가지 요소는, 이것은 극히 실질적, 혹은 실무적인 것인데, 내가 센조가하라의 문병을 가면 어쩔 수 없이 그 녀석에게 어설픈 대응을 하게 될 것이라는 점이었다. 그래서는 센조가하라를 위한 행동이 되지 않는다. 뭐, '위한다'라고 말한다면 어쨌든 센조가하라는 나를 위해서, 혹은 나를 대신해서 오이쿠라와 맞서 주었다. 그렇게 되면 연인 사이라는 점을 제쳐 두더라도 나로서는 쓴소리를 할 수 있는 상황이 못 된다. 아니, 그 부분만은 어떻게 하더라도 제할 수 없을 것이다. 그런 이유로, 그곳은 지금은 나보다도 센조가하라와 사이가 좋으며, 그렇기에 속을 터놓고, 게다가 쓴소리도 할 수 있는 하네카와가 센조가하라를 담당해야 한다는 것은 아주 논리적인, 한 치의 빈틈도 없는 해답이었다.

"응, 그러네, 그렇게 생각해. 다만 나는 그 부분에 입각해서, 그래도 아라라기 군은 센조가하라를 고르지 않을까 하고 생각했는데 말이야…. 뭐, 그것도 아라라기 군인가."

하네카와는 그렇게 말했다.

"그러면 센조가하라는 나에게 맡기고, 아라라기 군은 오이쿠라 양을 어떻게든 학교로 데리고 와. 그 두 사람이 사이가 좋아지는 것은 무리일지도 모르고, 화해시키는 것도 불가능하다는 기분이 들지만…. 지금 이대로 놔두면 양쪽 다 불행해질 수밖에 없으니까."

센조가하라 히타기의 추천입학이 취소되지 않게 만들기 위해서는 센조가하라의 꾀병을 그만두게 해야 한다. 그리고 결과야 어찌 됐든 한 번은 학교에 왔던 오이쿠라를, 이대로 놔둬도 될리가 없다. 두 사람이 다시 교실에서 얼굴을 마주하게 만들면 또다시 치고받는 싸움이 벌어질지도 모르지만, 그렇게 되지 않도록 배려하는 것도 반장과 부반장의 일일 것이다.

불가능하더라도, 가능한 일은 해야 한다.

이런 말을 하면 예전에 반장으로서 해야 할 일을 어중간하게 방기한 오이쿠라에 대한 빈정거림이 되어 버릴지도 모르지만…. 그런 이유로, 그날 방과 후에 반의 부반장인 나는 오이쿠라의 현 주소지로 향하게 되었던 것이다.

응?

나눠서 행동하기로 했을 텐데, 그러고 난 뒤에 하네카와와 합류하고 있는 이유? 그것은 이런 경위다―그 부분도 나로서는 그녀의 수난이라고 할까, 쓸데없는 근심이라고 생각하는 점이지만―방과 후, 아직 교내에 볼일이 있던 하네카와에게 오이쿠라의 현 주소지를 듣고 단신으로 그곳으로 향하려고 하는데 교문 근처에서.

"어라? 아라라기 선배잖아요?"

그렇게.

오시노 오기가 말을 걸어왔다.

"아…. 오기."

나는.

나는 어쩐지 기선을 제압당한 듯한 기분이 되었다. 딱히 아무 말도 하지 않았지만, 이제부터 일대 사업에 임한다며, 나 같은 녀석이라도 나름대로의 결의를 하고 있는 참에, 살며시 차 한 잔을 앞에 내밀어 온 듯한 기분이다. 무슨 소릴 하고 있는지 이해하지 못할 거라 생각하는데, 이건 나도 모르겠다. 다만 차 한 잔이 앞에 놓여 버리면, 바로 길을 떠날 수도 없다.

"오기…. 지금 돌아가는 거야?"

"돌아가요? 그게요, …아니."

탁, 하고 손뼉을 치는 오기.

웃는 얼굴로.

"무슨 소릴 하시나요, 아라라기 선배. 우리는 여기서 만나기로 약속했었잖아요. 교문에서 3시 42분에 만나기로 약속했잖아요. 역시나 아라라기 선배, 시간에 딱 맞춰 왔네, 정확하기도 해라. 그런 부분이 참 성실하다니깐, 이 어리석은 자는."

"응…?"

고개를 갸웃거린다.

그런 약속을 했던 기억은 없다. 완전히 기억에 없다. 하지만 뭐, 오기가 그런 말을 하면 그런 거라는 기분이 들기 시작한다.

설령, 예를 들어 조금 전에 걸어왔던 말이 조금 이상하다고 해도. 3시 42분이라니, 약속 시간이 너무 세밀하다는 기분이 든다고 해도.

이거 안 되겠네, 후배와 한 약속을 잊고 있었던 건가. 정말 못 써먹을 선배네. 이래서는 선배의 위엄을 부릴 수가 없다.

"와~아, 기뻐라. 아라라기 선배가 이제부터 회전하지 않는 초밥집에 데려가 준다니."

"그런 약속을 했던가?! 내가?!"

"했었잖아요. 저의 전학을 축하해 주신다면서."

"전학 축하로 회전하지 않는 초밥이라니…. 대체 뭐가 전학해 온 거야, 우리 학교에."

딴죽을 걸기는 했지만, 이것은 동시에 절실한 의문이기도 했다. 대체 무엇이 전학 온 걸까, 우리 학교에.

"그 뒤에는 바bar에서 한턱낸다는 약속이었죠?"

"바는 뭐야, 드링크바?"

돈이 많이 드는 후배가 전학 왔나 보다. 패밀리 레스토랑의 드링크바라고 해도….

뭐, 설령 약속을 잡아 두었더라도 오늘만큼은 초밥집에도 바에도 갈 수 없다. 나는 미안한 마음으로 성실하게 사죄하기로 했다.

"미안해, 오기. 유감스럽게도 너와의 약속은 못 지킬 것 같아."

"어라. 뭔가요, 그 멋진 대사는? 약속을 깨면서도 멋진 대사는. 아하, 돈이 없나 보군요."

"바보 같은 소리 하지 마. 나는 거부ㅌ富라고."

어차피 약속을 깨게 된 터라, 나는 허언을 내뱉었다.

성실함의 성자도 없다. 있는 것은 기껏해야 멍청함의 멍자일 것이다.

"난 지금부터 오이쿠라의 집에 들러야 하게 되었어, 오기."

"호호오? 또 그 폐가에 가시려고요?"

"아니, 폐가가 아니라, 지금의 주소 쪽…."

음.

이거 안 되겠네. 또 오기 앞에서 나불나불 수다를 떨고 있다. 이런 점은 잘 단속하지 않으면 입이 가벼운 녀석이라는 소문이 나 버릴 우려가 있다.

나는 꾹 하고 입술을 다물었다.

그 입술을 오기가 검지로 건드렸다.

립글로스를 바르듯이, 스윽 하고 쓰다듬는다.

"……?! 무슨 짓을 하는 거야?!"

페티시적인 움직임에 저도 모르게 당황했지만, 딱히 성적인 의미는 없었는지,

"아뇨, 입의 지퍼를 풀었어요."

라고 오기는 당당하게, 표표하게 말했다.

"지퍼라고 할까, 매직테이프 같았지만요. 조금 더 들려주세요, 부탁이니까요. 무슨 일이 있었나요? 아라라기 선배가 어제오늘 사이에―그저께 오늘 사이일까요―오이쿠라 선배와 서로 집을 방문할 정도의 관계가 되다니, 무시무시한 스피드로 오

이쿠라 선배를 공략하고 있잖아요. 일진월보*네요. 대체 어떠한 경과를 거쳤는지 보고해, 이 어리석은 사람."

끝에 가서는 명령형이 되어 있었다.

이 아이의 말투는 참 부자연스럽다.

"아니, 사이가 좋아졌다든가 공략이라든가 하는 것은 아니야. 서로 방문하는 게 아니라, 일방적으로 밀고 들어가는 것과 비슷하니까. 어제부터 그 녀석, 또 학교에 오지 않게 되어서 말이야. 그저께도 오지 않은 것이나 마찬가지이긴 했지만…."

나는 어쩔 수 없이 설명한다.

뭐, 전학을 축하하며 한턱내겠다는 약속을 결과적으로 깨게 되는 이상, 그 부분의 책임은 져야 할 것이다.

어쨌든 이대로는 센조가하라의 입장도 오이쿠라의 이후도 별로 좋게 돌아가지 않을 것이라는 옴짝달싹 못 할 현재 상황에서 하네카와 츠바사가 움직이기 시작했다는 사실을, 오기에게 보고한다…. 보고? 아니, 이러면 내가 오기의 부하 같은데…. 하지만 뭐, 어쩐지 상황에 맞는 표현이라는 기분도 들었기 때문에, 특별히 정정하지는 않겠다.

"…라는 얘기야."

"…라는 얘기인가요. 흠…. 아니, 하지만 싸움이 벌어질 거라고요, 아라라기 선배가 단신으로 방문하면."

오기는 이야기를 다 듣고 나더니, 생각에 잠긴 얼굴로 말했다.

※일진월보(日進月步) : 끊임없이 진보하고 발전함을 이르는 말.

"교실에서의 언쟁이 오이쿠라 씨의 집에서 재개되는 것뿐이잖아요. 그렇게 생각하지 않으시나요?"

"뭐, 생각하지 않는 것은 아닌데…. 염려되는 부분은 있지만."

"아무리 생각해도 센조가하라 선배를 아라라기 선배가, 오이쿠라 선배를 하네카와 선배가 담당해야 했던 거 아닌가요? 배치 미스예요."

"응, 뭐, 그럴지도 모르지만."

온화하게 일을 끝마치려고 한다면 그 배치가 옳을 거라고 확실히 생각한다. 하지만 이 경우에 온화하다는 것은 '좋은 게 좋은 것'이라는 사고방식과 극히 유사한데, 그런 '좋은 게 좋은 것'이라는 방식이 상황을 해결로 이끌 수 있을지는 몹시 의심스럽다.

하네카와는 딱 부러지는 성격이라 '움직여 보기는 했다'라는 느낌의 알리바이 만들기 같은 일처리는 싫어한다. 날림 일처리로 유명한 부반장인 나도, 적어도 이번에는 같은 심정이었다.

"흐음…. 그렇지만 오이쿠라 씨의 가정환경 문제는 어떻게 되나요? 상당히 비참한 가정환경이었을 텐데요, 그 사람. 그곳에 단신으로 들어간다는 것은 위험을 넘어서 어리석은 짓이라고요. 권할 수 없어요."

"아니, 그 부분은 아무래도 걱정할 필요는 없어 보이는데…. 나도 아직 자세히 들은 건 아니지만, 지금의 그 녀석은 부모님과 떨어져서 생활하고 있는 모양이라."

"부모님과 떨어져서? 호오. 그렇다면 친척에게 보호되고 있다는 건가요?"

"아니, 혼자 살고 있는 모양이야."

"허어…. 그거 참."

재미있네요, 라고 말하는 오기.

고교생의 독신 생활이라는, 거의 만화 속에서나 나올 법한 '설정'에 놀라고 있는지도 모른다.

"그러니까 네가 말했던 대로, 5년 전에 부모님의 이혼이 있었던 거겠지. 가정붕괴라고 할까. 그리고 2년 전에 이 동네로 돌아왔어. 물론 명목상의, 서류상의 보호자는 있을 거라고 생각하지만…."

"그렇군요. 대충 찍었던 추리가 맞았나요. 하지만 그것은 그것대로 문제가 발생하네요. 아라라기 선배. 어리석은 아라라기 선배. 즉 아라라기 선배는 이제부터 사실상 혼자 사는 여자애의 집을 방문하려는 거잖아요. 이것은 좋지 않아요."

"응? 좋지 않은가?"

"좋지 않아요, 좋지 않아요. 신사로서 있을 수 없는 행위예요. 하네카와 선배는 아라라기 선배의 그런 부분을 신뢰하고 계신지도 모르지만, 일반적으로 생각하면 혼자 사는 여자의 집을 남자가 단신으로 방문하다니, 그 관계성을 의심받아도 어쩔 수 없어요. 파트너를 가진 몸으로서 해서는 안 될 일이에요."

"으음.…."

과연 듣고 보니 그렇다…는 생각도 든다.

고교생이라는 나이에 그런 사회적인 예절이나 남녀 간의 매너 같은 사항을 하나하나 따질 필요가 있다고 생각하지는 않지만, 쓸데없는 오해를 사는 전개는 피할 수 있다면 피하고 싶은 법이다. 나 자신은 둘째 치고 나를 싫어하는 오이쿠라는, 만에 하나라도 그런 소문이 퍼지기라도 했다간 농담이 아니라 정말로 자살해 버릴지도 모른다.

…자살.

갑자기 떠오른 그 불길한 단어에 생각 외로 현실성이 있음을 깨닫고 나는 오싹해졌다. 그렇다.

설령 찾아갈 사람으로 나보다 하네카와 쪽이 어울리더라도, 오이쿠라의 현재 생활이 어떠하더라도, 쓸데없는 오해를 받게 되더라도, 오이쿠라가 이 이상 궁지에 빠지지 않도록 나는 반드시 그녀와 마주해야만 하는 것이다.

5년 전에 그 녀석의 구조 요청에 응하지 못했던 일에 대한 속죄가 아니라, 하물며 벌충도 아니라 그저 지금 여기에 있는 문제로서.

"결의가 굳건하신 것 같네요."

오기는 어쩔 수 없다는 듯한 태도로 어깨를 축 늘어뜨렸다.

어쩐지 오기는 억지로라도 내가 오이쿠라의 집에 가는 것을 말리려 하고 있는 듯한데, 친절한 마음에서 우러나온 것이 틀림없을 그 어드바이스에 따를 수는 없다는 내 마음이 그녀에게 전해진 듯했다.

"회전하지 않는 초밥, 기대하고 있었는데 말이에요."

…친절한 마음에서가 아니라 식욕에서 우러나온 것이었을까. 그러나 그 약속에 대해서는, 정말로 미안하지만, 취소할 수 있어서 다행이라는 마음뿐이다.

어쨌든 너무 오랫동안 이야기하고 있을 수 없다.

나는 정리에 들어갔다.

"그러면 오기."

"아아, 그렇지! 좋은 생각이 났어요, 아라라기 선배."

정리가 끊겼다.

오기의 착상에 의해서.

"불초한 제가 그 가정방문에 동행하도록 하죠!"

"어, 오기가? 그건 고맙지만⋯."

응? 고마운가?

오기의 동행을 고맙게 생각할 만한 이유가, 여기 어디에 대체, 있었던가⋯. 아아, 하지만 그러고 보니 오기는 조금 전에, 내가 오이쿠라를 찾아가는 것을 권할 수 없는 이유로서 '혼자'라는 점을 거론했다.

"즉 혼자가 아니면 되는 거예요. 게다가 저는 여자니까요. 같이 있으면 오이쿠라 선배의 마음도 어느 정도 누그러지지 않을까요?"

"여자가 상대라고 해서 누그러질 녀석이 아닌데⋯."

후배라면 조금은 누그러질까?

아니, 하지만 완쾌된 듯 보인다고 해도 '병약 캐릭터'로 인식했던 센조가하라에게 따귀를 날린 오이쿠라니까 말이야⋯. 병자에게 자상하지 않은 녀석이 후배에게 자상하리라고는 생각되지 않는다.

다만 그래도 나와 단둘이 있는 것보다야 낫다는 기분이 든다. 응, 좋은 아이디어다. 생각해 보니 왜 그 생각을 못 했을까 하는 기분이 들 정도다.

"아시다시피 저는 얘기를 잘 들어 주는 사람이니까요. 어쩌면 오이쿠라 선배에게서 여러 가지를 들을 수 있을지도 몰라요."

"알아낼 수 있다⋯."

"사람과의 관계 같은 건 어차피 정보전이에요, 아라라기 선배. 상대에 대해서 알아 두면 손해될 건 없어요. 아라라기 선배는 지금까지 학급회의 때의 일이나 중학교 1학년 여름방학 때의 일을 상기하며 과거의 그녀를 떠올리셨는데, 천만의 말씀. 지금의 그 사람과 전혀 제대로 이야기할 수 없잖아요? 언쟁이 벌어지지 않도록 제가 사이에서 중재해 드릴게요. 뭐, 여기까지 오면 이미 발을 들여놓았으니 뺄 수도 없죠. 제가 힘 좀 쓰게 해 주세요."

생글생글 웃으며, 완전한 선의에서 나오는 제안처럼 오기는 말한다. 거부할 이유가 없어 보였다. 있다고 한다면 회전하지 않는 초밥집에 데려가 준다고 약속했던 후배를 무시무시한 수라장으로 끌고 가게 될 것 같다는 양심의 가책인데⋯. 그러나 오기는 오히려 초밥집보다 수라장 쪽을 좋아할 것 같다는 생각이 들었다.

필드워크를 좋아하는 탐색탐정 마니아인 조사 애호가⋯라고 해도 실제로는 별것 아닌, 구경꾼 근성의 화신 같은 여자애 같다.

그렇다면 호기심 왕성한 그녀의 제안을 여기서 일부러 거절할 것은 없지 않을까. 오이쿠라가 얼마 전처럼 히스테리를 일으킨다고 해도, 처음부터 대비해 두면 후배 한 명을 지키지 못할 것은 아무리 그래도 없을 테고 말이야.

"그러면 오기, 부탁할게."

"네, 부탁받았어요."

"부탁하면 안 돼!"

응?

마지막은 누구의 대사지? 그런 지문은 없는데, 라며 돌아보자, 아무래도 볼일을 마치고 온 듯한 하네카와가 교문 앞에 서서 오랫동안 이야기를 나누고 있던 나를 따라잡은 참이었다.

005

"부탁하면 안 돼, 아라라기 군."

하네카와가 거칠게 숨을 몰아쉬고 있는 모습을 보니, 아무래도 건물에서 교문까지 뛰어온 듯했다. 추측하기로는… 학교 건물을 나와서, 자, 이제 센조가하라의 집에 가 볼까 하고 있는데 나와 오기가 교문 근처에서 이야기를 나누는 모습을 발견하고 황급히 여기까지 뛰어왔다는 상황일까?

오기는 웃고 있다.

그런 하네카와를 보고 웃고 있다.

"하네카와…."

나는 영문을 알 수 없어서, 우선 하네카와의 이름을 불렀다. 난처할 때에 신의 이름을 부른다는 것과도 비슷했는데, 일단 하네카와는 호흡을 정돈하고 고개를 들어서 내 부름에 답해 주었다.

"안 된다니까, 그 왜…. 반의 내부문제에, 후배를 말려들게 하면."

"음…."

아아.

그런 의미인가? 그런 건가?

어쩐지 나쁜 길에 발을 들이려고 하는 친구를 필사적으로 말리는 듯한 절박한 어조로 부르기에 어이쿠 이게 무슨 일인가 싶었는데, 뚜껑을 열고 보니 하네카와의 말은 지극히 상식적인 이야기일 뿐이었다.

그리고 이야기의 내용도 지당한 말이었다.

확실히 반의 내부문제에 외부인을 끌어들이는 것은 좋지 않다. 설령 오기가 뭐라고 자청하더라도.

다시 생각해 보니, 생각할 것도 없는 일이었다.

"오기…."

"아뇨아뇨아뇨아뇨. 괜히 부담 갖고 사양하지 마세요. 아라라기 선배, 그러는 쪽이 상처 입는다니깐요."

오기는 물고 늘어지듯이 주장했다.

겸허한 어조이기는 했지만, 한 걸음도 물러서지 않겠다는 강한 결의를 담아,

"부디 꼭 동행하게 해 주세요. 방해는 하지 않을 테니까요. 저는 뭔가 조금이라도 좋으니까 아라라기 선배에게 도움이 되었으면 좋겠다고 생각한 것뿐이라고요. 한번 승낙해 놓고 이제 와서 거절하다니, 너무 잔혹해요."

　라고 말했다.

"으음."

　그런 말을 들으니 난처하다

　오기가 나한테 도움이 되고 싶다는 이유만으로 그런 소리를 하는 게 아니라는 것 정도는 당연히 어느 정도 눈치채고 있지만, 호기심이나 구경꾼 근성의 표출이라고는 생각하지만, 그러나 한 번 승낙해 놓고 이제 와서 거절하는 것은 너무 잔혹하다는 말도 일리가 있다고 생각되었다.

"저에 대한 건 신경 쓰지 마세요. 전혀 상관없으니까요. 신경 안 쓰셔도 되니까요. 오히려 여기에 와서 그런 서먹서먹한 소릴 듣는 쪽이 쇼크예요. 쿠궁~이라고요. 저하고 아라라기 선배 사이잖아요."

"너하고 아라라기 군이 어떤 사이인데?"

　오기의 강하게 밀어붙이는 말이라고 할까(오시노인 만큼?), 그 기세에 내가 지금이라도 완전히 밀려 넘어가려 하는 상황에 하네카와가 끼어들었다.

　그다지 이런, 사람과 사람의 대화에 끼어들 것 같은 이미지가

없는 하네카와였던 만큼, 그 행동은 의외였다. 하지만 생각해 보면 그녀는 나와 오기의 사이에 끼어들기 위해 여기까지 전력으로 달려온 것이었다.

끼어들며 참견하는 것도, 그런 의미에서는 당연하다.

"너와 아라라기 군은 그저께 처음 알게 된 사이일 뿐이잖아?"

하네카와는 말한다. 그녀는 그녀대로 웃는 얼굴이다. 그 웃는 얼굴만으로 판단하면, 제멋대로 행동하는 후배를 자상하게 타이르고 있는 것뿐으로 보이기도 한다.

"네, 그러네요."

오기도 그 부분은 긍정했다.

"하지만 사람 사이란 것은 꼭 시간이 전부는 아니니까요. 저로서는 아라라기 선배와는 단시간에 완전히 의기투합해 버렸다고 생각하고 있었는데요. 수수께끼의 교실에 갇히거나 폐가에 모험을 하러 가거나, 보통은 겪을 수 없는 체험을 함께 했으니까요. 안 그런가요, 아라라기 선배?"

"응? 아아, 그건…."

어쨌든 방과 후에 고교생 신분으로 회전하지 않는 초밥을 사주려고 했을 정도다. 어지간히 의기투합하지 않는 한 그런 약속은 하지 않을 것이다.

"아아, 응. 그 일에 대해서는 들었어. 아라라기 군이, 나의 소중한 친구가 큰 신세를 진 것 같아서 감사 인사를 해야겠다고 생각했어."

하네카와는 대화적으로 그런 것에 이어서, 신체적으로도 나와 오기 사이에 끼어들었다. 그리고 말했다. 소리 높여.

"하지만 뭐, 나라면 좀 더 잘 했겠지만."

"……."

오기가 입을 다물었다. 웃는 얼굴인 채로, 웃는 얼굴 비슷한 표정을 한 채로 굳었다.

어이, 어이. 이건 뭐지?

하네카와의 이런 공격적인 자세는 처음 보는 것인지도 모른다. 아니, 처음은 아니라고 해도, 상당히 예전으로 거슬러 올라간다. 예를 들면… 봄방학인가? 봄방학, 하네카와 츠바사가 나와 전설의 흡혈귀 사이에 끼어들었던 때 이후인가?

"…헤에."

무겁디무거운 침묵 뒤에.

간신히 오기가 입을 열었다.

"그러신가요…. 네, 그렇겠죠. 분명히 하네카와 선배 쪽이 틀림없이 잘 했을 거예요. 어쨌든 당신은 천재시니까요. 네, 그 얘기는 삼촌한테 들었어요."

"삼촌…. 그건 오시노 씨를 말하는 건가?"

"네. 조카니까요."

오기가 말하고, 그 말에 하네카와는 흐릿하게 반응했다. 하네카와는 오시노에게 상당한 경의를 표하고 있었다. 좀 더 말하자면, 오시노가 살아가는 방식에 심취해 있는 구석이 있었다. 그래서 오시노의 이름에 반응하는 것은 이해할 수 있다. 하지만 그렇다면 그 녀석의 조카에 대해서는 상응하는 예를 가지고 접할 법도 한데… 오기에 대한 그 태도는, 예와는 완전히 반대되는 모습이었다.

"다만 그 천재성도 발휘되지 않으면 무의미하죠. 실제로 그때 아라라기 선배의 곁에 있던 사람은 저였으니까요."

오기가 휙, 하고 하네카와의 정면에서 이동한다. 버드나무에 부는 바람처럼 아주 부드럽게 하네카와의 시선을 피해 버리는 이미지다. 나였다면 하네카와가 정면에서 노려본다면 꼼짝도 못 하겠지만, 모든 의미에서 꼼짝도 못 하겠지만 오기는 전혀 겁나지 않는 듯했다.

과연 오시노의 조카.

…라고 말할 수 있는 멘탈이다.

그런데 감히 오기는 하네카와에게 반격까지 시도했다.

"삼촌도 무서워했다는 당신의 천재성…. 네, 하지만 그런 시점에서 보면 들었던 것만 못하네요. 제가 전해 들은 하네카와 츠바사였다면, 아라라기 선배가 위기에 처했을 때에 그 자리에 없는 경우는 없었을 테니까요."

"……"

"그런 이유로, 조금 전의 감사 인사는 제대로 받아 두기로 하겠어요. 분에 넘치는 영광이지만요. 당신이라면 좀 더 잘 했을 지도 모르지만, 결국 당신은 아무것도 하지 않았으니까요."

좀 더 잘 했을 것이란 말은 '전성기였다면'이라는 의미가 아닐까요? 라고 오기는 도발적으로 말했다.

그 태도나 어조는, 말하자면 나를 대할 때와 동일했다. 요컨대 오기는 누구를 대할 때나 흔들림이 없는 것뿐일지도 모르지만, 나를 대상으로 할 때라면 몰라도 하네카와에 대한 그런 태도를 역시나 그냥 넘어갈 수는 없었다.

나는 나무란다. 엄하게.

"야, 오기. 그런 말투는 아니잖아. 해도 되는 말이 있고 안 되는 말이 있다고. 네가 하네카와의 뭘 안다고 그런 소릴 하는 거야."

"저는 아무것도 몰라요."

오기는 대답한다. 자상하게.

"당신이 알고 있는 거예요, 아라라기 선배. 하네카와 선배의 과거와, 현재, 그리고 미래에 대해서는요. 맞아요, 확실히 제가 참견할 만한 이야기는 아니죠. 그 부분에 대해서는."

그 부분에 대해서는.

마치 그 부분 외에는 참견해야 할 일이 엄연히 존재한다는 듯한 말투였다. 너무나도 그 어조가 또렷해서 자세히 묻기가 꺼려질 정도로.

"뭐, 하네카와 선배. 저는 당신과 맞서려 할 정도로 바보는 아니에요. 당신에게 실례를 저질러서 좋아하는 아라라기 선배에게 미움받고 싶지도 않고요. 자, 공존의 길로 가자고요, 죄송해요."

그렇게 오기는 하네카와를 우회하는 듯한 형태로 원을 그리듯 움직여, 어느샌가 내 등 뒤로 이동했다. 하여간 정신이 들고 보면 어느샌가 내 등 뒤에 있는 애다. 이래서는 위치적으로 내가 하네카와와 오기 사이에 끼어 있는 것 같지 않은가. 정말 사양하고 싶은 포지션이다.

"자, 어서요. 당신은 이제부터 센조가하라 선배 댁에 문병을 하러 갈 거잖아요? 그 집 쪽이 멀어 보이니 얼른 가시는 편이 좋지 않을까요?"

"멀어 보여…?"

하네카와가 움찔하고 반응했다.

오이쿠라의 현 주소지는 이미 나에게 들었다고 해도, 센조가하라의 집 위치까지 오기가 파악하고 있는 것은 이상하다고 생각했을 것이다. 그런 의미에서는 내 쪽이 좀 더 민감하게 반응해야 했다. 그도 그럴 것이, 나는 센조가하라의 주소는커녕 오이쿠라의 현 주소지의 정확한 위치도 아직 오기에게 고하지 않았기 때문이다.

다만, 오기의 이 느낌.

모르는 것을 알고 있는 느낌에, 나는 상당히 익숙해져 있었다.

그것이 하네카와가 보기에 너무나 위협적이며 비정상적인 일이라고 해도.

"안심하세요. 당신의 소중한 친구인 아라라기 선배가 후배에게 '부탁'을 하는 모습을 보고 싶지 않다고 말한다면, 그런 형태는 취하지 않겠어요. 왜냐하면 원래부터 제가 꺼낸 말이니까요. 제가 멋대로 아라라기 선배의 행동에 함께한다는 형태를 취하도록 하죠. 배후령처럼."

배후령.

등 뒤쪽에서 들으니 묘하게 리얼리티가 있는 발언이었다. 영혼 이야기에 리얼리티라는 것도 묘한 이야기지만.

"그거라면 상관없겠죠? 그 왜, 추리소설에서는 흔히 보이는 억지춘향의 자칭 탐정조수 같은 느낌이에요."

"자칭 탐정조수…."

또 미스터리 용어인가, 라며 나는 이런 때에도 발휘되는 그녀의 마니아스러움에 조금 질리게 되었다. 뭐, 자칭 탐정조수라는 것은 공식적인 용어라고 말하기 어려워 보이고, 그 이야기를 하자면 그저께도 그끄저께도, 그녀가 한 역할은 조수가 아니라 탐정이었는데.

억지춘향 탐정?

…어쩐지 더욱 비공식적인 느낌이 증가했네.

"분명히 저라면 아라라기 선배의 도움이 될 테니까요. 그것을 알면서도 곁에 없는 건 말도 안 되죠. 뭔가 난처한 상황에 놓인 아라라기 선배를 내버려 둘 수는 없으니까요. 저는 아라라기 선배를 도와드리고 싶은 거예요."

"사람은 혼자 알아서 살아날 뿐…이 아니었던가?"

"그건 삼촌의 스탠스예요. 제 스탠스는 굳이 말하자면 '은혜 갚은 학'이고요."

"은혜 갚은 학?"

하네카와는 이상하다는 듯이 반복했다. 의미를 파악하지 못한 것이겠지. 그것은 나도 마찬가지였다. 딱히 오기의 행동에 학 같은 요소는 티끌만큼도 없었던 것처럼 생각되지만.

"뭐, '삿갓 지장*'이라고도 할 수 있겠지만요. 요컨대 지나친 보은을 하는 게 저의 지론이에요. 은혜를 너무 많이 갚았잖아! 하는. 아라라기 선배는 갓 전학 온 저에게 아주 친절하게 대해 주셨고, 그 은혜는 몸을 바쳐서라도 갚고 싶다고 생각해서요."

갓 전학 온 오기에게 친절하게… 대했던가? 아아, 교내의 약식 도면에 대해서 말했던가. 확실히 학급회의에 관한 일로 말하자면 나는 진상을 듣기만 한 입장이었지만, 근본을 따지자면 그건 오기의 개인적인 필드워크에 동참한다는 형태였다. 다음 날에는 내 필드워크에 그녀가 동참해 주었지만…. 지나친 보은이라고 한다면 일대일 대응은 아니겠지.

…뭐, 어디까지 진심으로 이야기한 스탠스인지는 알 수 없지만.

"…아라라기 군."

오기를 상대하고 있어 봤자 소용없다. 그렇게 생각한 것은 아니겠지만, 하네카와가 나에게 말했다. 설마 공격의 대상이 나로 바뀐 건가 하고 두근두근했지만, 그것은 아니었다.

그녀는 이렇게 말을 이었던 것이다.

"예정 변경이야. 나도 오이쿠라 양의 집에 가겠어. 아라라기 군하고 같이."

이것에는 놀랐다.

※삿갓 지장 : 일본의 전래동화. 삿갓을 만들어 파는 가난한 할아버지 할머니가 살았는데, 어느 눈 오는 겨울날 할아버지가 삿갓을 팔러 나갔다가 머리에 눈이 쌓인 여섯 개의 지장보살상을 발견한다. 그 모습이 안타까웠던 할아버지는 자신이 쓴 삿갓까지 벗어서 전부 삿갓을 씌워 주고 돌아오고, 그날 밤 할아버지 할머니는 지장보살의 큰 보은을 받게 된다.

하네카와가 한 번 결정한, 이런 식의 사전준비를 변경하는 일은 거의 없기 때문이다. 그녀는 조령모개[*]를 몹시 싫어한다.

"그러면 불만은 없겠지? 오기는 아라라기 군이 혼자, 남자 혼자 오이쿠라 양의 집에 가는 것이 문제라고 했으니까. 내가 동행하면 그 점에 아무런 문제도 없어. 아무런 구실도 없어. 그렇지?"

"……."

오기가 내 등 뒤에서 입을 다문다. 등 뒤라서 전혀 보이지 않지만, 그녀는 지금 어떤 얼굴을 하고 있을까…. 역시 평소처럼 생글생글 웃고 있을까?

오기가 댄 '구실'을 그 자리에 없었음에도 불구하고 하네카와가 추측만으로 알아맞힌 것도, 그녀로서는 웃으며 흘려버릴 수 있는 일일까?

조금 후에.

"문제가 있고 없고는 둘째 치고, 당신은 센조가하라 선배의 집을 방문해야만 하지 않나요? 하네카와 선배."

그렇게 오기는 말했다.

"탐탁지 않네요, 친우 쪽을 뒤로 미루다니."

"원래부터 센조가하라하고는 이야기가 길어질 것 같았거든. 오늘 밤은 그곳에서 묵기로 되어 있어. 오래간만에 센조가하라

※조령모개(朝令暮改) : 아침에 내린 명령을 저녁에 고친다는 뜻으로, 일관성 없어 갈피를 잡기 어려움을 이르는 말.

의 집에서 파자마 파티라도 열 거야."

파자마 파티?

그런 매혹적인 이벤트가 열리는 건가…. 혹시 그 이벤트에는 나도 따라가도 될까? 참가 티켓은 가지고 있지 않지만 동행자 한 명 정도는 오케이이지 않을까.

"그러면 되잖아? 그도 그럴 것이, 내가 너보다 잘 할 수 있으니까."

"이 세상은 잘 하기만 한다고 되는 게 아니에요, 이 세상은. 너무 잘 하는 것도, 그것은 그것대로 밸런스가 망가지는 법이에요. 중용을 지킬 수 없으니까요. 당신은 그것을 잘 아실 거라 생각합니다만."

뭐, 좋은가 나쁜가는 둘째 치고.

오기는 말했다.

"그것을 결정하는 것은 제가 아니라 아라라기 선배죠."

"엥?"

"저하고 같이 가는가, 하네카와 선배와 같이 가는가. 아라라기 선배, 당신이 결정해 주세요. 결정권을 넘기겠어요. 저도 하네카와 선배도 당신의 결단에 전면적으로 따르겠어요. 어때요?"

또다시 오기는 하네카와를 도발하듯이 말했다. 그 도발에 걸려든 것은 아니겠지만, 여기서는 그렇게 응할 수밖에 없다고 생각했는지 하네카와도,

"그러네. 아라라기 군이 정해."

라고 끄덕였다.

"이건 강요할 수 있는 일이 아닌걸."

"……."

상당한 선택권을 부여받아 버렸다.

아니. 선택권이 아니라 결정권인가.

세 명이 모두 간다는 선택이 가장 평화스럽다고 생각했지만, 하네카와와 오기 사이에 상당한 대립구도가 생겨나 버린 지금, 그것 또한 댄저러스할지도 모른다. 그런 데다 나로서는 격한 대립구도가 있는 오이쿠라의 집으로 향하려 하고 있으므로 이 이상의 리스크를 짊어지는 것은 피해야 했다. 그렇다고 해서, 그렇게 서로 다툰다면 나 혼자 간다, 어느 쪽도 선택하지 않는다고 말할 정도로 거칠어진 상황도 아닐 것이다.

그렇게 되면 결단을 내릴 수밖에 없다.

오이쿠라의 집을 오기와 방문하는가, 하네카와와 방문하는가.

양자택일.

반대로 말하면 이것은 어느 한쪽의 제안을, 어느 쪽이나 고마운 제안을 거부한다는 이야기가 되므로 가벼이 결정할 수도 없다.

…하지만 이 경우는 역시 오기일까.

응.

필드워크는 빠른 사람이 이기는 방식은 아니겠지만, 같이 가자는 말을 먼저 한 것은 오기 쪽이고, 안 그래도 나는 그녀와의 선약(초밥)을 깨고 있다. 게다가 오이쿠라에 대한 상황의 흐름은 명확히 그녀 쪽에 있다. 오이쿠라에 대한 일은 원래부터 오기와의 교내 탐방이 발단이 되었고, 그 건에 대해서 어떠한 책임이 있는 것은 아니지만 초지관철初志貫徹이란 것은 생각할 수 있을 것이다.

이 경우에는 동지관철同志貫徹, 일까?

그것에 더해서, 그저께도 그랬지만 하네카와에게는 나와 오이쿠라의 추악한 싸움을 되도록 보이고 싶지 않았다. 하네카와라면 나와 오이쿠라를 능숙하게 중재해 줄지도 모르지만, 하네카와 앞에서 오이쿠라와 언쟁이 벌어질지도 모른다고 생각하면, 역시 내키지 않는다. 하네카와가 보기에 오기는 몹시 수상한 존재 같지만, 그런 이유로 걱정해 주는 것 같지만, 분명 그것은 내 설명 방식이 좋지 않았기 때문일 것이다.

하네카와와 오기와의 균열에 대해서는 나중에 내가 책임을 지고 수습할 기회를 엿보기로 하자. 오늘은 오기와 함께 오이쿠라의 집을 찾아가고, 하네카와에게는 원래대로 센조가하라의 집에 가 달라고 부탁하는 것이 베스트일까.

내가 거의 그렇게 결론을 내려 가고 있자, 그것을 뒤에서 떠밀듯이 오기는,

"저기요, 아라라기 선배. 그러면 안 되잖아요, 소중한 은인인 하네카와 선배에게 개인적인 사정으로 폐를 끼쳐서는. 내부문제라고 하자면 하네카와 선배도 그 고리 밖에 있다고요. 하네카와 선배를 곤란하게 만드는 일을 아라라기 선배가 바랄 리가 없잖아요?"

라고 말했다.

흠, 그것은 과연 그 말대로다.

어쩌면 이렇게 올바른 소리를 하는 아이가 다 있담.

"약속하죠, 아라라기 선배. 저와 함께 가 주신다면, 그곳에 어떤 수수께끼가 있더라도 또다시 하나의 해결을 제시해 드리겠다고요."

"……."

뭐, 그렇게까지 말해 준다면… 이라며 결론의 말이 입 밖에 나오려고 목구멍에 걸린 순간이었다. 하네카와가 이제까지 본 적도 없는 진지한 얼굴로, 오기의 말을 답습하듯이, "약속할게, 아라라기 군. 나하고 같이 가 준다면."이라고 입을 열었던 것이다.

"가슴 만지게 해 줄게."

006

그리고 나는 현재, 하네카와와 둘이서 오이쿠라의 집 앞에 도착했다.

몇 번인가의 이사를 거쳤을 것이라고는 해도 어디에 살고 있을지에 대해 불안이 없던 것은 아니지만, 다행스럽게도 그곳은 세워진 지 그리 오래되지 않아 보이는 맨션이었다. 폐가 같은 곳이 아니라.

"이곳의 444호인가…. 아무래도 미신 같은 것은 신경 안 쓰는 관리회사인 것 같네."

"맨션이라기보다, 이건 집합주택이네."

그런 말을 하면서 계단을 오른다. 엘리베이터가 없었던 것이다. 건축 양식이 얼마 되지 않아 낡지는 않았지만, 요즘 스타일의 건물이라고 하기 어렵다. 뭐랄까, 우리 젊은이가 '독신 생활'이라고 들었을 때에 느낄 만한 화려함은, 이곳에는 전혀 없었다. 있는 그대로 말하자면, 그렇다, 살림에 찌들어 있는 느낌이라고나 할까….

살림에 찌든 장소에서의 독신 생활이라는 것에도, 뭔가 뒤틀림을 느낀다. 그 점에 대한 하네카와의 견해는 이랬다.

"아마도 어떤 보조를 받고 있는 거겠지, 오이쿠라 양은."

"보조?"

"응. 공적인…. 그런 지원으로 집을 소개받았다는 느낌일까."

"……."

만약 하네카와의 추리대로 오이쿠라가 국가나 지방자치단체의 보조를 받고 있다고 한다면, 그 근거를 상상하기는 그리 어렵지 않아 보였다. 폐가로 착각할 만한 집에서 살던 그녀. 그리고 내가 새롭게 알게 된, 그녀와 나의 초등학교 시절의 만남을 생각하면….

그러나 센고쿠도 기억하고 있던 일을 어째서 내가 잊고 있던 걸까? 아니, 결코 잊고 있던 것은 아니다. …여동생들은.

아직 타이밍이 맞지 않아서 물어보지 않았는데, 카렌이나 츠키히는 어떨까. 오이쿠라 소다치에 대해서 기억하고 있을까.

"생각해 보면 나는 차가운 녀석인지도 모르겠네. 그러고 보니 센고쿠에 대해서도 잊고 있었고 말이야. 만났을 때도 처음에는 누군지 몰랐고."

"하지만 그건 어쩔 수 없는 일이라고도 생각하는데. 당시에 센고쿠하고도 오이쿠라하고도 인상에 남을 만한 관계는 없었잖아?"

하긴 그렇다.

하지만 츠키히가 친구로서 데려왔던 센고쿠는 어떨지 몰라도, 오이쿠라와는 인상에 남을 만한 관계를 가져야 했던 것이다. 그랬더라면 중학교 1학년 때에 그녀로부터의 SOS를 깨닫지 못하는 일은 없었을 것이다. 고등학교 1학년 때의 학급회의도 개최되는 일 자체가 없었을 것이다.

"너무 과거의 자신을 나무라는 건 좋지 않아. 그건 반성하고는 다른 것이니까."

하네카와는 말한다. 내 표정을 알아차리고서.

"과거의 자신을 나쁜 사람으로 만듦으로써 지금의 자신을 지키는 것만으로는, 결국 언제까지나 같은 일을 반복하게 돼. 상상해 보라니까? 언제까지나 미래의 자신에게 계속 책망받는 인생을. 그런 게 즐거워?"

"…즐겁지는 않네."

즐겁지는 않다.

과거를 나무라지도 공격하지도 않고 그저 마주했던 그녀는, 역시 하는 말이 다르다. 하는 말이 무겁다.

그렇다.

결국 과거가 아니라, 지금인 것이다.

지금 내가 어떻게 행동하는가. 오이쿠라와 어떻게 마주하는가. 예전의 오이쿠라가 아니라, 지금의 오이쿠라와 어떻게 마주하는가. '그때 이렇게 했더라면'이 아니라, '지금 어떻게 할까'뿐이다. …평범하지만.

오이쿠라의 집이 있는 4층에 도착했다. 흡혈귀 비슷한 존재인 내가 이 정도로 숨이 가빠지지 않는 것은 당연하다지만, 하네카와 역시 아주 말짱했다. 역시 만능반장, 기초체력도 훌륭하다.

"그러면 아라라기 군. 잠깐 기다리고 있어."

"응? 이 단계에서? 어째서?"

"하지만 오이쿠라는 혼자 살고 있잖아. 인터폰을 눌렀는데 잠옷 차림이나 실내복을 입은 채로 나왔다가 아라라기 군에게 그걸 보이면 부끄러워할지도 모르니까."

"……."

그런 가능성 낮은 해프닝에 대해 선수를 칠 줄이야…. 과연 이런 방어력으로 임하고 있으니 내가 하네카와의 사복 차림을 볼 기회가 없을 만도 하지.

나는 얌전히 시키는 대로 했다.

뭐, 파자마 운운하는 것은 제쳐 두더라도, 오이쿠라는 하네카와와 둘이서 먼저 이야기하는 편이 좋을지도 모른다. 물론 오이쿠라가 하네카와에게 위해를 가하려는 낌새가 조금이라도 느껴지면 언제라도 튀어나갈 마음의 준비는 해 두겠지만.

그런 이유로, 하네카와가 혼자 오이쿠라의 집 문 앞까지 가서

인터폰을 눌렀다. 들려온 소리로 보아 인터폰은 카메라가 달려 있지 않은 것은 물론이고 대화도 할 수 없는 타입으로, 그냥 초인종에 가까운 물건인 듯했다. 응대하려면 문 너머로 대화를 하든가 문을 열고서 나올 수밖에 없다. 그렇다면 해프닝이 일어날 가능성은 높다고 말할 수 있을 것이다.

정말 굉장하네, 반장.

이벤트를 멋지게 회피했다.

…그렇게 나는 하네카와의 재량에 그저 감복하고 있었는데, 그러나 사태는 그 재량을 넘어선 것이었다. …이건 넘어섰다고 해야 할지 넘어졌다고 해야 할지.

문은 열렸다.

체인이 달려 있었는지 찰캉, 하고 체인이 걸리는 소리가 났다.

그리고 "누구세요."라는 오이쿠라의 목소리가 났다.

체인이 있다고는 해도 누구인지도 모르는 방문자에게 간단히 문을 열어 버리다니, 참으로 조심성 없는 녀석이라고 생각했는데, 어안렌즈로 교복 정도는 확인했는지도 모른다. 얼마 전에 교실에서 지나친 것뿐인 하네카와를 알아보지는 못했다고 해도 학교 관계자, 학생이고 여자애라면 문 정도는 열 수 있을까. … 그곳에 내가 나란히 서 있었다면 열어 주지 않았을지도 모른다고 다시 한 번 생각했다.

혼자 왔다면 대체 어떻게 되었을까…. 그런 생각을 하는 사이에 하네카와와 오이쿠라의 문답이 시작되었다. 문답이라고 할까, 대화가 그리 잘 흘러가지 않는 느낌이다. 하네카와가 끈기 있게 오이쿠라를 설득하려 하고 있는 듯했다.

하지만 그것도 그리 잘 풀리지 않고….

살짝 목소리가 겹쳐지고 있어서 어떤 논의가 이루어지고 있는지 잘 모르겠다. 안에 들여보내 달라든가, 학교에 오라든가 하는 이야기를 하고 있는 걸까? 아니, 조금 다른 것 같다. 그렇다면 무엇에 대해 언쟁을 하고 있는 걸까?

뭐, 언쟁이라고 해도 조금 전에 교문 앞에서 오기를 상대로 했던 그것과는 전혀 다르므로, 그늘에서 뛰쳐나갈 상태는 아닐 것이라고 나는 판단했다.

다시 생각해 보지만 대체 뭐였을까, 그 귀기 어린 대결구도는….

혹시 많은 사람들이 오해하고 있는지도 모르겠는데, 나는 딱히 그녀의 흥분에 이끌려서 오기가 아닌 하네카와를 파트너로 선택한 것은 아니다. 하네카와의 입에서 그런 말까지 나오게 만든 현재 상황에 심상찮은 느낌을 받았기에, 그 양자택일에서 그녀를 파트너로 지명했던 것이다.

과연, 오기의 말대로 하네카와는 더 이상 전성기가 아닐지도 모르고, 이야기의 흐름상 나는 오기와 함께 여기에 왔어야 했는지도 모른다. 하네카와는 오기에 대해 뭔가 오해하고 있는지도 모르고, 나는 하네카와를 무의미한 위험에 노출시키고 있는지도 모른다.

다만 하네카와가 그렇게까지 말했는데, 하네카와가 그렇게까지 말해 주었을 때에 하네카와를 선택하지 않는 내가 되고 싶지는 않았다. 설령 하네카와가 틀렸더라도, 만일 내가 틀렸더라도, 그래도 나는 그 선택문제에서 하네카와 츠바사를 정답으로 삼았을 것이다.

오기에게는 미안했지만 말이야….

나중에 제대로 벌충하자. 그런 것도 할 수 있는 녀석이 되자, 앞으로는.

그렇지, 회전하지 않는 초밥은 둘째 치고, 회전하는 초밥집에라도 데려가 주고….

그런 생각을 하고 있는 와중에, 하네카와가 내가 있는 쪽으로 돌아왔다. 어쩐지 몹시 지친 듯 보이기도 한다. 뭘까, 아주 매몰차게 쫓겨났다는 걸까. 아니, 여기서 고분고분히 쫓겨날 그녀가 아닐 것이다. 그러면 어째서? 무슨 일이 있었던 거지?

"아라라기 군. 됐어. 나와."

하네카와는 기운 없이 말했다.

눈이 죽어 있다…. 대체 무슨 소득 없는 논의를 하다 온 거지.

"나오라니…. 하지만."

"들어와도 된대. 집 안에. 다만 미리 이야기해 두자면, 저 애, 잠옷 차림이야."

"응? 어라, 하지만 너는 그런 일을 막으려고 했던 거 아니야?"

"'아라라기가 왔다는 이유로 옷을 갈아입는다는 수고를 하고 싶지 않아'라고 하더라…. 열심히 설득했지만, 말하면 말할수록 고집을 부리더니 급기야는 절대 갈아입지 않겠다, 이 이상 요구하면 알몸으로 맞이하겠다는 소릴 해서 말이지…."

양보하기로 했습니다, 라고 말하는 하네카와.

협박적인 의논을 하게 되었던 것 같다. 의논 내용은 지극히 바보 같은 것이었지만.

"안심해. 아무리 나라도 이 상황에서 여자의 잠옷 차림에 들뜰 정도로 경박하지는 않아."

"정말 그럴까…."

뜻밖에도 하네카와가 나에게 의혹의 시선을 향했다.

"내 가슴이 목적이었던 사람이 무슨 소리를 하는지…."

"……."

내 마음은 본인에게 가장 전해지지 않았다.

슬픈 이야기지만, 분명 무슨 말을 하더라도 소용없는 상황이기는 했다. 그렇다면 그것은 과거로 잘라 내고(너무 잘라 냈다), 현재와 마주하도록 하자.

무슨 생각으로 오이쿠라가, 하네카와는 몰라도 나를 쫓아내려고 하지 않고 집 안에 들여보내 주는지 알 수 없지만—아마도 옷 갈아입기를 거부한 것과 마찬가지로, 그렇게 하면 지는 것 같다는 기분이 들기 때문이었겠지만—그러나 문을 열어 준 이상, 이쪽도 들어가지 않을 수 없다. 그것이 선전포고와도 같은 개성開城이라 해도, 나는 받아들이지 않을 수 없다.

그것이 나의.

오이쿠라 소다치의 소꿉친구로서 내가 해야 할 역할일 테니까.

007

소꿉친구.

자신에게 그런 존재가 있다고는 상상한 적도 없었는데, 아무래도 나와 오이쿠라의 관계는 그것에 한없이 가까운 요소가 있는 듯했다. 소꿉친구라기보다는 옛 친구라고 하는 편이 정확할지도 모르지만. 어쨌든 나, 아라라기 코요미와 그녀, 오이쿠라 소다치는 옛날에 아는 사이였다.

이렇게 말해도 센고쿠처럼 근처에 살고 있었다든가, 같은 초등학교에 다니고 있었다든가 하는 형태의 소꿉친구와는 조금 사정이 다르다. 이제부터 오이쿠라와 대면하기 전에 그 '조금 다른' 사정을 간결하게 설명해 두고자 한다. 오이쿠라의 잠옷 차림을 기대하고 있는 사람들에게는 미안한 마음뿐이지만, 잠시 동안 나의 옛날이야기에 함께해 주길 바란다.

우리 부모님은 두 분 모두 경찰이었고, 나는 그 사실을 되도록 남에게 이야기하지 않으려 하고 있었다. 어릴 적부터다. 철이 들기 전부터다. 설령 숙제로 '아버지와 어머니의 일' 같은 것이 나와도, 부모님의 직업을 밝히지 않고 어물쩍 넘겼다. 어째서 그렇게까지 철저하게 부모님의 직업을 비밀로 하고 있었는가, 지금도 그렇게 하고 있는가. 적어도 어릴 적만을 놓고 보면 '부모님 말씀이라서'가 이유였다. 즉 자신들의 직업을 되도록 주위에 알리지 말라고, 그렇게 교육을 받았던 것이다. 뭐, 떠올리려고 노력하지 않으면 좀처럼 기억이 나지 않는 일이지만, 그런 듯했다.

유소년기의 나는 너무 고분고분해서 별다른 이유도 묻지 않고 그 지시를 그대로 따랐고, 그것이 지금에 이르게 된 것인데… 이르게 된 지금에 와서 생각해 보면, 그 교육은 두 가지 의미가 있었으리라 보인다. 한 가지는 자신의 부모님이 경찰이라는 사회적으로 특수한, 그러면서도 중요한 역할을 하는 직종임을 무분별하게 타인에게 떠들고 다닐 만한 경박한 의식으로 살아서는 안 된다는 윤리적 의미. 올바름을 추구하는 나의 부모님은, 이성적으로는 이쪽을 가르치기 위해 나에게 입막음을 했던 거라고 생각한다. 그리고 또 다른 한 가지는 이성이 아니라 감성이 그렇게 시켰다고 해석할 수 있는데, 요컨대 부모님이 경찰이라는 정보를 공개함으로써 내가 위험에 처할지도 모른다는 관리적 의미다.

위기 관리적 의미. 자신들의 직업이 원인이 되어 자식에게 위해가 미치는 일을 어쨌든 우리 부모님은 경계하고 있었던 듯하다. 뭐, 생각하면 과보호로 여겨지는 측면도 있지만, 그러나 그것이 허풍이며 과장인가 하면 뜻밖에 그렇지도 않다. 적어도 그들의 마음고생을 열여덟 살이 된 지금은 알 수 있다. 어릴 적의 나는 부모님이 모두 경찰이란 사실을 순수하게 자랑스럽게 생각하며 지내고 있었다. 그렇기에 어째서 남에게 이야기해서는 안 되는 걸까 하고 맨 처음에는 의문, 혹은 불안을 품었던 모양이지만 "히어로는 정체를 감추는 법이니까."라는 식으로 둘러대는 부모님의 말에 그냥 넘어가 버린 모양이다.

뭐, 지금 와서는, 너무 바보라서 부모님의 직업을 능숙하게 감출 수 없는 카렌이나, 부모님이 경찰임을 최대한 교묘하게 활용하는 츠키히의 존재, 츠가노키니 중학교의 파이어 시스터즈의 존재에 의해 내가 부모님의 직종을 계속 감추는 의미는 별로 없다고 할 수 있었다. 하지만 세 살 버릇 여든까지 간다고 하던가. 이 속담의 의미를 '세 살에 좋은 버릇을 들이면 오래 산다'로 한 번 기억해 버리면 좀처럼 고쳐지지 않는 것처럼, 처음에 입력된 행동이란 목적을 잃든 기억을 잃든 좀처럼 고쳐지는 것이 아니라서 지금도 여전히, 무의미하다고 하자면 정말 무의미하게 나는 부모님의 직종을 주위에 한사코 감추고 있는 것이지만…. 적어도 중학교 1학년 무렵에는 그 행위에 의미가 있었다. 소녀 오이쿠라와 여름을 보냈던 그 무렵에는.

폐가에서 지낸 그 여름.

수학을 좋아하게 된 그 여름.

오기에 의해서 그 여름의 이면에 무엇이 있었는가를 나는 이미 알고 있지만, 그녀가 보내고 있던 SOS를 나는 무시해 버렸지만, 그 이야기를 하자면 그 SOS의 전제가 되는 우리 부모님의 직업을 오이쿠라는 몰랐을 것이다.

당시, 몇 없던 내 친구들도 몰랐던 우리 부모님의 직종을 대체 어떻게 오이쿠라가 안 것일까? 그런 의문을 하네카와가 던졌던 것이 어제 이른 아침이다.

나는 대답할 수 없었다.

전혀 알 수 없었다. 그때는 오이쿠라와 나와의 특수한 관계성을 암시받은 듯한 기분이 들었지만, 그것도 사실은 근거 없는 이야기다. 대체 오이쿠라는 나의 무엇을 알고 있는 것일까? 어디까지 알고 있는 것일까? 찜찜한 기분이 드는 것은 틀림없었지만…. 만약 그녀와 이 이상의 뭔가가 있었다고 하면, 초등학생 시절이란 이야기가 된다….

하지만 중학교 1학년 때의 기억도 모호한 내가, 초등학생 시절의 더욱 망양한 기억을 떠올릴 수 있을 리가 없었다.

고민하고 있자, 애초에 그 의문을 나에게 제시했던 하네카와가,

"도저히 기억해 낼 수 없다면, 부모님에게 물어보는 것은 어떨까?"

라고 어드바이스를 해 주었다.

"부모님은 제대로 보고 있기 마련이야… 라고 내가 말해 봤자 설득력이 없을지도 모르지만, 내가 아는 한에는 아라라기 군의 아버지와 어머니는 아라라기 군을 제대로 보고 있는 것 같았으니까."

제대로 된 사람들 같았으니까.

흐음…. 뭐, 지금 나와 부모님과의 사이에 있는 불화 같은 것을 하네카와가 전부 이해하는 것은 당연히 무리라고 해도, 사정이 생겨서 내가 집을 비운 사이에 실제로 우리 집에 머무르면서 부모님과 접한 경험이 있는 하네카와가 하는 말이다.

수용해도 좋다고 생각한다… 라는 건방진 소리를 할 입장도

아니고 상황도 아니다. 나는 두말없이 그 어드바이스에 따르기로 했다. 어쨌든 하네카와가 하는 말이니, 신발을 먹으라고 하면 먹었을지도 모른다.

그리고 그것으로 답은 판명되었다.

나와 오이쿠라는 초등학생 무렵에 만났던 것이다.

즉, 소꿉친구다.

정확히 말하면 내가 초등학교 6학년쯤 되었을 무렵일까. 내가 여동생인 츠키히나 츠키히가 데리고 온 센고쿠 같은 애들과 놀고 있었을 무렵의 이야기.

나는 오이쿠라 소다치와 함께 있었다.

…고 해도 같이 놀던 것은 아니고, 또한 같은 학교였던 것도 아니다. 그랬다면 조금 더 인상에 남았을 것이고, 인상도 달랐을지도 모른다. 적어도 만나서 대화를 하다가 센고쿠를 기억해 냈던 것처럼, 만나서 대화를 하면 오이쿠라도 기억해 냈을 것이다. 설령 당시의 성이 달랐다고 해도.

…그래도 기억하고 있던 센고쿠는 굉장하다고 생각하지만, 센고쿠 본인의 말을 빌리자면 '나데코는 초등학교 시절의 추억이 그다지 없어서, 츠키히—당시에는 라라 짱이라고 불렀지만—하고 놀았던 일은 잘 기억하고 있어. 물론 코요미 오빠에 대해서도.'라고 말했다. 말을 참 예쁘게도 한다. 어쨌든 나는 오이쿠라와 같이 놀았던 적은 없다.

같은 학교도 아니다, 같이 놀지도 않았다, 근처에 살았던 것도 아니다. 이렇게 말하면 그런데도 소꿉친구라 할 수 있느냐는 이야기가 나올지도 모르겠는데, 다만 인생에서 단 한 시기라도.

같이 놀지는 않았더라도 **같이 살았던 적이 있다면**, 그것이 설령 아무리 짧은 기간이었다고 해도 소꿉친구라고 말할 수 있지 않을까?

적어도 나는 그렇게 생각하지만.

이야기가 조금 혼란스럽게 되어 버렸는지도 모르겠는데, 요컨대 어느 날의 일이었다.

어느 날.

아니, 기억해 낸 것 같은 말투로 이야기하고 있기는 한데, 이것은 잊은 적 없는 학급회의나 상기했던 폐가에서의 여름날들과는 달리, 아직 완전히 진실로서 기억해 내지 못했다. 전혀 기억에 없다. 우리 부모님이 내 질문에 그렇게 대답했던 것뿐이다. 센고쿠가 기억하고 있었기 때문에 그것이 틀림없는 진실임이 뒷받침되어 있을 뿐이고, 그 기억은 나 자신에게서 완전히 사라져 있다. 이것은 이미 회복할 수 없는 기억일 것이다. 어쨌든, 어느 날.

부모님이 한 여자아이를 데리고 집에 돌아왔다.

그 여자애가 물론 지금 이야기하는 오이쿠라 소다치다. 부모님은 별다른 설명도 하지 않은 채로, 이 아이는 한동안 우리 집에서 지내게 될 테니 사이좋게 지내라고 나와 두 여동생에게 이야기했다고 한다.

당시의 나는 부모님을 절대시하는 타입의 아동이었고, 카렌도 츠키히도 초등학교 2, 3학년 정도로 아직 어렸다. 그래서 그 갑작스럽다고 할 수 있는 부모님의 일방적 통보에 별다른 이의를 제기하지 않았던 모양인데, 지금이라면 그 이유도 알 수 있다. 그것을 초등학생인 자식들에게 말할 수 없었던 이유도 안다.

요컨대 부모님은 아동 오이쿠라를, 그녀의 '가정'으로부터 보호하기 위해 자신들의 집에 데리고 왔던 것이다. 아마도 당시부터 폭력이 발호하고 있었다고 생각되는 그녀의 '가정'으로부터.

당시의 사회정세가 어땠는지 확실히 말할 수 없으므로 추측이 되겠는데, 분명 지금 이상으로 각각의 가정 내에 공적기관이 개입하기 어려운 시기였을 것이다. 그런 부모님의 행위, 일시적으로 자기들의 집에 오이쿠라를 맡는다는 행위는, 아마도 아슬아슬하다고 할까, 적어도 공식적으로 인정되는 것이 아닌 초법적인 조치가 아니었을까 생각된다. 부모님은 그 부분은 자세히 말하지 않았다. 나도 자세히는 묻지 않았다. 여기서 중요한 점은 오이쿠라가 우리 집에서 살았던 적이 있다는 것, 그때 나와 만났다는 것, 그리고 당연하지만 그때 우리 부모님의 직업을 파악하고 있었다는 점이다.

별것 아니다.

오이쿠라는 우리 부모님과, 경찰로서의 부모님과 만났던 것이다. 어떤 방법으로 알고 자시고 할 것도 없었다.

그렇게 되면 오기가 제시한 추리에는 약간의 수정이라고 할까, 어느 정도의 미세조정이 필요해질 것이라 생각된다. 큰 줄기는 변하지 않았지만, 그것으로 하네카와가 지적한 의문점이 해소된 것도 분명한 사실이다. 뭐, 그것은 나중에 천천히 이야기하기로 하고. 내가 전혀 기억하지 못하는 아동 오이쿠라가 어떤 느낌이었는가 하면 부모님 왈, 그리고 센고쿠 왈, '전혀 말이 없는 아이'였다고 한다. 몹시 소극적인 성격의 센고쿠가 그렇게 표현할 정도이니 정말 어지간했을 것이다. 다만 '말이 없는 아이'라면 나는 유사사례를 알고 있으므로 이미지하기 쉬웠다. 물론 유사사례란, 나의 그림자가 아니라 아직 학원 옛터에서 살던 시절의 오시노 시노부다. 나를 노려보기만 하며 입을 한일자로 꼭 다물고 있던 시절의 그녀.

"어쩐지 이상한 사람이 있네, 하고 생각했었어. 같이 놀려고 하지 않고, 하지만 방에서 나가려고도 하지 않고… 아무 말도 하지 않고."

센고쿠의 변이다.

들으면 들을수록 당시의 시노부랑 똑같지만 당시의 시노부가 이야기하지 않고 움직이지 않았던 것에는 그럴 만한 이유가 있었다. 즉 아동 오이쿠라가 그랬던 것에도 그럴 만한 이유가 있었다고 봐야 할 것이다.

그 이유가 그녀의 가정환경에 있다는 것은 상상하기 어렵지 않았다. 보호된 가정, 즉 우리 집에서도 아동 오이쿠라는 전혀 마음을 허락하지 않았다. 아니, 애초에 그녀가 가정이라는 개념을 이해할 수 있었는지부터가 의심스럽다고 어머니가 이야기했다.

자신이 어째서 이곳에 있는지 이해하지 못하는 것 같기도 했고, 그렇기에 몸을 딱딱하게 긴장시키고 있는 것 같기도 했다, 라고. 의외로 당시의 그녀는 낯선 집에 유괴당했다는 심정이었는지도 모르고, 그렇지 않았다고 해도 보호라는 개념조차도 이해하지 못했는지도 모른다, 라고.

이거 참.

어린아이에게는 들려줄 수 없는 이야기다.

어쨌든 전해 들은 당시의 오이쿠라의 성격은 내가 알던 어느 시기의 오이쿠라와도 달라서, 동일성이 결여되었다는 생각이 들었다. 나이만 같은 다른 사람일 가능성은 없나 하는 생각도 했지만, 외견적인 특징을 듣기로는 아무래도 그것이 오이쿠라임은 분명해 보였다.

오이쿠라 소다치.

어느 것이 진짜 오이쿠라 소다치일까 하는 생각을 하지 않을 수가 없지만… 뭐, 그 물음의 답은 '어느 것이나 오이쿠라 소다치'일 것이다. 적어도 그 녀석은 내가 '진짜 나' 같은 이야기를 다 안다는 듯이 이야기하기를 원하지는 않을 것이다. …그건 그렇고.

아동 오이쿠라가 한때 우리 집에 살고 있었던 것, 함께 살았던 것을 전혀 기억해 낼 수 없는 나이지만, 그렇기에 부모님이나 센고쿠가 이야기한 그 실상에 당황스러움을 느끼지 않는 것은 아닌 나이지만(모두가 미리 입을 맞추고 나를 속이려고 하는 것이 아닐까 하는 생각이 전혀 없었다고 하면 거짓말이 된다. 하지만 어떻게 부모님과 센고쿠가 미리 입을 맞출 수 있다는 거지?), 다만 그런 이야기를 듣는 동안 확실히 기억해 낸 것이 하나 있었다. 이렇게 말해도 오이쿠라를, 오이쿠라가 있었을 때를 기억해 낸 것이 아니다. 오이쿠라가.

아동 오이쿠라가 없어졌을 때를 기억해 냈던 것이다.

누군가가 집 안에서 없어진 감각. 무엇인가를 잃어버렸다는 감각.

이를테면 학급회의에서 올바름을 상실했을 때 같은 감각. 이를테면 폐가에서 동지를 잃어버렸을 때 같은 감각.

뭔가를 잃어버린 감각을.

나에게 처음 심었던 것이 그녀였다.

무엇인지는 모르겠는데 뭔가를 잃었다, 상실해 버렸다. 그런 상실감을 체험했던 것을, 나는 생생히 기억해 냈던 것이다.

상실감을.

기억해 냈다.

어쨌든 그녀는 갑자기 없어졌다. 다만 그것은 아동 오이쿠라가 자기 발로 자기 집으로 돌아간 것뿐인 듯했다.

자기 발로.

그녀의 부모가 되찾으러 왔다든가, 우리 부모님이 그녀를 제반 사정으로 인해 보호할 수 없게 되었던 것이 아니라, 자신의 판단으로 아동 오이쿠라는 나의 '우리 집'을 나와서 그녀의 '우리 집'으로 돌아갔다고 한다.

결국 아이에게 부모는 어쩔 수 없이 부모이며, 집은 자신의 집만이 집이란 이야기일 것이다. 그것이 아무리 비참한 부모님이라도, 그것이 아무리 비참한 집이라도.

아버지가 그런 느낌의 이야기를 했다. 뭐, 그것은 틀림없는 이야기일지도 모른다. 적어도 아동 오이쿠라는 그것이 옳다고 생각하고, 그 행위를 정답이라고 생각하고 모습을 감춘 것이 틀림없으니까.

부모님은 그 부분에 대해서도 자세히는 이야기하지 않았지만, 아마 그녀가 돌아가 버린 뒤에도 말썽이 있었을 것이라 생각한다. 그러나 그 이후의 미래를 생각하면 오이쿠라에 관한 문제는 부모님이 바라던 형태의 해결에는 이르지 않았던 것 같다.

안에 있는 누군가가 SOS를 발하지 않으면 가정 내 폭력은 좀처럼 해결되지 않는다. 아무도 문제를 문제라고 생각하지 않으면, 그 누구도 대답할 수 없다.

부모님의 이야기는 그런 식으로 마무리되었다.

아무래도 그들은 내가 그냥 문득 어린 시절 일이 떠올라서, 예전에 같이 살았던 아동에 대해 떠올라서 그런 것을 물어본 것이라 지레짐작한 모양이었는데, 그러나 나는 초등학교 시절에 대해서는 아무것도 기억하지 못했고, 알고 있는 것은 오히려 거기서부터 이어지는 다음 에피소드였다.

거기서부터 이어지는 오이쿠라 소다치의.

비참한 인생이었다.

한 가지 말할 수 있는 사실은 그로부터 약 1년 후에 그녀가 나를 통해 우리 부모님에게 SOS를 발했다는 것, 그리고 그 SOS는 나에게서 멈춰 버렸다는 것이다.

오이쿠라와 같은 중학교가 된 나는, 오이쿠라를 기억하지 못했다. 반이 달라서 우선 얼굴을 마주할 일 자체가 없었지만, 폐가에서 만났을 때도 전혀 알아차리지 못했다. 일단 성격이 전혀 달랐다는 것이 대전제였다고 해도, 분위기가 달랐던 것이 다음 가는 커다란 원인이라고 해도.

아무것도 고하지 않고, 아무것도 말하지 않고 아라라기 가를 나간 시점에서, 그녀는 모든 의미에서 나에게서 상실되었기 때문이라고, 그런 식으로 생각하지 않을 수 없다.

그 녀석은 없어졌고.

나는 차가운 인간이었다.

008

생각했던 것보다 훨씬 '잠옷'스러웠다.

마음의 준비는 하고 있었고 나도 수많은 수라장을 거쳐 온 남자다. 어떤 의외의 전개가 펼쳐지더라도 대응할 수 있다는 심산이었지만, 오이쿠라 소다치가 공단 맨션의 방 안에서 착용하고 있던 것은 남자 고교생이 망상하는 '여자애 잠옷' 그 자체, 완전한 복판 직구였다. 그 구태의연함은 어떤 의미에서 새롭다고도 할 수 있었다.

하네카와가 내 귓가에 속삭인다.

"아마도 실내에서만 오래 생활하다 보니 멋을 내는 방향성이 그런 벡터로 세련되어진 거라고 생각해…."

과연.

하네카와 역시 가정환경 때문에 멋을 내는 방향성이 속옷 벡터로 향했던 것일까…. 그것보다도 하네카와가 내 귓가에 속삭이자 모든 것이 어떻게 되어도 상관없어지기 시작하는 것이 위험했다. 오기가 속삭일 때와는 천지차이다. 비교할 만한 일은 아니지만.

체인 록을 풀고서 나와 하네카와를 팔짱을 낀 인왕상 같은 자세로 맞이한 오이쿠라는 으스대듯이 몸을 돌리면서,

"잘 왔어. 그 배짱만은 칭찬해 줄게, 아라라G…."

라고 말했다.

아라라G?

뭐지, 그건? 대체 무슨 악의가 담긴 매도인가 하고 생각했지만, 아무래도 단순히 혀가 꼬인 것뿐인 듯하다. "큭…."하며 노골적으로 얼굴을 찡그린 그녀는,

"말하기 어렵다고, 네 이듬…."

이라고 다시 혀가 꼬였다('네 이름'이라고 말하고 싶었던 거겠지). 여기서 '실례했네요, 혀가 꼬였어요'라고 말해 주기라도 한다면 귀여워 보일 법도 했지만, 그녀는 우리에게 휙 등을 돌리며 복도 안쪽으로 걸어갔다.

씩씩거리며.

하네카와가 뒤에서 문을 닫고, 문을 잠근다. 솔직한 심정을 말하자면 가능하면 그 문은 여차할 때 도망가기 쉽도록 활짝 열어 두었으면 했지만, 그럴 수도 없을 것이다. 이런 하네카와의 강한 멘탈을 본받아야 한다.

이제부터 오이쿠라와 마주하려면.

하네카와가 신발을 벗고 내 옆을 지나갈 때,

"집의 구조는 2LDK*, 가족용 임대주택. 다만 신발은 같은 사이즈의 여성용 신발 두 켤레가 있을 뿐이야. 독신 생활 확정이지. 태도는 저렇지만 풍겨 오는 냄새로 봐서는 내가 아라라기 군을 부르러 간 사이에 홍차를 끓인 모양이니, 감사 인사를 할 준비를 해 둬."

라고 빠른 말투로 말했다.

그렇게 단숨에 정보가 흘러 들어오면 내 뇌로는 금방 처리할 수 없지만. 집의 구조를 현관에 들어온 것만으로 파악해 버리는 것도 무섭지만.

사전정보가 잘못되어 자취가 아니었을 가능성 따윈 애초에 상정하지도 않았고―역시 지금도 전성기인 거 아니야? 하네카와 츠바사. 오히려 과거의 자신과 마주함으로써 새로운 성장을 일궈 냈다든가―실제로 하네카와의 말은 적중해서, 거실에는 홍차가 준비되어 있었다. 다만 완전한 정답이라고 하기는 어려웠는데, 준비된 홍차는 두 잔뿐이었다. 테이블에 앉아 있는 오이쿠라의 앞에 놓인 하나와 다른 하나뿐. 뭐, 요컨대 내 몫이 없었다.

제아무리 하네카와라도 나에 대한 오이쿠라의 혐오의 질량까지는 완전히 파악하지 못했다는 이야기일까. 나는 이제 와서 신

※2LDK : 방 2개에 거실(Living room), 식탁을 놓을 수 있는 공간(Dining), 부엌(Kitchen)이 있는 집을 말한다. 일본에서 가옥의 구조를 설명할 때 쓰는 약자이다.

경 쓰지 않지만.

그것보다도 살풍경한 실내가 신경 쓰였다. 아니, 신경 쓰이는 정도의 이야기가 아니었다. 심하게 위화감이 느껴지는… 뭐랄까, 틀린 그림 찾기 같은 실내였다.

테이블은 있다. 다만 의자는 오이쿠라가 앉아 있는 하나밖에 없었다. 나에 대한 심술로 의자를 치웠다면 하네카와가 앉을 의자는 남길 테니까, 이것은 원래부터 하나일 것이다.

커튼이 없다. 아니, 레이스 커튼은 있다. 하지만 그것뿐이다. 천장을 올려다보면, 형광등이 한쪽밖에 들어가 있지 않다.

떠올려 보면, 현관 부근에 현관 매트는 있었는데, 실내에는 카펫이 없었다. 준비된 홍차도, 설탕과 우유를 같이 내놓고 스푼도 곁들이는 빈틈없는 모습을 보이고 있었지만 받침 접시가 없었다.

그 밖에도 이것저것, 어쩐지 뭔가가 조금씩 부족한 느낌이었다. 그것은 집의 소유자의 자질을 잘 나타내고 있는 것 같기도 했고, 위화감이라기보다는 섬뜩함이기도 했다.

말을 고르지 않고 하자면 섬뜩한 것을 넘어서 비참하다고도…. 물론 하네카와는 이 기묘함을 나보다도 훨씬 깊은 레벨에서 느끼고 있겠지만, 그것은 표면으로 전혀 드러내지 않고서,

"저기, 오이쿠라 양."

이라고 입을 열었다.

의자가 없어서 물론 앉을 수는 없지만, 테이블을 사이에 두고 하네카와는 오이쿠라와 마주한다.

"건강해 보이네, 다행이야."

"건강하다고? 그렇게 보여?"

오이쿠라는 말한다. 자신의 뺨을 가리키며.

그렇게 심하지는 않지만, 그곳은 붉게 부어올라 있다. 주먹으로 얻어맞았으니 당연하다고 하면 당연하다. 물론 손바닥으로 맞은 센조가하라의 뺨도 아직은 부어 있겠지만.

"정말이지…. 얼마나 내숭을 떨고 있던 거냐고, 걔. 얌전하기만 한 병약소녀는 아닐 거라고 생각하긴 했지만…."

오이쿠라는 말했다.

그리고 나를 보았다. 노려보듯이.

"상해죄로 고소해 줄까? 부기가 빠지지 않은 동안에 의사에게 보이고 진단서를 끊어서 말이야. 그러면 그 녀석, 대학추천 같은 것도 취소되는 거 아니야?"

"…피장파장이잖아. 먼저 손을 댄 건 너였고. 정당방위라고 할 수 있지."

"그럴까?"

오이쿠라는 내던지듯 말한다. 뭐, 그 상황에서 정당방위를 주장할 수 있을지 어떨지는 알 수 없다. 피장파장이라기보다는 역시 쌍방과실 같다.

나는 탄식하며 하네카와를 흘끗 보았다. 아이 콘택트를 보낸 것이다. 과연 전해졌을까, 라고 걱정하기도 했는데, 애초에 아이 콘택트를 할 것도 없이 하네카와는 움직이고 있었다.

너무 똑똑하잖아.

아무도 없는 곳에 아이 콘택트를 보내 버렸다. 그런 헛된 행동이 또 있을까. 어쨌든 하네카와는 움직여서, 자연스러운 동작으로 홍차가 든 컵에 손을 뻗은 것이다.

시야 안에 움직이는 것이 있으면 저도 모르게 반사적으로 보게 되는 것이 인간의 습성이다. 나를 노려보고 있던 오이쿠라도 예외는 아니어서, 하네카와의 움직임을 눈으로 쫓았다.

그 순간을 찌르듯이, 나는 재빨리 테이블을 우회해서 오이쿠라의 뺨을, 요컨대 환부를 검지로 건드렸다.

"어…. 뭐 하는 거야!"

덜컹, 하고 의자를 흔드는 오이쿠라. 하지만 이미 늦었다. 나는 '터치 앤 고'를 하듯 원래 자리로 돌아와 있었다. 아니, 목적을 이뤘으니 딱히 재빨리 돌아올 필요는 없었지만, 그 자리에 머물러 있다간 내가 따귀를 맞을 우려도 있었으니까….

"뭐, 뭐야…. 왜 뺨을 찌르는 거야. 쿡쿡 하고…. 그렇게 장난기를 발휘할 수 있는 사이였던가, 우리가? 무슨 죄로 고소당하고 싶은 거야, 너!"

뺨을 찌른 것이 무슨 죄가 되는가 하는 것은 접어 두고(쿡쿡 찌르지는 않았다), 나는 뺨을 찌른 것과 반대편 손으로 오이쿠라를 가리켰다. 어째서 반대편 손인가 하면, 아직 그녀의 뺨을 찌른 검지에서는 옷핀으로 찌른 상처의 출혈이 멎지 않았기 때문이다. 그것도 곧 치유되겠지만.

그녀의 뺨과 마찬가지로.

"그 뺨으론 의사를 찾아가도 진단서를 뗄 수는 없을 거야, 오이쿠라."

"응? 어? …어라라?"

나의 혈액, 즉 흡혈귀의 혈액으로 완쾌되어 버린 뺨에, 신기한 듯한 얼굴을 하는 오이쿠라. 영문을 알 수 없는 듯하다. 당연한 이야기겠지만, 설마 내가 뺨을 건드려서 나았다고는 생각할 수 없는 듯하다. 내가 찌른 것은 단순히 나은 것을 확인하기 위한 동작이었다고, 그녀는 해석한 것 같다.

그런 초현실적 현상을 믿을 수 없는 것도 한 가지 이유겠지만, 나에게 은혜를 입었다고는 도저히 생각할 수 없는 것이라는 느낌도 든다. 뭐, 역시나 센조가하라를 고소한다든가 하는 소리를 진심으로 한 것은 아니라고 생각하지만, 그래도 그 녀석이 주먹으로 때린 것은 분명 지나친 행동이었다. 그 녀석의 남자친구로서 이 정도의 뒤처리는 해 둬도 괜찮을 것이다.

"큭…. 그 부기가 이틀 만에 빠지다니 얼마나 회복력이 좋은 거람, 나는…."

나에게 빈정거릴 근거가 사라진 것이 자신의 회복력 때문이라고 생각한 듯한 오이쿠라는, 분노가 갈 곳을 잃어서 억울한 듯 보였다.

홍차에 손을 뻗고 있던 하네카와는 결국 컵을 손에 들지 않고 원래 자세로 돌아가서는,

"딱히 아무런 문제도 없이 건강한 것 같으니."

라며 하던 이야기로 돌아왔다.

"내일부터 다시 학교에 올 수 있겠지? 오이쿠라 양."

"…반장의 업무라는 거야? 어디 보자…. 하네카와? 였던가?"

오이쿠라는 그렇게 말했다. 하네카와에 대해 정말로 모르는 것인지, 아니면 알고 있으면서 시치미를 떼고 있는 것인지는 알수 없다. 1학년 1학기 이후로 학교에 오지 않았던 오이쿠라가 하네카와의 위협에 대해서 자세히 알고 있다고는, 적어도 생각하기 어렵지만…. 그렇다면 그녀는 지금 무시무시하게 거대한 적과 영문도 모른 채 마주하고 있다고도 할 수 있다. 옆에서 보면 우스꽝스러울 정도의 전력 차이지만, 그 전력 차가 이 상황을 어렵게 만드는 요인이기도 했다.

오이쿠라 소다치는, 지금의 오이쿠라 소다치는 너무나 약해서, 빼어나게 연약해서 이쪽이 눈치를 볼 겸 뻗었던 잽에 붕괴할지도 모르기 때문에.

"그래. 하네카와 츠바사야."

하네카와는 미소를 지으며 말했다.

…하긴 하네카와의 경우에는 센조가하라나 나하고는 달리, 오이쿠라와 이해관계가 없으므로 별다른 대립구조를 이루지는 않는 걸까.

그렇다면 더더욱 하네카와하고 같이 와서 다행이라는 이야기가 되는데…. 하지만 그것에 어리광을 부리고 있을 수는 없다. 하네카와가 원래는 나를 혼자 오이쿠라에게 보내려 했던 것은, 그러는 편이 좋을 것이라 생각했기 때문이다. 그러는 편이 분명나를 위해서, 그리고 오이쿠라를 위해서 좋을 것이라 생각했기 때문에.

그런데도 그렇게 할 수 없었던 것은 오기의 존재가 있었기 때문이고…. 따라서 지금 상황은 하네카와로서 결코 환영할 만한 상황이 아닌 것이다.

"…선생님에게 부탁을 받아서 나를 데리러 왔다는 느낌인가? 어디 보자…. 그 반의 담임은 누구였더라?"

"호시나 선생님이야. 좋은 선생님."

"좋은 선생님? 그런 게 있다고 말할 생각이야?"

오이쿠라는 웃으며 말했다. 웃은 것인지, 아픔을 참은 것인지 판단이 망설여지는 표정이기는 했지만, 아마도 웃었다고 생각한다. 아픔이라면 여기서 참을 필요는 없을 테니까.

테츠조에 대한 일은 역시 알고 있는 듯했다.

그녀가 없어졌기에 학교에 나왔다는 오기의 추리는 확실히 옳았던 모양이다.

"나도 옛날에 반장을 해 봐서 아는데, 선생 입맛대로 이용당하는 것뿐 아니었던가? 하네카와 양."

"음. 음음. 그런 식으로 생각한 적은 없었지만, 확실히 그렇게 볼 수 있을지도 모르겠네."

하네카와는 그렇게 오이쿠라의 악의를 받아넘겼다. 부정도 하지 않고, 그렇다고 긍정도 하지 않는 대답은 아마 지금의 오이쿠라에 대해 취할 수 있는 가장 유효한 수단일 것이다. 대화조차 허투루 넘기지 않는 부분이, 정말로 하네카와 츠바사다.

잠옷에 대한 문제는 아무래도 설득에 실패한 것 같은데, 이렇게 되면 그것도 져도 괜찮은 곳에서 한 번 져 주면서 상대의 기분을 맞춰 준 것뿐인지도 모른다.

혹은 그 건으로 인해 드디어 하네카와가 진짜로 움직이기 시작했는지도.

그에 반해 오이쿠라도, 지금은 흔적도 없이 초라해진 모습이라고는 해도 예전에는 반의 지휘자로서 이름을 날리던 여걸이었다. 그 짧은 대화를 끝마쳤을 무렵에는 하네카와 츠바사가 평범한 반장이 아님을 눈치챘는지, 쓸데없는 소리, 트집 잡는 소리를 하지 않게 되었다. 딴죽 걸리는 것이 싫었던 것이겠지.

원래 그녀가 우리를 실내에 들어오게 한 것은, 자기 고집도 있었겠지만 이곳이라면 자신의 필드, 문자 그대로 홈그라운드이기 때문이란 점도 있었을 텐데(실제로 교실 안에서 마주했을 때보다는 어느 정도 강경한 태도였다), 아무래도 상황이 상정했던 것과 다른 양상을 띠기 시작한 것을 깨달은 듯하다. 하지만 그렇다고 해서―2년 전이라면 몰라도―여기서 물러설 지금의 오이쿠라가 절대 아니다.

시선을, 즉 타깃을 다시 나에게로 옮긴다.

노려보는 조준을 나에게 맞추고는,

"그래서."

라고 입을 연다.

"하네카와 양은 그렇다 치고, 너는 왜 온 거야? 아… 아, 라, 라, 기."

이번에는 혀가 꼬이지 않도록 천천히, 그녀는 내 이름을 불렀다.

"나는 네 얼굴 따윈 보고 싶지 않고, 너도 내 얼굴 따윈 보고 싶지 않을 거 아냐? 저기, 우린 확실히 아주 사이가 나빴을 텐데요."

그건 저의 착각이었던가요?

그렇게 그녀는 억지로 경어체로 말했다. 초등학생이냐, 하는 생각이 들었다.

하지만 여기가 기회라고 나는 생각했다. 적절한 타이밍을 엿보고 있어 봤자 소용없을 것이다. 나와 오이쿠라 사이에 한해서는 베스트 타이밍 따윈, 저스트 타이밍 따윈 존재하지 않는 것이다. 가령 그런 것이 있었다고 한다면, 2년 전이나 5년 전, 혹은 6년 전에 이미 지나가 버렸다. 그렇다면 지금은 하다못해 최악의 타이밍을 피하는 것만을 생각하자.

오이쿠라만을 생각하자.

지금만은 오이쿠라를 위한 내가 되기로 하자.

"착각이 아니야. 하지만 그것만도 아니었을 거야. 네가 그저께, 그것을 알려 주지 않았던가?"

"......!"

놀란 얼굴을 한다.

내가 그 폐가를 기억해 낸 것이 그렇게나 의외였던 걸까. 혹은 뜻밖이었던 걸까.

하지만 그렇다면, 하고 나는 한 번 더 밀어붙였다.

"초등학생 때도."

"아…웃."

거기서 오이쿠라는 의외의 행동을 취했다. 앞에 놓여 있던 홍차 컵을 난폭하게 쥐고, 그것을 나를 향해 던진 것이다!

위험하다. 아니, 홍차가 아니라 전개가 위험하다.

볼펜이라면 몰라도(그것도 맞기는 했지만), 흩뿌려지는 액체를 완전히 피할 수는 없다. 그런 순간이동 같은 회피는 지금의 나에게는 불가능하다. 이대로는 갓 끓인 홍차를 뒤집어쓰게 된다. 화상을 입는 것은 둘째 치고, 그 화상이 낫는 모습을 오이쿠라에게 보이게 되는 것이 좋지 않다. 이번에야말로 조금 전에 그녀의 뺨을 낫게 한 것과 연결해서 생각하게 만들지도 모른다.

머리는 그렇게 맹렬히 회전하고 있었지만 몸은 제대로 반응하지 않았다. 했더라도 반사적인, 몸을 움츠리는 듯한 회피밖에 불가능했을 이 위기상황은, 또다시 하네카와에 의해 회피되었다.

어느샌가, 정말로 어느샌가 내 쪽으로 반걸음 정도 몸을 가까이 가져왔던 하네카와가, 오이쿠라가 던진 컵이 나에게 부딪치기 전에 그것을 받아 낸 것이다.

아니.

막아 낸 것이 아니다. 받아 낸 것이다.

몸을 던져 나를 감쌌다든가 하는 것이 결코 아니라, 그냥 쑥 하고 한쪽 팔을 뻗어서 나를 향해 회전하며 날아오는 컵의 손잡이를 잡고, 그대로 회전력을 죽이면서 쏟아지려는 액체를 밀어 넣듯이 컵을 손안에서 돌리면서 그대로 테이블 위에 내려놓았다. 바닥에 놓일 때에 내용물이 살짝 흘러넘쳤지만, 그뿐이었다.

오이쿠라가 눈을 휘둥그렇게 떴다.

일관되게 눈을 가느다랗게 뜨고서 나를 노려보던 그녀가···. 뭐, 하네카와의 굉장함을 알고 있던 내 눈도 아마 휘둥그레져 있었을 테니 그것도 무리는 아니겠지만.

여름방학이 끝난 직후의 사건을 겪고서 정말로 스펙이 올라갔 잖아, 이 녀석···. 아니, 여름방학 전이었다면 마지막에 내용물 을 조금도 흘리지 않고 테이블에 돌려놓았을까.

"응? 아니, 저기, 오이쿠라 양이 찻잔을 던지면 위험하겠다 싶어서 미리 대비하고 있었던 것뿐이야···. 그저께는 센조가하라 를 막지 못했기 때문에 반성하고 있었어."

"······."

반성이 너무 잘 활용되고 있다.

섣불리 반성하게 만들 수도 없겠네, 이 녀석.

결국 지금 이 맨션에서 하네카와가 회피하지 못한 트러블은 오이쿠라의 잠옷 차림뿐인가. ···하네카와가 같이 있으면 사건이 일어나지 않는구나.

잠옷 차림 건은 양보한 것이라 해도, 그냥 져 준 것이라고 해 도 그만큼을 제대로 만회했다는 느낌이다. 의외로 이대로 순조 롭게 오이쿠라와 이야기를 계속할 수 있지 않을까 하고 나는 생 각할 뻔했지만, 물론 그렇게 만만하지는 않았다.

하네카와가 아무리 보통 사람을 넘어선 위기회피 능력을 보였 다고 해도, 결국 오이쿠라와 마주하는 것은 하네카와가 아닌 나 이니까.

아라라기 코요미니까.

"오이쿠라."

나는 말했다.

결심하고서.

"이야기를 하자. 옛날이야기를. 나하고 너의 이야기를 말이야."

"⋯⋯."

오이쿠라는 잠시 입을 다문 뒤에,

"나는 네가 싫어."

라고 말했다.

이제까지 몇 번이나 들었던 말이다.

그러나 그것은, 몇 번을 들어도 그때마다 상처 입는 말이었다.

009

"없어진 어머니를 찾아 줘."

우여곡절을 거쳐.

최종적으로 오이쿠라는 그렇게 말했다.

"찾아 준다면, 학교에 가 줄 수도 있어. 센조가하라 양에게, 사과해 줄 수도 있고."

⋯어째서 우리의 논의가 한참 빗나갔다고도 할 수 있는 그런 엉뚱한 지점에 이르렀는가를 설명하기 위해서는, 오이쿠라 소다

치라는 그녀의 역사의, 그녀 측에서의 견해를 이야기해야만 한다. 즉 오이쿠라가 이 마을을 떠나 있었을 때에 어떻게 지내고 있었는가를. 나에게 보이지 않는 장소에서는, 그녀는 과연 어떤 그녀였는가를.

그런 이야기다.

물론 미스터리라고 할까 추리소설이라고 할까, 탐정물의 스탠더드 중 하나는 '사람 찾기'이기도 하니, 이 전개는 결코 이제까지의 흐름을 흐트러뜨리는 것이 아니라 오히려 이어받는 것이기도 하지만 그곳까지 흐르는 물길은 제대로 밝혀 두어야 한다.

"기억해냈구나…. 그 눈치로는 기억해 낸 것뿐만 아니라 그때 내가 하려고 했던 일이 5년이란 시간을 넘어 간신히 전해진 모양이네. 너, 나를 어지간히 바보 취급하고 있었구나."

그렇게.

오이쿠라는 그렇게 입을 열었다.

너무나도 불쾌한 듯이.

하네카와가 받아 낸 티 컵에 대한 것은 처리 불가능한 일로서, 그녀 안에서 없었던 것이 된 듯하다.

"너한테 온 힘을 다해 아양을 떨어서 구원받으려고 했던 나를…."

"아양을 떨다니…."

본인 안에서는 그런 인식이었나.

내가 기억해 낸 여름방학의 추억이 SOS신호를 받고 있었던 것이라 한다면, 그것에 응하지 못했던 내가 어리석었을 뿐이지 추억 자체는 우수한 이야기꾼의 입을 거친다면 미담으로서 이야기될 수 있었을지도 모른다. 그렇지만 그때 오이쿠라의 요정과도 같았던 언행을, 행복해 보이던 미소를 보인 입으로 '아양을 떨고 있었다'라고 말하는 것을 들으니, 이미 내 안에서도 바닥에 떨어져 있던 추억이 다시 한 번 짓밟히는 듯한 기분이 들었다.

하지만 그것에 불평을 할 수는 없다.

그것은 같은 추억이어도 그녀 쪽에서 본 추억이다. 어떤 식으로 더럽히더라도 그것은 전부 그녀 마음이다.

…그러나 내가 그것을 잊고 있는 것을 그렇게나 나무랐으면서, 기억해 냈더니 기억해 낸 대로 저렇게나 독설을 토해 내는 것을 보면 정말 어지간히도 파탄 나 있다. 현재 그녀의 성격이 파탄 나 있음을 새삼스레 의논의 도마 위에 올릴 생각은 없지만….

"바… 바보 같아."

그녀는 말했다.

나는 그 말이 나를 향한 매도일 것이라고만 생각했다. 혼신의 연기를 해 가며 그렇게까지 정성껏 수학을 가르쳐 주었는데, 그것을 알아차리지 못했던 나를 비웃고 있는 것이라 생각했다.

하지만 아니었다. 여기서는 아니었다.

여기서 그녀가 말한 '바보 같아'는 그녀 자신을 향한 말이었다.

"바보 같아, 바보 같아, 바보 같아…. 난 정말 바보 같아! 이,

이런 녀석에게 아양을 떨면서까지 도움을 받으려고 했던 나 자신이 부끄러워! 나, 나는 자존심을 버리고, 그때, 이런 녀석에게 알랑거렸어! 신발을 할짝할짝 핥았어! 정신적으로!"

"……."

"실패를 만회할 생각으로 더 끔찍한 실패를 저질렀어…. 부끄러워, 부끄러워! 부끄러워, 부끄러워… 죽고 싶어!"

없어져 버리고 싶어!

그렇게 외친 그녀는 테이블에 확 엎어졌다.

꽝, 하는 큰 소리가 났다.

이마가 깨진 게 아닐까 하고 걱정될 정도의 큰 소리였다. 그렇지만 곧 그녀는 고개를 들었다. 억척스런 표정으로 돌아와 있었다. 빙그레 웃는, 억척스런, 험악한 표정으로. 대체 어떤 구조의 정신 전환이지….

없어져 버리고 싶다.

다만 대사만을 쫓자면, 그 후에 확실히 그녀는 '없어져 버렸다'고 할 수 있는데….

만회할 생각이었는데 실패했다는 것은, 아마도 아라라기 가에 보호되었을 때를 말한 것이겠지. 보호받은 곳에서 아무 말도 하지 않고, 누구에게도 마음을 열지 않고, 말하자면 누구에게도 아양을 떨지 않고 혼자서 황폐해진 집으로 돌아갔던 실패를 가리키는 것이겠지.

그 결과가 그 에두른 도움 요청이었다는 것은 역시 이채롭다고 할까, 보통 이상으로 비정상적이었지만…. 하지만 직접 우리 부모님에게 도움을 청할 수 없었던 이유는 오히려 보강되었다고 생각한다. 즉 오이쿠라에게는 한 번 내밀어졌던 손을 뿌리쳤다는 양심의 가책이 있었던 것이다.

"하지만 아라라기. 이건 내가 아니더라도 분명 똑같이 되었을 거라 생각해. 내가 특별히 불행한 건 아니라고 봐. 이런 건 흔한 일이야. 저기, 너도 그렇게 생각하지 않아? 설마 나를 동정하고 있는 건 아니겠지?"

"……."

"나보다 불행한 사람은 잔뜩 있는걸. 일본 전체에 잔뜩 있는걸. 온 세상에 잔뜩 있는걸. 신문에 잔뜩 실리는걸. 나는 불치병에 걸리지 않았고, 나는 굶주리지 않았고, 나는 전쟁에 휘말리지 않았고, 나는 낯선 사람에게 이유 없이 얻어맞지 않았고. 나는 불행하지 않아, 나는 불행하지 않아, 나는 불행하지 않아. 그렇지? 응?"

"……."

여기서 나에게 동의를 구해 와도, 뭐라 대답할 말이 없었다. 딱 한 가지 말할 수 있는 것이 있다면, 무엇보다 그녀가 불행한 것은 그런 식으로 자기보다 큰 불행을 찾는 것으로밖에 자신을 긍정할 수 없게 되어 있다는 사실이다.

나보다 불행한 사람 따윈 잔뜩 있다든가.

그것은 자기 입으로 할 말이 아니잖아?

"그러니까 나를 불쌍히 여기지 마. 끔찍이 싫어하는 너에게 불쌍히 여겨지면 정말로 죽고 싶어져."

"…너에게는 무슨 말을 들어도 어쩔 수 없다고 생각해. 너에게 받은 것을, 나는 아무것도 돌려주지 않았으니까."

나는 혼자서 끓어올랐다고 생각하는 물이었다.

오이쿠라에 대해서는 받기만 할 뿐, 즉 빼앗기만 할 뿐이었다. 그것은 이제 와서 되돌릴 수도, 돌이킬 수도 없다.

"그러니까 네가 불쌍히 여기지 말라고 하면 불쌍히 여기지 않을 거야. 보상하지 말라고 하면 물론 보상하지 않을 거야."

"뭐야. 그건. 폼 잡을 생각이야? 그런 태도가 미련 없이 깔끔하다고 생각하기라도 하는 거야? 그런 행동을 하고서 나는 품위 있는 인간이라고 생각하는 거야? 미련 없이 깔끔하다니…. 실제로는 그냥 내팽개치고 있을 뿐이잖아?"

"그래. 하지만 내팽개친 건 너도 마찬가지 아니야?"

아차.

깜빡 반론해 버렸다. 대화가 성립하고 있는 듯한 분위기가 되면 어쩔 수 없이 방심하게 된다. 대화를 하고 있다고 생각하는 것은 이쪽뿐이지, 실제로는 일방통행도 이만저만이 아닌데. 도로의 좌측과 우측에서, 서로 지나치며 자동차가 달리고 있는 것뿐인데. 그리고 그런 도로에서는 약간만 핸들링을 실수하면 간단히 정면충돌 사고가 일어나는데.

또 뭔가 내던지는 게 아닐까 하고 생각했는데, 어느샌가 그녀 앞에서 스푼도 슈가 포트도 사라져 있었다. 살펴보니, 어째서인지 그것은 하네카와 앞에 모여 있었다. 대체 어느 타이밍에 몰수한 것일까. 나도 깨닫지 못했는데….

하네카와는 나와 오이쿠라의 스트로크에는 끼어들지 않았지만, 최소한의 랠리가 이어질 수 있는 상황은 만들어 준 것 같다. 아군이라기보다 심판원 같은 위치지만, 공평한 심판이 있어 준다는 것만으로 감지덕지다.

"…어쩔 수 없잖아. 그건 내 탓이 아니야. 내던지는 것은, 싫어지면 도망치는 것은 부모 탓이야."

부모가 나쁜 거야.

그렇게 오이쿠라는 떨떠름하게 말했다. 물건을 내던지는 대신, 말을 내던져 왔다. 물건이 날아오는 편이 차라리 낫겠다는 생각이 드는 말을.

"내가 이렇게 된 건 부모 책임이야."

"…그 부모님은 어떻게 지내는 거야? 지금."

"어이쿠! 뭐야, 신경 써 주는 거야?! 나 같은 녀석의 가족구성을. 중학생 시절에는 전혀 고려해 주지 않았으면서."

날 선 빈정거림이었지만, 입 밖에 냄으로써 스스로도 상처 입는 듯한 빈정거림이었다. 날카로운 한마디 한마디가, 자기 자신을 찢어발기고 있다.

"네가 구해 주지 않고 나서 경사스럽게 이혼했어. 난 어머니에게 맡겨져서 이 동네를 벗어났지…. 친부가 지금 어떻게 살고 있는지는 내 알 바 아니야."

친부.

오이쿠라는 아버지를 그렇게 표현했다. 그것이 지금의, 그녀의 마음을 여실히 드러내고 있었다. 그렇다는 이야기는 그 집을 그런 식으로 어지럽히고 있던 사람은, 한껏 어지럽히고 있던 가정 내 폭력의 주범은 아버지 쪽이었던 것일까.

그런 나의 생각을 간파할 만한 사고력이 지금의 오이쿠라에게 있는지 어떤지는 몹시 수상하지만, 오이쿠라는,

"그래. 그 집을 그 꼴로 만든 건 친부야. 그 쓰레기."

그렇게 말했다.

분노가 아니라, 오히려 부끄러움을 느끼는 듯이 얼굴에 홍조를 띠고 있다. 자기 발로 그런 '쓰레기' 곁으로 돌아가 버린 초등학생 시절의 어리석은 자신을 부끄러워하는 것인지도 모른다.

혹은 현명했던 시절이 없는 자신 전체를… 부끄러워해서.

"어머니는 **가끔씩** 나를 때리는 정도였어. 친부에게 얻어맞은 화풀이로."

그리고 그녀는 그렇게 말을 이었다. 그 후에 이쪽의 리액션을 기다리는 듯한 공백을 둔다. 그런 폭력의 연쇄가 일어났던 것, 그녀가 종착점이었던 것을 나타낸 그녀는, 그래도 연민을 구하고 있는 것은 아니다. 전혀 아니다. 하지만 어떻게 대답해야 좋을지, 정답이 전혀 보이지 않았다.

예전에 도움을 구했던 그녀는, 지금은 무엇을 구하고 있는 걸까?

알 수 없다.

무리수도 이만한 게 없다.

결국 나는,

"너는, 그러면 그때 그나마 나은 어머니를 따라가기로 결정했

다는 얘기야?"

라는 질문을 할 수밖에 없었다.

하지만 그런 나를 오이쿠라는 비웃었다.

"내가 뭔가를 결정할 수 있는 입장이었다고 생각해? 그때…
어른들이 멋대로 결정한 것뿐이야. 뭐, 그나마 낫다고 할까, 사
회적으로는 어머니도 피해자로 보였겠지. 지금 생각하면 말이
야. 당시에는 나도 그렇게 생각했고."

초등학교 시절, 그래도 친부를 아버지라고 생각했던 것처럼,
중학생 무렵에는 어머니를 피해자라고 생각하고 있었다… 라는
이야기인가.

정말 구원할 길이 없다.

아니, 그녀의 인생에 구원을 가져다 주지 않았던 장본인인 나
는, 그 구원할 길 없는 막막함에 대해 코멘트하는 것조차 불가능
하지만, 오이쿠라의 인생의 막막함은 거기에서 끝나지 않았다.

아직 한참 남아 있었다.

그 후, 고등학교에 입학할 때까지의 2년 조금 넘는 기간, 중학
교 1학년 2학기부터 중학교를 졸업할 때까지. 즉 이 마을을 벗
어나 있던 기간에도 또다시 구제불능한 상황이 그녀를 덮친다.
불행이 덮친다.

불치병이라든가 기아라든가 전쟁 같은 것보다는 훨씬 나은 불
행이 덮친다. 그것이 처음에 말한 어머니의 실종이었다. 어딘가
하나 정도, 그녀의 인생에 제대로 된 곳이 있다면 좋겠다고 생
각했지만. 지금으로서는 전혀 없다. 이 방의 가구 밸런스와 마

찬가지로, 완전히 무너져 있다.

무너져 있고, 여러 가지로… 부족하다.

"네가 얼마나 고귀한지는 모르겠는데—얼마나 하등한지는 알고 있지만—너도 나와 같은 부모에게서 태어났더라면, 내가 되었을 거야. 나도 경찰인 부모 밑에서 태어나고 싶었어."

"부모도 자식은 고르지 않잖아."

또다시 쓸데없는 반론을 해 버렸다. 이것은 자계自戒를 담아서 한 발언이었지만, 생각 외로 오이쿠라의 마음을 직격했는지 그녀는 깜짝 놀라는 표정을 지었다.

그리고 "응."이라며 끄덕였다.

"어머니도 똑같은 말을 했었어. …나를 향해서."

실제로 나는 기대를 품고 말았어. 거기서부터 이 생활이 반전되는 게 아닐까 하고. 그곳이 전환점이 되는 게 아닐까 하고.

"너는 조금도 기대대로 움직여 주지 않았고, 하지만 가정이 붕괴해 버린 뒤에는 이것보다 나쁜 일은 없을 거라고 기대했어. 이미 바닥을 쳤다고 말이야. 그런 가정은 이미 오래전에, 사실은 초등학생 시절부터 무너져 있던 것이나 마찬가지였으니까. 언젠가는 그렇게 될 거라는 걸 알고 있었고 말이야. 하지만 실패했으니까, 여기서부터 재기할 수 있지 않을까. 지금까지 비참했던 만큼, 나 같은 녀석은 이제부터 행복해질 수 있지 않을까. 그렇지 않으면 이야기의 앞뒤가 안 맞는 게 아닐까 하고, 기대했어. 하지만 정말이지, 그런 일은 전혀 없었어. 지금까지 비참했던 대로 그 뒤로도 비참했어."

"…그 뒤로도 폭력이 계속되었다는 거야? 그… 어머니로부터."

"아니라고. 내가 하는 얘길 들은 거야, 안 들은 거야? 어머니가 나를 때린 건 친부에게 맞은 것의 화풀이였다고. 쓰레기가 없어진 이상, 어머니가 나를 때릴 리가 없잖아."

"……."

나는 아직 그 전제에 납득하지 않았지만, 그 이론이 성립한다면 적어도 폭력의 연쇄는 멈춘 것이 된다. 하지만 그렇다면 대체 뭐가 비참했다는 거지?

"내가 이 꼴이 된 것이 부모 탓이라는 근거 중 하나야. 나는 이런 식으로 2년 이상, 집 안에 틀어박혀 있는데 말이지."

내 어머니도 방 안에 틀어박혔어.

…라고 말했다.

"한부모가정이 된 지 얼마 안 되어서 바로. 이혼했다는 사실이 서서히 정신을 갉아먹은 모양이야. 새 집의 방에 틀어박혀서, 나오지 않게 되었어."

"나오지 않게…."

"부모가 방 안에 틀어박힌다는 거, 어떤 느낌인지 상상이 가? 나는 중학교 1학년인데 부모를 돌봐야 하는 처지가 되었어. 우습지?"

웃어, 웃으라고, 하며 몰아붙이는 듯 말하는 그녀는 확실히 웃고 있었다. 당시를 떠올렸는지, 아니면 아무 말도 못 하고 있는 내가 재미있었는지, 판단할 수 없다.

"방에 틀어박혀 버린 자식을 둔 부모를 위한 책이라든가 방송 같은 것은 잔뜩 있지만, 방에 틀어박힌 부모에 대한 대처법 같은 건 어디에도 나와 있지 않아서, 더 이상, 정말, 그 무렵은… 그 무렵은, 그렇지, 응. 나는 무슨 일이 있더라도 방구석에 틀어박히지 않겠다고 맹세했어. …그 맹세는 몇 년 뒤에 간단히 깨졌지만."

하지만 뭐, 어머니의 경우에는 중증의 히키코모리였으니까, 극도의 히키코모리였으니까 그것에 비하면 나는 거의 보통 사람이지, 라고 말한다. 부모와 자신을 비교해서 자신 쪽이 낫다고 말한다.

"정말, 끔찍했어. 자물쇠가 달린 방에 틀어박혀서는, 방구석에 쭈그려 앉아서 말이야. 식사를 챙기는 것도 내가 했고. 그러던 중에 그 식사조차 거의 입에 대지 않게 되고. 어머니는 창문에 나무판을 못 박아서 막아 놓은 데다 계속 커튼을 치고 있어서 방 안은 아주 새까맸어. 완전한 어둠. 불이 켜지지 않도록 형광등도 빼놓고 말이야. 그리고 계속 웅얼거렸는데…. 부모는 자식을 고르지 않는다는 둥 뭐라는 둥 하며 계속 웅얼거렸는데, 언제부턴가 내가 무슨 말을 걸어도 완전히 무시하게 되었어. 마치 사춘기 어린애 같았지. 중학생인 나보다도 사춘기고, 어지간한 반항기였어. 애가 애를 낳는다는 말이 있는데, 그건 애가 애를 돌보는 것 같은 상황이었어."

가정붕괴가 오이쿠라의 어머니의 마음을 꺾어 버렸던 것일까. 내부에 폭력이 있는 가정이라도, 그런 가정이라도 있으면 행복했고 마음의 버팀목이었다고 말하는 걸까?

어쨌든 나는 상상도 하지 못했다. 어머니가 그런 상태가 되었을 때의, 빠졌을 때의 딸의 심경 따위. 센조가하라라면 다소 이해했을지도 모르지만…. 아니, 그 녀석의 경우도 이것과는 케이스가 다르다. 그 녀석은 어머니를 돌봐야만 하는 것은 아니었다.

"학교 성적은 쭉쭉 떨어지고 말이야. 억울했지…. 나보다 머리 나쁜 녀석들이 나를 앞질러 가는 거야. 이유는 내가 어머니를 걱정하는 착한 아이였으니까. …뭐, 제멋대로 나를 동정한 학교 측의 배려로 실제 시험 점수 이상의 가산점을 받고 있던 것 같지만 말이야. 그러지 않았더라면, 하하, 그 성적으로, 내신 점수로 나오에츠 고등학교는 못 들어간다고…."

오이쿠라가 1학년 때, 내가 보기에는 필요 이상으로 나오에츠 고등학생인 것의 긍지에 대해 언급하던 이유는 그 부분에 있는지도 모른다. 그리고 그것은 나에 대한 수학 콤플렉스의 이유 중 일부이기도 할 것이다.

본래는 할 수 있었을 텐데 그 능력을 발휘하지 못하고, 기회를 빼앗기고, 추월당해 가는 감각…. 그녀의 높은 프라이드를 감안하면, 몇 년에 걸쳐 이어진 그 상황은 상상을 불허할 정도로 장절했을 것이다.

"그래도 어머니는 어머니고 말이야…. 모친은 모친이니까. 그리고 부모는 부모니까. 이미 한쪽을 잃었으니까, 양쪽 다 잃지 않도록 신경 써야겠다고 생각했어. 언젠가는 어머니도 방에서 나와 주지 않을까 하고. 부모도 자식은 고르지 않는다는 말을 해서 미안하다든가 하고 어쩌면 사과해 줄지도 모르고—너를 낳아서 다행이라든가, 하는 말을 해 줄지도 모르고—그도 그럴 것이, 세상이란 무슨 일이 일어날지 알 수 없잖아? 미래를 아는 사람 같은 건 없잖아. 아니면 미래는 전부 결정되어 있어서 변경불가능이라고 말하기라도 할 생각이야?"

오이쿠라는 여기서 기침을 했다. 잠깐 공백을 둔 것이 아니라 그냥 사레들린 것 같다. 내 이름을 말하기 힘들어하는 모습을 보면, 역시 지금의 그녀는 이야기하는 것에 익숙하지 않은 듯하다.

"다행히 일본은 비교적 복지에 충실한 나라니까. 어머니의 수입이 없어도, 친부에게서 입금되는 위자료나 양육비가 없어도 서류를 잘 갖추면 모녀 두 사람이 아슬아슬하게 먹고살 수는 있었어. 그래서 나는 어머니가 없어지면 좋겠다고 생각한 적은 한 번도 없어. 그것만은 확실해."

그리고 재개된다. 그녀의 광기가.

"하지만 난 매일 밤 기도하고 있는걸. 어머니 따윈 없어져 버리면 좋겠다고 생각하지 않도록 해 주세요, 라고. 어머니 따윈 없어져 버리면 좋겠다고 생각하지 않도록 해 주세요. 어머니 따윈 없어져 버리면 좋겠다고 생각하지 않도록 해 주세요. 어머니 따윈 없어져 버리면 좋겠다고 생각하지 않도록 해 주세요."

하지만.

어머니는 없어졌다.

내 소원과 반대로.

"어느 날, 나에게 아무 말도 하지 않고, 나에게 아무것도 고하지 않고 어머니는 없어졌어. 학교에서 돌아왔더니 어머니는 없었어. 어머니는 없어져 있었어. 갑자기, 아무런 전조도 없이 어딘가로 가 버렸어. …이거 봐, 나랑 똑같지?"

여자아이는 아버지 쪽을 닮는다고 하는데, 나는 분명 어머니를 닮은 거야… 라면서.

오이쿠라는 아마도, 어머니처럼 웃었다.

010

"저녁밥을 만들어서 방으로 가지고 갔어. 잠긴 문을 열고 안에 들어갔더니, 텅 비어 있었어. 남겨 둔 편지 같은 것조차 없었어. 갑자기 아무런 전조가 없다고 해도, 그래도 전조는 있었을까? 전조라고 할까, 예감…. 언젠가 어머니는 나를 두고 어딘가로 가 버리겠구나, 하는. 그래, 친부가 어딘가로 가 버린 것처럼."

나의 부모.

이제 나는 두 사람 모두 어디 있는지 몰라.

오이쿠라는 그렇게 말한다. 감정을 죽이고.

자신을 죽이고.

자신의 마음을 학살하고.

"처음에는 상당히 그리워하고 있었던 것 같으니 친부가 있는 곳에 달려간 것이 아닐까 하고 생각했지만… 그렇게 생각하니 찾을 생각도 들지 않았지만, 지금 생각하면 그것은 있을 수 없는 가능성이었겠지. 어머니는 이혼했다는 불행을 한탄하고 있었을 뿐이고, 재결합하려는 생각은 하지 않는 것 같았으니까. 어쨌든 나는 그것으로 인해 어머니 돌보기에서 해방되었어. 공부 진도가 늦어졌던 것도 만회했어. 친척 중에서 명목상의 보호자를 찾아내고, 그런 뒤에 나라의 보조를 받는 형태로 이 동네로 돌아왔어. 너랑 만나고 싶지 않아서, 사실은 돌아오고 싶지 않았지만…. 여기밖에 빈자리가 없다더라고."

빈자리란 살 집을 말하는 것이겠지. 하네카와의 추측은 여기서도 적중했던 것이다. 그냥 점쟁이를 하는 편이 좋지 않을까, 이 녀석?

다만 당사자인 하네카와는 언짢은 얼굴을 하고 있었다.

응? 무슨 일일까. 오이쿠라의 이야기에 걸리는 부분이라도 있었던 걸까? 듣고 있으면 가슴이 아파 오는 이야기임은 확실하지만, 그 표정은 지금의 시추에이션에 그리 적합하다고 하기는 어렵다고….

잘 모르겠지만 하네카와가 사고에 집중하고 있는 것이라면, 내가 더욱 마음을 다잡아야 한다고 생각하고,

"어째서 혼자 살기로 한 거야?"

라고 물었다.

"명목상이라고는 해도 친척은 친척이잖아. 게다가 어머니와 같이 살고 있던 집에 그대로 계속 살아도 괜찮았을 텐데, 어째서 그곳에서 일부러 이사를? 이 동네에 돌아오고 싶지 않았다면."

"집이 완전히 쓰레기장이었거든. 어머니를 돌보는 것만으로도

벅차서 청소 같은 건 전혀 할 수 없었으니까. 혼자서 관리할 수 있는 규모도 아니었고…. 지금부터 청소를 하느니 집째로 버리는 편이 낫겠다고 생각했어."

집째로 버린다.

버린다.

주저는… 뭐, 없었을 것이다. 그 수준에 달해 버리면, 오이쿠라의 입장에서는 지킬 대상도 소중히 할 대상도 아니다.

가족도 가정도 없는데, 집만 지켜서 무엇을 할 것인가.

"그때의 경험을 살려서, 여기서는 가구를 적게 두고 있어. 깔끔하지?"

웬일로 오이쿠라는(그녀로서는 그냥 깜빡 실수한 것인지도 모른다) 여기서 평범하게 나에게 동의를 구했다. 평범하게 요구받은 것이니 평범하게 동의해도 좋았을 테지만, 그럴 수 없는 방이기는 했다.

확실히 깔끔하기는 하지만, 그것은 가구가 적기 때문이 아니라 역시 가구가 부족하기 때문이란 느낌이 든다. 여러 가지로 밸런스가 나쁜 실내가 옛일의 경험을 살린 결과임은 알았지만, 솔직히 별로 살리지 못하고 있다.

오히려 경험이 죽어 있다.

정리정돈이란 이런 것이 아닐 터이다.

그리고 오이쿠라는, 이것은 확실히 의도적으로 여겨지는데, 내가 던진 질문 중 한 문항을 무시하고 있었다. 명목상의 보호자가 있는데 어째서 혼자 살기를 선택했는가. 대답할 것도 없는 시시한 질문이었다는 건가? 그렇게 말한다면 확실히 그럴지도 모른다.

물어볼 것도 없다.

원래부터 보호자를 보호하는 입장으로 2년간을 살아왔던 그녀다. 이제 와서 누군가의 보호를 받게 된다니, 우스꽝스러운 농담으로밖에 들리지 않을 것이다. 그 부분의 법 정비가 어떻게 되어 있는지는 모르지만, 현재 이렇게 보조를 받으며 공단 맨션에서 독신 생활을 실현한 이상, 오이쿠라는 그 부분을 어떻게든 해서 문제를 처리한 것이라 생각된다.

여하간 오이쿠라 소다치는, 귀향했다. 유년기를 보냈던 이 마을로 돌아왔다.

그 뒤의 이야기라면, 이미 나는 알고 있다.

나오에츠 고등학교에서 나와 재회하지만 나는 생각할 수 있는 모든 의미에서 그녀를 망각하고 있었고, 반 안에서 지휘자적인 입장을 구축했다고 생각했던 것도 잠시뿐, 담임교사와 반 친구들에 의해 함정에 빠져서—그렇다기보다 스스로 판 구멍에 빠져서—그 뒤로 2년간을 이 집에서 보냈다.

어머니와 마찬가지로 방 안에 틀어박혀서.

경중의 차이는 있겠지만, 기이하게도 어머니와 같은 정도의 기간 동안 틀어박혀 있었다는 이야기가 된다. 그리고 그저께, 어떠한 형태로 테츠조가 출산휴가를 얻었다는 소식을 듣고서 드디어 등교를 재개했던 것이다. 사실 그 재등교도 또다시 암초에 걸려 있지만….

"알았어? 내가 그렇게 불행하지 않다는 것을."

이야기를 마치고 오이쿠라는 말했다.

자칫하다간 자랑스러워하는 것으로 착각할 정도로.

어색한 미소와 함께.

"이 정도의 일은 누구에게나 일어날 수 있는 일이잖아? 많든 적든 간에 누구라도 경험하는, 흔히 있는 일이라고 할까…. 고생담도 되지 않는다고 할까. 뭐, 남들보다는 조금 힘들지도 모르지만, 그런 소리만 하고 있다간 세상을 헤쳐 나갈 수 없지. 굳이 말하자면 부모가 집 안에 틀어박혔다는 사실만은 보기 드문 일이겠지만, 그런 건 좀처럼 없는, 얻기 힘든 경험을 할 수 있었다고 기뻐해야 할 거야. 나만 불행한 것이 아니니까, 노력해야지. 나는 아직 행복한 편이야, 이렇게 살아 있으니까…."

"……."

늘어놓는 말들의 그 얄팍함이란 정말 이루 말할 수가 없었다. 애초에 세상 그 누구보다 그녀 자신이 그런 말을 믿지 않을 것이다.

"그러니까 동정 같은 거 하지 않아도 돼…. 사과하지 않아도, 보상하지 않아도 돼, 아라라기. 속죄 같은 건 전혀 필요 없어. 어쩐지 이야기를 했더니 후련해졌고…."

이야기하면 편해진다.

그것은, 누가 나에게 한 말이었더라.

"어차피 전부 옛날이야기이고 말이야. 네가 바라는 옛날이야기는, 아주 옛날옛날 이야기일 뿐이야. 전부 끝난 이야기. 짜증

나니까 트집을 잡기는 했지만 말이지…. 이제 와서 네가 뭔가 해 주기를 바라지는 않는다고. 굳이 말하자면."

돌아가 주지 않을래?

…라고 오이쿠라는 말했다.

이 한 시간 남짓한 시간 사이에 그녀는 한층 작아진 것처럼 보이기도 했다. 물론 모든 것을 다 이야기했다고 해서 그것으로 마음 편해지는 일은 전혀 없겠지만, 그래도 뭔가 붙었던 것이 떨어진 느낌으로도 보였다. 나에게 부리고 있던 고집이, 완전히 사라져 버린 느낌으로도…. 설마 그건가?

결국 오이쿠라가 1학년 시점부터 나에게 시비를 걸고 있던 것은—내가 수학이 특기 운운한 일이나 말없이 도움을 청한 것에 응하지 않았다던가 하는 것이 아니라—내가 그녀와의 두 번에 걸친 관계를, 완전히 잊고 있던 것이 중점이었나? 그래서 완전히 그것이 밝혀진 지금, 나에게 과거를 떠올리게 만들고 또 뼈저리게 깨닫게 만든 지금, 전체적으로 그것에 대해 불평한 시점에서 그녀에게 들러붙어 있던 것이 떨어져 나간 것일까.

그런 이야기를 하면 오기는 웃겠지만. 한층 크게 웃겠지만. 오이쿠라 선배는 당신을 원망하고 있으니 싫어하는 것이 당연하잖아요, 라고.

"……."

돌아가란 말을 들으면, 여기는 이 녀석의 집이니까 나로서는 선택의 여지도 저항의 여지도 없이 돌아갈 수밖에 없다. 그러나 오이쿠라를 학교에 나오게 한다는 목적을, 나는 아직 이루지 못했다. 이대로 돌아가 버리면 오지 않은 것이나 마찬가지다. 어떡할까. 우선 오이쿠라에게 말을 걸려고 내가 "오…."까지 그녀의 이름을 부르던 중에 잡아먹을 듯한 투로,

"오이쿠라 양."

라고.

하네카와가 오래간만에 발언했다. 게다가 그것은 이 자리의 흐름을 잘 읽지 못한, 빗나간, 이상한 질문이었다.

"잠긴 문을 열고, 라고 말했어?"

"응? 어… 뭐가?"

한순간 무슨 말인지 알아듣지 못했는지 혼란스러운 눈치를 보이는 오이쿠라. 그러나 자신이 했던 말이므로, 곧바로 어머니의 실종을 알아차렸을 때의 상황을 묻는 것임을 이해했는지, "응, 맞아."라고 끄덕였다.

"잠긴 문을 열고 안에 들어갔더니, 어머니가 없어져 있었어…."

"하지만 창문은 나무판으로 막혀 있었지? 그리고 문이 잠겨 있었다면…."

하네카와는 다시 물었다.

"어머니께서는 어디로 나간 거야?"

011

하네카와의 그 지적에 나는 움찔했다. 들으면서도 완전히 놓

치고 있던 부분이었는데, 확실히 그 부분은 이상하다. 여기에 와서 다시 한 번 '밀실'이라는 키워드와 조우하게 될 것이라고는 생각하지 않았고, 또한 이 경우는 나와 오기가 감금되었던 그 수수께끼의 교실과는 사정이 다르다. 괴이 같은 것은 관계없는, 과장 없는, 게다가 사건성이 있는 밀실이다. 진짜로 추리소설이다.

게다가 복잡하지 않은 심플한 밀실인 만큼, 해답이 전혀 보이지 않는다. 창문을 못질한 판자로 막아 놓은 방에 자물쇠로 잠긴 문? 트릭 장치 같은 것이 없을 정도로 심플한 구조다. 그런 방 안에서 사람이 한 명, 실종되었다는 건가?

밀실에서의 실종.

보편성이 있는 테마이기는 하지만, 그러나….

"…어디로라니. 그야, 문으로겠지?"

그러나 당사자인 오이쿠라는 하네카와가 하는 말을 완전히 이해하지 못한 듯했다. 뭘 그리 사소한 것을 묻느냐고 말하는 듯한 투였다.

"잠겼다고 해 봤자 방 안쪽에서는 손잡이를 돌리면 열리니까. 그걸로 나갈 수 있잖아."

"그러면 오토록이 달린 문이었어?"

"얼마나 최신식 집이면 방문에 그런 게 달리는 거야…. 오래된 임대주택이었으니까, 평범한 손잡이에 달린 자물쇠야. 하지만 열쇠 같은 건, 집 안의 적당한 어딘가에 놓여 있었으니까, 어머니가 나갈 때에 잠갔겠지."

아아.

뭐, 합리적으로 설명을 붙이려고 하면 그것으로 충분히 설명이 된다. 하지만 하네카와는 분명 이렇게 생각하고 있는 것이 틀림없다. 이제부터 모습을 감추려고 하는 사람이 일부러 방문을 다시 잠그고 나간 걸까?

어디에 갈 생각이었더라도, 누군가에게 들키지 않도록 한시라도 빨리 현장에서 벗어나려고 하는 법 아닐까. 적어도 '적당한 어딘가에' 놓여 있는 열쇠 같은 것을 찾을 여유가 있었다고는 생각되지 않는다. 시간적인 여유는 둘째 치고, 마음의 여유가.

즉 어머니의 실종을 깨달았을 때, 오이쿠라가 **잠긴 문을 열어야만 했던 것**에는 역시 합리적인 설명이 되지 않는다.

"그러니까 그런 건, 사소한 일이잖아. 내 기억의 착각일지도 모르고, 어머니도 특별한 이유도 없이 왠지 모르게 잠근 것뿐일지도 모르잖아. 그쪽이 좋겠다 싶어서."

"뭐, 응. 그렇겠…네."

그렇게 반응하는 하네카와.

오이쿠라의 의견을, 듣고 있는 듯하면서도 듣고 있지 않다. 아니, 듣고는 있겠지만, 그 말뜻을 헤아리는 눈치가 없다. 아마도 하네카와가 느낀 위화감은, 지금 설명한 것뿐이 아니라 오이쿠라의 이야기 전체에서 느껴지는 위화감일 것이다. 그 위화감이, 오이쿠라의 어머니가 실종되던 상황을 계기로 해서 둑이 터지듯 확 쏟아져 나왔던 것이다. 다만 전체에서 느껴지는 위화감이라는 것이 무엇인지 나한테는 상상도 되지 않지만….

그저 오이쿠라의 말에, 오이쿠라가 살아온 나날에 압도되기만 해서 나는 생각을 거의 포기하고 있었다. 하네카와는 그렇지 않았던 듯하다.

그러나 오이쿠라의 의견에도 확실히 일리는 있었다. 도리에 어긋나지 않는, 오히려 도리에 거스르는 듯한 행동만을 보이는 오이쿠라 소다치를 보고 있으면, 실종될 때에 일부러 꼼꼼하게 문단속을 하고 가는 인물이 있어도 그렇게 이상하지 않은 것처럼 생각된다.

으음. 문단속이라고 하자면….

"그러면 오이쿠라. 방문이 아니라, 현관문은 어땠어? 열려 있었어? 잠겨 있었어?"

"하아? 왜 그런 아무 상관도 없는 일을…. 기억 안 나는데."

기분 나쁜 듯이 말한다.

"기억이 안 난다는 건 인상에 남아 있지 않다는 뜻이니, 그렇다면 제대로 잠겨 있었던 거 아니야? 열려 있었다면 그 시점에서 이상하다고 생각할 테니까."

"……."

그렇게 되면, 오이쿠라의 어머니는 방문뿐만 아니라 현관문도 제대로 잠그고 나서 실종되었다는 이야기가 되는데….

"남겨 두고 가는 딸을 위해서 도둑이 들어오지 않도록 잠갔다고 생각하면 현관문 쪽은 설명이 될까…. 현관문 열쇠도 어딘가에 있었을 테고, 예비 열쇠도…."

설마 화분 아래에 숨긴다는 식으로 두지는 않았겠지만, 방 열쇠를 찾을 때처럼 현관 열쇠도, 스페어 키인지 뭔지를 찾으려고 마음먹으면 찾을 수는 있을 것이다. 적어도 물리적으로 불가능한 행동은 아니다.

"나를 위해서 도둑이 들어오지 않도록? 그런 기특한 짓은 안 해, 우리 어머니는. 그런 보호자 같은 짓은."

구분하자면 오이쿠라를 두둔하는 쪽의 발언이었다고 생각하지만, 내 추측은 당사자인 그녀에게 간단히 거절되었다. ⋯이러한 불합리가 세상에는 실제로 있으니, 문 한두 짝이 열려 있는가 잠겨 있는가는 역시 그리 중요하다고 말할 수 없을지도 모른다.

그러나 하네카와는 계속 생각하고 있었다.

고민하는 듯 보이기까지 했다. 대체 그 사고의 앞에 무엇을 응시하는 것일까. 물론 나는 그런 것을 전혀 신경 쓰고 있지 않지만, 상황이 이렇게 되면 가슴을 만지게 해 준다는 약속은 어떻게 되는 거냐고 물어볼 수 있는 분위기는 전혀 아니었다.

그런 하네카와의 모습에 오이쿠라는 짜증이 난 듯이,

"영문을 모르겠네⋯. 우리 어머니의 실종이 그렇게나 신경 쓰여? 어째서?"

라고 말했다.

"어머니의 행동 따위야, 애초에 알 수 없는 것투성이라고. 어째서 갑자기 사라졌는지도 모르겠고, 그런 남자 때문에 어째서 마음이 꺾여 버렸는지도 모르겠어. 그런 남자에게 계속 얻어맞아도, 계속 같이 살았던 마음을 모르겠어. 내가 말했던가? 말하지 않았던가? 이혼 얘기를 꺼낸 것도, 폭력을 당하고 있던 어머니 쪽이 아니라 친부 쪽이었어. 정말로 이해가 안 돼. 뭐냐고, 우리 가족은. 아니, 더 이상 가족이 아니지만. 처음부터 가족 같은 건 아니었지만. 뭐냐고, 나는. 저기, 아라라기…. 너희 집에 보호되었을 때, 내가 어떤 기분이었는지, 알아?"

"어….."

"뭘 이렇게 과시하고 있는 걸까… 라고 생각했어. 자기 집을, 자기 가정을, 나는 당연하다고 생각했으니까. 창문이 깨지지 않은, 벽이 갈라지지 않은, 바닥이 깨지지 않은, 그런 예쁜 집이, 그런 온화한 가정이 있다니, 믿기지 않았어. 그래서 계속 너희를 노려보고 있었어. 말없이 노려보고 있었어. 기억나?"

"아아….."

고개를 끄덕이긴 했지만, 이건 거짓말이었다.

나에게 당시의 기억 따위 없다. 하지만 센고쿠가 그때의 일을 똑똑히 기억하고 있던 것처럼, 오이쿠라에게 그것은 강렬한 체험이었던 것이다.

눈부셨다, 라고 말한다.

오이쿠라는 말한다.

…미리 말해 두겠는데, 우리 집은 부모님이 경찰이라는 특수한 사정이 있기는 해도 그 내부의 관계성에서는 그리 특별할 것도 없다. 극히 평범한 일반 가정이었다.

사이가 안 좋을 만한 곳에서는 그냥 평범하게 사이가 안 좋다.

그것이 그녀에게는 눈부셨다.

극히 평범한 일반이.

불화조차도.

"눈부셨어. 그래서 도망친 거야. 눈부신 빛에 앞이 안 보이고, 눈이 멀어 버릴 것 같았으니까. 따스함에, 온기에, 몸이 짓이겨질 것 같았으니까. 하지만 소용없었어. 때가 늦어 버렸어. 한 번 그런 것을 보게 되면, 우리 집은 비참하구나 하는 것을 알아 버리니까."

몰랐으면 좋았을 텐데.

너 같은 것하고는.

만나지 않았으면 좋았을 텐데, 라고 오이쿠라는 말한다.

"내가 이미 알아 버렸을 때에는 어쩔 수 없었어. 괜히 어떻게든 해 보려고 하다가 반항적이라는 소리를 듣게 되었어. 쓸데없이 얻어맞게 되었어. 보이지 않는 곳에서 보이지 않는 곳을 두들겨 맞았어. 하지만 도망쳐 온 나는, 도망칠 수 없었어. 더 이상 도망칠 수 없었어. 그래서 중학교에서 너와 재회했을 때는 운명이라고까지 생각했었다고…. 열심히 아양을 떨었잖아?"

"……."

"뭐, 그 반동으로 고등학교 때에 두 번째로 재회했을 때에는 태도가 조금 예민해져 버렸지만…. 어찌 되었든 너는 나를 잊고 있었으니 관계없는 일이지."

그리고 세 번째로 재회했을 때에는, 모든 인격을 통합한 것처럼 정서가 불안정한 그녀가 되어 있었던 것인데….

정말 처참한 루트를 걸어왔다.

어떡하면 그렇게까지 길을 헤맬 수 있는가 하는 생각이 들 정도로, 그녀는 인생에서 길을 잃고 있었다.

"정말이지… 잘 풀리지를 않네. 테츠조가 없어져서 이번에야 말로 다시 시작하려고 했는데…. 또 아라라기가 같은 반이라니, 정말 말도 안 돼."

역시 운명 같은 것을 느껴.

오이쿠라는 그런 말을 했다.

"저주 같은 운명을. 너는 내 인생의 고비마다 나타나서 재앙을 흩뿌리고 가."

"…나 때문이야?"

"그래. 너 때문에 내 인생은 엉망진창이야, 아니지."

붕, 하고 고개를 저었다.

그녀는.

"알고 있어. 너 때문이 아니야, 내가 나쁜 것은… 부모 때문도 아니야. 어머니가 한 말이 옳았어. 태어난 것이 내가 아니었다면 좀 더 번듯한 인생이었을 거야. 내가 나빠. 내가 나빠. 내가 나빠."

내가 싫어.

나는 내가 싫어.

그렇게 말했다.

"하지만 말이야, 네 탓으로라도 하지 않고서는 살아갈 수 없어, 아라라기. 미안하지만 나의 악당이 되어 줘. 이젠 틀렸다고, 따라갈 수가 없어. 부모를 나쁜 사람으로 삼는 것만으로는."

"오이쿠라…."

"어째서 잘 풀리지 않는 걸까. 나는, 제대로 하고 있는데. 노력하고 있고, 힘을 쏟고 있고…. 그야 성격이라든가 머리라든가, 여러 가지로 이상한 부분은 있지만… 이렇게까지 벌을 받을 만한 나쁜 짓은 아무것도 안 했잖아. 알려 줘, 아라라기. 너, 지금 행복하지? 내가 그것에 조금이라도 공헌하고 있다면, 그렇게 생각해 준다면, 알려 줘. 어째서 나는 행복해질 수 없는 거야?"

"네가 행복해질 수 없는 것은."

내가 생각할 틈도 주지 않고.

대답한 사람은 하네카와였다.

"네가 행복해지려고 하지 않기 때문이야. 행복해지려고 하지 않는 사람을, 행복하게 하는 것은 누구에게도 불가능해."

"…다 알고 있다는 것처럼 말하네."

"뭐든지 알지는 못해. 알고 있는 것만."

엄하게 말한 하네카와에 대해, 오이쿠라의 표정은 오히려 편하게 풀어졌다. 그리고.

"정말이지, 그 말대로야. 정답."

…이라고 말했다. 마치 그것이 경품이 딸린 퀴즈였다는 것처럼.

"그도 그럴 것이, 나의 약함으로 행복해지기라도 했다간, 으직 하고 으깨져 버릴 거야. 눈도 몸도, 망가져 버려. 행복의 무게에 견뎌 낼 수 없어. 이제 와서 행복해지는 것보다, 미적지근한 불행에 발목까지 담그고, 적당히 버티며 살고 싶어. 신발을 푹 적신 채로 살아가고 싶어. 실제로 그렇게 해 왔고…. 응, 이제 와서 행복해지고 싶지는 않아. 이미 늦었어."

때가 늦었다.

그렇다면 언제가 늦지 않았던 것일까.

2년 전일까. 5년 전일까. 6년 전일까.

아니면 그보다도 전에, 늦어 버렸던 것일까. 내 소꿉친구는.

모든 것은 과거의 일이고, 이제 와서는 새삼스럽고, 복원할 수 없고, 되돌릴 수 없고, 손쓰기에 늦은 것일까… 아니.

아니다.

그렇지 않다.

과거의 자신을 계속 나무라는 것은 반성과는 다른, 책임을 회피하는 행위란 것은 하네카와가 말한 대로다. 하지만 그렇다고 과거를 가차없이 포기하고, 가차없이 잘라 내는 행동이 올바를 리 없다.

물론 무엇이 올바른지는 알 수 없다. 올바름 따윈 모른다. 그런 것은 잃어버렸고, 상실했다. 하지만 무엇이 잘못되었는가 정도는 알 수 있다. 오이쿠라를 이대로 놔두고 돌아가는 것만은, 틀림없는 잘못이었다.

"없어."

나는 말했다.

"네가 짓이겨져 버릴 정도로 무거운 행복 따윈 이 세상에 없어. 행복은 눈부시지도 않고 무겁지도 않아. 행복을 과대평가하지 마. 모든 행복은, 너에게 딱 좋아."

딱 맞는다고.

맞춘 옷처럼, 잘 어울린다고.

"그러니까 그런 식으로, 행복을 싫어하지 마. 세상을 싫어하지 마, 모든 것을 싫어하지 마. 스스로를 싫어하지 마. 네 몸 안에 있는 '싫어함'은 전부, 내가 받아 줄 테니까, 받아들여 줄 테니까, 너는 좀 더 너 자신을 좋아하라고."

오이쿠라 소다치를 좋아해라.

나를 마음껏 싫어해도 되니까. 너를 좋아해라.

하다못해 내가 예전에 좋아했던 정도로는.

"확실히 나는 지금, 아주 행복해. 그렇기에 굳이 말하겠어! 이런 건 말이야, 모두가 가지고 있는 게 당연한 거라고!"

툭, 하고.

옆에서 누군가 가볍게 찔렀다.

그것으로 정신을 차렸다.

무슨 말을 하고 있는 거지, 나는. 무슨 짓을 하고 있는 거지, 나는. 모처럼 하네카와가 오이쿠라와 이야기하는 것을 가로막는 형태로. 그런 구도가 되었다면, 그다음은 하네카와에게 맡겨 두면 되었잖아. 그걸 내가 옆에서 끼어들어서.

하네카와에게 야단맞아도 어쩔 수 없다고 이를 갈았지만, 하네카와는 손을 도로 빼면서 나에게만 들리는 목소리로,

"잘 말했어."

라고 작은 목소리로 속삭였다.

아무래도 나의 폭언이 하네카와의 기분을 해친 것은 아닌 듯하다는 점에는 가슴을 쓸어내렸지만… 그러나 과연.

과연 오이쿠라 소다치는 그것을 어떻게 받아들였을까. 나의 행복 중에서 의심의 여지가 없는 일부분을 담당하고 있는 그녀에게 던진, 배은망덕에도 정도가 있는 폭언을 어떻게 받아들였을까.

"…관청."

…이라고 말했다.

관청?

그녀는 얼굴을 들었다. 지친 듯이.

"관청 쪽 사람이 올 거야, 얼마 안 있으면. 뜨거워진 참에 미안하지만, 정말로 돌아가 주지 않겠어? 내가 제대로 생활하고 있는지 어떤지 체크하러…. 솔직히 말하자면, 등교하지 않는 것을 아슬아슬하게 봐주고 있는 상황이라서 말이야. 학교 동급생들과 언쟁하는 모습을 보이면, 좋지 않아."

우리를 쫓아내기 위한 구실.

그랬다면 조금 더 일찍 말했을 것이다.

그렇다면 거짓말이 아닐 것이라고, 적어도 하네카와는 그렇게 판단했는지,

"그래. 그러면 오늘은 돌아갈게."

…라고 말하면서 끄덕였다.

"하지만 우리는 내일도 올 거야. 모레도, 주말도 상관없이. 폐가 될지도 모르지만, 좋아하는 사람에게는 폐를 끼치는 것이 우리의 방식이거든."

아참, 하면서 덧붙이듯이 하네카와는 말을 이었다.

"깜빡 잊고 있었네. 이건 처음에 말해 둬야지. 나, 너를 꽤 좋아하게 되었어."

"……."

그 말에.

하네카와 츠바사의 그 말에, 오이쿠라 소다치는 정말로 난처한 듯한 얼굴을 하고, 원망스러운 듯 눈을 내리깔고서.

"그러면."

…이라고 입을 열었던 것이다.

그러면 너희들.

"없어진 어머니를 찾아 줘. 찾아 준다면, 학교에 가 줄 수도 있어. 센조가하라 양에게, 사과해 줄 수도 있고."

012

나와 하네카와, 부반장과 반장에게 노력할 목표가 또렷한 형태로 제시된 것은 일단 기뻐해야 할 일이었다. 하지만 이 상황을 가만히 생각해 보면, 오이쿠라는 우리에게 '너희가 어머니를 찾아 주지 않는 한, 나는 학교에 가지 않을 거야'라고 완곡하게 선언한 것이나 마찬가지인지도 모른다.

"나는 그래도 좋다고 생각하지만 말이야. 아라라기 군과 오이쿠라 양 사이에 있던 오해가 아주 약간이라도 완화될 징조를 보였다면, 본래 그 이상 바랄 게 없는걸."

"완화될 징조라…. 뭐, 그렇다면 좋겠는데."

실제로는 아주 약간, 오이쿠라의 마음을 흔든 정도일 것이다. 내일이 되면 그런 마음은 또다시 단단히 고정되어 있을지도 모른다. 내일은 그렇다고 쳐도, 모레는.

2년간, 5년간, 혹은 6년간에 걸쳐 굳어진 나에 대한 혐오라는 조각이, 그렇게 간단히 녹아서 무너질 리가 없는 것이다. 느긋하게 마음먹고 상대해야 할 일이다.

"하지만 그 이상 바랄 게 없다고 말해도 괜찮은 거야? 하네카와 반장. 그 녀석을 등교하게 만드는 것이 나와 너에게 주어진 사명이잖아."

"센조가하라와의 문제가 원만히, 그렇지 않더라도 온건하게 수습된다면 나는 오이쿠라 양을 무리하게 만들 생각은 없어. 고등학교 따위야 억지로 가야만 하는 장소도 아니고."

진지함 일변도였던 하네카와와도 딱딱하지 않은 소리 할 수 있게 된 모양이다. 하긴 내 경우에는 심심하면 학교를 빼먹던 너 같은 녀석이 어떻게 오이쿠라에게 등교를 촉구할 수 있는가, 하는 느낌이 들고 말이야. 오이쿠라의 경우에는 등교하지 않더라도 성적만 제대로 받으면 졸업과 진학은 가능할 테니, 즐겁지도 않은 학교생활을 무리해 가며 보낼 필요는 없다. …다만.

"그렇지, **다만** 즐거운 학교생활이라면, 무리를 해서라도 보내주었으면 하는 법이지. 남은 기간도 약 반년. 짧더라도 청춘은 청춘이야. 이렇게 되면 센조가하라하고도 화해해 달라고 해야겠어."

"그게 가장 어려운 문제라고 생각하는데….'

"풀 거라면 어려운 문제인 편이 즐겁잖아?"

오이쿠라의 집을 나와서 계단을 내려와 건물 밖으로 이동한 우리는, 그대로 주택단지 안에 있는 광장 쪽으로 걸었다. 그곳에 사는 아이들을 위한 광장인 듯했는데, 시간대의 문제인지, 아니면 뭔가 다른 이유에 의한 것인지 광장에는 아무도 없었다.

풍경으로서는 살풍경하고 쓸쓸했지만, 생각에 잠기기에는 안성맞춤이라며 우리는 그곳에서 검토를 하기로 했다. 오이쿠라의 어머니의 밀실실종 사건에 대해서.

밀실실종 사건이라는 것은 추리소설의 스탠스에서 보았을 때의 표현이고, 괴기소설의 스탠스에 따라 말하자면 '카미카쿠시'라고 말해야 할까. 어쨌든 사람 한 명이 연기처럼 홀연히 사라졌다고 하니까.

나로서는 오늘은 일단 귀가하고 각자 하룻밤 동안 검토한 결과를 내일 학교에 가지고 와서 토론한 끝에 한 가지 결론을 내린다… 라는 타임 테이블을 예상하고 있었다. 하지만 그 부분이 천재와 범인凡人의 차이인지, 하네카와는 "그러면 관청 사람과 오이쿠라 양이 이야기하는 동안에 방향성만으로도 결정해 놓자. 순조롭게 진행되어서 이 자리에서 결론이 나온다면 관청 사람이 돌아간 뒤에 오이쿠라 양에게 보고할 수 있고 말이야."라고 말한 것이었다.

확실히 그럴 수만 있다면 오이쿠라의 마음이 흔들리고 있는 동안에 흥정이 가능해지고, 오이쿠라와 센조가하라도 내일부터 등교할 수 있게 되니까 베스트는 베스트겠지만… 나 같은 녀석은 100년을 생각하더라도 그런 발상은 도저히 나오지 않을 것이다.

실제로 실종된 사람의 탐색이라니, 현실 세계의 탐정이 인해전술로 밀어붙일 일을 단 두 명의 고교생으로 가능한가 하는 실현 가능성은 둘째 치고, 역시 똑똑한 녀석은 우선 풋워크가 가볍구나. 그런 생각을 하면서 우선은 꺼내기 쉬운 곳부터 이야기를 시작해 본다.

"오이쿠라는 그렇게 말했지만, 나도 확실히 이상하다고는 생각해. 나는 너에게 한 표야. 어머니가 스스로 나갔다고 한다면, 그때 문을 잠그고 가는 것은 이상하지. 현관은 둘째 치고, 틀어박혀 있었다는 방문을 잠근다는 것은 특히…."

"나는 현관도 충분히 이상하다고 봐. 그 부분에 대해서는 오이쿠라 양의 생각이 옳다고 생각해…. 오이쿠라 양은 그냥 반사적으로 반론했던 것뿐이겠지만. 정신적으로 상당한 궁지에 몰린 상태였던 사람이, 이제 돌아올 생각이 없는 집의 문단속을 신경 쓴다는 것은 역시 이상하지."

하네카와는 내가 던진 말을 그렇게 받았다. 이 부분은 하네카와로서도 검토라기보다 브레인스토밍을 하듯이 생각난 것을 바로바로 이야기했다는 느낌이다.

밀실 상황의 수수께끼? 라고 하지는 않더라도 그 의문점을 해소하는 것이 정말 어머니의 행방을 특정하는 것에 플러스가 될지 어떨지는 확실치 않다. 그러기는 고사하고 아무런 도움도 되지 않을 거라 생각될 정도이지만, 현재 상황에서 그것이 눈에 보이는 가장 큰 실마리다.

"그러면 어떤 가능성을 생각할 수 있을까? 문을 잠근 사람이 어머니가 아니라고 한다면… 유괴? 유괴범이 어머니를 납치하고 카무플라주를 위해서 문을 원래대로 잠가 두었다."

"그러네. 가능할지도. 유괴범이라면 실종자보다 카무플라주하는 의미가 있을 것 같아. 혹은 사고."

"사고?"

"딱히 실종될 생각은 아니었다. 단순히 외출을 할 생각이었다…. 그래서 빈방에 누가 들어가지 않도록 문을 잠갔고, 상식적인 판단으로서 문단속도 했어. 그리고 외출한 곳에서 어떠한 사고를 당했거나 사건에 휘말려서 돌아올 수 없게 되었어. 외출한 곳에서 갑자기 자취를 감추고 싶은 기분이 들었을 가능성도 있을지도."

"지금으로서는 그것이 현재 상황에 가장 들어맞는 것처럼 보이지만."

'자취를 감추고 싶은 기분', 이라는 것도 좀처럼 상상이 안 되지만 오이쿠라의 설…이라고 할까, 그녀의 어머니가 별다른 의미도 없이 변덕을 부려서 방문을 잠그고 현관도 잠그고 나갔다기보다는 훨씬 가능성 높아 보이는 '기분 변화'다. 하지만 하네카와가,

"계속 방 안에 틀어박혀 있던 어머니가 갑자기 집 밖으로 나가려고 한 이유를 모르겠네."

라며 고개를 저었다.

"2년간 방에 틀어박혀 있었음에도 불구하고, 갑자기 외출한 날에 갑자기 실종되기로 결심하다니 말이야. 어느 한쪽만이라면 몰라도, 두 가지가 겹친다는 것은 조금 합리성이 떨어져."

"아니, 2년간 방에서 나오지 않았다는 건 오이쿠라의 시점일 뿐이잖아? 의외로 오이쿠라가 학교에 간 사이에 몰래 밖에 나가서 뭔가 사 오는 정도는 했을지도 몰라."

"몰래 나가는 의미는 뭔데? 어른이 외출하는 것뿐이니까 들키더라도 딱히 혼나거나 할 일은 아니잖아."

"하지만 오이쿠라네 집의 경우에는 오이쿠라가 어머니를 돌보고 있는 상황이었으니까…. 괜히 밖에 돌아다니는 모습을 보이면 돌봐 줄 수 없게 될지도 몰라."

대체 어떤 어머니상일까 하고 생각하면서도, 나는 이것은 가설, 어디까지나 예시라고 생각하면서 그렇게 제안했다. 실제로 없어진 것이 오이쿠라가 돌봐 주고 있던 어머니라는 점은 가설도 예시도 아니지만.

"그렇구나. 납득이 됐어. 계속해 줄래?"

"그래서, 그러니까… 평소처럼 외출했다. …뭐, 오이쿠라에게는 둘째 치고 누구에게도 목격당하지 않는 것은 어렵다고 생각하지만…. 그래서 어느 날, 자취를 감추기로 결심했다?"

가설 전반과 앞뒤를 맞춰 보니, 도무지 문맥이 매끄럽게 연결되지 않았다. 2년간 방 안에 틀어박혀 있던 사람이, 외출한 직후에 갑자기 어딘가로 사라지기로 마음먹는다는 것도 가능성 없어 보이는 이야기지만, 매일처럼 건전하게 외출하고 있던 유사 히키코모리가 갑자기 잠적할 마음을 먹는다는 것은 더더욱 있을 수 없는 일로 생각되었다. 어쨌든 '뭐야, 평범하게 살고 있었잖아!'라는 이야기니까 말이야.

밀실이나 카미카쿠시에 비하면 일반 사회에서도 종종 있는 일이겠지만, 잠적이라는 것은 평범하게 살던 사람은 좀처럼 생각할 수 없는 일일 것이다. 그것보다는 2년간, 방에 틀어박혀 있던 인간이 일념발기*해서 잠적을 생각했다는 쪽이 현실감 있다.

리얼리티 문제는 아니겠지만….

"지금까지 나온 발상 중에서 타자가 얽혀 있는 것이 유괴라는 케이스인데, 어린애가 아니라 어른을, 그것도 집 안에 있는 성인을 유괴한다는 것은 목적으로서 무엇을 생각할 수 있을까? 영리유괴일까?"

"아니, 당시 오이쿠라네 집은 국가의 보조를 받으며 살고 있었을 테니까 영리목적일 가능성은 없겠지. 집에 있는 것을 노렸다는 시점에서 사전조사는 이미 끝낸 거라고 봐야겠고…. 애초에 몸값 요구 같은 건 없었잖아?"

"그러면 목적은 어머니 자신…일까? 어머니를 유괴할 동기가 있는 사람은… 아버지? 지금 어디에 있는지도 모른다고 하는?"

"음…. 유력한 용의자 중 한 명이긴 하려나."

※일념발기(一念發起) : 결심하고 불교의 길에 들어감. 어떤 일을 성취하려고 결심하는 것을 뜻한다.

처음에 오이쿠라는 실종된 어머니가 아버지 곁으로 간 것이 아닐까 하고 의심했던 모양인데, 그것과 반대로 아버지 쪽에서 어머니 곁으로 찾아왔을 가능성도 있는 것이다. 이혼을 신청한 것은 아버지 쪽이라고 했지만, 그런 이야기라면 두 사람이 재결합하는 것도 있을 수 있는 이야기이고….

"…그렇게 되면 둘이 의기투합해서 야반도주했을 가능성도 생기네. 그도 그럴 것이, 힘으로 유괴한다면 다소나마 저항하기 마련이잖아? 그렇다면 오이쿠라는 그 흔적을 알아차릴 테고…. 그것이 없었다는 것은 설령 강압적인 형태라고 해도 어머니는 어떠한 합의가 된 상태에서 유괴된 건지도 몰라."

"잠깐만, 아라라기 군. 억지로 유괴되었다고 해도 흔적은 남지 않을지도 몰라."

"응?"

"왜냐하면, 지금 오이쿠라 양이 사는 집은 저렇게 산뜻한 상태이지만, 당시에는 청소까지 할 여력이 없어서 쓰레기 집 같았다고 말했잖아. 그렇다면 다소 난동을 부려도 알아차릴 수 없지 않을까? 원래부터 어질러져 있으니까."

"아아. 그런가…. 말하자면 칸바루의 방 같은 건가."

칸바루의 방 클래스라면 오히려 난동을 부리는 것으로 인해 그 주변이 조금 깨끗해질 정도이지만. 뭐, 그렇게까지 지저분하지는 않았을 거라고 생각하면 말이 되는 이야기다.

"하지만 물론 합의하고서 길을 떠났을, 여행을 떠났을 가능성이 없는 건 아니야. 아버지가 아니라 다른 누군가와도."

"누군가? 짚이는 게 있어?"

"아니, 아무도…. 다만 아버지와의 여행이라면 딸인 오이쿠라 양만 놔두고 말 한마디 없이 야반도주처럼 떠날까? 하는 생각이 들 뿐이야."

"야반도주라…. 하지만 그 얘기를 하자면 아버지와 새 출발을 하기 위해 오이쿠라를 내버려 두고 갔을 가능성도 어쩌면 있을 것 같은데. 둘만 있게 되면 분명 다시 시작할 수 있다… 하는 소릴 하면서."

"남자의 심리를 잘 꿰고 있는걸, 아라라기 군."

"아니, 결코 그런 건…."

"농담이야. 오이쿠라 양의 어머니는 어디에 갔는가, 최종적으로는 그것을 찾아야 하는데 말이지."

그 부분에서 단락을 나누자고 결정했는지, 하네카와는 탁 하고 편집점을 찍듯이 손을 쳤다. 물론 끝내기 박수는 아니다.

"예를 들어 실종된 곳을 특정할 수 있다고 해도, 그것이 결코 오이쿠라 양에게 좋은 결과는 되지 않을 것이란 점은 이쯤에서 고려해 둬야 할 거야. 원래부터 희망찬 결과가 나올 것이라고는 생각하기 어려운 이야기이지만…."

"하긴…. 예를 들어 아버지와 어머니의 야반도주였으며 자신은 홀로 남겨졌다는 결론이 뒷받침되어 버리면, 그건 역시 보고하기 어렵겠네. 어떻게 생각하더라도."

"보고하기 어려울 정도라면 몰라도, 보고할 수 없을 가능성도 생길지 몰라."

"응? 무슨 얘기야?"

"밀실과는 따로 떼어 놓고 생각해야 할 문제인데, 실종된 어머니가 이미 살아 있지 않을 가능성도 무시할 수 없겠지. 좀 더 자세히 말하자면 첫 '실종', 즉 행방불명 시점에서 어머니는 누군가에게 살해당했을지도 몰라."

"살해당해…."

"시체가 살아 있는 인간의 몸에 비해 운반하기 쉬운가 어려운가 하는 것은 의견이 갈리는 부분이지만…. 뭐, 범인은 적어도 죽어 있는 쪽이 유괴 대상이 날뛰지 않으니까 운반하기 편하다고 생각했다…."

"흐음…. 근육이 경직되고 스스로 몸을 지탱할 수 없게 되니까 시체 쪽이 살아 있는 사람보다 무겁다는 설도, 비슷한 정도로 듣는데 말이야. 의견이 갈리는 부분이겠지만…. 뭐, 범인이 어느 설의 지지파인가는 상상의 영역에 있으려나. 다만."

나는 말한다.

"일이 이 마당에 이르면, 설령 아무리 괴로운 결과가 나오더라도 우리는 오이쿠라에게 그 사실을 전해야 한다고 생각해. 우리라고 할까, 나의 의무일까. 게다가 그 녀석도 더 이상 만날 이유가 없다고 생각하는 사람이겠고."

"그 부분이지."

"응?"

"결국, **어째서** 오이쿠라 양은 우리에게 어머니를 찾아 달라는 중요한 역할을 맡겼는가 하는 점. 그게 이해 안 되지 않아?"

"그야…."

왠지 모르게 딸이 어머니를 찾는 것은 당연한 일이라는 생각을 전제로 보았기에, 가능한 의뢰라고 생각했지만…. 하지만 결코 오이쿠라는 어머니를 좋아했던 것은 아니다. 친부보다는 어느 정도 낫다는 정도이며, 그 차이도 크지는 않았을지도 모른다. 오이쿠라 안에서 어머니에 대한 생각이 어떻게 정리되어 있는지, 어떻게 정돈되어 있지 않은지 모르겠지만 어머니를 찾아내서 다시 한 번 같이 살고 싶다든가 하는 이야기가 아니라는 점만은 확실하다.

대체 오이쿠라는 무엇을 원하기에 우리에게 어머니를 찾게 한 것일까. 실제로, 우리를 완곡하게 쫓아내기 위한 구실이라면 더 나은 다른 것들이 있을 텐데.

오이쿠라의 목적.

그녀는 무엇을 알고 싶은 걸까?

"잘은 모르겠지만, 아마도 자기 안에서 납득 가지 않는 점이 있는데 그것이 계속 응어리로 남아 있다든가…. 그런 느낌이 아닐까? 요컨대 오이쿠라도 말은 저렇게 하고 있지만 어머니가 실종되었을 때의 상황에 내심 위화감을 느끼고 있는 거겠지. 갑자기 없어졌다고 하는 얘기…. 자신도 어머니와 비슷하다고 말했었는데, 그렇기에 의외로 무서울지도 몰라. 자신 역시 아무런 근거도 없이 갑자기 없어지는 것이 아닐까 하고. 연기처럼 사라져 버리는 것이 아닐까 하고."

초등학생 때의 그녀처럼.

없어진다.

…말도 안 된다. 없어지게 놔둘 수 있겠는가.

이 이상 오이쿠라가, 없어지게 놔둘 수 있겠는가.

실질적으로 어머니가 어디 있는지 장소를 알아내는 것은 불가능하다고 해도, 하다못해 그 힌트가 될 만한 구체적인 논리를 세우면 적어도 한 번은 더 오이쿠라와 이야기를 할 찬스를 얻을 수 있다. 그 녀석에게 감사받고 싶은 것은 결코 아니지만.

뭐, 그거다.

나는 이렇게 생각하는 것이다.

지금보다도 한 단계 더, 인간의 강도를 떨어뜨려 보는 것도 나쁘지 않다, 라고.

"그렇다면."

그렇게 하네카와가 입을 열었다.

"다시 한 번 처음부터, 어머니의 실종에 대한 의문점을 정리해 볼까. 이번에는 취사선택을 하면서. 결국 이렇다고 할 해결안은 없었지만, 역시 나로서는 그 부분이 중요하다고 생각해. 즉 어째서 방문이 잠겨 있었는가. 알 수가 없네."

"응. 알 수 없어."

"알 수 없는 건가요?"

그렇게.

나와 하네카와의 시간에, 갑자기 어둠이 끼어들었다. 낮에서 밤으로, 갑자기 전환된 듯 새까맣게 어두워졌다.

그것은 단순한 착각으로, 실제로는 해 질 녘에 접어들어서 그녀의, 오시노 오기의 길게 늘어진 그림자가 내 얼굴에 드리워졌다는 현상에 지나지 않았지만.

오시노 오기. 오기.

오기가 그곳에 있었다.

"어~쩐지 실망이네요, 그 정도 밀실의 수수께끼를 알 수 없다니. 아라라기 선배가 어리석은 건 알고 있었지만, 하네카와 선배, 당신까지 어리석다니."

"……."

하네카와가 고개를 든다.

어째서 여기에 오기가, 라고 생각하고 있는 걸까? 아니, 물론 그런 생각은 하지 않을 것이다. 하네카와 자신이 말한 것처럼, 오이쿠라의 현 주소지를 조사하는 것은 수고는 들지언정 결코 불가능한 일은 아니다. 하네카와가 말했던 '성가신 일'이다. 그 뒤에 학교로 돌아가서 오기는 그것을 조사했다는 이야기인가.

생글생글 웃고 있지만.

그렇다면 저 웃는 얼굴도 상당히 오싹하다.

"이야~. 너무너무 신경이 쓰여서, 주제 넘는 짓이라고 생각하면서도 분위기를 보러 왔어요. 혹시나 하네카와 선배로는 아라라기 선배에게 힘이 되지 못하는 게 아닐까 하고…. 그랬더니 아니나 다를까, 였어요, 아니나 다를까. 아하하, 역시 전성기가 아니라는 걸까요? 아하하, 아하하. 그런데도 그 정도 실력으로 저에게서 아라라기 선배를 낚아채 가다니, 우습네요. …거 참."

그렇게 말하며 걸어와서는, 오기는 앉아 있는 나와 하네카와 사이에 물리적으로도 끼어들려는 듯, 마치 혼잡한 전철 안에서 자리 경쟁을 하는 것처럼 몸을 억지로 꾹꾹 밀어붙여 왔다.

하네카와도 양보하지 않을 수 없다.

당황하고 있는 것 같기도 하다. 오기의 '앞지르기'를 예측하고 있던 하네카와다. 오기가 이곳에 나타난 것 자체에는 놀라지 않을 것이다. 하네카와가 지금 의문을 품고 있다고 한다면 그것은 오기가 어째서 이곳에 나타났는가가 아니라, 어째서 지금 이 타이밍에 우리에게 말을 걸었는가 하는 점일 것이다.

나도 모르겠다.

설마 교문 앞에서 있었던 일을 마음에 두고 있는 것도 아닐 테고.

"그런 흉부의 살덩이로 아라라기 선배를 유혹한 것치고는요? 핫핫핫."

…엄청나게 마음에 두고 있다.

그 일에 대해서는 내일 이후에 뒷수습을 하려고 생각하고 있었는데, 그래서는 늦었던 것 같다. 역시 나 같은 보통 사람의 무거운 풋워크는 화근을 남기고 있었다.

"아아, 부끄러워라. 부끄러워라. 나 같으면 부끄러워서 살아갈 수 없을 텐데~. 아라라기 선배한테 미인계를 걸어서 자기를 선택하게 만들어 놓고, 그래 놓고 오히려 폐를 끼치다니. 아니, 생각해 보면 저도 스스로가 한심해요. 제가 함께 있었더라면 아라라기 선배가 이런 상황을 겪지 않게 만들 수 있었는데, 빤히 보면서 하네카와 선배의 가슴에 아라라기 선배를 빼앗겨 버린 데다 결과까지 이렇게 되다니."

그렇게 말하면서 오기는 내 쪽을 바라본다.

엄청나게 즐거워 보인다. 이 상황을 진심으로 즐거워하고 있다. 즉 나와 하네카와 사이에 끼어드는 것을 즐거워하고 있다.

"불안함을 느끼게 만들어서 죄송해요, 아라라기 선배. 정말이지, 지금도 생각해요. 그때 아라라기 선배가 저를 골라 주셨더라면! 하고요. 하지만 나무라지 않아요! 저는 아라라기 선배를 나무라지 않아요. 나무라지 않고말고요. 누구라도 미스는 하기 마련이니까요. 안 그런가요, 하네카와 선배?"

빙글, 하고 이번에는 하네카와를 바라보는 오기.

"하네카와 선배도 용서해 주시겠죠? 아라라기 선배가 당신을 선택한다는 커다란 미스를 범한 것을. 뭐하다면 입 밖에 내서 말씀해 드릴까요? '나의 어리석음은 네 책임이 아니야, 아라라기 군'이라고."

"……."

하네카와는 그 무례하기 짝이 없는 오기의 행동에도 아무 말 하지 않았다. 아무 말도 할 수 없었던 걸까? 하지만 나로서는 이런 상황에 가만히 있을 수는 없다. 나에 대해서는 아무리 자유롭게 행동해도 상관없지만, 하네카와를 대하는 그 오만방자한 행동은 그냥 넘어갈 수 없다.

"야, 오기…."

"저는."

빙글, 하고 다시 한 번 오기가 나를 향한다. 한순간 고개가 반대방향에서 돌아온 것처럼도 생각되었지만, 물론 눈의 착각일 것이다.

"저는 이미 풀어 버렸지만요, 그 밀실."

"뭐."

"게다가 어머니가 어디에 갔는지도…. 뭐, 대강은요."

그 나름대로, 라고.

오기는 살며시 웃었다. 등 뒤에 있는 하네카와를 비웃고 있는 것 같다. 나를 향해 이야기하면서도, 실제로는 하네카와를 깔보는 말을 하고 있다.

"아직 모르는 사람이 있다는, 특히나 모르는 거유가 있다는 점이 저에게는 오히려 믿기지 않지만요. 이 수수께끼를 알 수 없다니, 어떡하면 그렇게 어리석을 수 있는지, 그걸 모르겠어요. 아라라기 선배도, 사실은 이미 알고 있는 거 아닌가요? 아라라기 선배는 자상하니까 '하'로 이름이 시작하는 사람에게 맞춰 주고 있는 것뿐이고. 이걸 모른다니, 있을 수 없다고요. 적어도 남에게서 필드워크 파트너를 약탈하려고 할 때에는…."

"오, 오기…. 아니, 너도 그렇게까지 자세히 엿듣고 있었던 것은 아닐 거 아냐. 지금 여기에 도착했는데 우리의 이야기가 단편적으로 들린 것뿐이지? 그것으로 수수께끼를 풀 수 있다니 도저히…."

"이야, 이번에는 단편적인 것으로 충분해요. 거유라도 아닌 한에는."

"……."

거유에 대한 공격의지가 무시무시하다.

필드워크 파트너를 빼앗긴 것 자체보다, 큰 가슴에 빼앗겼다는 것 쪽이 뿌리 깊게 박혀 있는 것 같다. 처음으로 연하의 후배다운 오기의 모습을 엿본 것 같은 기분도 들었다.

그러나 그것은 접어 두고. 어떻게 된 일이지? 밀실의 수수께끼는 간단하다고 말하는 오기. 하네카와 앞이기에 과장하는 것도 물론 있다고 해도.

오기의 조사는 탐문이 메인이라, 그렇게 도착하자마자 잽싸게 수수께끼를 해결해 버리는 타입의 명탐정은 아니었을 텐데. 아니, 하지만 학급회의에 대해서나 폐가에 대한 것들을 그렇게나 날카롭게 해체했던 오기가, 여기서 허세를 부릴 거라고는 생각되지 않는다. 그녀가 풀려고 한 이상, 정말로 풀었을 것이다. 오이쿠라의 어머니가 실종된 수수께끼를.

어디에 갔는지까지도 알 수 있다고 했고…. 그 부분에는 '대강'이라는 주석을 붙이기는 했지만 대강이라고 해도 대단하다. 그래도 충분히 오이쿠라를 납득시킬 수 있을 것이다. …그 녀석을 학교에 오게 만드는 것도.

하지만, 그래도 좀처럼 믿기 어렵다.

설령 오시노 메메의 조카라고 해도, 그것뿐인 정보들 속에서 대체 어느 정도의 무언가를 알았다는 거지?

"오기. 오기, 오시노 오기. 너는… 뭘 알고 있는 거야?"

"저는 아무것도 몰라요. 당신이 알고 있는 거예요, 아라라기 선배. 초등학교 시절의 그 사람을, 중학교 시절의 그 사람을, 고등학교 시절의 그 사람을, 당신은 알고 있어요. 당신은 오이쿠라 소다치를 알고 있어요. 그렇다면 그 어머니의 사건의 진상을 밝혀내는 것도 어렵지는 않을 거예요."

거유라도 아닌 한.

그렇게 덧붙였다.

"그러고 보니 하네카와 선배, 옛날의 그 땋은 머리에 안경? 이었던가요? 아니, 그만두기를 잘 했어요. 이런 문제도 못 푸는데, 그렇게 똑똑해 보이는 모습을 하고 있는 것은 사기니까요. 체포당한다고요, 도용이에요. 뭐, 저에게는 아주 간단한 연습 문제였지만요. 하네카와 선배, 도저히 모르겠다고 하시면, 저는 여러분의 착한 후배로 있고 싶으니까, 가슴이 큰 것을 사과하신다면 저는 너그러운 대응도 고려하고 있어요."

가슴이 큰 것을 사과한다니.

무슨 상황이냐고, 그거.

그러나 오기는 아주 진지한지, 나와 하네카와 사이에서 일어나더니 하네카와의 정면에 섰다. 그녀와 마주 본다.

"'가슴에 영양이 전부 가 버렸습니다. 연하의 후배인 오기, 이 간단한 문제를 저는 도저히 풀 수 없으니, 답을 알려 주세요. 두 번 다시 아라라기 군을 가로채지 않을 테니까'라고 부탁하신다면 모범답안을 제시해 드릴 수 없는 것도 아니에요."

생글생글 웃고 있는 오기는 이 상황을 명백히 즐거워하고 있었다. 뭐, 결국 오이쿠라와 만나지 않은 그녀로서는 완전한 남의 일, 그렇지 않더라도 조사대상일 뿐일 테니 그런 게임 감각으로 생각할 수 있는 거겠지.

하지만 나와 하네카와에게는 도저히 게임처럼 생각할 일이 아니다. 게임이라면 고집도 부릴 수 있겠지만, 이 일은 오이쿠라의 인생에 영향을 줄 수 있다.

하네카와가 이대로라면 꺾여 버릴지도 모른다고 생각하고서 나는,

"오기!"

라고 조금 거친 목소리로 그녀의 이름을 불렀다

"내가 부탁할게. 내 쪽에서 부탁할게. 그러면 되지? 알고 있다면 알려 줘. 3년 전, 오이쿠라와 그 어머니 사이에서 무슨 일이 있었는지를."

"에~. 난처하네요. 전 하네카와 선배에게는 진짜로 화가 났지만 아라라기 선배한테 부탁을 받으면 거절할 수도 없네. 아라라기 선배에게는 약하네요, 저는~."

그렇게 오기는 말한다.

한층, 즐거운 듯이.

"어떻게 생각하시나요? 하네카와 선배. 저는 여기서 아라라기 선배의 부탁을 들어줘야 할까요? 이 사람의 배신을, 용서해 드려야 할까요? 그 정도라면 하네카와 선배도 알게 되시지 않을까요, 묵묵히 있지 말고 대답해 주세요. 하네카와 선배의 체면을 위해서 일부러 물어봐 드리고 있는 건데요."

하네카와는 대답하지 않는다.

그저 오기를 보고 있다. 이 상황에서, 그것은 마치 오기, 오시

노 오기라는 존재를 분석하고 있는 것 같기도 했다.

그녀의 정체를.

꿰뚫어 보려 하고 있는 듯.

내다보려 하고 있는 듯도.

"입을 꼭 다무시다니, 재미없네요. 정말로 삼촌이 말한 정도도 아니었네. 아무래도… 당신, 실제로는 전성기에도 대단치 않았던 거 아닌가요? 주위가 과도하게 띄워 줬을 뿐이고. 좋아요, 그러면 아라라기 선배."

오기는 하네카와를 놀리는 것에 질렸는지, 한숨을 한 번 쉬고 나서 나에게 말했다.

"'하네카와 같은 별 볼 일 없는 녀석을 고른 것은 잘못이었습니다. 저의 파트너는 오기밖에 없습니다. 하네카와보다도 오기 쪽을 좋아합니다'라고 말씀하신다면 알려 드릴게요. 사건의 진상을."

"뭐…."

나는 당황한다.

나에게 그런 말을 하라고?

"조건에 타협은 없어요. 한마디 한 구절도 바꾸지 마세요. '하네카와의 거유보다 오기의 딱 좋은 가슴 쪽이 제 취향입니다'도 안 돼요. 왜 그러시나요? 망설일 필요 따위 없잖아요. 그도 그럴 것이, 그것을 알면 오이쿠라 선배는 틀림없이 기뻐하실 테니까요. 지금이야말로 당신은 오이쿠라 선배에게 은혜를 갚아야 할 때가 아닌가요? 아니면 결국, 이러쿵저러쿵하면서도 하네카와와 선배의 가슴이 우선인가요?"

가슴 이야기가 섞이면 혼란이 온다.

그러나 그녀의 말대로였다.

오이쿠라를 위해서라면…. 오이쿠라를 위해서는.

그렇다면 나의 결단 한 번으로…. 나의 신앙을 포기하는 듯한 그런 대사는 입이 찢겨져도 할 수 있을 리가 없지만, 그렇다고 내가 그 제안을 거부한다면 하네카와가 당치도 않은 부탁을 해야 하는 처지가 될지도 모른다. 하네카와가 오기에 대한 패배를 인정하게 되어 버릴지도 모른다. 나는 그쪽이 더 싫다. 실제로 지금, 오기 쪽이 하네카와보다도 먼저 해답에 도달해 있다고 해도, 하네카와가 패배를 인정하는 것을 원하지 않는다.

그런 하네카와를 보고 싶지 않다.

정말 말도 안 되는 수인囚人의 딜레마이지만, 그렇게 되면 하네카와보다 먼저 내가 말하는 수밖에….

"그러지 마, 아라라기 군."

그렇게.

하네카와가 입을 열었다.

"그런 소리 하지 마. 설령 거짓말이라도, 나를 위해서라도, 나는 아라라기 군이 그런 말을 하기를 원하지 않아."

"하, 하지만 하네카와."

"물론 나도 말하지 않을 거야. 나는 몇 번이라도, 아라라기 군을 가로챌 거야."

그리고 그녀는 자리에서 일어섰다.

"오기. 10초를 줘. 증명할게. 나를 고른 아라라기 군이 옳았다는 걸."

"10."

의논을 할 것도 없이, 교섭할 것도 없이, 오기가 카운트다운을 시작했다. 그렇다, 오기의 이 가벼운 풋워크, 빠른 판단 역시 천재 급이다. 결코 입심만으로 하네카와 츠바사에 대항하고 있는 것이 아니다.

"9."

척 하고 하네카와가 움직인다. 뭘 하는가, 어디로 가는가. 그녀가 목표로 하는 것은 광장 구석에 있던 수돗가였다. 수돗가? 목이 마른 건가, 이 상황에서?

"8."

아니었다.

수도꼭지를 비튼 그녀는, 그 아래에 자기 머리를 들이밀었다!

"7."

수도 밸브는 활짝 열려 있다. 폭포수 같은 물이 하네카와의 머리를 적신다. 폭포 같다고 할까, 실제로 폭포수를 머리에 맞는 수행 같았다. 요컨대 하네카와는 머리를 식히고 있는 걸까? 저런 강행수단으로? 냉정해지려고 하고 있는 건가. 오기의 도발로, 나름대로 뜨거워져 있었기 때문에?

"6."

제한시간의 절반이 경과했다. 이것이 시험이라면, 하네카와는 이미 검산에 들어갈 무렵이겠지만, 실제로는 아직 한창 물을 뒤집어쓰고 있는 중이다. 10초라고 시간을 구분한 것은 오기에 대한 견제였겠지만, 하다못해 1분, 아니 30초라도 괜찮지 않았을까 하고 나는 초조해졌다. 물론 그래서는 오기가 승부를 받아들여 주지 않을 것이라고 하네카와는 추측했겠지만.

"5."

수도꼭지를 잠근다. 그리고 고양이가 비에 젖었을 때처럼 부르르 하고 좌우로 빠르게 머리를 털었다. 그러자 그녀의 머리카락의 양상이 바뀌어 있었다. 검게 물들어 있던 부분의 염료가 씻겨 나가서, 절반 정도 하얀 머리가 섞여 있었다. 멀리에서 보니, 흑과 백이 섞여서 전체적으로 회색 같기도 했다.

잿빛 뇌세포라는 걸까, 라고 오기는 중얼거린 뒤에,

"4."

라고 말했다.

하네카와는 성큼성큼 빠른 걸음으로 우리 곁으로 돌아온다. 머리는 둘째 치고, 교복까지 푹 젖었다. 혼자서 장대비를 뒤집어쓴 듯한 모습이다. 돌아와서, 그리고 호쾌하게 자리에 앉는다. 그 기세에 물방울이 튄다. 하지만 그 박력에 뒤집어쓴 그것을 털어 낼 생각도 들지 않았다.

"3."

하네카와는 생각한다.

"2."

하네카와는 생각한다.

"1."

하네카와는 생각한다.

"제…."

"제로는 세지 않아도 돼."

하네카와는 생각을 마쳤다.

"내가 이겼어."

013

"내가 이겼어. 하지만, 이건…."

오기에 대한 승리선언을 한 하네카와 츠바사였지만, 그 승리선언은 전혀 소리 높지도 자랑스러워 보이지도 않았다. 승리의 승리다움이, 승자의 승자다움이 완전히 결여되어 있었다. 오히려 쓸쓸함이 느껴지는 그 표정은 패배를 음미하고 있는 것 같기까지 했다.

그것에 비해 오기는 변함없다. 아무 변함없다. 하네카와의 선언을 듣고도 히죽히죽 웃고 있다. 아니, 조금 기뻐 보이기도 한다.

그런 두 사람의, 이곳과는 다른 차원에서 이루어지는 듯한 사고대결에, 나는 어찌해야 좋을지 알 수 없었다. 사건의 수수께끼도 두 사람의 생각도, 아무것도 알 수 없는 나로서는 입을 다물고 있을 수밖에 없다.

"너…."

이윽고 하네카와가 입을 열었다.

믿기지 않는다는 듯이.

"너, 처음부터 이걸 알고 있었던 거야? 상세한 조사를 할 것도 없이? 우리가 나눈 이야기를 단편적으로 듣고… 그것으로 떠올린 게 이런 진상이야?"

"네."

오기는 고개를 끄덕인다.

"발상은 거기부터죠. 그렇게 직감하고, 거기서부터 추리의 앞뒤를 맞춰 갔어요. 아무래도 다른 가능성은 극히 낮아 보였으니까요."

"대체 어떻게 된 사고방식이야, 너는…. 제정신이 아니야, 이런 걸 맨 처음 떠올리다니…."

제정신이 아니야.

하네카와가 웬일로 강한 단어를 사용했다. 그래도 그녀로서는 부족한 표현이었다고 말하는 듯한 표정이다.

"당신도 최종적으로는 그 진상에 이르렀잖아요? 그렇다면 제가 그런 소리를 들을 건 없다고 봐요. 피차일반이죠. 누가 조금 더 빨랐는가 하는 차이예요. 당신과 저의 확실한 차이는 아니에요. 게다가 가장 제정신이 아닌 건, 오이쿠라 선배잖아요?"

"……."

"그분이 제일, 압도적으로 제정신이 아니에요."

"……."

하네카와는 반론하지 않는다. 같은 반 친구인 오이쿠라가 제

정신이 아니라는 말을 듣고도. 어떻게 된 일이지? 대체 오기가, 그리고 하네카와가 도달한 사건의 진상이란, 어떤 것이지?

"아라라기 군…. 안 되겠어."

나를 향해서 하네카와가 말했다.

나를 향해서, 하지만 나를 보지 않고.

"이건 말할 수 없어…. 이건 절대 오이쿠라 양에게는 말할 수 없어. 조금 전에 아라라기 군은 어떠한 진상이라도 전할 생각이었던 것 같은데, 그 의무가 있다고 말했는데, 이걸 들으면 역시나 마음이 바뀔 거라고 생각해."

"마음이 바뀐다고…."

"안 되죠, 하네카와 선배. 멍청이의 어리광을 받아 주면. 조금은 스스로 생각하게 해 줘야죠. 그러지 않으면 아라라기 선배는 언제까지나 어리석을 거라고요. 아무리 시간이 지나도."

오기가 즐거운 듯 참견했다.

"아라라기 선배에게도 떠올리게 해 줘야죠. 떠올리는 것만으로도 속이 안 좋아질 것 같은, 사건의 진상을."

아무래도 하네카와에 대해서는, 거유에 대한 것조차도 그것으로 속이 풀린 듯 보인다. 오기는 승부에는 졌지만 그 '제정신이 아닌' 진상을 하네카와 자신이 떠올리게 만듦으로써 속이 후련해진 것 같다.

떠올리는 것만으로도 속이 안 좋아질 것 같은 진상이라니, 대체 뭐지? 오이쿠라에게는 알려 줄 수 없는 진상? 절대 말할 수 없는 진상? 하지만 그렇게나 장절한 삶을 살아온 오이쿠라에게,

이제 와서 알려 줄 수 없을 만한 일이 있기는 할까?

지금 이상이, 지금 이하가 있기는 할까?

"내가 떠올리는, 최악의 진상이라고 하면….."

"힌트 1. 오이쿠라 선배의 어머니는 이미 돌아가셨습니다."

오기는 거침없이 말했다.

…그것은 왠지 모르게 상정하고 있던 가능성이기는 했다. 그러나 어째서 오기는, 그리고 하네카와는 그런 결론을 내렸을까.

"죽었다…. 그것은, 그렇지…. 오이쿠라의 어머니를 살해한 것이 오이쿠라의 아버지였다든가… 기묘한 실종은 카미카쿠시 같은 소실은, 그런 이유로 일어난 일이고…."

"전혀 아니에요."

고개를 저었다. 아직 다 말하지도 않았는데, 가차 없는 채점이었다.

"자상하시네요, 아라라기 선배는. 상정할 수 있는 최악의 진상이 그런 뜨뜻미지근한 것일 줄이야. 그러면 하네카와 선배, 힌트 2를 부탁드릴게요."

"내… 내가?"

"네. 가슴에 대해서는 대립했지만, 아라라기 선배를 교도하고 싶다는 점에서 저희는 동지잖아요? 둘이 협력해서, 아라라기 선배를 교육해 드리자고요. 당신, 아라라기 선배의 가정교사도 하고 있잖아요?"

"……."

하네카와는 잠시 입을 다물었다가,

"힌트 2."

라고 말했다.

오이쿠라에 대해서는 몰라도, 나에게까지 진상을 감출 수는 없다고 판단한 것일 텐데, 그러나 괴로워 보이는 역할이다. 더러운 역할도 이만한 게 없다. 하네카와가 그런 짓을 계속하지 않게 만들기 위해서라도 나는 신속하게 답에 도달해야만 하는데….

"아라라기 군이 중학생 시절에 오이쿠라 양의 집을 폐가라고 착각했던 것과 마찬가지로, 오이쿠라 양 또한 한 가지 착각하고 있었어. 어머니에 대해서, 착각을 하고 있었어. 지금도 하고 있어."

"아, 하네카와 선배. 그건 힌트를 너무 많이 줬잖아요. 저도 『별책 소년 매거진』에서는 비슷한 소리를 했지만요…. 너그럽네요. 너무너무 너그럽네요. 아라라기 선배를 못쓰게 만들어 버린 건 당신이군요?"

"……."

힌트를 너무 많이 줬다는 이야기를 들어도, 역시 전혀 감이 잡히지 않는다.

최악의 진상. 최악의 진상. 최악의 진상.

착각.

"어머니는 살해당했고… 범인이 오이쿠라고, 본인은 그것을 자각하지 못한다… 라든가?"

생각해 버려서 말해 보긴 했지만, 빗나가기를 바랐다. 이런 진상은 구제할 길이 전혀 없다. 하지만 구제할 길 없는 진상이야말로 정답을 뒷받침하고 있다고 한다면, 이것이 맞는 걸까? 이것이 최악의 진상일까?

"땡~."

오기가 고개를 저었다. 나는 안도했다. 하지만 여기서 안도해서는 안 된다. 왜냐하면 이것이 빗나갔다는 것은, 이 뒤에는 이것보다도 훨씬 참혹한 진상이 기다리고 있다는 이야기가 되기 때문에.

"물론 오이쿠라 선배의 이야기가 전부 지어낸 이야기고, 하나부터 열까지 전부 거짓말이고, 사실은 전혀 다른 상황에서 어머니를 살해했다는 가능성은 있지만요. 뭐, 거기까지 의심하기 시작하면 끝이 없어요. 신뢰할 수 없는 이야기꾼은 아니지만, 인간이란 어딘가에서 사람을 믿는 결단을 내려야만 해요. 사람은 서로 믿어야만 해요. 그렇죠, 아라라기 선배? 저기요, 그렇죠, 아라라기 선배?"

아주 뻔뻔스럽게 시치미를 뗀다.

하지만, 그 말대로다.

오이쿠라의 말이 사실이라는 가정하에, 하지만 그곳에 어떠한 착각이 있다고 한다면.

발생하는 착오가 있다고 한다면.

"힌트 3. 밀실에서의 소실은 꼭 밀실로부터의 탈출만을 뜻하지 않는다."

말하면서 오기는 또다시 내 등 뒤로 돌아 들어왔다. 정말로 내 뒤에 있는 것을 좋아하는 애다.

소실과 탈출은 다르다?

확실히 그렇다.

예를 들어 미스터리에서는 이제 와서는 아무도 놀라지 않는, 사용했다가는 그렇게 요즘 세상과 동떨어진 작가가 있냐며 오히려 놀랄 고전적 트릭으로서, 범인은 피해자의 시체와 함께 밀실 안에 숨어 있었다는 것이 있다. 밀실 안에서 탈출한 것처럼 보이지만 실제로는 아직 안에 숨어 있었다고 하는 그것이다. 요컨대….

"요컨대 오이쿠라가 잠긴 문을 열고 안에 들어갔을 때에 어머니는 아직 방 안에 있었고, 문 뒤편 같은 곳에 숨어 있다가 오이쿠라의 등 뒤를 살그머니 지나서 집에서 나갔다?"

"땡~. 무슨 의미가 있나요, 그게."

확실히.

아무런 의미도 없다.

오이쿠라가 학교에 가서, 집을 비우고 있는 시간이 있는데 어째서 일부러 오이쿠라가 있을 때에 오이쿠라에게 들키지 않도록 방에서 나갈 필요가 있을까.

쓸데없는 리스크다.

어머니가 방에 감금되어 있었다면 이 트릭도 있을 수 있겠지만, 감금되어 있던 것이 아니라 그녀 스스로 틀어박혀 있었다.

밀실이라고 해도 이것은, 이 케이스는 뭔가 트릭이 얽힐 만한 미스터리 장치와는 역시 다른 것이다.

"힌트 4. 아라라기 군, 어머니가 돌아가셨다면 그 시신은 어째서 보이지 않는 걸까. 어째서 오이쿠라 양의 어머니는 여전히 실종 상태로 취급되는 걸까?"

"······."

오기가 그렇게 만든 것이지만, 이래서는 마치 내가 하네카와와 오기라는 두 거두에게 돌아가며 책망받고 있는 것 같다. 하네카와로서는 정말 본의 아닌 상황일 테니, 정말로 빨리 결론을 내고 싶지만···. 이렇게나 뭔가 떠오르지 않는 것은 역시 떠오르는 것을 뇌가 거부하고 있기 때문일까.

시신이 보이지 않는다···.

즉 오기가 말하고 있던, 오이쿠라의 어머니가 지금 어디에 갔는지 '대강' 알 수 있다는 그 에두른 표현은, 죽었기 때문에, 아마도 저세상에 있을 것이라는 의미였겠지만···. 시체가 보이지 않는 것도 '대강'의 의미에 포함되어 있었다?

"힌트 5."

나의 해답을 기다리지 않고 오기는 이어서 말했다.

"저처럼 좋은 경청자라도 입으로 하는 이야기로는 완전히 전해지지 않는 것이 있어요. 이번에 저는 간접적으로 들었지만, 가령 아라라기 선배가 저를 파트너로 선택해 주셨다고 해도 오이쿠라 선배의 이야기에서 '그것'에 대한 정확한 것을 알 수는 없었을 거예요. 때문에 필드워크는 탐문조사만이 아니라 원래는 발로 뛰는 수수한 현장조사가 필요한 법인데요···. 자, 그러면 '그것'은 무엇일까요."

"힌트 6."

하네카와도 말을 잇는다. 하네카와는 한시라도 빨리 이 시간을 끝내고 싶어 했다. 그것에 부응할 수 없는 나 자신이 답답하다.

"오이쿠라 양의 예전 집은, 정리할 여력이 없어서 쓰레기장 같은 상태였어."

"힌트 7. 어머님은 어느 날 갑자기 없어졌어요. 어느 날 갑자기, 어느 날 갑자기. 그러면 그 전날에는 어땠을까요?"

이미 오기도 사이를 두지 않는다.

어리석은 멍청이를 향해 힌트를 쉴 새 없이 던진다.

"힌트 8. 가정붕괴로 오이쿠라 양의 어머니의 마음은 몹시 약해져 있었어. 방에 틀어박혀 버릴 정도로. 살아갈 기력을 잃어 버릴 정도로."

"힌트 9. 어머님을 돌보고 있던 오이쿠라 선배입니다만, 어머님은 이내 식사를 전혀 드시지 않게 되었다고 하더군요. 그러면 여기서 말하는 '전혀'를, 아라라기 선배는 멋대로 '하지만 그렇게 말해도 조금 정도는 먹었겠지?'라는 의미로 해석하고 있지 않나요? 멋대로 마일드하게 해석하지 않았나요?"

"힌트 10. 오이쿠라 양은 어머니가, 언제부터인가 말을 걸어도 전혀 반응하지 않게 되었다고도… 말했었지."

"힌트 11. 방구석에서 움직이지 않게 되었다고도."

"힌트 12. 먹지 않고, 묻지 않고, 말하지 않고, 움직이지 않는다. 이건, 살아 있다고 생각해?"

"힌트 13. 중학생이 정말로 몇 년에 걸쳐서 방안에 틀어박힌

부모를 제대로 돌볼 수 있을까요. 시체를 돌보는 것이라면 몰라도."

"힌트 14. 인간의 시체는 언제까지 원형을 유지하고 있을 수 있을까."

"힌트 15. 힌트 5의 답은 '냄새'예요. 탐문조사로는 냄새를 도무지 알아내기 힘들죠. 오이쿠라 선배의 이야기에서도 냄새는 잘 전해지지 않았잖아요? '맛'도 역시 감각적이지만, 맛은 '달다, 맵다, 시다' 등등의 어느 정도 표현의 폭이 있죠. 냄새는 '좋은 냄새', '싫은 냄새' 정도고, 나머지는 직접적인 예시밖에 없으니까요. '장미 냄새', '비 냄새', '우유 냄새', '썩은 계란 냄새'… 썩은 시체 냄새."

"힌트 16. 하지만 쓰레기 집의 냄새는, 그 전부를 덮어 버렸다고 봐야 할지도… 몰라. 집 안에 시체가 있어도, 그 시체의 부패가 진행되어도, 이웃사람들도 알아차리지 못했을, 지도…."

"힌트 17."

"힌트 18."

"힌트 19."

"힌트 20." "힌트 21." "힌트 22." "힌트 23." "힌트 24." "힌트 25." "힌트 26." "힌트 27." "힌트 28." "힌트 29." "힌트 30." "힌트 31." "힌트 32." "힌트 33." "힌트 34." "힌트 35." "힌트 36." "힌트 37." "힌트 38." "힌트 39." "힌트 40." "힌트 41." "힌트 42." "힌트 43." "힌트 44." "힌트 45." "힌트 46." "힌트 47." "힌트 48." "힌트 49." "힌트 50."

"알았다고, 이제!"

나는 버럭 소리쳤다. 비명처럼.

거의 절규하고 있었다.

"요컨대 오이쿠라는… **거의 2년간! 어머니의 시체를 돌보고 있었다는 얘기잖아?!** 시체가 완전히 썩어 문드러질 때까지! 썩어 문드러져서 **사라져 버릴 때까지**, 그걸 깨닫지 못하고!"

그래…. 그렇다.

2년 전의 학급회의에서, 나는 진상을 알아차리지 못했다.

5년 전의 폐가에서도 알아차리지 못했다.

6년 전의 소꿉친구는 아직도 기억해 내지 못한다.

그렇기에.

여기서 도망치면 안 된다, 여기서 얼버무려서는 안 된다.

오이쿠라 소다치의 비극과, 오이쿠라 소다치의 광기와 나는 마주해야만 한다.

앞으로 나아간다는 것은 그런 것이다.

오이쿠라와 제대로 마주 본다는 것은.

"정답이에요. 뭐어야, 하려면 할 수 있잖아요, 아라라기 선배. 고작 50개의 힌트에서 모든 것의 진상에 도달하다니, 멍청이치고는 봐줄 만한 구석이 있네요."

봐줄 만한 구석.

아니, 볼 가치가 있었다는 것처럼, 오기는 기쁜 듯이 박수를 쳤다. 아낌없는 찬사라는 느낌이었다.

"그래요. 그런 의미에서는, 오이쿠라 선배의 어머님은 갑자기 없어진 게 아니에요. **천천히** 없어진 거예요. 절식에 의해 천천히 아사한 뒤에는, 천천히 썩어 갔다. 원형을 알아볼 수 없게 될 정도로 썩어 문드러졌을 때, 시체가 완전히 **녹아** 버렸을 때, 녹아내렸을 때, 오이쿠라 선배는 생각했겠죠. 어머니가 **어딘가로 가 버렸다,** 라고."

그리고 오기는 말했다.

보충하듯이.

"물이 증발하는 것과 같죠. 자기 힘으로 끓어올랐다고 생각하는 물이 싫다… 였던가요? 네, 하지만 어머님은 말하자면 자력으로 끓어올랐던 거예요."

"물….."

"아라라기 선배, 방울벌레를 키워 본 적 있으신가요?"

오기는 희희낙락하는 표정으로 예를 들었다. 예를 들어 알기 쉽게 설명해 주려고 한다. 비참하기 짝이 없는 진실을, 아주 알기 쉽게.

"저는 있어요. 그 음색을 좋아해서요. 초등학생 정도였을 무렵 이야기인데요. 뭐, 먹이로 오이를 줘요. 방울벌레는 오이를 몹시 좋아하거든요. 그리고 먹이로 준 오이가, 정신이 들고 보면 사라져 있는 것을 보고, 벌레란 참으로 식욕이 왕성하구나 하고 생각했어요. 다만 사실은 그런 게 아니라, 오이는 대부분이 수분으로 되어 있어서, 증발해서, 납작해진 것뿐이었던 모양이에요."

아아, 참고로 방울벌레는 썩은 오이를 먹은 것이 원인이 되어서 전멸했어요. 그렇게 오기는 쓸데없이 끔찍한 정보를 덧붙였다.

"즉 오이쿠라 선배의 어머님도 역시 **증발**했다는 얘기…. 인간도 수분비율이 상당하니까요. 실종과 증발. 기묘하게도 얄궂게도, 같은 의미가 되어 버리지만요. 밀실 건, 방의 자물쇠와 현관 자물쇠 건은, 그것으로 해결되었다는 걸로. 그러니까 현관문도 방문도 잠겨 있던 것이 당연하죠. 애초에 어머니는 방에서 나가지 않았어요. 연기처럼 사라진 것이 아니라… 물처럼 사라진 거예요."

"…하지만 사람은 전부가 수분이 아니잖아. **나머지**는 어떻게 된 거야?"

어떻게든 짜낸 내 질문에, 오기는 "그것에 대해서는 힌트 29 부근에서 시사되지 않았던가요?"라고 말한 뒤에,

"현재까지 특별한 문제가 생기지 않았다는 것은, 쓰레기 집이 처분될 때에 쓰레기와 함께 처리되었던 게 아닐까요?"

라고 태연하게 말했다.

사람이 쓰레기와 함께 처리되었는지도 모르는 이야기를, 태연하게.

"쓰레기장 같은 환경이, 시체의 부패 진행을 촉진했다… 라고 말할 수 있을지도 모르겠네요."

"요컨대… 그, 뭐냐."

나는 물었다.

이 이상의 두려운 진실과 직면하는 것에 대비하며, 조심조심하며.

"아사에 의한 자살…이라는 이야기가 되는 건가?"

"글쎄요. 살아갈 기력을 잃었다고는 해도, 자살과는 다르다고 저는 생각하지만요. 살아갈 기력을 잃은 것과 죽고 싶어지는 것은 사람의 마음으로서는 또 다른 것이겠고요. 다만 여기는 의견이 갈리는 부분이겠죠. 다수결이라도 할까요? 하네카와 선배는 어떻게 생각하시나요? 역시 있을 리 없겠죠? 어머니가 딸을 남기고 자살을 선택한다는 일은."

하네카와는 반응하지 않는다.

물론, 모르겠지.

아무것도 모른다고 하는 오기는 모르겠지. 하네카와를 낳은 어머니가, 말 그대로 딸을 남기고 자살했다는 것 따위.

알고 있었다면 그런 것을 물어볼 수 있을 리 없다.

"나는 그저."

하네카와는 조용히 말했다.

조용히, 괴로운 듯이.

"오이쿠라 양이 이 일을 모르고, 앞으로도 계속 모르고, 살아갈 수 있다면 좋겠다고 생각할 뿐이야."

"그렇겠죠. 살아갈 수 있다면 좋겠네요. 다만, 본인도 어렴풋이, 이상하다고는 생각하고 있을 거예요. 위화감이 있을 거예요. 그렇기에 당신들에게 조사를 의뢰했을 테니까요. 어째서 당신들에게 어머니 찾기를 의뢰했는가. 그 이유. 뭔가가 이상하다, 나는 뭔가를 얼버무리고 있다는 기분이 든다. 뭔가를 깨닫지 못한 체 하는 것 같다, 그런 기분이 있었겠죠. 이 3년간. 그리고 앞으로 평생."

"아니, 오늘까지야."

나는 말했다.

오기와… 그리고 하네카와에게.

"내가 이야기하겠어. 내 쪽에서 이야기할 거야. 지금부터 오이쿠라의 방으로 돌아가서, 전부 이야기하고 오겠어."

"에…."

하네카와가 놀란 듯한 소리를 냈고, 목소리는 내지 않았지만 오기도 의외라는 듯한 얼굴을 했다. 하지만 나는 의외의 말을 했다고는 전혀 생각하지 않는다. 해야 할 일을 하는 것뿐이다.

"슬슬 관청 사람도 돌아갔을 무렵이겠지. 나 혼자서 갈게, 두 사람은 여기서 기다려 줘."

"아, 아라라기 군…. 진심이야?"

"진심이야. 조금 전에도 말했잖아? 나는 계속, 오이쿠라를 보고도 못 본 체해 왔어. 6년 이상이나. 그 녀석이 어머니의 죽음을 직시할 수 없었던 것처럼, 나는 그 녀석을 직시할 수 없었어. 그렇기에 나는 오이쿠라를 더 이상 못 본 체 놔둘 수 없어."

나는 하네카와에게 대답했다.

"무슨 일이 벌어질지 알 수 없다고요, 아라라기 선배. 당신은 오이쿠라 선배에게, 지금 이상으로 미움받게 될지도 몰라요."

"지금 이상으로 미움받는 일은 없으니까 걱정 없어. 있다고 해도 내가 미움받는 것으로, 그만큼 그 녀석이 스스로를 좋아하게 될 수 있다면, 뭐, 그쪽이 좋겠는걸."

나는 오기에게 대답했다.

그리고 나는 걷기 시작한다. 오이쿠라가 있는 곳을 향해.

사과하는 것도 아니고, 보상하는 것도 아니라.

대화하기 위해서, 이야기하기 위해서.

그렇다, 알려 주자.

아주 조금 앞섰던, 그 길의 선배로서 그 녀석에게 행복해지는 방법을 알려 주자. 뭐, 그렇다고 해도 학생은 어쨌든 그 우수하기 짝이 없는 오이쿠라다. 행복에 대해서도, 요령만 조금 파악하면 곧바로 나를 추월해 버리겠지만…. 행복이란 것은 경쟁하는 것이 아니니까 말이야. 추월당했다면 이번에는 내가 그 녀석에게 배우면 된다. 그렇게 서로 알려 주고 서로 배우며 서로를 높여 가면 된다.

공부모임을 열자.

끝을 모를 정도로 어리석은 우리들이었지만, 같이 똑똑해지자.

제대로, 행복해지자.

"아라라기 선배. 당신은 은혜를 원수로 갚을 생각인가요?"

저 멀리에서 오기의 목소리가 들렸다. 그것을 듣고 나는 생각한다. 설령 원수라도, 오이쿠라에게 갚을 수 있는 것이 있어서 정말로 잘됐다, 라고.

014

후일담이라고 할까, 이번의 결말.

다음 날, 두 여동생인 카렌과 츠키히가 깨워서 일어났고, 나는 학교로 향했다. 그때 나는 두 여동생에게 물어보았다. 성씨가 바뀌었으므로 이름은 감추었지만, 초등학교 시절에 일시적으로 이 집에 보호되었던 아이를 기억하고 있는가를 물어보았다. 두 사람 모두 기억하고 있지 않았다. 그런가 보다 하고 생각했는데, 아무래도 내 예상과는 사정이 달랐다. 그런 애는 여러 시기에 걸쳐 몇 명이나 있었기 때문에 어떤 애를 말하는 건지 모르겠다는 이야기였다. 아무래도 나는 그 밖에도 잊고 있는 소꿉친구가 몇 명이나 있는 듯했다. 그 사실을 생각하면 지긋지긋한 기분도 든다. 정말이지 그렇게까지 소꿉친구를 가지고 있으면서 아침에 깨우러 와 주는 소꿉친구를 원한다고 말했던 나 자신이 부끄럽다. 뭐, 나를 싫어하는 것은 오이쿠라가 잔뜩 해 주고 있으므로, 내가 나를 지금 이상으로 싫어할 필요는 없을 것이다.

결국 오이쿠라는 학교에 오지 않았다. 오늘 학교에 가도 내가 오이쿠라와 만날 일은 없다. 그녀가 했던 약속은 취소된 모습이지만, 그것은 어쩔 수 없는 일이기도 했다.

"조금 전에도 말했는데… 정말로 아슬아슬했거든. 그리고 이제 더 이상은 안 된대."

그렇게 오이쿠라는 말했다.

어제, 그 뒤에 혼자서 그녀의 집을 다시 찾아간 나에게.

"혼자서 지내는 건 한계래⋯. 조금 전에 관청 사람에게 들어 버렸어. 보조금 액수가 지금의 절반 정도로 깎이게 되어서 더 이상 여기서 계속 살 수는 없대. 이 집에는 다른 가족이 들어와 살게 될 모양이야. 뭐, 이렇게 말하지만 걱정할 건 없어. 조금 더 작은 공영맨션을 찾았다는 뜻이니까⋯. 그러니까 나는 곧 이사하게 돼."

나오에츠 고등학교에서 전학 가게 될 거야, 라고 그녀는 말했다. 이때의 그녀는 놀라울 정도로 온화했다. 관청 사람과의 대화를 거쳐, 독신 생활의 끝을 거쳐, 끝을 선고받고서 기운이 빠진 것일까? ⋯아니, 그렇지 않다.

아마도 단둘이 만나면, 둘이서 대화하면 오이쿠라는 이런 느낌인 것이다. 중학교 1학년 여름방학처럼. 교실에서 그렇게나 거칠었던 것은 남의 눈이 있었기 때문에, 주위에 대한 위협 때문에 긴장하고 있었던 것이라고, 이제 와서야 이해할 수 있었다. 사람이 많은 장소에서는 흥분하는 성격이었을까. 나를 혼자서 보내려고 했던 하네카와의 생각은, 그런 의미에서는 역시 올바른 판단이었던 것이다.

내가 이야기한 그녀의 어머니에 대한 추측도, 오이쿠라는 김이 샐 정도로 간단히 받아들였다.

"그렇구나⋯. 역시, 그랬구나."

그렇게 대답했다.

갇혀 있던 교실에서, 내가 오기에게 범인은 테츠조 코미치라고 들었을 때와 같은 반응이었다.

즉 왠지 모르게 알고 있었던 것일까? 무의식하에서…. 아니, 그렇지는 않겠지만. 설령 어떠한 진상이 있었더라도, 그녀는 '역시'라고 말했을지도 모르지만.

역시.

그것이 그녀의, 인생에 대한 감상.

"이제 곧 이 동네를 떠나야만 한다는 것은 알았는데…. 그 왜, 그 타이밍에서 테츠조가 휴가를 냈잖아. 그걸 알고 나는 학교에 갔던 거야. 뭔가가 있을지도 모른다, 뭔가가 변할지도 모른다고 생각해서…. 그랬더니."

그랬더니.

뭔가가 있었던 걸까. 뭔가가 변했던 걸까. 아무것도 없었을지도 모른다, 아무것도 변하지 않았을지도 모른다. 내가 더욱 싫어진 것뿐일지도 모른다. 결국… '역시'였을지도 모른다. 그 뒤에 나는 오이쿠라와 잠시 이야기를 나누고, 그런 뒤에 집으로 돌아왔다. 어디에도 들르지 않았다.

뭐, 요컨대 정리하자면, 진상을 고했어도 소꿉친구였던 그녀와의 관계는 어떻게 개선되지도, 지금 이상으로 악화되지도 않았다. 그리고 6년 전처럼, 5년 전처럼 그녀는 또다시 갑자기 사라져 버렸다는 이야기…. 그런 이유로 오늘의 나는 교실에서 오이쿠라와 만날 걱정을 하지 않고 학교로 향하는 것이다. 늘 그렇듯이 걸어서 학교로 향하고 있는데, 한 대의 자전거가 상쾌한 소리와 함께 나를 따라왔다.

오기였다.

경쾌하게 자전거 통학인가, 이 애는….

게다가 좋은 자전거를 타고 있네.

"하~이, 아라라기 선배."

"하~이는 뭐냐고…. 저기, 오기. 어제 왜 먼저 돌아간 거야? 기다리고 있으라고 했잖아."

"하네카와 선배가 돌아가자고 해서요."

"왜 하네카와가 그런 소릴 한 거야."

"좋은 느낌으로 말했어요. 단둘이 있게 해 주자, 같은 느낌으로…."

"아니, 좋은 느낌으로 말하지 말라고. 나는 상당히 빨리 맨션에서 나왔는데 말이지, 그때 너희가 광장에서 없어져서, 얼마나 놀랐는지 알아?"

뭐, 좋다.

나무랄 정도의 일은 아니다.

오기와 하네카와, 둘이서 뭔가 이야기를 했을까? 의기투합은 어렵다고 해도…. 어느 정도 친해지기는 했으면 좋겠다. 친구와 지인이 험악한 상태는 상당한 스트레스다.

"어제 일은, 저의 패배예요."

오기가 말했다.

그렇게 말하며 고개를 꾸벅 숙였다. 자전거에 탄 채였지만.

"죄송해요, 솔직히 얕보고 있었어요. 아라라기 선배는 꼬리를 말고 도망칠 줄로만 알고 있었거든요. 마지막에 뜻밖의 근성을 과시당하고 말았어요."

"…너의 승패 기준을 잘 모르겠지만 말이야. 나를 선동하거나 하네카와를 선동하거나. 너는 뭘 하고 싶었던 거야?"

나는 물었다.

근본적인 물음이다.

"어쩐지 신기하기도 한데 말이야. 네가 전학 오자마자 테츠조가 출산휴가를 내고, 오이쿠라가 학교에 오고, 그러는가 싶더니 전학을 가고. 멈춰 있던 것이, 좋게 좋게 얼버무리고 있던 것이 마치 기억이라도 난 것처럼 급격하게 움직이기 시작하는 느낌…."

"허어, 오이쿠라 선배는 전학 가시는 건가요. 몰랐어요~."

내 질문을 무시하는 형태로 오기는 말한다.

"좋은 캐스팅이었다고 생각하지만요. 그 왜, 그분은 이제까지의 여주인공들의 원점 같은 부분이 있었잖아요. 아라라기 선배를 흔드는 데는 절호의 캐릭터성이었다고 할까요. 뭐, 모든 것이 저의 생각대로는 돌아가지 않아요. 그것은 계산착오였어요. 그렇다기보다 예상이 빗나갔어요, 요컨대 아라라기 선배의 공적이죠. 사실은 조금 더, 오이쿠라 선배가 당신들을 휘저어 줄 거라고 기대했었지만요. 하지만 정말, 전학 간 곳에서는 잘되면 좋겠네요. 아무도 그 사람에 대해서 모르는 신천지에서라면, 분명히 성공하시겠죠. …아라라기 선배 덕분에. 걱정해 준 덕분에."

"…오기는 이런 곳에서 뭘 하고 있어? 집이 이 근처야?"

끝이 안 날 것 같다고 생각해서 나는 질문을 바꿨다. 오기는 "아이 참, 왜 저희 집 주소를 알려고 하시나요. 아라라기 선배는 방심도 빈틈도 없다니깐~."이라고 말하더니,

"잠깐 미아를 찾고 있었거든요."

라고 말했다.

"원래는 그 부분이 스타트였으니까요."

"……?"

미아를 찾는다? 이상한 표현이다. 미아가 되어서 길을 찾고 있다…는 것이 아닐까. 만약 학교로 가는 길을 알 수 없다면 안내해 줄까 했는데, 내가 뭔가를 이야기하기 전에, 이미 그녀는 자전거 페달을 밟기 시작하고 있었다.

"이번에는 저의 패배예요. 하지만 패배한 입장에서 한마디 하자면, 이번에는 어디까지나 탐색전이었어요. 당신이 소꿉친구를 상대로 어떤 식으로 행동하는지, 보고 싶었다는 목적은 이뤘으니, 밸런스적으로는 지는 정도가 딱 좋았다고도 할 수 있죠. 조심하세요, 아라라기 선배. 다음에는 이렇게 잘 풀리지만은 않을 거예요. 한 치 앞이 어둠인 것은 밤길만이 아니라고요."

방향으로 볼 때 학교와는 반대로, 그녀는 자전거를 몰았다. 괜찮을까. 걱정은 되었지만, 뭔가 할 수 있는 것도 아니므로 나는 그녀를 눈으로 쫓는 걸 그만두고 학교로 향했다.

도중에 하네카와와 만났다. 그렇다기보다 교문에서 그녀가 나를 기다리고 있었다. 그렇다면 상당히 오래 기다렸을 거라고 생각했는데, 물어보니 1분 정도였던 모양이다. 내 등교시간을 예

상한 것 같다. 1분의 오차는 아마도 오기와 이야기했던 1분이겠지. 오늘도 역시 하네카와와 오기의 보이지 않는 싸움이 펼쳐졌다는 느낌일까. 어쨌든 나는 오이쿠라와의 경위를 이야기했다.

"그렇구나…. 아쉽네. 친해질 수 있을 거라 생각했는데."

하네카와는 말했다.

정말로 아쉬워 보였지만, 그러나 어딘지 모르게 안도하는 듯 보이기도 했다. 하지만 하네카와가 생각하는 최악의 사태가 어떤 것이었는지, 나는 알지 못한다.

"뭐, 오이쿠라 양의 새로운 출발을 축하하도록 할까. 지금은."

"그렇지. 오기도 그런 말을 했었어."

"아라라기 군. 나, 휴학원을 내야만 하니까 먼저 교실에 가 줄래?"

"응, 알았어… 휴학원? 어? 뭐야, 너도 이 고등학교를 그만두는 거야?"

"아니라니까. 휴학이야, 휴학. 그 왜, 졸업하면 내가 갈 예정인 방랑여행이 있잖아? 그 사전 조사를 하러 다녀올까 해서. 가볍게 세계일주를 하고 올 거야. 한 달 정도 자리를 비우게 되겠는데, 잘 부탁해."

무시무시한 것을 부탁하고 가지 마….

가볍게 세계일주라니.

운동장 한 바퀴처럼 말하고 있는데 말이야….

확실히 졸업여행 이야기는 전부터 들었지만, 사전 조사 같은 걸 하는 법일까. 역시 계획성 강한 사람의 생각은 뭔가 다르구

나. 비행기처럼 상상을 아득히 뛰어넘는다.

"여행 도중에 오시노 씨를 만나면 말을 해 둘게."

그렇게 하네카와는 말했다. 오시노? 오시노는 해외에는 없을 것 같은데…. 그 녀석이 여권을 가지고 있다고 생각되지는 않는다. 하지만 세계일주 중에는 일본도 포함되어 있으니까, 길을 가던 중에 그 녀석과 만나는 일이 없을 거라고 단언할 수는 없겠지.

어쨌든 하네카와의 여행길을 막을 이유도 없다. 너무나 갑작스러운 이야기지만, 이것도 하네카와의 가벼운 풋워크의 한 가지 형태일 것이다. 한 달이나 하네카와하고 만날 수 없다는 쓸쓸함은 있었지만, 그것은 될 수 있는 한 겉으로 드러내지 않고 기분 좋게 보내 주기로 했다.

"응, 그러면 만약 어딘가에서 오시노하고 만나면, 조카하고 만났다고 말해 줘."

"응. 뭐, 그렇게 말하러 가는 거라고 볼 수도 있으니깐."

그리고 다시 혼자가 된 나는 교실에 도착…. 당연히 빈자리였던 내 자리에 앉는다. 앉는 것과 동시에 휴대전화 착신음이 들렸다. 아차, 교문에서 하네카와하고 만나서 그때 전원을 끄는 것을 잊고 있었다.

깜빡했다.

이런, 위험했네. 하네카와하고 같이 있을 때에 울렸다면 깜짝 놀랄 정도로 혼이 났을 거라고.

메일 착신.

센조가하라에게 온 것이었다.

[코요코요에게 손가락이진짜로골절되어서오늘병원에들렀다
가등교할게]

…어쩐지 전보 같은 느낌이다.

'코요코요에게'라고 귀엽게 시작했으면서도, 내용은 오이쿠라
를 때린 손가락이 진짜로 골절되었다는 이야기였다. 뭐, 그 정
도의 응보는 그 녀석도 받아 둬야 할까…. 그래서 나의 혈액 치
료에 의지하지 않고 센조가하라는 병원에 간 것일 테고. 하지만
아무래도 오늘은 수업에 지각할 것 같다. 오이쿠라를 만나게 될
지도 모른다고 생각하지 않는 걸까? 아직 센조가하라에게는 오
이쿠라와 있었던 일에 대해 이야기하지 않았는데…. 그렇게 생
각하고 있는데 다음 메일이 왔다.

[요코요코에게]

요코요코? 누구지, 이건. 아니, 그게 아니다. '코요코요'의 타
이핑 미스다. 전보 같은 느낌으로 특이하게 보내려다가 이렇게
된 거겠지….

[오늘아침오이쿠라양이사과하러왔습니다. 용서해줬습니다.
저는이제괜찮습니다(골절되었지만).]

읽기 힘드네…. 응?

어? 오이쿠라가 사과하러? 어떻게 센조가하라의 주소를 알고
있는 걸까. 센조가하라는 예전에 학교의 기록에 가짜 주소를 등
록해 놓고 그대로 놔뒀을 텐데…. 아아, 그런가. 1학년 때에 병
약한 센조가하라를 오이쿠라가 돌봐 주고 있었다고 했지. 그러

고 보니 오이쿠라는 센조가하라가 학교 추천으로 대학에 가는 것도 알고 있었고…. 그 부분의 사정을 알고 있는 정도로는, 방 안에 틀어박혀 있는 동안에도 센조가하라에 대해 신경을 쓰고 있었다는 이야기일까.

하지만 사과하러….

아무래도 오이쿠라는 센조가하라와 화해한다는 약속은 지켜 준 것 같다. 그것으로 센조가하라는 문제가 해소되어서 오늘부터 등교할 수 있게 되었다는 것일까…. 어쨌든 잘됐다. 여행을 떠나기 전에 하네카와에게 이 메일을 꼭 보여 줘야겠다.

그러자 세 번째 메일이 도착했다.

[코요코요에게걱정을끼쳐서미안해. 나중에데이트때찐한키스 많이해줄테니용서해줘☆☆☆난당신의키스중독☆☆☆☆☆☆]

보여 줄 수 없는 내용이 되어 버렸잖아!

이만 전화를 끝까 하고 생각했을 때, 네 번째의, 마지막 메일이 도착했다.

[오이쿠라양으로부터의전언. 책상뒤판아래 당신의히터기로부터]

당신의 히터기로부터?

무슨 인사지? 히터기라니, 겨울은 아직 멀었는데? 마음을 따뜻하게 데워 주겠다는 건가? 아니면 찰싹 달라붙어서? 라고도 생각했지만, 아마도 이것 역시 타이핑 미스이며 원문은 아무래도 '당신의 히타기로부터'였을 것이라 생각된다.

이거야 원, 이렇게 되면 다른 문장에도 타이핑 미스가 있을 것 같은 느낌이 드는데…. 오이쿠라에게서 전언? 책상 뒤판? 뭘 말하는 걸까 하고 생각하면서, 나는 우선 내가 앉아 있는 책상의 바닥 쪽을 손으로 더듬어 본다. 그러자.

그곳에 뭔가가 붙어 있었다. 종이 같은 것이, 마스킹 테이프로 붙어 있었다. 나는 그것을 떼어서 꺼냈다.

봉투였다.

본 적 없는 요즘 스타일의, 얇은 디자인의 봉투. 하지만 낯익지는 않아도 익숙한 느낌의 봉투였다. 예전에, 5년 전의 여름방학, 나는 폐가의 밥상 뒤판에서 같은 봉투를 발견한 적이 있지 않았던가.

다만 그때의 봉투는 텅 비어 있었다.

이번에는 편지지가 들어 있는 것을, 촉감으로 알 수 있었다. 받는 사람도 보낸 사람도, 앞면에도 뒷면에도 아무것도 적혀 있지 않은 봉투였다. 하지만 누가 이것을 내 책상 뒤판에 붙여 놓았는지는 명백했다.

오이쿠라 소다치.

그 녀석은 모든 약속을 지킨 것이다.

아마 교사도 몇 명 출근하지 않았을 정도로 이른 아침이었겠지. 그 녀석은 학교에 와서 내 책상 뒤판에 이 봉투를 붙여 놓고 간 것이다.

예고도 없이 갑자기 사라진다. 일단 오이쿠라의 그런 성질은 사라진 것 같다. 작은 변화이지만 그녀의 변화였다. 그 사실은 기쁘기도 했고, 추월당한 것 같아서 쓸쓸하기도 했다.

여기서는 나도 성장한 모습을 보여야겠다며, 5년 전처럼 찍찍 찢지 않고 최대한 정중하게 봉투를 열어서, 안에서 여러 장의 편지지를 꺼냈다. 자, 그러면 편지의 내용은 수학 퀴즈일까, 아니면 그녀답지 않은 감사장일까, 혹은 매도의 메시지일까. 그 전부일 수도 있을 것 같은데… 어디, 어디.

"아핫."

나는 저도 모르게 웃음 짓고 말았다.

저기.

뭐라고 적혀 있었을 것 같아?

　이제 와서 새삼스럽지만 인간의 기억력의 어설픔 같은 것을 생각할 때, 그러면 잊어버린 것은 자기 안에서 없었던 일이 되는 건가 하면, 특별히 그렇지는 않다는 것을 깨닫습니다. 망각과 소실은 다른 것, 잊었다고 생각해도 사실은 기억하고 있다…. 그러한 이야기가 아니라 이것은 인과관계에 대한 이야기입니다만, 요컨대 어떤 식으로 자전거 타기를 마스터했는가를 완전히 망각해 버려도 자전거를 탈 수 없게 되지는 않는다든가, 무슨 책을 읽었는가는 전혀 기억하지 못하지만 그 책에서 얻은 지식은 지금도 여전히 활용되고 있다든가, 하는 그런 느낌입니다. 망각은 연쇄되지 않는다. 자세히 말하면 에피소드 기억과 그렇지 않은 기억과의 차이 같은 것이 되므로, 그 부분을 무질서하게 만들어서 이야기하는 것 자체가 사실은 잘못입니다만…. 하지만 뭐, 그 부분은 제쳐 두고 생각해 봤을 때, '잊었다고 해서 없었던 일이 되지 않는다'라는 사실에는 어쩐지 위안을 얻게 되는 것이 있습니다. 불확실한 세상 속에서도 확실한 것이 있다는, 그것은 그것대로 상당한 착각을 얻을 수 있다고 말할 수 있을까요. 착각이라고 하면 이 경우에는 성가신 것은, 잊고 있는 것이 아니라 기억의 오류를 범하는 패턴일까요. 요컨대 자전거 타는 법을 마스터했던 에피소드를 본인은 기억하고 있다고 생각했는데 사실 그것은 전혀 다른 에피소드였거나, 중요한 지식을 얻은 책을 다른 책과 혼동하거나…. 없다고는 할 수 없겠고, 그럴 때에 세상이란 것은 실로 불확실한 것이 됩니다. 무엇이 옳고 무엇이 옳지 않은가. 무엇이 진실이며 무엇이 진실이 아닌가. 저의 기억이 확실하다면… 이라는 말을 뒤집어서, 저의 기억이 불확실하다면, 이라고 일일이 확인해야만 하는 인생이란 것도 의외로 비참합니다만. 그런 의문은 잊어버리는 쪽이 좋을지도 모르겠군요.

그런 이유로 이 책은 이야기 시리즈 제15탄입니다. 열다섯 권째. 말할 것도 없이 이미 니시오 이신 사상 최장 시리즈입니다만, 여기까지 오면 이미 뭐가 뭔지. 열다섯 권이라니, 가볍게 남에게 권할 수 있는 시리즈가 아니게 되어 버렸군요. 열다섯 권을 읽는다니, 일대 사업입니다. 쓰는 측으로서도, 걸핏하면 긴장하게 되어서 간단히 붓이 움직이지 않습니다. 그런 이유로 초심으로 돌아가는 의미에서 다시 한 번 100퍼센트 취미로 썼습니다. 취미로 썼더니 분량이 너무 늘어나서 분책하게 되어 버렸습니다만…. 이 부분의 자유도도 취미 같아서 좋군요. 취趣가 있고, 미味가 있다. 그리하여 『끝 이야기·상上』, 「제1화 오기 포뮬러」, 「제2화 소다치 리들」, 「제3화 소다치 로스트」였습니다.

세컨드 시즌에서는 계속 수수께끼였던 오시노 오기도 간신히 그 베일을 벗기 시작했습니다만, 이번에 경사스럽게도 표지를 장식하게 되었습니다. VOFAN 씨, 감사합니다. 이후에 이야기는 하권으로 이어지게 됩니다만, 상권과 하권 사이에 중권이 끼지 않도록 노력하겠습니다.

니시오 이신

지난 권 후기에서도 슬쩍 했던 이야기입니다만, 제목은 분명 『끝 이야기』인데 시리즈가 끝나지 않는군요…. 사실 주변의 업계분들에게 "제목은 『끝 이야기』인데 왜 끝나지 않나요?"란 질문을 심심찮게 받곤 합니다. 하지만 놀라지 마시라, 상중하 세 권의 『끝 이야기』 뒤에 『속 끝 이야기(가제)』가 버티고 있고, 그 뒤로도 두 권이 더 나와 있습니다. …생각만으로도 정신이 아득해집니다만, 일단 올해의 목표를 위해 꾸준히 작업해 보렵니다.

이야기 시리즈의 주석을 다는 데는 언제나 애를 먹어왔습니다만, 이번에는 뜻밖의 복병을 만나서 정말 고생했습니다. 1화 「오기 포뮬러」에 등장하는 키키고에 엔지의 별명에 관한 파트입니다. '스파이'란 단어가 바로 연상되는 '엔지'라는 단어를 찾는 것이 문제였습니다. 한눈에 '이거다!' 싶은 게 보이지 않더군요. 이리저리 찾아본 것들 중 가장 가능성 높아 보인 것이 본문 주석으로 달았던 〈팀 포트리스2〉의 엔지니어와 스파이였습니다. 두 번째로 가능성 높게 본 것이 '연기하다'라는 뜻의 일본어 단어, 엔지루演じる였지요. ~인 척 연기하다→뭔가 뒷공작을 하고 있다→스파이. 조금 억지스럽나요? 세 번째는 〈크레용 신짱〉의 극장판 중 유치원생인 신짱이 스파이로 활약(?)하는 내용인 것

이 있습니다. 유치원생을 뜻하는 '園児'의 발음도 '엔지'이므로 뭐, 어떻게 엮어보지 못할 것도 없다, 라고 생각했죠. …점점 더 억지스러워지는군요. 그밖에도 유치원생 스파이가 주인공인 만화도 있었는데 아주 마이너한데다 단권으로 끝이라서 이건 아니겠다 싶었고…. 어쨌든 꽤 많은 시간을 소비했지만 확실히 이거다! 라고 단언할 만한 것은 찾지 못했습니다. 〈팀 포트리스2〉로 추정한다고 적긴 했지만, 이제까지의 니시오 작품 중에서 서양쪽 게임을 언급한 경우는 거의 없었던 터라 꺼림칙하기도 하고. 어쨌든 고민 끝에 지금과 같은 결과물이 되었습니다. 그나마 그다지 비중 있는 파트가 아니어서 다행이라고나 할까요. 나중에 확실한 답을 알게 되면 다시 보고(?)하기로 하겠습니다.

오래간만에 뭔가 내용 있는 후기를 적은 것 같군요. 니시오 이신의 작품은 한 권을 마무리하고 나면 역자 후기를 쓸 기력까지 바닥나는 경우가 많아서 말이죠. 그건 그렇고, 남아 있는 『끝 이야기』 중권과 하권도 상권 정도로 두껍습니다. 전부 올해 안에 보여드릴 수 있도록 열심히 노력하겠습니다.

현정수

FAUST BOX

끝 이야기 (상)

2016년 9월 15일 초판 발행
2022년 3월 10일 3쇄 발행

저자	니시오 이신
일러스트	VOFAN
옮긴이	현정수

발행인	정동훈
편집인	여영아
편집 팀장	황정아
편집	노혜림

발행처	(주)학산문화사
등록	1995년 7월 1일
등록번호	제3-632호
주소	서울특별시 동작구 상도로 282 학산빌딩
편집부	02-828-8838
영업부	02-828-8986

ISBN 979-11-256-4281-7 04830
ISBN 979-11-256-4282-4 (세트)

값 12,000원